YR OGOF

Yr Ogof

T. Rowland Hughes

GOMER

Argraffiad Cyntaf—Rhagfyr 1945
Ail Argraffiad—Rhagfyr 1945
Trydydd Argraffiad—Ionawr 1946
Pedwerydd Argraffiad—Mai 1961
Pumed Argraffiad—Mawrth 1975
Argraffiad Newydd—1992

ISBN 0 86383 855 3

Dymuna'r cyhoeddwyr gydnabod cymorth a chyfarwyddyd Adrannau'r Cyngor Llyfrau Cymraeg a noddir gan Gyngor Celfyddydau Cymru.

Argraffwyd gan
J. D. Lewis a'i Feibion Cyf., Gwasg Gomer, Llandysul, Dyfed.

I'm cyfaill
P. H. BURTON
gydag edmygedd

Y tro hwn eto, fel ag y gwnaeth â'm nofelau eraill *O Law i Law* a *William Jones*, bu'r Parch. D. Llewelyn Jones mor garedig â bwrw llygaid craff tros y MS. Mawr yw fy nyled iddo, ac i gyfeillion eraill, sy'n rhy niferus i'w henwi, am awgrymiadau gwerthfawr a benthyg llyfrau at y gwaith.

T.R.H.

RHAGYMADRODD

Er gwaetha'r ffaith fod y Gymraeg wedi'i mwydo mewn crefydd am ddwy ganrif a mwy, syndod o brin yw'r nofelau sy'n gwneud mwy na defnyddio'r capel fel 'un o ddodrefn bywyd', a benthyca ymadrodd Islwyn Ffowc Elis yn ei bamffled *Thema yn y Nofel Gymraeg* (Llandysul, 1962, 16). Yn yr un pamffled fe ddywedodd:

> . . . 'd oes gennym ni'r un nofel sy'n ymdrin yn fanwl â phererindod ysbrydol, a gwneuthuriad sant, a dylanwad cyson capel neu eglwys ar enaid sensitif. (ibid., 18)

Er i rai weld gwreiddiau'r nofel Gymraeg yng ngwaith Pantycelyn, does dim un nofelydd Cymraeg wedi mynd i'r afael o ddifri â thröedigaeth pechadur fel y gwnaethai ef yn ei epig 'Bywyd a Marwolaeth Theomemphus'. Efallai'n wir nad yw realaeth gynhenid y nofel fel ffurf yn gydnaws â'r pegynu rhwng pechadur a sant sydd yn ymhlyg yn y syniad o dröedigaeth. Y mae methiant cymharol nofel fel *Gŵr Pen y Bryn* Tegla fel petai'n cadarnhau hynny.

Y mae trydedd nofel T. Rowland Hughes yn portreadu tröedigaeth Joseff o Arimathea, ond nid fel nofel ysbrydol fawr y dylid ystyried *Yr Ogof* chwaith, ond yn hytrach fel dramateiddiad 'dogfennol' difyr o ddigwyddiadau'r wythnos olaf yn hanes yr Iesu. Mae'n ffaith nad oes yn holl nofelau T. Rowland Hughes ymwybyddiaeth gref o'r trosgynnol. Nofelydd dyneiddiol ydyw, yn ymdrin â'r norm mewn ymddygiad cymdeithasol, ac yn edrych ar fywyd mewn ffordd garedig, gydymdeimladol. Nid bod y

trosgynnol yn cael ei wadu ganddo am eiliad, wrth gwrs
—fe'i cymerir yn ganiataol, ac yn wir y mae weithiau'n
esgus dros ddianc rhag gwewyr realiti diriaethol, fel ar
ddiwedd *Chwalfa*.

Yr oedd T. Rowland Hughes er yn blentyn wedi'i
drwytho yn y Beibl a diwylliant y capel. Roedd ei dad yn
ddiacon a thrysorydd yng Nghapel y Bedyddwyr yn
Llanberis, ac fe gafodd ei weinidog, y Parch. A. J. George,
ddylanwad trwm arno. Iddo ef a'i genhedlaeth yr oedd y
Beibl yn fwynglawdd o lenyddiaeth a storïau, a beth yn
well fel deunydd crai ar gyfer nofel na hanes y Pasg
arteithiol yn Jerwsalem?

Fel y mae'n digwydd, yr oedd Rowland Hughes eisoes
wedi ymdrin yn llenyddol â'r testun hwn o'r blaen. Yn
1936—cyn ysgrifennu'r un o'i nofelau—yr oedd wedi
llunio drama radio wedi'i lleoli mewn ystafell ar y ffordd i
Galfaria ar ddydd Gwener y Groglith, yn dwyn y teitl
'Gwener y Grog'. Mae'n ddiddorol sylwi nad oedd Joseff
o Arimathea yn gymeriad yn y ddrama honno o gwbl, ond
yn yr ail fersiwn a ddarlledwyd yn 1938 yr oedd yn
gymeriad allweddol. Darlledwyd cyfieithiad Saesneg
hefyd dan y teitl 'Joseph of Arimathea'. Ysgogiad cyntaf y
dramâu hyn, mae'n amlwg, oedd yr angen am ddeunydd
i'w ddarlledu ar ddydd Gwener y Groglith.

Yr oedd y defnyddiau sylfaenol wrth law, felly, pan aeth
Rowland Hughes ati i sgrifennu'i drydedd nofel. Serch
hynny, rhaid cofio nad oedd ganddo hyfforddiant mewn
astudiaethau Beiblaidd, ac mae'i gofiannydd, Edward
Rees, yn tystio iddo lafurio'n galed wrth ymchwilio
i gefndir hanesyddol y nofel. Yr oedd y diddordeb
modernaidd mewn dod o hyd i Iesu hanes a'i osod yng
nghyd-destun diwylliannol a gwleidyddol ei gyfnod yn

cyd-fynd â diddordeb dyneiddiol Rowland Hughes. Ac fe lwyddodd yn rhyfeddol i greu stori ddarllenadwy—serch i rai gwyno am anachroniaeth a chamddehongli. Cyfadd-efodd yr awdur iddo ofni ymateb gweinidogion ac eraill hyddysg yn hanes y Testament Newydd, ond ei siomi ar yr ochr orau a gafodd wrth glywed ei nofel yn cael ei thrafod mewn ysgol Sul a phregeth, a Tegla hyd yn oed yn dweud ei bod 'yn foddion gras' (siaced lwch yr ail argraffiad, 1945).

Joseff a'i deulu yw cnewyllyn y llyfr—Joseff y Sadwcead ffyniannus sy'n mynd â'i dylwyth gydag ef i dreulio'r Pasg yn Jerwsalem. Cyflwynir amrywiaeth o bersonoliaethau ac agweddau o fewn yr un teulu hwn—y penteulu balch yn cael ei wthio gan ei wraig uchelgeisiol, Esther; eu mab Beniwda sy'n genedlaetholwr penboeth; eu merch Rwth sydd wedi gwirioni'i phen ar y canwriad Rhufeinig, Longinus; Alys, y gaethferch Roegaidd a achubwyd o longddrylliad ac a dderbyniwyd i'r tŷ fel morwyn; Elihu yr hen gaethwas ffyddlon a gafodd gynnig ei ryddid, ond a ddewisodd aros oherwydd ei ymlyniad wrth y teulu. Dyna ddigon o ddefnyddiau crai ar gyfer tensiwn o fewn un teulu. Ond mae yna un cymeriad arall sy'n methu ag ymuno â'r lleill ar y daith i Jeriwsalem, sef Othniel, mab myfyrgar Joseff, sy'n dioddef o'r parlys, ond serch hynny'n berwi gan chwilfrydedd am y siwrnai, gan ei fod eisoes wedi clywed sibrydion am y 'proffwyd' Iesu, ac yn gobeithio y llwydda Alys i ddod o hyd iddo a'i berswadio i ddod i'w iacháu.

Caiff y gwahanol edefynnau storïol eu gwau'n gelfydd ynghyd, ond wrth gwrs Joseff ei hun sy'n cael y prif sylw. Gan ei fod yn aelod o'r Sanhedrin, rhaid iddo eistedd mewn barn ar yr Iesu, ac er bod ei awydd i blesio Caiaffas (ac i ddod ymlaen yn y byd er mwyn porthi balchder ei wraig) yn ymddangos yn gryfach na phob ystyriaeth arall, fe'i teimla'i hun yn cael ei ddinoethi'n raddol wyneb yn wyneb â'r Iesu. Nid tröedigaeth gwbl sydyn a dirybudd a gaiff, oherwydd paratowyd ar ei chyfer yn gyfrwys yn ystod y nofel.

Mater arall yw pa mor effeithiol y cyflewyd y dröedigaeth. Bu cryn drafod ar hynny ymysg beirniaid, ac amheuodd rhai y priodoldeb o bortreadu'r Iesu o gig a gwaed, ac o ddisgrifio'r croeshoeliad. Barn ddigyfaddawd Saunders Lewis (yn *Y Faner*) oedd fod y nofel yn diraddio pwysigrwydd enbyd wythnos dioddefaint y Crist:

> Dychmygodd Mr Hughes ei Joseph ef yn debyg odiaeth i William Jones—yn cael ei yrru a'i hel gan ei wraig y tro hwn . . . y mae'r darlun ohono ef a'r darlun o Gaiaffas yr Archoffeiriad yn y nofel hon yn tynnu oddi wrth ddwyster, ac yn gostwng llawer iawn ar yr ymdeimlad o bwysigrwydd enbyd, annioddefol yr wythnos honno yn hanes y byd. Gwnaeth Mr Hughes hi'n wythnos anffortunus. Fe ddisgrifia argyhoeddiad a throedigaeth Joseph i gredu mai Duw-ddyn a fradychwyd ac a groeshoeliwyd. Ond troedigaeth William Jones yw hi; nid yw'n cydweddu ag epig tynged y ddaear . . . . . . blinais i ar ei ddisgrifiad o'r Croeshoeliad. Wedi'r cwbl, y mae hynny wedi ei ddisgrifio mewn llenyddiaeth. Ni all neb chwanegu ato. Dylem yn hytrach ymgroesi. (Dyfynnir yn Edward Rees, *T. Rowland Hughes: Cofiant*, Llandysul, 1968, 139.)

Dyfarnodd H. Idris Bell yntau y nofel yn fethiant, yn bennaf am fod y cymeriadau'n siarad ac yn ymddwyn fel pobl o'r ugeinfed ganrif (gweler *A History of Welsh Literature*, Rhydychen, 1955).

Y mae'r rhain oll, wrth gwrs, yn bwyntiau dadleuol. Barn T. Rowland Hughes ei hun am feirniadaeth Saunders Lewis oedd iddo

> ymgroesi'n ddwys fel Pabydd yn hytrach na darllen y llyfr fel llenor. (Dyfynnir yn W. Gwyn Lewis, *Bro a Bywyd T. Rowland Hughes 1903-1949*, Caerdydd, 1990, 78.)

Ond y mae pawb ohonom yn dod â'n cynhysgaeth ddiwylliannol a syniadol, crefyddol a gwleidyddol, ein hunain gyda ni wrth ddarllen llenyddiaeth, ac rydym yn sicr o ddarllen fel Pabyddion, Calfiniaid, Marcsiaid neu rywbeth neu'i gilydd. Yr hyn y carai T. Rowland Hughes inni ei wneud fyddai darllen fel dyneiddwyr rhyddfrydol sy'n dal gafael mewn Cristnogaeth hynaws, ddyngarol. Saif ei nofelau'n fynegiant diffuant a mwynaidd o'r safbwynt hwnnw, ond byddant yn sicr o roi mwynhad i lawer sy'n ymwrthod â'r safbwynt ei hun. Y mae yn *Yr Ogof* ddeunydd gwerth cnoi cil arno, ac y mae'r nofel yn codi cwestiynau y bydd llawer o wyntyllu pellach arnynt yn y dyfodol.

John Rowlands

1

Yr oedd hi'n fore'r Sabath a pharatoai'r teulu a'r gweision a'r morynion oll i fynd i'r synagog. Gofalai Joseff am hynny: disgwyliai i bawb o'i dŷ ac o'r teios ar ei ystad fod yn y 'cwrdd'. A chan mai ef a oedd piau'r rhan fwyaf o Arimathea, ei weithwyr a'i weision ef oedd tri chwarter y gynulleidfa. Yn wir, 'Tŷ Joseff' y gelwid y synagog newydd gan rai eiddigus o'i gyfoeth a'i awdurdod yn yr ardal. Yn bennaf am mai ef a roes y tir i'w godi arno ac a dalodd y rhan fwyaf o gost ei adeiladu, ond hefyd am na wnâi'r *hazzan*, y gweinidog, na'r Rheolwr fawr ddim heb ymgynghori ag ef yn gyntaf. Ni ddychmygai'r swyddogion am gynnal unrhyw gyfarfod arbennig heb ofyn barn Joseff ar y pwnc, ac ni ddosberthid arian y tlodion heb roi cyfrif manwl iddo. Ac ers blynyddoedd bellach, ef oedd Llywydd yr henuriaid a etholid gan y synagog i weinyddu'r gyfraith yn y cylch.

Teyrnasai Joseff fel brenin yn Arimathea. Yn arbennig ar y Sabath. Yn ystod yr wythnos gadawai'i weithwyr yng ngofal ei oruchwyliwr, Reuben, a phur anaml yr ymyrrai ef â hwy. Ond ar y Sabath taflai lygaid ymchwilgar arnynt oll, gan ddisgwyl iddynt ymddwyn yn deilwng o'r dydd. Nid ei fod yn orgrefyddol fel y Phariseaid, yn ceisio cadw pob math o fân reolau dienaid. O na, yr oedd y Gyfraith foel yn ddigon da iddo ef, fel yr oedd hi cyn i'r Phariseaid a'r Rabbiniaid ddyfeisio'u llu o orchmynion newydd. Gwneud bywyd yn faich i bawb yr oeddynt hwy a'u rheolau.

Aeth allan ar hyd llwybr y berllan, gan fwynhau heulwen y gwanwyn a gorfoledd yr adar. Pan gyrhaeddodd hi, pwysodd ar y glwyd wrth y ffordd fawr a redai i lawr y bryn tua'r pentref, a syllodd mewn balchder ar lethrau'r gwinwydd oddi tano. Er mai ef ei hun a ddywedai hynny, nid oedd gwinllannoedd i guro'i rai ef drwy holl Jwdea. Sylwodd gyda boddhad ar y frwynen wedi'i chlymu'n daclus am ambell gangen: oddi ar y cangau hynny, a addawai roddi'r grawnwin gorau, y tynnid y blaenffrwyth ar gyfer y Deml yn Jerwsalem.

'Henffych, Joseff!'

Ei gymydog Joctan a ymlusgai heibio ar ddwy ffon: gan fod yr hen frawd mor fethedig, cychwynnai tua'r synagog ymhell o flaen pawb arall.

'Henffych, Joctan! Bore braf?'

Gwyddai Joseff beth fyddai'r ateb. Grwgnachwr heb ei ail oedd Joctan, a pha beth bynnag a ddywedech wrtho, chwiliai am rywbeth yn groes i hynny.

'Gweddol, wir, gweddol, Joseff, ond bod yr awel braidd yn fain, onid e? Main iawn i hen bobl fel fi. A'r ffordd yn bell i'r synagog newydd, wrth gwrs.'

Ergyd i Joseff oedd y frawddeg olaf. Pan aethpwyd ati i godi'r synagog, dadleuai'r hen Joctan mai ar y llethr gerllaw ei dŷ ef y dylid ei hadeiladu. Byddai hynny'n hwylustod mawr iddo ef, a gwnâi les i bawb arall gerdded bob cam i fyny o'r pentref, ryw filltir o ffordd. Siaradai'n huawdl ar y pwnc, er na chyfrannai'r hen gybydd ond ychydig iawn tuag at y treuliau.

'A ewch chwi i Jerwsalem at y Pasg, Joctan?'

'Ddim eleni, Joseff, ddim byth eto, y mae arnaf ofn. Na, rhy hen i'r daith, bellach. Mi fentrais y llynedd, fel y cofiwch chwi, a bûm yn fy ngwely am dair wythnos

16

wedyn. Rhy ffaeledig i ddim erbyn hyn, er fy mod i'n gwneud fy ngorau i gyrraedd yr hen synagog newydd 'na bob amser mewn pryd er gwaethaf y pellter a'r . . .'

'O, fe gryfhewch chwi eto gyda'r gwanwyn 'ma a'r tywydd cynnes, Joctan.'

'Na wnaf.' Yr oedd ei dôn yn llym a herfeiddiol, a hyfdra oedd i neb amau'r gosodiad.

Dyn tal a thenau oedd Joctan a'i wyneb wedi crebachu fel hen afal—ond afal sur. Clymodd Amser ugeiniau o linynnau tros ei wyneb a'u tynhau gymaint nes bod yn rhaid iddo aros ennyd i geisio'u llacio cyn trio gwenu neu synnu neu fynegi rhywbeth ar wahân i'w sarugrwydd gwastadol. Ef oedd echwynnwr yr ardal, a gwae'r neb a fethai dalu'r llog iddo.

'Pa bryd y cychwynnwch chwi, Joseff?'

'Bore yfory. Y mae arnaf eisiau gweld amryw o bobl yn Jerwsalem cyn yr Ŵyl. Ac efallai y bydd yn rhaid imi fynd i rai o bwyllgorau'r Sanhedrin.'

Ceisiai Joseff swnio'n ddifater, gan wybod fod yr hen Joctan yn bur eiddigus o'i safle fel aelod o'r Sanhedrin, prif Gyngor y wlad.

'Wel, braf yw'ch byd chi, wir, braf yw'ch byd chwi . . . O, Joseff?'

'Ie, Joctan?'

'Mi gofiais i enw'r saer hwnnw. Neithiwr yn fy ngwely. Methu cysgu. Rhyw hen wayw yn fy nghoesau i.'

'Saer?'

'Ie, y dyn a wnaeth y dysglau pren hynny.'

Cofiodd Joseff iddo edmygu pentwr o lestri pren yn nhŷ Joctan. Prynasai'r hen frawd hwy gan ryw saer yn Jerwsalem.

'Heman—dyna'i enw, Heman y Saer. Y mae'n byw yn ymyl y Deml.'

'Yn Ophel?'

'Nage, yn Seion, heb fod ymhell o'r Bont.'

Rhan orllewinol Jerwsalem oedd Seion, a'r Bont oedd honno a groesai tros Geunant Tyropoeon i'r Deml.

'Y mae'r dyn yn cael gwaith rheolaidd yn y Deml,' chwanegodd Joctan. 'Y mae'n grefftwr da.'

'Ydyw, a barnu oddi wrth y dysglau 'na. Ni welais i eu gwell erioed, Joctan.'

'Ydynt, y maent yn rhai da,' cytunodd yr hen gybydd braidd yn anfoddog. 'Ond drud, Joseff, drud.'

Ni ddywedodd Joseff ddim: petai Joctan yn cael ugain ohonynt am ffyrling, y mae'n debyg y gwelai hwy'n ddrud.

'Wel, caf eich gweld yn y synagog, Joseff—os medraf gyrraedd yno cyn nos, onid e?'

Ymlwybrodd yr hen frawd i lawr y ffordd, gan anadlu ac ocheneidio'n uchel i brofi unwaith eto nad oedd synnwyr mewn codi synagog mor bell oddi wrth ei dŷ ef.

Troes Joseff yn ôl drwy'r berllan. Yn y tŷ, aeth yn syth i ystafell ei fab hynaf, Othniel. Yr oedd ef yn glaf o'r parlys ac yn methu â cherdded, ond gwnaethai saer y pentref gadair arbennig iddo a chludai'r gweision ef ynddi i'r synagog bron bob Sabath. Ond heddiw eisteddai ar ei sedd uchel wrth y tipyn ffenestr, heb arwydd y bwriadai fynd i'r gwasanaeth.

'Bore da, Othniel.'

'Bore da, 'Nhad.'

'A wyt ti am ddod i'r synagog, 'machgen i?'

'Na, ddim heddiw, 'Nhad.'

'Ni theimli'n dda?'

'Ddim yn wych. Heb gysgu rhyw lawer neithiwr.'

'O. Gwell iti orffwys ynteu.'

Yr oedd ar fin troi ymaith pan sylwodd fod golwg drwblus yn llygaid ei fab. Fel rheol, er gwaethaf ei afiechyd a'i gaethiwed, ymddangosai Othniel yn weddol hapus a digynnwrf, gan dreulio'i amser yn darllen neu fyfyrio neu farddoni'n dawel ar ei sedd wrth y ffenestr neu allan ger y nant a redai hyd fin y berllan. Ond heddiw yr oedd rhywbeth wedi'i gythryblu.

'Beth sydd, Othniel?'

''Nhad?'

'Ie, 'machgen i?'

'Y mae'n rhaid imi dorri f'addewid i chwi. Cofiwch imi addo na soniwn wrthych eto am y proffwyd o Nasareth.'

Caledodd llygaid Joseff. Yr oedd yn hoff iawn o'i fab ac ni chofiai iddynt ddadlau na chweryla am ddim erioed. Hyd rai dyddiau'n ôl, pan ddychwelodd ei hen gaethwas Elihu o Galilea yn llawn o hanesion am ddywediadau a gwyrthiau'r ffŵl o saer a gynhyrfai'r bobl i fyny yno. Rhyw Iesu bar-Joseff a fu'n saer yn Nasareth ond a grwydrai'r wlad ers yn agos i dair blynedd bellach, ef a'i ddisgyblion, gan gymryd arnynt wneud gwyrthiau a gyrru ysbrydion drwg allan o bobl. Bu cyfnod pan gâi'r dyn bregethu yn synagogau'r Gogledd, ond pan glywodd gwŷr y Deml yn Jerwsalem am ei hyfdra—a'i boblogrwydd, buan y gyrrwyd Ysgrifenyddion i fyny i Galilea i wylio a gwrando trostynt eu hunain ac i droi'r synagogau yn ei erbyn. Ond ni wnaeth hynny fawr ddim gwahaniaeth, oherwydd pregethai yn awr hyd fin yr heolydd neu ar lechweddau'r bryniau neu gerllaw Llyn Gennesaret, a daliai ef a'i fagad o bysgodwyr anllythrennog i gynhyrfu'r bobl er gwaethaf pob rhybudd. Daeth ei enw i fyny droeon yn y Sanhedrin, a chytunai'r Cynghorwyr y dylid ei ddal a'i gaethiwo pan ddeuai i Jerwsalem. Ond, gan ofni i'r pererinion o Galilea godi cynnwrf yn y ddinas, ni wnaed hynny. A cheisiai Joseff a phob Cynghorwr arall anghofio am y dyn a'i ffolineb, gan obeithio y blinai'r bobl ar hwn fel ar lawer 'Meseia' arall a godai o dro i dro. Ond yn awr wele'i fab ei hun, Othniel, yn sôn amdano gyda . . . ie, gyda dwyster. Yr oedd yr hen gaethwas Elihu yn haeddu'i fflangellu am ddwyn y storïau hyn i lawr o'r Gogledd.

'Nid wyf yn gofyn llawer cymwynas gennyt, Othniel, ond gwyddost nad oes arnaf eisiau clywed sôn am y terfysgwr hwn.'

'Addewais na chrybwyllwn ei enw eto wrthych, 'Nhad, ond y mae'n rhaid imi, y mae'n rhaid imi.'

'Y mae'n rhaid i minnau gychwyn i'r synagog,' meddai Joseff, gan droi'n benderfynol tua'r drws.

''Nhad!'

Yr oedd taerineb y llais bron â bod yn orchymyn chwyrn.

Edrychodd Joseff yn syn ar ei fab. Un addfwyn iawn oedd Othniel, dwys a breuddwydiol bob amser, heb fod byth yn cythruddo. Beth yn y byd a oedd arno heddiw?

'Wel?'

'Yn ôl eich dymuniad, peidiais â sôn am y Nasaread hwn wrthych. Ond er nad oedd ei enw ar fy nhafod, yr oedd ef a'i wyrthiau yn fy meddwl.'

'Hy! Gwyrthiau, wir!'

'Breuddwydiwn amdano ef a'i ddisgyblion . . .'

'Criw o weilch heb ddim gwell i'w wneud na chreu cynnwrf hyd y wlad.'

'Breuddwydiwn amdano ef a'i ddisgyblion yn dod yma i

Arimathea, yn dringo'r bryn tuag at y tŷ, a minnau'n cael fy nghludo ato gan yr hen Elihu a Simeon . . .'

'I'th wella, y mae'n debyg!' meddai Joseff yn ysgornllyd.

'Ie, i'm gwella ganddo, 'Nhad,' atebodd ei fab yn dawel, 'ac yna i wrando ar ei efengyl.'

'Ac wedyn buasai mab y Cynghorwr Joseff o Arimathea yn mynd gydag ef hyd y wlad i'w ddangos ei hun fel anifail mewn sioe, fel enghraifft o allu'r swynwr o Galilea.'

'Yn fy mreuddwydion,' meddai Othniel, heb gymryd sylw o'r dirmyg hwn, 'gwelwn ei wyneb hardd a'i lygaid tawel, eofn. Yr un wyneb a welwn bob tro, a gwenai'n garedig arnaf, gan fy mendithio a'm hannog i fod yn ddewr. Ond neithiwr mewn breuddwyd—na, y mae'n rhaid i chwi wrando, 'Nhad—neithiwr mewn breuddwyd . . .'

'Gwelaist y Nasaread hwn yn codi'i law a'r Archoffeiriad a'r Sanhedrin yn gwrando ar bob gair o'r eiddo ac yn ymgrymu o'i flaen.' Yr oedd Joseff yn dechrau colli'i dymer.

'Neithiwr mewn breuddwyd'—cadwai Othniel ei lais yn dawel a thaer—'gwelwn y proffwyd ifanc o Nasareth yn sefyll y tu allan i ogof dywyll, afiach. Yr oedd ei ddwylo'n rhwym a'i wedd yn welw gan flinder, ond safai yno'n wrol a chryf a'r heulwen ar ei wyneb a'r awel iach yn chwarae â modrwyau'i wallt. Ymddangosai i mi fel darlun o lendid a rhyddid a dewrder. Glendid, er bod olion gwaedlyd y fflangell ar ei wisg. Rhyddid, er ei fod yn rhwym. Dewrder, er y dywedai'i lygaid wrthyf fod ei fywyd yn nwylo cynllwynwyr yr ogof gerllaw.'

'Pam y mynni i mi wrando ar y sothach hwn, Othniel?'

'Yn yr ogof gwelwn amryw o wŷr pwysig a chyfoethog eu golwg a hardd eu gwisg yn cilwenu'n hyll ar ei gilydd.

21

Yn ddieflig o hyll a'u hwynebau fel rhai rhyw anifeiliaid melltigedig o greulon. Pan edrychais i arnynt hwy, fe droes y breuddwyd yn hunllef. Deffrois mewn dychryn . . . 'Nhad?'

'Ie?'

'Adwaenwn un o'r wynebau hyn yn dda, er iddo ymddangos mor ddieflig yn fy mreuddwyd.'

'A hwnnw?'

'Eich . . . wyneb chwi.'

Chwarddodd Joseff, gan geisio swnio'n ddifater, ond yr oedd llygaid taer ei fab yn ei ddychrynu er ei waethaf.

'Ac ystyr y breuddwyd ffôl hwn?' gofynnodd.

'Ni wn i ddim. Ond efallai fod ynddo . . .'

'Ie?'

'Rybudd.'

Chwarddodd Joseff eto, ac yna cofiodd wrth glywed lleisiau oddi allan fod yn bryd iddo gychwyn am y synagog.

'Ceisia orffwys dipyn, Othniel,' meddai yn ei dôn arferol a charedig. Yr oedd yn hoff iawn o'r mab addfwyn a breuddwydiol hwn, ac edifarhâi yn awr iddo fod mor llym a gwatwarus wrtho.

'Mi wn fod coel mewn breuddwydion,' chwanegodd, 'ond nid ym mhob un, 'machgen i. A naturiol iawn yw i ti, gan dy fod yn wael, freuddwydio am y swynwr hwn a'r "gwyrthiau" y mae pobl anwybodus ac ofergoelus fel Elihu yn clebran amdanynt . . .'

'Nhad?'

'Ie, Othniel?'

'Pwy sy'n mynd i Jerwsalem yfory?'

'Dy fam a'th chwaer a'th frawd a minnau, wrth gwrs.'

'Ie, mi wn. Ond pwy o'r gweision?'

'O, yr hen Elihu fel arfer i ofalu amdanaf fi a'th frawd, ac Elisabeth i weini ar dy fam a'th chwaer.'

'A wnewch chi un gymwynas â mi, 'Nhad?'

'Gwnaf, wrth gwrs, 'machgen i, os gallaf.'

'Hoffwn weld Alys, y gaethferch fach o Roeg, yn mynd i Jerwsalem y tro hwn yn lle Elisabeth.'

'Hm. Bydd Elisabeth yn siomedig. Hi yw'r brif forwyn a daeth i edrych ar ychydig ddyddiau yn Jerwsalem ar Ŵyl y Pasg neu Ŵyl y Pebyll fel ei rhagorfraint hi. Hm, bydd yn anodd. Anodd iawn. Pam yr wyt ti am i Alys fynd, Othniel?'

Y mae'r gaethferch fach yn un anghyffredin, fel y gwyddoch chwi, 'Nhad. O deulu da yn Athen ac wedi cael addysg. Hi yw'r unig ferch y gwn i amdani sy'n gallu darllen. Bûm i'n gweld llawer arni, wrth gwrs, gan ei bod hi'n dod ataf bob dydd i ddarllen yn uchel imi, a siaredais droeon wrthi am Jerwsalem a'r Deml a . . . a Gŵyl y Pasg a . . . a'r pererinion o bob rhan o'r byd.'

Siaradai Othniel yn gyflym ac eiddgar i guddio'i yswildod. Ond gwyddai Joseff fod ei fab yn hoff iawn o'r Roeges fach a ddaethai'n gaethferch atynt rai misoedd ynghynt.

'O'r gorau, Othniel, caiff Alys fynd y tro hwn. Gofynnaf i'th fam dorri'r newydd i Elisabeth.'

'Diolch, 'Nhad. Bydd gweld Jerwsalem a'r Deml yn agoriad llygad iddi. Diolch yn fawr i chwi, 'Nhad.'

'Popeth yn iawn 'machgen i. Hawdd fydd trefnu hynny.'

'Y mae'n ddrwg gennyf imi'ch cynhyrfu'r bore 'ma, 'Nhad. Ond bu'r breuddwyd am yr ogof yn ddychryn imi am oriau yn y nos. Yr oeddwn yn falch o weld y wawr yn torri, ac ni fedrwn beidio â sôn wrthych am y peth . . .'

23

'Joseff! Joseff! Y mae'n bryd cychwyn os ydych am fod mewn pryd.'

'Dy fam,' meddai Joseff â gwên. 'Nid oes neb yn y wlad 'ma mor brydlon â hi. Wel, rhaid mynd. Bore da, Othniel.'

'Bore da, 'Nhad. A diolch eto.'

Yn deulu a gweision, âi cwmni mawr o'r tŷ i'r synagog, y dynion yn gyntaf, pob un yn gwisgo ar ei dalcen y cas lledr yn cynnwys adnodau o'r Ysgrythurau, a'r merched yn wylaidd o'u hôl. Cerddai Joseff ar y blaen gyda'i fab Beniwda, a sylwodd hwnnw ei fod yn dawedog a synfyfyriol yn awr. Yr oedd hynny, meddyliodd Beniwda, yn beth pur anghyffredin, gan fod ei dad yn un mor fodlon a digyffro bob amser. Hm, gobeithio i'r nefoedd na chlywodd mewn rhyw ffordd neu'i gilydd ei fod ef, Beniwda, yn Genedlaetholwr chwyrn ac yn aelod o Blaid Rhyddid! Byddai'r olew yn y tân wedyn! Ond rhywbeth arall a'i poenai, efallai, rhywbeth a ddywedasai Othniel wrtho.

Yn y tŷ, galwodd Othniel y gaethferch o Roeg ato.

'Alys?'

'Ie, Syr?'

'Mi lwyddais!'

'I gymell eich tad?'

'Ie. Chwi, ac nid Elisabeth, a gaiff fynd i Jerwsalem yfory.'

'O, y mae'n dda gennyf, Syr. Yr ydych yn sicr y bydd y Proffwyd o Nasareth yno?'

'Bydd, yn ôl Elihu, ef a'i ddisgyblion, tros yr Ŵyl.'

'Af ato y cyfle cyntaf a gaf. O, y mae'n siŵr o wrando arnaf! Syrthiaf ar fy ngliniau o'i flaen, cusanaf ymyl ei wisg, erfyniaf arno i ddod yma. O, y mae'n siŵr, yn siŵr o ddod!'

Disgleiriai llygaid Alys, a gwelai Othniel fod dagrau o lawenydd yn berlau ynddynt.

'Dywedais wrth fy nhad mai am i chwi weld Jerwsalem a'r Deml yr oeddwn.'

'Ac fe gredodd hynny?'

'Do, wrth gwrs. Petai'n amau am ennyd fy mod i'n eich gyrru at y Nasaread . . .' Ysgydwodd Othniel ei ben yn lle gorffen y frawddeg.

'O, y mae'n siŵr o wrando arnaf!' meddai'r gaethferch eto. 'Fe ddaw yma i Arimathea cyn gynted ag y bydd y Pasg drosodd a chewch chwithau eich iacháu ganddo. Ac yna . . .'

'Ac yna?'

'Byddwch . . . byddwch yn un o'i ddisgyblion, efallai, ac ewch . . . ewch ymaith gydag ef.' Swniai'i llais yn drist yn awr.

'Ac ni . . . ni hoffech hynny, Alys?'

Gwridodd Alys, ond ni fu raid iddi ateb. Yr oedd sŵn carnau march i'w glywed y tu allan.

'Clywch, Syr! Y Canwriad Longinus, yn fwy na thebyg.'

'Ie, ni synnwn i ddim. Dywedodd y disgwyliai gael ei symud i Jerwsalem cyn yr Ŵyl. Y mae'n galw yma ar ei ffordd. Dewch ag ef i mewn yma, Alys.'

'Ar unwaith, Syr.'

Brysiodd allan a dychwelodd ymhen ennyd gyda'r canwriad Rhufeinig.

'Croeso, Longinus, croeso! . . . Diolch Alys.'

Syllodd y canwriad ar ôl y gaethferch fel yr âi hi ymaith drwy'r drws.

'Y mae Alys yn edrych yn hapus iawn heddiw,' sylwodd.

'Ydyw. Yr wyf newydd gymell fy nhad i adael iddi fynd i Jerwsalem gyda'r teulu yfory.'

'O! Campus. Yr ydych yn garedig iawn wrthi, Othniel. Y mae'n dda gan fy nghalon imi ddod â hi yma.'

Longinus, ar fordaith yn ôl o Rufain rai misoedd cyn hynny, a achubodd y Roeges o'r môr mewn ystorm enbyd. Ond wedi i'r llong gyrraedd Jopa, ni wyddai beth yn y byd a wnâi â hi: gan i'w thad a'i mam foddi ar y daith, nid oedd ganddi neb i ofalu amdani. Er ei fod yn ganwriad yn y garsiwn yno, nid adwaenai Longinus fawr neb yn Jopa, a phan laniodd y llong, safodd ar y cei mewn dryswch mawr, a'r Roeges fach yn amddifad a dychryn-edig wrth ei ochr. Cyfarfuasai â Rwth, chwaer Othniel, droeon pan oedd hi ar wyliau yn y porthladd, a phender-fynodd fynd ag Alys i'w chartref hi yn Arimathea. Erfyniodd ar y teulu i'w chymryd fel caethferch, a byth er hynny galwai'n weddol aml i holi'i helynt—ac i weld Rwth.

I weld Rwth ar y cychwyn, ond wedi iddo ddod yn gyfeillgar ag Othniel a dechrau sgwrsio ag ef am lenydd-iaeth ac athroniaeth, gydag ef y treuliai'r rhan fwyaf o'i amser ar yr ymweliadau hyn. Oherwydd myfyriwr a meddyliwr oedd Longinus, ac nid milwr, a cheisiodd Othniel droeon ddarganfod pam y gwisgai helm a chleddyf yn lle bod yn athro yn un o golegau Rhufain neu Athen neu Alecsandria. Ond troi'r sgwrs yn frysiog a wnâi'r canwriad bob cynnig, fel petai'n ceisio dianc rhag rhyw atgof.

'Eisteddwch, Longinus.'

Rhoes y canwriad ei darian ledr yn erbyn y mur ac yna eisteddodd ar y fainc esmwyth yng nghanol yr ystafell.

Agorodd y drws eto a daeth Alys i mewn gyda dwy gwpanaid o win.

'Diolch, Alys,' meddai Longinus wrth gymryd ei gwpan. 'Clywaf eich bod yn mynd i Jerwsalem yfory?'

'Ydwyf, Syr.'

'Yr wyf yn falch iawn. Y mae hi'n ddinas hardd, a chewch weld y Deml fawr. A bydd pobl o bob gwlad yno tros yr Ŵyl. Llawer o Roeg, Alys. Amryw o Athen, yn sicr.'

'A rhai o Galilea,' meddai Othniel, gan wenu ar y Roeges fel yr estynnai hi gwpan iddo yntau.

'Rhai o Galilea,' ebe hithau'n dawel a hapus cyn troi i ymadael.

'Beth yw'r gyfrinach rhyngoch, Othniel?' gofynnodd y canwriad wedi i'r drws gau ar ei hôl.

'Cyfrinach?'

'Ynglŷn â Galilea?'

'Y tro diwethaf yr oeddych yma, Longinus, cofiwch imi sôn wrthych am . . .'

'Y proffwyd hwnnw o Nasareth? Gwnaf yn dda. A glywsoch chwi chwaneg amdano?'

'Naddo. Ond yn ôl Elihu, bydd yn Jerwsalem tros y Pasg. Ni allaf fi fynd ato, wrth gwrs, ac felly . . .'

'Yr ydych yn gyrru Alys?'

'Ydwyf. I erfyn arno ddod yma i Arimathea cyn troi'n ei ôl i'r Gogledd.'

'Yr ydych yn credu y gall eich iacháu?'

'Ydwyf, mi wn y gall. Ond yr wyf yn dyheu hefyd am gyfle i'w gyfarfod ac i wrando ar ei efengyl. Y mae Elihu'n credu mai ef yw'r Meseia.'

'Meseia?'

'Anghofiais am ennyd mai Rhufeiniwr oeddych, Longinus,' meddai Othniel â gwên. 'Y mae pob Iddew yn disgwyl am y Meseia, am arweinydd o linach y Brenin Dafydd, wedi'i ddanfon gan Dduw i yrru pob gorthrymwr ymaith ac i fod yn frenin yn Jerwsalem. Addawyd hynny gan lawer o'n beirdd a'n proffwydi.'

Chwarddodd Longinus yn dawel.

'Hoffwn wybod barn y Rhaglaw Pilat am y broffwydoliaeth!' meddai. 'Y mae'r bobl yn dal i roi coel arni?'

'Ydynt. Hyd yn oed yn awr, a chwithau'r Rhufeinwyr ym mhob tref a phentref o bwys. Yn fwy hyderus fyth yn awr, efallai, a'r trethi bron â'u llethu.'

'A gredir hi gan eich tad?'

''Wn i ddim. Nid yw ef byth yn sôn amdani. Y mae byd fy nhad, fel y gwyddoch, yn un braf.'

'Hm. Yn rhy braf i boeni am y Meseia hwn?'

'Efallai, wir. Yr ydych chwi'r Rhufeinwyr yn talu'n dda am y gwin y mae'n ei yrru i Jopa a Chesarea, ac fel Sadwcead cyfoethog, y mae'n casáu popeth a gred y Phariseaid.'

'Y maent hwy'n disgwyl y Meseia?'

'Y Phariseaid? Ydynt, yn eiddgar, ac yn cysuro'r bobl wrth sôn amdano. Hwy yn fwy na neb sy'n cadw'r dyhead yn fyw.'

'Y mae gennych barch i'r Phariseaid hyn—er bod eich tad yn eu casáu?'

'Oes. Rhagrithwyr ofnadwy yw rhai ohonynt—yn cymryd arnynt ymprydio, er enghraifft, ac yn gwledda ar y slei!—ond y mae llawer ohonynt yn wŷr heb eu hail. Yn byw er mwyn eu crefydd ac yn esiampl i bawb yn eu hufudd-dod i'r Gyfraith. Rhy fanwl, efallai, amryw

ohonynt, yn chwerthinllyd o fanwl weithiau, ond . . .'
Ysgydwodd Othniel ei ben yn araf mewn edmygedd.

'Pam y mae'ch tad yn eu casáu, ynteu?'

Tro Othniel oedd chwerthin yn dawel yn awr.

'Dywedais fod byd Sadwcead cyfoethog yn un hawdd,'
meddai mewn islais, rhag ofn bod un o'r gweision rywle
wrth y drws.

'Ac nid yw un y Phariseaid felly?'

'Hawdd! Eu crefydd yw popeth iddynt hwy. Gŵyrant
oddi tano fel rhai yn cario baich trwm. "Y Phariseaid
ysgwyddog" y gelwir llawer ohonynt. Y mae ganddynt
gannoedd o reolau—ynglŷn â bwyd, a glendid corff, a'r
synagog, a'r Sabath, a'r Deml. "Byddant yn ceisio
glanhau'r haul yn nesaf," yw sylw'r offeiriaid yn
Jerwsalem.'

'Pam y gwnânt eu bywyd yn faich fel hyn?'

'Credant fod byd ar ôl hwn ac y cânt eu gwobrwyo
ynddo.'

'Ac nid yw'ch tad yn malio am y byd hwnnw?'

'Y mae hwn yn ddigon da i'm tad,' meddai Othniel â
gwên. 'Ac i bob Sadwcead arall.'

'Ac i chwithau, Othniel?'

'Na,' oedd yr ateb breuddwydiol. 'Y mae arnaf ofn fy
mod i'n Pharisead yn hynny. Ac mewn llawer o bethau
eraill hefyd. Fel hwythau, credaf yn y Meseia.'

'Ond . . .'

'Ie?'

'Pa siawns sydd gan genedl fach fel eich un chwi yn
erbyn Rhufain? Heb fyddin, heb arfau, heb arweinwyr
milwrol.'

'Dim siawns o gwbl, Longinus. Ond y mae pethau sy'n
gryfach na byddinoedd ac arfau.'

'A'r rhai hynny?'

'Ein Duw a ffydd ein cenedl ynddo.'

Cymerodd Othniel ròl oddi ar silff gerllaw iddo a throi ei dalennau nes dod o hyd i'r un a geisiai.

'Hoffwn i chwi wrando ar y gerdd hon, Longinus,' meddai. 'Ceisiaf ei chyfieithu i Roeg fel yr af ymlaen.'

'Gan un o'ch hen feirdd?'

'Ie. Proffwyd o'r enw Eseia. Yr oedd ef yn byw pan oedd byddinoedd Asyria yn llifo tros y wlad. Ond er y gormes a'r anobaith, credai ef y deuai eto ryddid a chyfiawnder drwy'r tir a brenin fel Dafydd i'w orsedd yn Jerwsalem. Nid digon hynny i Eseia. Dylifai cenhedloedd y byd i addoli Iafe, ein Duw ni.'

'Yn Jerwsalem?'

'Ie. Dyma'r darn:

"A phobloedd lawer a ânt ac a ddywedant,
Deuwch ac esgynnwn i fynydd yr Arglwydd,
i dŷ Duw Jacob;
ac efe a'n dysg ni yn ei ffyrdd,
a ni a rodiwn yn ei lwybrau ef:
canys y gyfraith a â allan o Seion
a gair yr Arglwydd o Jerwsalem.
Ac efe a farna rhwng y cenhedloedd
ac a gerydda bobloedd lawer:
a hwy a gurant eu cleddyfau yn sychau
a'u gwaywffyn yn bladuriau:
ni chyfyd cenedl gleddyf yn erbyn cenedl
ac ni ddysgant ryfel mwyach".'

'Gweledigaeth gain, Othniel,' sylwodd y canwriad. 'Ac eofn.'

'Ond posibl, Longinus, posibl.'

Gwenodd y Rhufeinwr ac yna yfodd o'i win.

'Pa bryd yr oedd y proffwyd hwn yn byw?' gofynnodd.

'Eseia? Dros saith gant o flynyddoedd yn ôl.'

'Hm. Y mae gan bob proffwyd a bardd hawl i freuddwydio! Ond peth arall yw i genedl gyfan fagu gobeithion ffôl fel hyn.'

'Ffôl?'

'Wrth gwrs. Yr Aifft, Asyria, Babilon, Persia, Syria, ac yn awr Rhufain—gorthrwm yw ei hanes er yr holl ddyheu. Gorthrwm a chaethiwed.'

Edrychodd Othniel yn freuddwydiol drwy'r ffenestr, gan sisial,

' "Wrth afonydd Babilon,
Yno yr eisteddasom ac yr wylasom,
pan feddyliasom am Seion.
Ar yr helyg o'u mewn y crogasom ein telynau".'

'Anobaith llwyr,' sylwodd y canwriad.

'Dim ond am ennyd, Longinus,' atebodd Othniel, gan droi o'r ffenestr. 'Wrth afonydd Babilon hawdd oedd llaesu dwylo. Yr oedd Jerwsalem a'i Theml yn sarn a'i phobl wedi'u llusgo ymaith i Fabilon. Ond nid llaesu dwylo a wnaethant. Wrth afonydd Babilon yr aethant ati i gasglu ac i astudio'r hen Ysgrythurau. A phan gawsant ddychwelyd i'w gwlad ymhen blynyddoedd, yr oedd ganddynt bellach gyfreithiau a llenyddiaeth heb eu hail.'

'Gwych. Ond ni ddaeth eich Meseia. A phe codai . . .'

'Ie?'

'Fe'i hysgubid ef a'i fyddin ymaith mewn dim o amser.'

Cydiodd Othniel eto yn y rhòl a'i dal yn gariadus yn ei ddwylo.

'Eseia!' meddai mewn edmygedd. 'Nid ysgubwyd hwn ymaith. Asyria, nid hwn a ddiflannodd i'r llwch.'

Cymerodd ròl arall oddi ar y silff.

'Eseia arall,' meddai.

'O, yr oedd mwy nag un?'

'Oedd. Ym Mabilon y canai hwn, rhyw fardd dienw a'i feddyliau'n aur pur. Ym Mabilon, Longinus. Y mae hwn yn aros—ond beth a ddaeth o holl ogoniant Babilon?'

Nodiodd y canwriad yn araf.

'Proffwyd, nid milwr, fydd y Meseia, felly?' gofynnodd.

'Yr wyf fi'n ddyn sâl, Longinus,' oedd yr ateb, 'ac yn cael digon, mwy na digon, o amser i freuddwydio a darllen a myfyrio. Am arweinydd milwrol y mae'r genedl yn disgwyl. Ond tyfodd un peth yn glir iawn i mi yma yn fy nghongl wrth y ffenestr.'

'A hwnnw, Othniel?'

'Mai pethau'r meddwl a'r ysbryd sy'n fawr—ac yn wir nerthol. Na, nid milwr fydd y Meseia.'

'Proffwyd?'

'Fe fydd yn broffwyd.'

'Meddyliwr?'

'Fe fydd yn feddyliwr.'

'Nid wyf yn deall, Othniel.'

'Bydd yn fwy na hynny. Yn Fab Duw.'

Edmygai Longinus yr Iddewon hyn a'u syniadau crefyddol. Gwych o beth, er enghraifft, oedd addoli un Duw yn lle cannoedd fel cenhedloedd eraill. Mawrygai hefyd y parch a dalent i'w proffwydi a'u Hysgrythurau, a pharchai bobl a adawai i grefydd a'i weision ymwneud â'u holl fywyd beunyddiol. Oeddynt, yr oeddynt yn genedl ar wahân, yn anghyffredin mewn llawer ystyr. Ond yr oedd ganddynt lu o syniadau a defodau na ddeallai ef mohonynt—ac na cheisiai eu deall. Mab Duw?

Mab Duw? Edrychodd mewn dryswch ar Othniel, ond ni ofynnodd iddo egluro.

'A chred eich hen gaethwas Elihu mai'r gŵr hwn o Nasareth yw'r Meseia?' gofynnodd.

'Daeth yn ôl o Galilea yn rhyfeddu at ei weithredoedd yno,' atebodd Othniel. 'Ac nid yw wedi siarad am fawr ddim arall byth er hynny. Ond nid yng nghlyw fy nhad, wrth gwrs.'

'A phan ddaw'r Nasaread hwn yma, fe fydd yn eich iacháu?'

'Os daw.'

'O, y mae'n siŵr o wrando ar apêl Alys.'

Yr oedd cysgod yn llygaid Othniel a chwaraeai'n anesmwyth â'r rhòl yn ei ddwylo.

'Credwn innau hynny,' meddai. 'Tan neithiwr.'

'O? Beth a ddigwyddodd neithiwr?'

'Cefais freuddwyd annifyr iawn, Longinus. Gwelwn y proffwyd ifanc hwn yn sefyll yn rhwym tu allan i ogof dywyll ac afiach. A thu fewn i'r ogof yr oedd wynebau ffiaidd a chreulon yn cilwenu ar ei gilydd. Cynllwynwyr.'

'Lladron?'

'Nage. Gwŷr urddasol a phwysig a gwisgoedd heirdd amdanynt. Ac yn eu plith yr oedd wyneb . . . fy nhad.'

'Breuddwyd yw breuddwyd, Othniel,' meddai'r canwriad, gan godi a chymryd ei darian oddi wrth y mur. 'Ceisiwch ei anghofio. Bydd Alys yn sicr o ddwyn y proffwyd yma, cewch weld. Y mae'n siŵr o wrando ar Alys. Ni fedrai neb ei gwrthod hi. Ac wrth erfyn trosoch chwi bydd ei holl enaid . . .'

Yr oedd y gwrid yn llamu i wyneb Othniel, ac ni ddywedodd y canwriad ychwaneg.

'Wel, y mae'n rhaid imi fynd,' meddai. 'Yr wyf am fod yn Jerwsalem cyn nos.'

'Gwell i chwi aros nes daw fy chwaer yn ôl o'r synagog,' sylwodd Othniel. 'Neu bydd helynt yma.'

'Na, y mae'n ddoeth imi gychwyn. Byddaf yn cyfarfod Rwth yn Jerwsalem nos yfory.'

'Pa bryd y cawn ni gwrdd eto, Longinus?'

''Wn i ddim, wir. Hawdd oedd imi redeg i lawr yma o Jopa ar ddiwrnod rhydd a mynd yn ôl i'r gwersyll i gysgu. Ond y mae Jerwsalem ymhell.'

'Cewch ychydig ddyddiau rhydd cyn hir, efallai?'

'Dau ddiwrnod hollol glir, ymhen rhyw bum wythnos.'

'Rhaid i chwi eu treulio yma, ynteu. Cofiwch!'

'Hoffwn hynny, Othniel.'

'Campus. Edrychaf ymlaen at eich gweld.'

'Diolch yn fawr iawn.'

'Tan hynny, pob bendith, Longinus.'

'Ac i chwithau, Othniel. A breuddwydion melysach.'

'Gyrrwch air ataf o Jerwsalem.'

'Gwnaf, ac yn fuan.'

O'i ffenestr gwyliodd Othniel ef yn marchogaeth ymaith hyd lwybr y berllan ac yna, wedi i'r coed ei guddio am dipyn, i lawr y bryn tua'r cypreswydd llonydd ar ei waelod. Hoffai'r Rhufeiniwr myfyrgar a diffuant hwn yn fawr; yn wir, ni allai feddwl am neb y carai ei gwmni'n fwy. Neb ond Alys. Gresyn ei symud o'r garsiwn yn Jopa gerllaw. Ni welai fawr ohono yn awr, ac yntau yng Nghaer Antonia yn Jerwsalem. Llithrodd ei feddwl yn ôl tros lawer seiad felys gyda'r canwriad, pan dreulient oriau yn trafod beirdd ac athronwyr Groeg neu pan wrandawai Longinus yn astud ond beirniadol ar ryw salm

34

a gyfansoddodd ei gyfaill claf. Daethai Othniel i edrych ar y Rhufeiniwr fel un o'i ffrindiau pennaf.

Câi ei weld eto ymhen rhyw bum wythnos. Ond cyn hynny, deuai rhywun mwy na Longinus i Arimathea. Y Nasaread y soniai'r hen gaethwas Elihu gymaint amdano. Deuai, er gwaethaf y breuddwyd hyll am yr ogof a'i chynllwynwyr. Deuai, fe ddeuai, yr oedd yn sicr o ddod.

Arhosodd Joseff ar ôl yn y synagog i ymgynghori â'r gweinidog a'r Rheolwr a rhai o'r henuriaid. Neu, yn hytrach, i roi cyfle iddynt hwy ymgynghori ag ef. Gŵr pwysig a rhadlon a gerddai tuag adref, wedi i bawb gytuno'n wasaidd â phob awgrym o'i enau. Felly y teimlai Joseff bob Sabath wrth ddychwelyd o'r synagog, a chan fod y ffordd yn dringo hyd lethrau'r gwinwydd, yr oedd balchder bob amser yn ei drem. Ei winwydd ef.

Gresyn i Othniel gymylu'r dydd drwy sôn am y breudd-wyd ffôl 'na. Ond dyna, yr oedd y bachgen yn wael, a deuai pob math o ddychmygion i feddwl rhywun claf. Deuai, a rhaid oedd maddau i un felly. Ond fe haeddai'r hen gawethwas Elihu gerydd am gludo rhyw storïau gwirion fel hyn o'r Gogledd. Pam gynllwyn na chadwai'r hurtyn ei ofergoelion iddo'i hun? Gwyrthiau, wir!

Pan gyrhaeddodd waelod yr allt a ddringai tua'i dŷ, daeth ar draws yr hen Joctan yn eistedd ar fin y ffordd.

'Cael sbel fach, Joctan?'

'Ie. Yr hen synagog newydd 'na mor bell a'r hen goesau 'ma mor wan.' 'Hen' oedd popeth i Joctan.

Cododd yn awr, a cherddodd Joseff yn araf wrth ei ochr.

'Sut y mae'r mab hynaf y dyddiau yma, Joseff?'

'Othniel? Gweddol, wir.'

'Da iawn, da iawn. Nid oes angen gofyn sut mae'r mab arall.'

'Beniwda? Na, y mae ef yn llawn bywyd, onid ydyw?'

Rhoch chwern oedd ateb yr hen frawd. Ymlusgodd ymlaen am dipyn ac yna arhosodd i gael ei wynt ato.

'Mi welais i bump ohonynt yn cael eu croeshoelio unwaith,' meddai ymhen ennyd. 'Yn Jerwsalem. Bedair blynedd yn ôl.'

Ni ddeallai Joseff ac edrychodd yn syn ar ei gydymaith.

'Croeshoelio? Pwy, Joctan?'

'O, gan na wyddoch chwi ddim, Joseff, gwell imi gau fy ngheg. Neu bai am glebran a gaf fi.'

Ymlwybrodd ymlaen eto, gan anadlu'n swnllyd. Am yr ail waith yr un bore, yr oedd terfysg ym meddwl Joseff. Ei fab Beniwda? Croeshoelio? Beth a geisiai'r hen gybydd hwn ei ddweud?

Safodd Joctan eto cyn hir i bwyso ar ei ddwy ffon. Llaciodd linynnau'i wyneb i geisio gwenu'n gyfrwys.

'Na, nid yw Joctan eisiau cael ei alw'n Hen Geg gan neb,' meddai. 'Ond chwarae â thân y mae rhai o'r dynion ifainc 'ma, er hynny. Â rhywbeth gwaeth na thân. Y mae'r Rhufeinwyr 'ma'n ddidrugaredd weithiau.'

Edrychodd Joseff yn syth o'i flaen, gan geisio ymddangos yn ddidaro, ond teimlai fod llygaid bychain, maleisus yr hen gybydd arno. Dyn yn hoffi clwyfo eraill oedd Joctan a châi bleser yn awr yn chwilio am bryder yn wyneb y Cynghorwr.

Dringodd y ddau yn araf eto, ond dyheai Joseff am gael prysuro adref. Ni chofiai fore Sabath fel hwn. Othniel a'i freuddwyd i ddechrau, ac yn awr Beniwda a'i . . . A'i beth? Pa ffoliaeth a wnâi ef? Yr unig ddehongliad ar eiriau Joctan oedd fod Beniwda'n Genedlaetholwr, yn Selot, yn aelod o Blaid Rhyddid, a gwyddai pawb mor llym oedd y Rhufeiniaid ar rai felly. Ac wedi meddwl, pump o wŷr y Blaid oedd y rhai a groeshoeliwyd yn Jerwsalem ar y Pasg bedair blynedd ynghynt. Cofiodd Joseff i'w fab Beniwda droi'n chwyrn yn erbyn popeth estron yn ddiweddar. Pan alwai'r Rhufeiniwr Longinus yn y tŷ, ni siaradai air ag ef, a phan ddywedai ei chwaer neu ei fam rywbeth mewn Groeg, âi yn gaclwm gwyllt. Do, daethai rhyw newid mawr trosto.

A'r fath gythrwfl yn ei feddwl, ni allai Joseff ddioddef ychwaneg o ymlusgo wrth ochr yr hen Joctan.

'Rhaid i chwi faddau imi am eich gadael a brysio o'ch blaen, Joctan,' meddai. 'Yr wyf newydd gofio fod rhyw gyfeillion yn galw acw.'

'O, popeth yn iawn, popeth yn iawn, Joseff. Pwy yw'r hen Joctan dlawd i neb ymboeni ag ef?'

Cafodd Joseff ei fab Beniwda yn eistedd ar glustog wrth ddrws y tŷ.

'Y mae arnaf eisiau siarad â thi, Beniwda,' meddai wrtho. 'Awn am dro bach i'r berllan.'

'O'r gorau, 'Nhad. Ond peidiwch â swnio fel petai hi'n ddiwedd y byd.'

Safodd y ddau o dan hen olewydden yng nghanol y berllan.

'Wel?' meddai Joseff.

'Wel beth, 'Nhad?'

'A ydyw'r hyn a glywais yn wir?'

Chwarddodd Beniwda i guddio'i euogrwydd.

'Nid hawdd yw ateb y cwestiwn yna, 'Nhad! Os dywedwch beth a glywsoch . . .'

'A wyt ti'n aelod o Blaid Rhyddid?'

Wynebodd Joseff ei fab a syllodd yn syth i'w lygaid. Gwyddai nad oedd angen iddo ofyn ychwaneg.

'Pwy a fu'n cario'r stori hon i chwi? Yr Hen Geg, ie? Gwelais chwi'n dringo'r allt gydag ef.'

'Nid yw hynny o wahaniaeth. Ateb fy nghwestiwn i.'

'Chwilio am storïau felly y mae'r hen Joctan o fore tan nos.'

'Ateb fy nghwestiwn i. A wyt ti'n cyboli â dihirod y Blaid?'

Dihirod? Rhuthrodd gwrid i wyneb Beniwda a thân i'w lygaid.

'Ydwyf, yr wyf yn un o'r dihirod,' meddai'n herfeiddiol, 'os dihirod yw rhai sy'n caru'u gwlad ac yn ceisio'i hachub rhag y gorthrymwr. Ydwyf, yr wyf yn perthyn i'r Blaid! Ac yn falch o'r anrhydedd.'

Edrychodd Joseff ar fôn a brigau cnotiog yr hen olewydden fel gŵr mewn breuddwyd. Beniwda, ei fab ei hun, yn aelod o Blaid Rhyddid! Bob tro y daethai un o'r Blaid o flaen y Sanhedrin yn Jerwsalem, pleidleisiodd ef dros ei gondemnio a'i gyflwyno i'r Rhufeinwyr i'w groeshoelio ganddynt.

'Yr oeddwn i yn y Sanhedrin yr wythnos ddiwethaf,' meddai'n dawel. 'A chondemniwyd tri ohonynt gennym.'

'Do, mi wn. Gestas a Dysmas a Barabbas.'

'Gwyddost beth fydd eu tynged. Yn arbennig Barabbas. Fe laddodd ef filwr Rhufeinig mewn ysgarmes wrth y Deml.'

'Fe'u croeshoelir. Oni allwn wneud rhywbeth i'w hachub.'

'Gwneud beth?'

Nid atebodd Beniwda. Tynnodd ddeilen oddi ar

gangen a dechreuodd ei fysedd nerfus ei thorri'n ddarnau.

'Beth . . . beth a wnaeth i ti ymuno â'r . . . â'r Blaid?'

'Y mae'n ddrwg gennyf eich clwyfo, 'Nhad,' meddai Beniwda ymhen ennyd. 'Gwn eich bod chwi a gwŷr y Deml a'r Sanhedrin yn casáu'r Blaid. Ond yr ydych yn ddall.'

'Dall?'

'Ydych, i gyd yn ddall. Yn y Blaid y mae unig obaith y genedl. Lle bynnag yr ewch, beth a welwch chwi? Y bobl yn llwgu a threthi'r Rhufeinwyr a threthi'r Deml yn eu gwasgu i farwolaeth. Ewch i Jopa, ewch i Gesarea, ewch i Jericho, ewch i . . .'

Codai Beniwda ei lais a siaradai fel areithiwr ar lwyfan. Torrodd Joseff ar ei draws.

'Nid oes golwg llwgu arnat ti, Beniwda. Nac ar neb yn Arimathea hyd y gwn i.'

'Y mae Arimathea'n eithriad. Pam? Am eich bod chwi'n digwydd talu'n dda i'r gweithwyr. Ond hyd yn oed yn Arimathea y mae Job y Publican yn blingo'r bobl.'

'Iddew, nid Rhufeiniwr, yw Job.'

'Ond y Rhufeinwyr yw ei feistri. Hwy sy'n ei apwyntio i gasglu'r trethi iddynt. Ddoe ddiwethaf yr oeddwn i'n siarad â hen wraig yng ngwaelod y pentref. Yr oedd hi newydd fod â basgedaid fawr o ffrwythau yn y farchnad. "Gwerth pum darn o arian," meddai Job y Publican wrthi yn y porth, gan ddal ei law allan am y dreth ar hynny. Bu raid iddi dalu'r bumed ran o'u gwerth hwy, un darn o arian, yr unig un a oedd ganddi ar ei helw. Ond wedi iddi fod yn y farchnad drwy'r dydd, dim ond un darn a gafodd hi am y cwbl oll. A phan aeth hi'n ôl at Job, ni wnaeth hwnnw ond chwerthin am ei phen hi.'

'A sut y mae Plaid Rhyddid yn mynd i symud y pethau hyn?'

'Cewch weld. A chyn hir hefyd.'

'Cawn weld y Rhufeinwyr yn croeshoelio mwy a mwy o aelodau'r Blaid . . . Beniwda?'

'Ie?'

'Gwrando, 'machgen i. Chwarae â thân yr wyt ti. Â rhywbeth gwaeth na thân. Y mae'r Rhufeinwyr yn ddi-drugaredd weithiau.'

Ailadroddai Joseff eiriau'r hen Joctan yn beiriannol, gan gymaint ei bryder a'i ofn. 'Nid wyt ti wedi cyfri'r gost, Beniwda. Yr wyt ti yn fab i mi, a phan fyddaf fi farw, i ti ac i Othniel yr â f'ystad a'm cyfoeth i gyd. Byddi'n gefnog —a gelli ddefnyddio dy gyfoeth er mwyn daioni. Rho heibio'r ffolineb hwn, fy mab. Er mwyn dy fam. Er fy mwyn i. Er dy fwyn dy hun.'

Syllodd Beniwda ar y llawr heb ateb. Yna tynnodd ddeilen ifanc arall oddi ar frigyn i'w malu rhwng ei fysedd. 'Rhaid . . . rhaid i chwi roi amser imi feddwl am y peth, 'Nhad.'

'Rhaid, 'machgen i, rhaid, mi wn. Ond yn y cyfamser— ac yn enwedig yn Jerwsalem y dyddiau nesaf 'ma—yr wyf yn erfyn arnat am gadw ymaith oddi wrth y Blaid. Y mae'n debyg fod rhai o'r arweinwyr yn cyfarfod yno dros y Pasg?'

'Efallai,' meddai'r llanc yn wyliadwrus.

Cydiodd Joseff yn ei fraich a'i arwain yn ôl tua'r tŷ.

'Yr wyt ti'n ifanc, Beniwda. Ac yn llawn antur. Ond petai rhywbeth yn digwydd iti, fe dorrai dy fam ei chalon. Gwyddost beth yw'r rhywbeth hwnnw.'

Yr oedd cwmwl bychan ar lun croes wedi'i blannu ar

orwel y gorllewin. Syllodd y ddau arno fel y cerddent drwy'r berllan.

'A gwyddost hefyd,' chwanegodd Joseff, 'yr enw a rydd y Rhufeiniaid ar Selot.'

' "Lleidr",' meddai Beniwda rhwng ei ddannedd. 'A pham? Am ei fod yn ceisio dwyn ei eiddo ef ei hun. Ei ryddid. Ei hawl i fyw ac i feddwl ac i lunio'r dyfodol. Os oes rhywrai'n haeddu'r enw "lladron", y Rhufeinwyr yw'r rheini, yn ysbeilio ac yn lladd ac yn . . .'

Gafaelai huodledd yr areithiwr ynddo eto. Safodd Joseff ar y llwybr a gwasgodd ei fraich.

'Cymer di amser i feddwl am y pethau hyn, 'machgen i. A gweddïa ar Dduw am ei arweiniad. Gwn nad oes arnat eisiau torri calon dy fam.'

Gwyddai'r tad mai honno oedd y ddadl gryfaf y gallai ei defnyddio. Beniwda oedd cannwyll llygad ei fam.

Pan ddaethant i'r tŷ, gwelai Joseff ei ferch Rwth yn gadael ystafell Othniel. Yr oedd ei hwyneb yn fflam, a rhoes glep ffyrnig ar y drws.

'Beth sy, Rwth?' gofynnodd ei thad.

'Bob tro y daw yma, y mae Othniel am ei gael iddo'i hun,' atebodd y ferch yn wyllt.

'Pwy, 'ngeneth i?'

'Longinus. Fe alwodd yma gynnau ar ei ffordd i Jerwsalem. Ond yn lle ei gadw yma nes down i o'r synagog, fe adawodd Othniel iddo fynd i'w daith.'

Brysiodd Beniwda yn ei flaen, gan wrthod gwrando ar y sgwrs hon. Nid oedd ar Genedlaetholwr eisiau clywed dim am Rufeiniwr, a gwelai fai ar ei dad am adael iddo ddyfod ar gyfyl y tŷ o gwbl.

'Fe wnaeth y canwriad yn gall i fynd yn ei flaen,'

sylwodd Joseff. 'Y mae'n debyg ei fod am gyrraedd Jerwsalem cyn iddi dywyllu.'

Taflu'i phen a wnaeth Rwth ac edrych yn gas ar ddrws ystafell Othniel.

Diwrnod o hamdden a thawelwch oedd y Sabath, meddai Joseff wrtho'i hun, o orffwys a myfyrio. Ond y nefoedd fawr, yr oedd hwn yn troi'n helynt ar ôl helynt. Othniel, Beniwda, ac yn awr Rwth. Wel, gan mai i'r cyfeiriad hwnnw y mynnai'r dydd fynd, terfysg amdani ynteu.

'Gan dy fod ti wedi dechrau sôn am y Canwriad Longinus,' meddai, a cheisiai guddio'r cryndod a lithrai i'w lais, 'efallai ei bod hi'n bryd i mi ddweud gair ar y pwnc.'

Troes Rwth ei phen yn herfeiddiol.

'Hyd y gwelais i,' aeth Joseff ymlaen, 'y mae'n ddyn ifanc glân a hoffus, ac ymddiriedaf bob amser ym marn Othniel am rywun. Nid oes gennyf wrthwynebiad iddo ddod yma am dro weithiau, ond y mae gweld fy merch yn rhedeg ar ôl Rhufeiniwr . . .'

'Pwy sy'n rhedeg ar ei ôl?'

'Na, nid hynny oeddwn i'n feddwl, Rwth, ond . . .'

'Pwy sy'n rhedeg ar ei ôl?'

Gwyddai Joseff y dylasai ddewis ei eiriau'n fwy gofalus: yr oedd tymer wyllt ei mam gan Rwth.

'Yr hyn oeddwn i'n feddwl, Rwth, oedd mai Rhufeiniwr yw Rhufeiniwr. Ein lle ni yw—wel, bod yn gwrtais, wrth gwrs, ond peidio â thalu gormod o sylw iddynt. Y maent yn wahanol iawn i ni, ac er bod dynion da yn eu plith—fel y canwriad hwn, er enghraifft—ni ddylem fod yn gyfeillgar â hwy.'

'Pam?' Syllai Rwth yn ystyfnig ar y llawr.

Yr oedd hwn yn gwestiwn annifyr i Sadwcead cyfoethog. Casáu'r Rhufeinwyr a wnâi'r Phariseaid, gan ddefnyddio pob cyfle i ennyn llid y bobl yn eu herbyn, ond chwiliai Joseff a'i ddosbarth am fywyd esmwyth, tawel, gan geisio cael y gorau o'r ddau fyd, eiddo'r Iddew a'r Rhufeiniwr. Y gorau mewn cyfoeth a moeth. Wedi'r cwbl, dim ond unwaith yr oeddych ar yr hen ddaear 'ma, onid e? A chan i chwi ddigwydd bod mewn gwlad ag estroniaid yn rheoli ynddi, wel, rhaid oedd talu rhyw gymaint o wrogaeth iddynt. Dim ond i chwi fod yn gwrtais wrthynt hwy, yr oeddynt hwythau felly wrthych chwithau. A thalent yn hael ac yn brydlon am y gwin a brynent gennych.

'Wel,' meddai Joseff, gan osgoi'r gofyniad, 'efallai y bydd y dyn ifanc yn cael ei symud eto cyn hir—i Germania neu i Gâl am ddim a wyddom ni. Ac os ei di yn rhy hoff ohono, byddi'n ei theimlo hi'n chwith ar ei ôl.'

Ceisiai swnio'n garedig a thadol, a siaradai'n araf a phwyllog. Ond yr hyn a hoffai ei ddweud mewn gwirion-edd oedd fod ei ferch wedi gwirioni'i phen yn lân â'r canwriad a bod gan Longinus fwy o ddiddordeb yn ei brawd Othniel nag ynddi hi. Gallai rhywun dall weld hynny, meddai wrtho'i hun.

'Y mae Longinus wedi cael ei symud i Jerwsalem yn awr,' meddai'r eneth yn ddicllon, gan rythu ar ei thad fel petai ei fai ef oedd hynny. 'Pan oedd yn Jopa, gallai redeg i lawr yma i'n gweld weithiau. Ond ni welwn ddim ohono o hyn ymlaen. Dyna beth sy'n dod o fyw mewn rhyw dwll o le fel hwn.'

Rhuthrodd heibio iddo ac allan o'r tŷ cyn iddo gael cyfle i ddweud gair arall. Aeth yntau ymlaen yn ffwndrus tua'r ystafell-fwyta.

43

Yr oedd y bwrdd yno wedi'i osod, a hanner-gorweddai ei wraig ar fainc esmwyth yn aros i'r teulu ymgynnull. Plannodd ddau lygad llidiog arno.

'Arnoch chwi y mae'r bai, Joseff.'

'Y? Bai? Bai am beth, Esther?'

'Am fod Beniwda'n tyfu'n wyllt fel hyn. Y mae'r bachgen yn un anturus ac yn dyheu am ryw gyffro yn ei fywyd.'

'Ond . . . ond sut y mae'r bai arnaf fi?'

'Beth a ddisgwyliwch oddi wrth fachgen mewn lle fel Arimathea 'ma? Cyfrif ei fysedd yn ei oriau hamdden, y mae'n debyg!'

'Ond y mae Beniwda'n cael mynd o gwmpas y wlad i gasglu archebion ac arian am y gwin. Nid wyf yn eich deall, Esther.'

'Yr ydych yn fy neall yn iawn, Joseff. Nid Arimathea yw'r lle i fachgen mentrus fel Beniwda.'

'O? P'le, ynteu?'

'Prynasoch dir yn Jerwsalem i godi tŷ arno. Y mae yn agos i dair blynedd er hynny, onid oes? A chredem i gyd y byddem yn byw yn Jerwsalem ymhell cyn hyn. Ond hyd y gwn i, nid oes carreg wedi'i gosod arno.'

'Wel . . . y . . . yma yn Arimathea y mae'r ystad, a . . .'

'A Reuben y goruchwyliwr yn gofalu amdani. Esgus sâl, Joseff. Ac ar wahân i gysur Rwth a Beniwda a minnau, y mae rheswm arall dros i chwi godi'r tŷ.'

'O?'

'Oes. Y Sanhedrin. Edrychwch gymaint o'r cyfarfodydd yr ydych yn eu colli. A phaham? Am y teimlwch y daith yn bell. Ac os caf fi siarad yn blaen, Joseff . . .'

'Ie, Esther?'

'Y mae'n bryd i chwi fod yn *rhywun* yn y Sanhedrin. Ac ni ellwch chwi fod yn rhywun yn y Cyngor heb fynd i bob cwrdd a chodi'ch llais yn amlach yno. Pwy a ŵyr, efallai mai chwi fydd yr Archoffeiriad nesaf! Ond nid wrth aros yma ym mherfedd y wlad fel hyn y dewch yn bwysig yn y Sanhedrin. A byddai Beniwda a Rwth yn cael cyfle yn Jerwsalem.'

'Cyfle i beth, Esther?'

'I fod yn *rhywun,* debyg iawn. Pwy mae Rwth yn gyfarfod yma yn Arimathea?'

'Wel . . . y . . .'

'Neb. Clywais chwi'n ei beio am dalu cymaint o sylw i'r Canwriad Longinus. Petaem ni wedi symud i Jerwsalem ni fuasai hi wedi cyfarfod y Rhufeiniwr o gwbl, ac efallai mai ag un o feibion yr Archoffeiriad y buasai hi'n gyfeillgar erbyn hyn. A dyna Beniwda. Gweithio yn y gwinllannoedd a thrafaelio i werthu gwin! Petasai yntau yn Jerwsalem, buasai'n astudio yn y Coleg yno ac yn . . .'

'Ond ni ddangosodd Beniwda fod ganddo ddiddordeb mewn astudio, Esther.'

''Wyddoch chwi ddim sut y datblygai'r bachgen yn yr awyrgylch iawn. I beth yr oeddych chwi eisiau prynu'r tir yn Jerwsalem oni fwriadech adeiladu arno?'

'O, o'r gorau, af i weld Jafan, yr adeiladydd, yr wythnos nesaf.'

'Y mae gennych *fedd* yn Jerwsalem, un o'r beddau mwyaf costus yn yr holl ddinas, ond am y tŷ, y mae'r darn tir mor noeth â . . .'

'Dyna ddigon, Esther, dyna ddigon yn awr. Dywedais yr awn i weld Jafan yr wythnos nesaf 'ma.'

Daeth Beniwda a Rwth i mewn ac eisteddodd y teulu ar glustogau wrth y bwrdd isel i fwynhau bwyd a gwin. Mwynhau? Tawedog iawn oedd y cwmni oll, ac ni chofiai Joseff Sabath mor anghysurus â hwn. 'Am hynny y

bendithiodd yr Arglwydd y dydd Sabath ac a'i sancteidd-
iodd ef,' meddai'n chwerw wrtho'i hun.

II

Fore trannoeth, o'i sedd wrth y ffenestr gwyliodd Othniel
hwy'n cychwyn ar eu taith i Jerwsalem, y teulu ar
gamelod a'r gweision, Elihu ac Alys, ar asynnod. Chwif-
iodd ei law a gwenodd arnynt, gan geisio ymddangos yn
ddidaro, ond gwyddai y byddai'n unig iawn hebddynt. Yn
enwedig heb Alys. Daethai'r gaethferch fach o Roeg yn
rhan o'i fywyd bellach, ac yr oedd meddwl am fod heb
weld ei hwyneb na chlywed ei llais am wythnos gyfan yn
ei ddychrynu. Bu adeg pan weddïai bob dydd am gael
marw, am ddianc ymaith o boen a blinder ei gorff, ond
byth er pan ddaeth Alys atynt, dyheai am gael byw am
yfory a thrannoeth yn hyfrydwch ei chwmni hi. Hi a'i
hachubodd ef rhag anobaith.

Aeth y cwmni o'r golwg ymhen ennyd yng nghoed y
berllan, ond nid cyn i Alys daflu edrychiad cyflym yn ôl
tua'r tŷ—a ffenestr Othniel. Cyflym, rhag ofn bod llygaid
llym Elisabeth, y brif forwyn, yn ei gwylio o'r tŷ. Troes yr
hen Elihu hefyd ei ben yr un pryd, gan gymryd arno fod
rhywbeth o'i ôl a dynnai'i sylw, ond gwyddai Othniel mai
ymgais ydoedd i guddio chwilfrydedd Alys. Yr oedd yr
hen gaethwas yn hoff iawn o'r Roeges.

Tywynnai'r haul yn ddisglair a llanwai'r adar y berllan â
melyster eu cân. Bore hyfryd, ond cofiodd Othniel mai
twyllodrus oedd gwenau'r gwanwyn. Yn aml iawn
dygai'r bore heulwen ac awyr las, ond cyn nos wele
gaenen o eira ar faes a chlawdd neu'r Khamsin, gwynt

poeth yr anialwch, yn diffodd pob llewych o egni mewn dyn. Ond heddiw, yr oedd y gwanwyn ar ei orau; deunod y gog ymhell ac agos, y gwenoliaid yn ymdroelli'n llon uwchben, y fronfraith a'r durtur wrth eu bodd yng nghangau'r coed, ac ar y ddaear islaw gyfoeth o flodau amryliw. Gyferbyn â'r ffenestr, wrth droed coeden gitron, tyfai'r anemoni coch yn garped gloyw, ac yng nghanol y carped safai tri chlwstwr o gennin Pedr. Gwyliai Othniel gochni disglair y blodau bychain yn pylu fel y llithrai cwmwl, ennyd, dros yr haul, ac ymddangosai'r cennin Pedr yn awr fel brenhinoedd yn sefyll ar garped o borffor drud.

Daeth sŵn carnau'r camelod a'r asynnod i'w glyw: gadawsai'r cwmni lwybr glas y berllan a chyrraedd y ffordd galed, garegog. Gan fod y tŷ ar uchelder craig, gallai eu dilyn â'i lygaid i lawr y bryn at y cypreswydd llonydd, unfaint, wrth y tro ar y gwaelod, a phwysodd ymlaen ar ei sedd i wylio pob symudiad o'r eiddynt.

Gwenodd fel y llithrodd ei lygaid o un i'r llall. Edrychai ei dad i lawr yn freuddwydiol, gan godi'i ben weithiau i gydsynio â sylwadau huawdl ei wraig. Tawedog iawn oedd ef, meddai Othniel wrtho'i hun, tawedog a digynnwrf a chyffyrddus, heb boeni fawr am ddim. Pan oedd yn hogyn, credai Othniel fod ei dad yn ŵr doeth a meddylgar a hynod grefyddol; onid ag ef yr ymgynghorai Rheolwr y synagog ynghylch pob gwasanaeth, ac onid âi i Jerwsalem yn rheolaidd i gymryd rhan yng ngwaith y Deml sanct-aidd? A phan godwyd y synagog newydd yn Arimathea, ei dad a dalodd y rhan fwyaf o'r gost ac a ofalodd fod y gweithwyr yn llunio adeilad gwych. Galwai yno bob dydd i feirniadu neu i fendithio'u hegnïon, a phan dynnai'r gorchwyl tua'i derfyn, soniai amdano fel petai'n ffrwyth ei lafur ef ei hun. Tŷ i Dduw oedd y synagog, ond er ei waethaf tyfodd y syniad ym meddwl Othniel mai ei dad, ac nid Iafe, oedd piau'r un yn Arimathea. A phan gafodd, yn dair ar ddeg, y fraint o ddarllen rhannau o'r Gyfraith yn y gwasanaeth, ceisiai wneud hynny'n glir a dwys, gan wybod fod ei dad, yn hytrach na'r Goruchaf, yn gwrando.

Yr oedd yn wael yn awr ers pedair blynedd ac yn methu â dilyn ei orchwylion ar yr ystad. Pan oedd yn iach ni welsai lawer ar ei dad, ond dug ei segurdod hwy'n nes at ei gilydd. Gynt, am y gwinwydd neu'r olewydd y siaradent neu am bobl a phethau'r pentref, ond yn awr yn y rhòl a ddarllenai neu'r gerdd a luniai y ceisiai ennyn diddordeb ei dad. A sylweddolai Othniel yn fwyfwy bob dydd nad oedd ei dad yn feddyliwr o gwbl; pan ofynnai pwnc yr ymddiddan am ryw gymaint o wybodaeth neu ddychymyg, buan yr âi'n fudandod rhyngddynt. Er bod ei dad yn Sadwcead blaenllaw ac yn ŵr amlwg yng nghynghorau'r Deml, darganfu Othniel mai arwynebol oedd ei ddiddordeb yn y Gyfraith, a chasâi'r Phariseaid am eu manyldra a'u duwioldeb hwy. 'Rhowch imi lonydd i fwynhau fy mywyd esmwyth a digyffro,' a ddywedai'i holl natur. 'Y mae'n wir i'm tad fod yn offeiriad pwysig yn y Deml ac yn ŵr defosiynol iawn. Pa waeth? Fe gasglodd gyfoeth mawr yno ac â'r cyfoeth hwnnw y prynodd yr ystad hon yn Arimathea. Wel, gedwch i minnau a'm teulu eistedd yn llawen wrth y bwrdd a arlwyodd ef inni. Lol yw sôn y Phariseaid am fywyd ar ôl hwn: felly, gedwch inni fwynhau'r dyddiau a'r pethau sydd gennym, gan roddi clod i Dduw amdanynt a chyflwyno cyfran dda ohonynt iddo ef yn ei Deml.'

Felly, yr oedd Othniel yn sicr, y siaradai'i dad ag ef ei hun, gan ymddwyn fel petai'n ddall i gyni'r bobl ac i ormes y Rhufeinwyr. Yr oedd trethi'r Deml a threthi Rhufain yn llethu'r genedl yn lân, a phrin y gallai'r rhai tlotaf yn eu plith gadw corff ac enaid ynghyd. Ond yr oedd yn fyd braf ar Sadwcead cyfoethog. Câi ef ddegwm da o drethi'r Deml; a chwarae teg i'r Rhufeinwyr, yr oeddynt yn prynu llawer o win ac yn talu'n dda amdano. Er hynny, gwelsai Othniel bryder yn llygaid ei dad droeon, a gwyddai nad oedd mor ddifraw ag y ceisiai ymddangos: o ganol ei esmwythyd a'i foeth taflai ambell olwg anesmwyth tua'r tlodi a'r trueni o'i amgylch. A ddoe, pan ddeallodd hyd sicrwydd fod ei fab ei hun, Beniwda, yn aelod o Blaid Rhyddid, oni theimlai mai ar dywod yr adeiladodd blas ei ddigonedd? Un mab yn aelod o Blaid Rhyddid, y llall yn sôn byth a hefyd am y Nasaread a gynhyrfai'r wlad, y ferch mewn cariad â Rhufeiniwr—a oedd sylfeini'r plas yn ymddatod?

Gwelai Othniel ei dad yn awr yn syth ac urddasol ar ei gamel, fel un heb bryder yn y byd, a theimlai'n drist wrth gofio am ddoe a'i helbulon. Buasai'n gyfaill yn ogystal â thad iddynt oll, yn hynod garedig a haelionus, yn bwyllog ac eangfrydig ei gyngor, yn dawel ac amyneddgar ei ffordd. A mawr oedd ei barch yn yr ardal, yn arbennig ymhlith y tlodion, oherwydd nid âi cardotyn byth ymaith o'i ddrws yn waglaw. Ei dad oedd arwr Othniel pan oedd yn llanc: yr oedd popeth a ddywedai ac a wnâi uwchlaw beirniadaeth. Erbyn hyn, ac yn arbennig er pan aeth yn wael, gwelai ei ddiffygion, ei ddifrawder cysurus yn enwedig, cystal â neb. Er hynny, yr oedd yn flin ganddo am helyntion ddoe a'r loes a ddygasant iddo. Pam yr oedd mor chwyrn yn erbyn y Nasaread, tybed? Gallai Othniel ddeall ei fraw a'i siom o ddarganfod bod ei fab yn aelod o Blaid Rhyddid, ond os ffŵl penboeth oedd y proffwyd o

Galilea, pam yr ofnid ef a'i ddylanwad? A deimlai gwŷr y Deml fod eu gafael ar y bobl yn llacio? A wyddai ei dad, yn ei funudau tawelaf, fod y pethau syml a sylfaenol y safai'r Nasaread trostynt yn fwy arhosol na holl ogoniant y Deml? Tybiai Othniel iddo weld rhyw euogrwydd yn llygaid ei dad pan soniodd am yr ogof wrtho, ond efallai mai canfod rhywbeth y chwiliai amdano a wnâi. Na, ymddangosai yn awr yn y pellter yn bur ddibryder, gan farchogaeth yn hamddenol a thaflu ambell drem fodlon ar lethrau graenus y gwinwydd.

Gwenodd Othniel wrth sylwi fod llaw a phen ei fam mor huawdl â'i thafod. Marchogai hi wrth ochr ei gŵr, gan barablu pymtheg y dwsin a phwysleisio pob gair ag ystumiau cyflym. Nid oedd Othniel mor hoff o'i fam ag ydoedd o'i dad; yn wir, yn ddiweddar, ac yntau'n byw a bod yn y tŷ, tyfodd rhywbeth tebyg i elyniaeth gudd rhyngddynt. Yr oedd hi'n dalp o egni, heb fod yn llonydd am eiliad, ac er ei gwaethaf, dirmygai'r mab a eisteddai'n syn wrth y ffenestr o fore tan nos a'i lygaid mawr yn llawn breuddwydion. Ei frawd Beniwda oedd ei ffefryn hi: yr oedd ef yn debyg iddi, yn llawn bywyd anesmwyth, yn dafodrydd fel hithau, heb gysgod ar ei feddwl chwim. Heb gysgod? Ymdaflodd yn sydyn i gynlluniau Plaid Rhyddid, a gwyddai pawb beth a wnâi'r Rhufeinwyr ag aelodau o'r blaid honno pan ddalient hwy. Ym mhob gwersyll yr oedd croesau'n bentwr yn erbyn y mur—yn barod i hoelio rhai fel Beniwda arnynt.

Marchogai ef yn awr tu ôl i'w dad ac wrth ochr Rwth, ond sylwai Othniel na siaradai Beniwda air â'i chwaer. I Genedlaetholwr chwyrn fel ef yr oedd hi'n ddirmygus— mewn cariad â Rhufeiniwr ac yn siarad Groeg byth a hefyd. Byddai'r daith i Jerwsalem yng nghwmni'i gilydd fel hyn yn anghysurus, a hiraethai Beniwda, yn sicr, am gael brysio ymlaen ei hun i gyfarfod rhai o wŷr blaenllaw Plaid Rhyddid yn y brifddinas. Gwelai Othniel fod ei fam yn taflu ambell sylw tros ei hysgwydd ato, a thybiai mai ceisio'i gadw'n ddiddig yr oedd. Ond byddai hithau'n sicr o droi'n ddifeddwl at ei merch cyn hir a dweud rhywbeth mewn Groeg; âi mulni Beniwda'n gynddaredd wedyn. Ni synnai glywed, pan ddychwelent o Jerwsalem, i Beniwda ddyfeisio rhyw esgus i'w gadael hwy ar y daith ac iddo gyrraedd y ddinas ymhell o'u blaenau.

Edmygai Othniel sêl a brwdfrydedd ei frawd. Yr oedd ei syniadau braidd yn gul, efallai, a thueddai i chwilio am wendidau pawb ond aelodau o'r Blaid, ond ymgysegrai â'i holl enaid yn awr i hyrwyddo'r mudiad. Denai Plaid Rhyddid ugeiniau, onid cannoedd, o wŷr ifainc penboeth fel Beniwda i'w rhengoedd, ond araf oedd ei chynnydd ymhlith gwerin y wlad, yn bennaf oherwydd gorhyder a phendantrwydd ffyrnig ei dilynwyr. Casáu a herio popeth a wnâi Rhufain—nid oedd hynny, ym marn y bobl gyffredin, yn ddigon o sylfaen i adeiladu arni. A pha siawns a oedd gan werin dlawd yn erbyn gallu milwrol y concwerwyr? Cofient lawer galanastra yn eu tref neu bentref pan feiddiodd rhywrai wrthod talu'r dreth i Gesar—a bodlonent ar ymostwng a cheisio byw ar y nesaf peth i ddim er mwyn rhoi arian y trethi o'r neilltu. Ond câi Beniwda a'i debyg ddeunydd huodledd ac ystrywiau yn ymdrechion y Blaid, a mwyaf yn y byd y siaradent ac y cynllunient, yn wylltach beunydd y llosgai tân eu ffydd. Petai'r aelodau oll mor onest ac annibynnol â Beniwda, fe dyfai'r mudiad, yn ddi-ddadl, yn un nerthol yn y tir, ond yr oedd llawer o'r dilynwyr uchaf eu cloch yn bur barod i dderbyn y ffafrau a'r swyddi a gynigiai'r rheolwr cyfrwys iddynt. Tawent, gyda diolch, ac yr oedd amryw ohonynt erbyn hyn yn bublicanod blonegog. Ond adwaenai Othniel ei frawd yn ddigon da i wybod na lygrid mohono ef felly.

Wrth ei ochr, yn marchogaeth fel brenhines, a'i phenwisg ysgarlad yn nofio fel baner ar y gwynt, eisteddai Rwth yn urddasol ar ei chamel, fel petai'r torfeydd a lifai i Jerwsalem yn ymgasglu yno i'w chroesawu hi. Ysgydwodd Othniel ei ben yn freuddwydiol wrth syllu arni. Aethai Rwth, ei chwaer fach, yn llances hardd mewn noswaith megis. Ymddangosai fel ddoe yr adeg pan ddeuai hi ambell hwyr i'w alw o'i waith yn y gwinllannoedd ac y dygai ef hi i'r tŷ'n fuddugoliaethus ar ei ysgwyddau a'u chwerthin yn llon ac uchel. Ond erbyn hyn tyfasant ar wahân.

Ie, dieithriaid oeddynt mwyach. Trigent yn yr un tŷ, chwarddent uwch yr un pethau, ymgomient am yr un cydnabod a chyfeillion, ond yr oedd agendor rhyngddynt yn awr. Pan oedd Othniel yn iach, treuliai lawer hwyr yn yr haf a'r hydref ar y 'tŵr-gwylio' yng nghanol y winllan, ar wyliadwriaeth rhag lladron. Mwynhâi unigrwydd a thawelwch y lle, ac yno y deuai rhai o'r salmau gorau i'w feddwl. Ond araf weithiau y llithrai'r amser heibio, a melys iddo ar yr adegau hynny oedd gweld Rwth yn dringo'r llechwedd tuag ato ac yn ymuno ag ef ar y tŵr. Treulient awr ddifyr yn cellwair, gan ddychmygu gweld lladron yn cloddio drwodd neu gymryd arnynt ymladd â'i gilydd neu geisio dynwared rhai o'r campau corfforol a welsent yn arena'r Rhufeinwyr un tro yng Nghesarea. Mor bell oedd y dyddiau hynny bellach! Ymddangosai pedair blynedd ei waeledd fel oes a dreuliodd ar ryw ynys leddf ac unig: a ddihangai ef byth ohoni yn ôl i sŵn chwerthin a chân a llawenydd?

Ni welsai ef lawer ar Rwth yn ystod y pedair blynedd hyn. Daethai rhyw ysfa i grwydro trosti—i Jericho, i Sora, i Gath, i Jopa, i rywle lle'r oedd perthnasau gan ei rhieni —a chrwydrodd yntau lawer i chwilio am iachâd. A phan fyddent ill dau gartref, ceisiai hi ei osgoi. Yr oedd gwendid corff ac afiechyd yn rhywbeth tu allan i fyd Rwth, yn ddieithrwch y dihangai'n ddychrynedig rhagddo. Yr oedd ei hoen a'i hynni'n ddihysbydd, fel egni anifail chwim, ysgafndroed; ond pan ddeuai hi i'w gwmni ef, yr oedd bellach yn ansicr a ffwndrus, fel petai'n ddyletswydd arni i ffrwyno'i hasbri yn ei ŵydd; yn wir, fel petai hi'n euog o'i blegid. Yr oedd ei chwerthin yn rhy sydyn ac eiddgar i fod yn naturiol, a chwiliai'n rhy ddyfal am rywbeth diddorol i'w ddweud. Cawsai ei rhybuddio, yn amlwg, i ymddwyn yn ddifraw, i beidio ar un cyfrif ag ymddangos yn dosturiol, i fod yn llon fel cynt yn ei gwmni, ond gwyddai Othniel fod yr ymdrech yn dreth arni ac y dyheai am ddianc yn ôl i ryddid dilestair ymhlith eraill.

Teimlai yntau'n annifyr yn ei chwmni, yr oedd yn rhaid iddo gyfaddef. Gynt, pinsio'i chlust a thynnu'i gwallt a ffug-ymladd â hi a wnâi, a mawr oedd eu stŵr. 'Nid yw'r ddau yna'n hanner call,' fyddai sylw'i dad yn aml wrth glywed eu sŵn yn y berllan neu yn y tŷ. Ni allai gofio un egwyl o ymgomio neu ddadlau â hi yn y dyddiau hynny: pa le bynnag y cyfarfyddent, cymryd arnynt ymgiprys a wnaent bob gafael. Erbyn hyn yr oedd ef yn ddyn sâl, a gwthiodd ei wendid ef i fyd myfyr a dychymyg ac atgof. Ni wyddai ac ni phoenai Rwth am y byd hwnnw: yn wir, prin y meddyliai am ddim ond am ei gwallt a'i dwylo a'i gwisg, er nad oedd fawr neb yn Arimathea i'w hedmygu. Am fân ddigwyddiadau ym mywyd y pentref y siaradent, a châi yntau hi'n anodd weithiau i dynnu'i feddwl oddi wrth ei fyfyrdodau a'i farddoni at y pethau hyn. Dôi geiriau i'w dafod a gwên i'w lygaid, ond daliai canol ei feddwl i fyfyrio o hyd.

Pam yr oedd y Rhufeiniwr Longinus mor hoff o Rwth, tybed? Ai ei hwyneb tlws a'i chorff lluniaidd a'i denai? Efallai, yn wir. Ond a *oedd* ef yn hoff ohoni? Pan ddeuai ar wib i Arimathea, yn ymgomio ag ef, Othniel, y treuliai'r rhan fwyaf o'i amser, gan fwynhau sgwrs am ddeialogau'r athronydd Groegaidd Plato. Siaradai fel un a sychedai am ymgom felly, fel petai wedi syrffedu'n lân ar sylwadau'i gyd-filwyr ar win a merched a brwydrau ac yn llawenhau drwyddo yng nghwmni enaid cytûn. Casâi Rwth y seiadau hyn: aent â Longinus oddi arni, ac yntau wedi dod bob cam o Jopa i'w gweld. Edrychai'n gas ar ei brawd, ac ni siaradai air ag ef am oriau ar ôl un ohonynt. Ond chwarae teg, nid arno ef yr oedd y bai. Er mor felys oedd y sgwrs iddo, gwnâi bob esgus i geisio ymddeol ohoni, gan gymryd arno fod yn flinedig neu'n ddi-hwyl er mwyn i Longinus fynd â Rwth allan am dro. Ond buan y dychwelent ac yr ailgydiai'r Rhufeiniwr yn y ddadl neu'r ddamcaniaeth. Nid tipyn o ganwriad ym myddin Rhufain a ddylai'r gŵr ifanc meddylgar a breuddwydiol hwn fod, a cheisiodd Othniel droeon ddarganfod pam y dewisodd fod yn filwr. Yr oedd fel hogyn yng nghwmni Rwth, yn cellwair a chwerthin yn wastadol, ond gwelsai Othniel ambell gysgod sydyn yn ei lygaid. Ai ceisio anghofio rhywun neu rywbeth yr oedd?

Tu ôl i Rwth, ar asyn fel y gweddai i gaethferch, marchogai Alys, ac wrth ei hochr hi, yr hen Elihu. Syllodd

Othniel yn hir ar Alys yn ei gŵn gwyn a'i phenwisg o las golau. Ni welai hi eto am wythnos gyfan, a byddai ei fyd yn wag hebddi. Cofiai'r diwrnod cyntaf hwnnw, ddeufis yn ôl, pan ddug Longinus y ferch o Roeges atynt. Wrth groesi o Rufain i Jopa, daliesid y llong y teithiai ef ynddi mewn ystorm enbyd un nos, ac yn y bore, pan dawelodd y môr, gwelodd un o'r llongwyr ddarn mawr o bren yn nofio tuag atynt. Syllodd yn bryderus arno, gan ofni yr hyrddiai'r tonnau ef yn erbyn y llong, ac yna sylweddolodd fod rhywun yn hongian wrtho. Rhuthrodd yn gyffrous i flaen y llong, gan alw am gymorth ei gyd-forwyr i daflu rhaff dros y bwrdd. Heb oedi ennyd, clymodd Longinus y rhaff am ei ganol a neidiodd i'r môr. Trawodd y pren yn erbyn y llong a thaflwyd y ferch oddi arno. Yn ffodus, i gyfeiriad Longinus y lluchiwyd hi, a buan yr oedd ei fraich amdani a'r ddau'n cael eu codi i ddiogelwch y llong. Pan ddaeth yr eneth ati'i hun ac adrodd ei stori, yr oedd dagrau yn llygaid hyd yn oed hen gapten gerwin y *Livia*. Croesai Alys a'i rhieni o Athen i Gesarea: cawsent air fod ei brawd Melas, a oedd yno ar fusnes, wedi'i daflu i garchar gan y Rhufeinwyr. Holltodd eu llong yn ddwy yn rhyferthwy'r ystorm, a hyd y gwyddai, hi yn unig a ddihangodd yn fyw.

Cyrhaeddwyd Jopa cyn hir, ac ni wyddai neb beth yn y byd i'w wneud â'r Roeges fach. Cynigiodd yr hen gapten, a fwriadai alw yn Athen ar ei ffordd i Rufain, ei chludo'n ôl yn rhad ac am ddim, ond ni allai hi feddwl am ddychwelyd i wacter oer ei chartref. Wylai'n hidl wrth ei dychmygu'i hun yno heb ei thad a'i mam. Yr oedd ei chwaer fach Diana newydd farw o'r pla, a'i rhieni yng ngwaelod y môr, ei brawd mewn cell Rufeinig—torrai'i chalon mewn anobaith llwyr. Cofiodd Longinus am deulu Rwth yn Arimathea, a'i dug hi yno, gan erfyn arnynt ei chymryd fel caethferch.

Gwelai Othniel hi'n sefyll o'u blaenau eto fel y gwnaethai y diwrnod cyntaf hwnnw a'i lygaid yn llawn ofn. Pan edrychodd ef i mewn i'r llygaid rhyfeddol hynny, ni ddeallai sut y gallai ei fam wrthsefyll eu hapêl. Na, meddai hi wrth y Rhufeiniwr, nid oedd arnynt eisiau caethferch arall, ond efallai y carai hen Joctan, eu cymydog, ei chael. Cododd holl natur Othniel mewn gwrthryfel: ni châi'r ferch hon fynd at yr hen gybydd blin Joctan. Gwyddai mor hoff oedd ei fam o rodresa tipyn drwy siarad Groeg ac o sôn, yng nghwmni dieithriaid yn arbennig, am yr ychydig wythnosau a dreuliasai unwaith yn Athen. Taflodd winc ar Longinus. 'O Athen y daw'r ferch hon, Mam,' meddai, 'a chewch holl hanes y lle ganddi—a gwybod am y ffasiynau diweddaraf yno.' Yr oedd y ddadl yn ddigon.

Yna, rai dyddiau wedyn, bu'r helynt â Rwth.

Eisteddai Othniel un prynhawn yn ei hoff fan wrth y ffrwd yng nghwr pellaf y berllan. Teimlai'n swrth, a llithrodd y rhòl a darllenai o'i ddwylo i'r llawr. Yr oedd hanner y ffordd i fro cwsg pan glywodd sŵn rhywun yn beichio wylo. Gŵyrodd ymlaen i edrych heibio i foncyff y ffigysbren a oedd rhyngddo a'r sŵn; gerllaw, a'i holl gorff yn cael ei ysgwyd gan ei thrallod, pwysai'r Roeges fach yn erbyn coeden, yn torri'i chalon yn lân. Tawelodd yr wylo cyn hir a throi'n riddfan isel dwfn a oedd yn dristach fyth. Llithrodd i'r llawr gan gydio'n ffwndrus yn y glaswellt a'r dail gwywedig a'u dal yn ei dwylo gan syllu'n orffwyll arnynt. Gwelodd Othniel hi'n cusanu un ddeilen fechan ac yn sisial rhywbeth yn floesg wrthi. Gwrandawodd yn astud, ond ni chlywai'r geiriau. Yna daeth y beichio wylo drachefn ac wedyn y griddfan torcalonnus.

'Alys!'

Troes ei phen mewn braw: ni wyddai fod neb yn dyst o'i galar. Sychodd ei dagrau'n frysiog a daeth ato: ymddangosai fel rhyw anifail eiddil, dychrynedig.

'Beth sydd, Alys?'

'Dim byd, Syr.'

'Dim byd?'

'Dim ond . . . dim ond hiraeth am fy nhad a'm mam.'

'Efallai eu bod hwy'n ddiogel yn rhywle, Alys, fel chwithau.'

'Nac ydynt, Syr. Gwelais don fawr yn eu hysgubo gyda'i gilydd i'r môr.' Rhoes ei llaw ar ei llygaid, fel pe i'w cuddio rhag yr atgof.

'Ond yr oedd hi'n nos.'

'Yr oedd y wawr yn dechrau torri, Syr. Gwaeddodd y Capten fod y gwaethaf drosodd a bod y gwynt yn dechrau troi i'r de. Ond yr oedd y tonnau o hyd fel bleiddiaid o gwmpas y llong, yn neidio arni mewn cynddaredd, fel pe i geisio'i llarpio. Yn ystod y nos ysgubwyd tri o'r llongwyr ac amryw o'r teithwyr a phob anifail a oedd ar y bwrdd—cludo anifeiliaid i Gesarea yr oedd y llong, Syr—i'r môr, a rhwygwyd yr hwyliau'n gyrbibion. Yr oedd y llyw hefyd yn ddiwerth erbyn hyn a'r llong mor ddiymadferth â darn o bren. Trueni inni deithio arni. Nid oedd hi'n gymwys i ddim ond i'w thorri'n danwydd.'

'Rhy hen i'r môr?'

'Yr oedd rhannau o'r dec yn pydru, a thrwy'r nos disgwyliem glywed sŵn y llong yn hollti'n ddwy oddi tanom. Yna, wedi i'r Capten weiddi fod y storm yn llacio a'r gwynt yn symud i'r de, syrthiodd ton anferth, mynydd o ddŵr gwyrdd . . .' Rhoes ei llaw tros ei llygaid eto.

'Na, peidiwch â dweud rhagor: ceisio anghofio yw'r peth gorau i chwi.'

'Yr oeddym ein tri gyda'n gilydd, Syr, yn gafael am ein bywyd mewn rhyw hen angor haearn. Clywais hwy'n gweiddi a medrais agor fy llygaid i weld y llifeiriant yn eu hysgubo dros y bwrdd. Yr oedd yr hen long ar ei hochr a charpiau'r hwyliau bron â chyffwrdd y dŵr. Ymsythodd y llong eto ymhen ennyd, ac yna rhuthrodd mynydd arall . . .'

Daeth llais Rwth o gyfeiriad y tŷ: yr oedd yn amlwg ei bod hi'n wyllt am rywbeth. 'Mi fyddaf yn rhoi gorchymyn i Elisabeth,' meddai—Elisabeth oedd y brif forwyn—'i'w chwipio hi nes bydd hi'n gwaedu. Fy ngwisg newydd i!'

Gan mai yn Aramaeg y siaradai Rwth, ni ddeallai Alys y geiriau.

'Y mae fy chwaer Rwth yn bygwth chwipio rhywun,' meddai Othniel. 'Chwi, efallai? Beth a ddigwyddodd i'r wisg?'

Torrodd y Roeges i wylo eto.

'Dwyn cwpanaid o win i'ch mam yr oeddwn i,' meddai cyn hir. 'I'r oruwch-ystafell. Ac mi lithrais ar y grisiau pan oedd eich chwaer yn brysio heibio imi. Collais beth o'r gwin ar ei gwisg.'

'Y mae'r grisiau'n gul. Lle Rwth oedd aros nes i chwi gyrraedd eu pen. Peidiwch â phoeni: mi gaf fi air â hi.'

'O, diolch, Syr. 'Wn i ddim beth a wnawn i petawn i'n cael fy ngyrru oddi yma. Nid oes gennyf arian i fynd yn ôl i Athen, a phed awn yn ôl, gwn y torrwn fy nghalon yno heb fy nhad a'm mam.'

'Y mae Rwth yn ifanc, Alys—a thipyn yn wyllt, efallai.

Ond mae'i chalon hi'n iawn, er ei bod hi'n ymddangos mor ddideimlad. Ni synnwn i ddim ei gweld hi'n rhoi'r wisg 'na i chwi—fel arwydd o'i hedifeirwch!'

Gwenodd y Roeges drwy'i dagrau, ac yna plygodd i godi'r rhòl a oedd wrth draed Othniel.

'Hesiod!' meddai wrth ei throsglwyddo iddo.

Agorodd llygaid Othniel mewn syndod.

'Ef oedd hoff fardd fy nhad,' chwanegodd y ferch, gan wylo'n dawel.

'Ond . . . ond sut y gwyddech chwi mai gwaith Hesiod oedd hwn?' gofynnodd Othniel.

'Eich gweld chwi'n ei ddarllen yn y tŷ y bore 'ma a wnes i, Syr. A gynnau, pan gariodd y gweision chwi yma i'r berllan, gadawsoch y rhòl ar y fainc.'

'Do, anghofiais amdani, a bu'n rhaid imi yrru Simeon i'w nôl.'

'Yr oeddwn i wrthi'n ei darllen pan ddaeth Simeon yn ôl i'r tŷ. Gobeithio y maddeuwch imi, Syr.'

'Nid oes un ferch y ffordd yma yn gallu darllen. Dim ond y bechgyn—ac nid pawb o'r rheini. Pwy a'ch dysgodd?'

'Fy nhad. Fe ddechreuodd ddysgu Diana hefyd.'

'Diana?'

'Fy chwaer fach. Ond bu hi farw dan y pla a ddaeth i Athen. Chwech wythnos yn ôl. Yr oedd Diana'n dysgu'n gyflym iawn hefyd, yn gyflymach na fi o lawer.'

''Fuasech chwi . . . 'fuasech chwi'n darllen i mi weithiau? Mae . . . mae fy llygaid i'n blino'n fuan.'

'O, wrth gwrs, Syr. Mi fuaswn i wrth fy modd.'

A dyna gychwyn y gyfathrach rhyngddynt. Erbyn hyn, gwrando ar fiwsig ei llais tawel a syllu ar ei hwyneb tlws a'i gwallt gloywddu oedd hyfrydwch pennaf Othniel. Yr oedd yn ei charu, a gwyddai ei bod hithau'n hoff ohono

yntau. Petai'n gwella—a daliai i obeithio y câi adferiad—
gofynnai iddi ei briodi, a thrigent yn un o'r tai newydd a
godasai'i dad yng nghwr uchaf yr ystad. Petai'n gwella
. . .! Beth, tybed, a ddywedai'r Nasaread wrthi?

Fel y syllai arni'n marchogaeth tu ôl i Rwth, gwyddai na
allai ddanfon neb gwell at y rabbi o Galilea i erfyn ar ei
ran: ymbil dros un a garai y byddai hi. Ni fynegasai hi
hynny i neb, a chadwai'n wylaidd ei lle fel caethferch yn y
tŷ, ond nid âi awr heibio na chwiliai hi am gyfle i wneud
rhyw gymwynas fach ag ef. Tybiai Othniel fod dealltwr-
iaeth gyfrin rhyngddi hi a'r hen Elihu: yn aml iawn pan
ofynnai ef am rywbeth i Elihu, Alys a'i dygai iddo.

Elihu! Gwyliai ef yn awr ar ei asyn, yn ymddiddan ag
Alys, a gwenai Othniel wrth gofio mor afrwydd oedd
Groeg yr hen frawd. Buasai'n gaethwas i'w dad ers tua
deng mlynedd ar hugain bellach, a chawsai gynnig ei
ryddid droeon. Ond nis mynnai. Ar ddiwedd pob chwe
blynedd digwyddai'r un peth. Gwrthodai Elihu ei ryddid,
ond byddai'n dra diolchgar i'w feistr am adael iddo gael
un golwg arall ar fro'i ieuenctid. Gwyddai—yr un oedd ei
eiriau bob tro—ei fod yn hy, yn gofyn llawer ar law ei
feistr haelionus, yn manteisio ar ei garedigrwydd, ond
hiraethai am droedio unwaith eto wrth lan Llyn Gennesaret.
Yno, gerllaw Capernaum, y chwaraesai yn hogyn; yno yr
oedd bedd ei dadau. Rhoddid iddo asyn ac arian a bwyd
i'r daith, ac i ffwrdd ag ef fel gŵr bonheddig am ryw dair
wythnos. Fel gŵr bonheddig er gwaethaf ei ddillad
tlodaidd a rhic y caethwas yn ei glust. A phob tro yr âi,
codai dadl rhwng mam a thad Othniel—hi'n haeru na
adawai neb yn ei lawn bwyll i gaethwas fynd i grwydro'r
wlad fel hyn ac na welai ef mo'i asyn na'i gaethwas byth
wedyn, ac yntau'n ceisio egluro'n bwyllog ac amyn-

eddgar mai Elihu oedd Elihu. Ar ôl tocio'r gwinwydd yn
nechrau'r flwyddyn yr âi'r hen gaethwas, a chyn sicred ag
y clywid llais y durtur eto yn y wlad, gwelid ef a'i asyn yn
dringo'r bryn tua'r tŷ. A châi Othniel, a hoffai gwmni'r
hen frawd, hanes pysgodwyr Galilea a darluniau byw o'r
prysurdeb dibaid hyd y Via Maris, y ffordd fawr a redai o
Ddamascus drwy Gapernaum tua'r môr. Treuliai Elihu,
ar ei 'wyliau' fel hyn, oriau meithion yn gwylio'r carafanau
lliwgar yn mynd heibio o Ddamascus a'r Dwyrain Pell.
Ond y tro olaf hwn, am y rabbi o Nasareth a'r gwyrthiau
rhyfeddol a gyflawnai y soniai: âi dros yr un ystori ddegau
o weithiau, ac nid oedd dim arall i'w glywed ganddo.
Siaradai mewn islais dwys, fel petai'n sôn am Abraham
neu Elias. Yr oedd ef yn sicr mai hwn oedd y Meseia.

Aethai'r cwmni o olwg Othniel yn awr tu ôl i'r clwstwr
o gypreswydd ar waelod yr allt, ac ni welai ond gwyn a
choch a glas eu gwisgoedd rhwng y coed. Yna aeth tro yn
y ffordd â hwy o'r golwg. Galwodd ddau was a welai'n
dychwelyd i'r tŷ o'r winllan.

'Simeon! Nahor!'

Brysiodd y ddau ato.

'Hoffwn eistedd allan yn y berllan.'

'O'r gorau, Syr,' meddai Simeon. 'Yn eich lle arferol?'

'Ie. Wrth y ffrwd.'

Cydiodd y ddau, un bob ochr, yn ei gadair a'i gludo
ynddi i gwr pellaf y berllan, at y ffigysbren ar fîn yr afonig.

Hwn, parabl dŵr y nant, oedd y perffeithiaf sŵn yn y
byd i Othniel. Su awel mewn dail, cân adar y gwanwyn,
chwerthin merch—yr oeddynt oll ynghudd yn ei islais ef.
A gwelai ei ddychymyg liwiau yn y sŵn—nid yn y dŵr
troellog yn unig ond yn ei lafar hefyd—a hoffai gau ei
lygaid a gadael i'r sisial cysurlawn droi'n wynder a glesni

ac aur a phorffor yn nhawelwch ei feddwl. Heddiw, gwyn a glas a welai, a thrwyddynt gwenai llygaid tyner a thirion Alys. Mor llon fyddai'r llygaid hynny os llwyddai i ddwyn y Nasaread yn ôl gyda hi! Os ildiai'r rabbi ifanc i erfyniad rhywun, i ddyhead Alys y gwnâi, i'r weddi yn ei llygaid rhyfeddol hi.

Yr oedd y saer hwn o Nasareth yn ŵr anghyffredin, yn amlwg. Gwir fod gan yr hen Elihu ddychymyg byw a'i fod yn hoff o chwanegu cufydd at bob stori, ond y tro hwn, yn rhyfedd iawn, ni chynyddai'r hanesion o'u hailadrodd. Ni feiddiai Othniel amau gair ohonynt yng ngŵydd yr hen frawd: pan ddaeth gwên ddrwgdybus i'w lygaid un diwrnod, arhosodd Elihu ar ganol ei stori a haeru ei fod yn barod i roi ei enaid i'r Diafol ei hun os oedd cysgod o gelwydd yn yr hyn a ddywedai.

Aeth meddwl Othniel dros rai o'r hanesion eto, fel y gwnaethai dro ar ôl tro o'r blaen. Yn ôl Elihu, am wyrthiau'r Nasaread ac nid am ddim arall y siaradai pawb yng Nghapernaum, a thynnai pobl sylw'i gilydd ar yr heolydd at rywun a fu'n ddall neu'n gloff neu'n wahan-glwyfus ond a iachawyd gan y rabbi a'i ddisgyblion. Ond y stori a lynodd fwyaf yn ei feddwl—efallai am fod Othniel yn dioddef oddi wrth yr un afiechyd—oedd honno am ryw ŵr yn glaf o'r parlys. Gan i Elihu gyfarfod un o weision y dyn, yr oedd y manylion i gyd ganddo, ac adroddai'r hanes ag awdurdod.

'Yr oedd ef newydd wella gwas y canwriad Rhufeinig, Syr,' meddai. 'Heb ei weld o gwbl! Pan oedd ar ei ffordd i'r tŷ, gyrrodd y canwriad neges ato. Dweud y gallai ef iacháu'r gwas dim ond wrth ddymuno hynny. A dyna a wnaeth, Syr, wedi synnu fod gan y Rhufeiniwr y fath ffydd ynddo ef. Dyn da yw'r canwriad 'na sydd yng Nghapernaum, Syr. Yn yr hen dref y mae'r synagog harddaf a welais i erioed. Harddach hyd yn oed na hon a gododd eich tad yma yn Arimathea. A'r canwriad 'na a dalodd am ei hadeiladu. Y mae rhai o'r Rhufeinwyr 'ma, Syr, y mae'n rhaid imi ddweud, yn ddynion gwych. Ydynt, yn wir, er eu bod hwy'n baganiaid rhonc a chanddynt gymaint o dduwiau ag sydd o ffigys ar y goeden 'ma . . .'

'Y dyn a oedd yn wael o'r parlys, Elihu—beth a ddigwyddodd?'

'O, ie, Syr. Un go flêr wyf fi'n dweud stori, onid e? Ond yn wir, y mae'r canwriad 'na sydd yng Nghapernaum yn haeddu lle yn y Nefoedd, Syr. Ydyw, wir—a begio'ch pardwn am sôn am y Nefoedd a bywyd ar ôl hwn. Siawns go sâl a gefais i yn hwn, fel y gwyddoch chwi, er nad oes gennyf lawer i gwyno yn ei gylch, o ran hynny—wedi cael iechyd da drwy f'oes a'ch tad mor garedig wrthyf ac yn gadael imi fynd bob chwe blynedd yn rêl gŵr bonheddig am dro yn ôl i'r hen ardal . . .'

'Y dyn a oedd yn wael o'r parlys, Elihu?'

'Daria unwaith, dyna fi'n crwydro eto, Syr. Wel, fe aeth y rabbi'n ôl i dŷ un o'i ddisgyblion. I lawr wrth wal y Llyn, Syr. Pysgodwr o'r enw Simon. Y tŷ bach delaf a welsoch chwi erioed. Ar ei ben ei hun a lle agored rhyngddo a mur y traeth. Mi fûm i'n eistedd ar wal y Llyn am oriau un bore, dim ond i edrych ar y tŷ a rhag ofn y gwelwn i'r Proffwyd yn mynd iddo. Ond yr oedd ef a'i ddisgyblion rywle yn y De a thros Iorddonen . . .'

'Fe aeth i dŷ'r pysgodwr. Ac wedyn?'

'Yr oedd llawer o Ysgrifenyddion yng Nghapernaum yn ei wylio, Syr. O bob man. O holl Galilea a Jwdea a hyd yn oed o Jerwsalem ei hun. Dynion da, Syr, dynion da iawn, gwŷr dysgedig dros ben a'r Gyfraith ar flaenau'u bysedd.

63

Ond—os maddeuwch chwi i hen gaethwas am ddweud hynny, Syr—rhy glyfar, rhy fanwl, rhy ddeddfol. Wedi'r cwbl, yr oedd y Proffwyd yn medru gwneud pethau na fedrent hwy, ac nid arno ef yr oedd y bai am fod y bobl yn tyrru ar ei ôl. Dywedai Caleb—y gwas y cefais i'r stori ganddo—fod yno gannoedd o'r wlad tros Iorddonen mewn pebyll tu allan i Gapernaum a channoedd eto, pobl o Phenica, hyd y bryniau i'r gogledd, a miloedd o Galilea a Jwdea yn y dref ac yn y pentrefi o gwmpas. Miloedd o bobl sâl hyd y lle, yn gobeithio am iachâd. Nid rhyfedd fod yr Ysgrifenyddion yn anesmwyth, oherwydd yr oedd miloedd yn dilyn y Proffwyd dim ond i'w glywed yn siarad, Syr. Yn aml a chartrefol, meddai Caleb. Pawb yn ei ddeall. Nid hollti blew am y Gyfraith fel rhai o'r Ysgrifenyddion, ond egluro popeth mewn damhegion am bethau cyffredin. Nid fy mod i'n dweud dim yn amharchus am yr Ysgrifenyddion, cofiwch, Syr. Dynion da, dynion gorau'r genedl. Na, mi rown i fy nghorff i'w losgi cyn dweud gair yn erbyn un Rabbi. Ni fethais i erioed, Syr—wrth y synagog neu ar fin y ffordd neu yn y farchnad—ymgrymu pan âi Rabbi heibio. Erioed yn unman. "Elihu, 'machgen i," fyddai geiriau fy nhad ers talm, "beth bynnag arall a anghofi di, cofia mai gan yr Ysgrifenyddion y mae doethineb. Hwy sy'n deall y Gyfraith, cofia, a lle bynnag y cei di gyfle i wrando ar Rabbi—mewn priodas neu angladd neu yn y synagog neu yng nghyntedd y Deml—bydd yn astud." Gwn nad yw'ch tad, fel Sadwcead, yn cytuno â llawer o'u dysgeidiaeth, Syr, ond . . .'

'Wedi i'r Nasaread fynd i mewn i'r tŷ wrth lan y Llyn Elihu?'

'Dyna fi'n crwydro eto, Syr, yn lle mynd ymlaen â'r

stori. Fel hen ddafad a'i thrwyn yn rhuthro ar ôl pob blewyn glas. "Y neb a gadwo ei enau a'i dafod a geidw ei enaid rhag cyfyngder," medd yr hen air, onid e, Syr? . . . Wel, i mewn ag ef i'r tŷ gan feddwl cael tipyn o dawelwch yno hefo'r pysgodwr Simon a'i frawd Andreas ac eraill o'i ddisgyblion. Ond fe ddaeth rhai o'r Ysgrifenyddion a llu o bobl eraill at y tŷ, amryw ohonynt yn ymwthio i mewn. Cyn hir yr oedd y lle gwag rhwng y tŷ a wal y Llyn yn llawn o bobl, llawer ohonynt yn disgwyl dadl rhwng y Proffwyd a'r Ysgrifenyddion. Yr oedd y Proffwyd yn sefyll wrth y drws er mwyn i'r rhai tu fewn yn ogsytal â'r rhai tu allan ei glywed yn pregethu, a gwrandawai pawb yn astud arno. Yna daeth pedwar o ddynion ifainc yn cario meistr Caleb tua'r lle. At fat ei wely, Syr. Yr oedd yn wael o'r parlys ac yn methu â symud llaw na throed ers rhai blynyddoedd. Dyn ifanc fel chwi, Syr, ond yn llawer gwaeth na chwi, wrth gwrs. Pan ddaethant at gwr y dyrfa, gwelsant nad oedd un gobaith iddynt dorri llwybr drwyddi. Wedi'i gludo ef daith awr o Gapernaum, o ymyl Chorasin, yr oeddynt yn siomedig iawn. 'Wyddoch chwi beth a wnaethant, Syr? Mynd i gefn y tŷ a chlymu rhaffau wrth gonglau'r mat. Yr oedd digon o hen raffau yn y cwrt gefn y tŷ, rhaffau ar gyfer rhwydi a hwyliau'r ddau bysgodwr Simon ac Andreas. Wel i chwi, i fyny â hwy wedyn i'r to a chodi meistr Caleb yno. Mewn dim o amser yr oeddynt wedi crafu'r pridd yn ôl oddi ar ddarn o'r to a chodi'r brigau a'r coed a'r meini o'u lle. Yr oedd y bobl yn yr ystafell oddi tanynt wedi dychrynu, yn methu'n glir â gwybod beth a oedd yn digwydd. Fe dawodd y Proffwyd, a rhoi cam i mewn i'r tŷ i weld achos y cynnwrf, a chyn gynted ag y gwnaeth ef hynny, dyma'r dynion ifainc yn gollwng y mat yn araf i lawr drwy'r to. Wrth draed y

Proffwyd, Syr. Yr oedd Caleb i fyny ar y to hefo'r dynion ifainc ac yn edrych i lawr ar wyneb ei feistr. Ni fedrai'r hen was beidio â chrio wrth weld llygaid mawr ei feistr—yr oedd yn methu â siarad gair ers tro—yn erfyn am i'r Proffwyd ei iacháu. Buasai'r dyn ifanc yn un go wyllt ar un adeg, yn byw er mwyn pleser a dim arall. Ond yr oedd ganddo galon iawn, meddai Caleb. Caredig a haelionus dros ben, wyddoch chwi, ac yn rhoi arian o hyd o hyd i'r tlodion. Un diwrnod, pan ddaeth hen gardotyn i'w dŷ . . .'

'Beth ddywedodd y Nasaread wrtho, Elihu?'

'Wel, Syr, dyna lle'r oedd y dyn ifanc ar y mat wrth ei draed, yn methu â dweud gair na symud bys na bawd, dim ond ceisio siarad â'i lygaid. Yr oedd pawb yn dawel. Dim siw na miw yn yr ystafell. Yna fe ŵyrodd y Proffwyd ymlaen uwchben y dyn ifanc a dweud, "Ha, fab, cymer gysur; maddeuwyd i ti dy bechodau".'

'Beth!'

'Dyna a ddywedodd, Syr. Yn dawel, ond yn glir. Y llais mwyaf caredig a glywsai Caleb erioed. Caredig a llawn cysur, ond â rhyw awdurdod rhyfedd ynddo hefyd.'

'Nid oes gan neb awdurdod i ddweud hynny, Elihu. Dim ond Duw ei hun. Y dibechod yn unig a all faddau pechodau.'

'Y mae'r Proffwyd hwn *yn* ddibechod, Syr. Ef yw'r Meseia.'

'A ydyw'n hawlio hynny?'

'Fe wnaeth y diwrnod hwnnw, Syr. O flaen yr Ysgrifenyddion hefyd. Ac y mae llawer a'i clywodd ac a welodd ei wyrthiau yng Nghapernaum yn credu hynny. Fel yr oeddwn i'n dweud wrth eich tad . . .'

'Beth a ddywedodd yr Ysgrifenyddion?'

'Dim byd, Syr, ond yr oedd eu hwynebau'n huawdl iawn. Ni chlywsant erioed y fath gabledd.'

'Naddo, yn sicr. Yr *oedd* yn cablu, Elihu.'

Ysgydwodd yr hen gaethwas ei ben yn ddwys.

'Mae Caleb yn un crefyddol iawn, Syr, yn llawer mwy duwiol na fi. Ond yr oedd ef yn credu'r Proffwyd, yn gwybod yn ei galon mai llais y Meseia a lefarai. Gwelai ryw lawenydd mawr yn llygaid ei feistr a dagrau'n dechrau rhedeg i lawr ei ruddiau. Gwyddai wrth edrych i lawr ar ei wyneb fod rhyw dangnefedd rhyfeddol yn meddiannu'i enaid. A syrthiodd yr hen Galeb ar y to i ddiolch i Dduw am y Proffwyd ac am iddo faddau pechodau'i feistr.'

'A'r Ysgrifenyddion?'

'Fe symudodd rhai ohonynt gam ymlaen, gan feddwl ceryddu'r Proffwyd. Dyna wahaniaeth a oedd rhyngddo ef a hwy, meddai Caleb. Ef mewn gwisg gyffredin wedi'i gweu gan Nabad y Gwehydd yng Nghapernaum acw, a hwythau—wel, gwyddoch mor urddasol y gall Rabbi edrych, Syr. Ond cyn iddynt yngan gair, fe droes y Proffwyd atynt a gofyn, "Paham y meddyliwch ddrwg yn eich calonnau? Canys pa un hawsaf, ai dweud, Maddeu-wyd i ti dy bechodau, ai dweud, Cyfod a rhodia? Eithr fel y gwypoch fod awdurdod gan Fab y Dyn ar y ddaear i faddau pechodau . . .".'

'Mab y Dyn!'

'Ie, Syr. Dyna'r unig dro iddo honni bod yn Feseia, yn ôl Caleb.'

'A rwygodd yr Ysgrifenyddion eu dillad?'

'Cyn i neb gael amser i ddim fe ŵyrodd eto uwchben y dyn ifanc, gan ddweud, "Cyfod, cymer dy wely i fyny a dos i'th dŷ." Fe anghofiodd pawb bopeth arall wrth weld y dyn ifanc, Syr.'

'Yn . . . yn codi?'

'Ie, Syr, ar ei eistedd i ddechrau, ac yna ar ei draed o flaen y Proffwyd. Fe safai yno, meddai Caleb, gan edrych o'i gwmpas yn ffwndrus, fel petai'n methu â chredu fod y peth yn wir. Ac yna fe syrthiodd ar ei liniau wrth draed y Proffwyd . . . Syr?'

'Ie, Elihu?'

'Clywais—maddeuwch imi am sôn am y peth—clywais cyn gadael Capernaum fod y Proffwyd . . .' Tawodd, yn ansicr.

'Fod y Proffwyd i lawr yn Jwdea?'

'Tu draw i Iorddonen, Syr, ond yn bwriadu bod yn Jerwsalem dros yr Ŵyl. Ac yr oeddwn i'n meddwl, Syr, os maddeuwch imi am fod yn hy arnoch . . .'

'Y gallwn i fynd i Jerwsalem?'

'Nage, Syr. Fe fyddai'r daith yn ormod i chwi.'

'Beth, ynteu? Nid âi fy nhad yn agos i'r Nasaread—dim ond i'w ddilorni.'

'Na wnâi, mi wn, Syr. Y mae'n ddig iawn wrthyf fi am sôn cymaint amdano. Ond . . .'

'Wel?'

'Alys, Syr.'

'Alys? Beth amdani?'

'Rhaid i chwi faddau imi, Syr, ond os medrai rhywun gymell y Proffwyd i ddod y ffordd yma . . .'

'Efallai, wir. Ond ni fydd Alys yn Jerwsalem. Elisabeth a chwithau yw'r gweision sy'n mynd i bob Gŵyl.'

'Mae Alys yn gweddïo trosoch bob dydd, Syr. Rhyngoch chi a mi, wrth gwrs. Ar ryw dduw o'r enw Zeus.'

'Prif dduw y Groegiaid, Elihu.'

'Felly yr oedd hi'n dweud, Syr. Bob bore a phob nos yn daer y mae hi'n erfyn trosoch. Ond peidiwch â chymryd arnoch i mi sôn gair wrthych, os gwelwch yn dda, Syr. Meddwl yr oeddwn i . . .'

'Ie?'

'Y gallech chwi gymell eich tad i adael i Alys am y tro hwn . . .'

'Fynd i Jerwsalem?'

'Ie, Syr. Y mae ef, fel chwithau, yn hoff ohoni ac yn ddrwg ganddo trosti.'

'Ond ni wnâi ond gwylio pe soniwn am ei gyrru i weld y Nasaread. Gwyddoch mor chwyrn ydyw ef a gwŷr y Deml yn erbyn y Galilead.'

'Nid oes raid i chwi sôn am y Proffwyd, Syr. Pe dywedech wrtho y byddai'r daith i Jerwsalem yn gymorth iddi i anghofio'i galar, efallai . . .'

Galwai llais Reuben, y goruchwyliwr, o'r winllan.

'Reuben yn chwilio amdanaf, Syr. Caf dafod ganddo oni frysiaf. Meddyliwch am yr awgrym ynglŷn ag Alys, Syr. Dïar, pe clywech chwi'r hen Galeb yn sôn am y Proffwyd! Ni fu neb tebyg iddo, meddai ef. Dim ers dyddiau Elias, beth bynnag. Dywedai fod y tyrfaoedd yn llifo i lawr at y Llyn i wrando arno'n pregethu o gwch y pysgodwr Simon. Pobl o bob cyfeiriad. O Tyrus a Sidon, o bob rhan o Galilea, o . . .' Daeth llais Reuben eto o'r winllan. 'Rhaid imi 'i gwadnu hi, neu fe fydd Reuben yn hanner fy lladd i. Ond cofiwch feddwl am y peth, Syr.'

Un o lawer oedd y sgwrs honno, ond hi a gofiai Othniel gliriaf. Am mai hi a'i cyffroes fwyaf. Bob dydd wedyn, dychmygai weled Alys yn ymgrymu o flaen y Nasaread yng Nghyntedd y Cenhedloedd yn y Deml ac yn erfyn arno ddyfod i Arimathea. Gwelai'r Proffwyd yn ildio i'w

69

chais ac yn ei bendithio a'i chysuro. A phob nos breu-
ddwydiai am y Proffwyd a'i ddisgyblion yn dringo'r bryn
tua'r tŷ, a'r gweision yn ei gludo ef i'w cyfarfod ac
yna . . .

Tan echnos. Dinistriwyd y breuddwyd melys gan un
arall. Yr ogof a'i chynllwynwyr. Beth a olygai hwnnw,
tybed? Gwelsai wyneb ei dad yn berffaith glir yng ngwyll
yr ogof. A neithiwr, pan geisiai adennill y breuddwyd am
y Nasaread a'i ddisgyblion yn dringo'r bryn, methai'n lân.
Yr ogof a'i hwynebau mileinig a ymwthiai i'w feddwl er ei
waethaf, a phan ddeffroes yng nghanol y nos, cilwenent
arno oddi ar fur ei ystafell. Bu'n effro wedyn am oriau, a
cheisiodd ddihangfa o'i anesmwythyd trwy ddechrau
llunio salm. Ond ofer oedd pob ymdrech. Yr ogof, yr ogof
a'i chynllwynwyr, a welai o hyd, a thu allan iddi y gŵr
ifanc eofn a hardd.

Ond rhyw ddychryn a berthynai i'r nos a'i breuddwyd-
ion afiach oedd yr ogof. Yma, yn sŵn y ffrwd a murmur y
dail a chân yr adar, y darlun arall a welai—y Nasaread a'i
ddisgyblion yn dringo'r bryn, ac yntau, Othniel, yn cael ei
gludo tuag ato.

Deuai, fe ddeuai; yr oedd yn sicr o ddod. A châi
Othniel, yn iach a hoyw unwaith eto, wrando arno'n sôn
am y Deyrnas y daethai i'w sefydlu. Dim ond briwsion o'i
ddysgeidiaeth a gasglodd Elihu—yr oedd ei ddiddordeb ef
a diddordeb pobl Capernaum, yn amlwg, yn fwy yn ei
wyrthiau nag yn ei neges—ond clywsai Othniel ddigon i
wybod fod rhyw newydd-deb mawr yn efengyl y proffwyd
hwn . . . 'Cerwch eich gelynion, bendithiwch y rhai a'ch
melltithiant, gwnewch dda i'r sawl a'ch casânt . . .'—na,
nid rhyw saer cyffredin oedd y Galilead hwn.

Pam yr âi i Jerwsalem, tybed? Ni allai, wedi cyrraedd

yno, ymatal rhag pregethu yng Nghynteddoedd y Deml a
chyflawni rhyfeddodau, gan iacháu cleifion a bwrw allan
gythreuliaid. Ni hoffai'r offeiriaid na'r Sanhedrin, a'i dad
yn eu plith, mo hynny, a byddent yn sicr o gynllwyn i'w
ddal a'i garcharu . . . Cynllwyn? Cynllwyn? . . .

Na, rhaid iddo anghofio'r ogof a'i chynllwynwyr. Am y
breuddwyd arall y soniai'r ffrwd a'r dail a'r adar, am y
Proffwyd a'i ddisgyblion yn dod yma i Arimathea ato ef.
A'r breuddwyd hwnnw a ddeuai'n wir.

III

Yr oedd hi'n hwyr brynhawn, a theimlai'r cwmni braidd
yn flinedig. Gan gymryd arno fod ei gamel yn anniddig ac
yn dyheu am gyflymu, aethai Beniwda yn ei flaen a'u
gadael ers rhai oriau. Tawedog oedd hyd yn oed Esther
erbyn hyn, er y daliai hi a Rwth i sylwi'n fanwl ar bob
gwisg anghyffredin a welent ar y daith.

Tro yn y ffordd, ac wele, llithrodd gwynder caerog
Jerwsalem i'w golwg. Y ddinas sanctaidd, Trigfan
Heddwch, calon y genedl. Ymledodd cyffro drwy'r
lluoedd a deithiai tuag ati, a syllodd pob llygad yn ddwys
ar Fynydd y Deml a'r wyrth o faen a oedd arno. O blith y
teithwyr gerllaw cododd llais rhyw Lefîad, un o fân
offeiriaid y Deml, ac ymunodd llawer yn ei gân:

> 'Mor hawddgar yw dy bebyll di,
> O Arglwydd y lluoedd!
> Fy enaid a hiraetha, ie, a flysia
> am gynteddau yr Arglwydd:
> Fy nghalon a'm cnawd a waeddant
> am y Duw byw.'

Ac wedi i'r salm derfynu, buan y cydiodd lleisiau mewn eraill:

'Llawenychais pan ddywedent wrthyf,
"Awn i dŷ yr Arglwydd."
Ein traed a safant o fewn dy byrth di,
O Jerwsalem . . .'

'Fel y brefa'r hydd am yr afonydd dyfroedd,
felly yr hiraetha fy enaid amdanat ti, O Dduw.
Sychedig yw fy enaid am Dduw,
am y Duw byw:
pa bryd y deuaf ac yr ymddangosaf ger bron Duw?
Fy nagrau a oedd fwyd i mi ddydd a nos
tra dywedent wrthyf bob dydd,
"Pa le y mae dy Dduw?"
Tywalltwn fy enaid ynof pan gofiwn hynny:
canys aethwn gyda'r gynulleidfa,
cerddwn gyda hwynt i dŷ Dduw
mewn sain cân a moliant,
fel tyrfa yn cadw gŵyl.'

Cofiai Joseff mai hi oedd y drydedd Deml ar y sylfaen hon. Yma y codasai Solomon dŷ gorwych i Dduw, ond wedi pedair canrif o ogoniant, aeth ei holl harddwch yn sarn. Ysbeiliwyd a diffeithiwyd hi gan fyddin Nebucha-dresar, brenin Caldea. Dim ond am hanner canrif, er hynny, y gorweddodd ei meini'n garnedd ar y graig anferth. Adeiladodd Sorobabel hi drachefn, a pharhaodd ei Deml ef hyd nes dyfod y llengoedd Rhufeinig i'r wlad yn agos i bum canrif wedyn. Cyn hir teyrnasai Herod Fawr fel esgus o frenin oddi tanynt yn Jerwsalem, ac aeth ati—i ddangos ei fawredd ac i dawelu'i gydwybod—i godi, ymhlith llu o adeiladau eraill drwy'r wlad, Deml harddach na hyd yn oed un Solomon. Tair blynedd y buwyd yn casglu'r defnyddiau drudfawr o lawer gwlad, ac yna dechreuodd byddin o weithwyr—mil o offeiriaid a deng mil o grefftwyr a llafurwyr—gloddio a chodi ac addurno. Ymhen blwyddyn a hanner yr oedd y Deml ei hun—yr adeiladau sanctaidd a'r neuaddau a'r cynteddau —wedi'i chysegru, ond aeth y gwaith ar y pyrth a'r muriau allanol ymlaen am wyth mlynedd arall. Nid oedd yng Ngroeg na'r Eidal na'r Aifft, nid oedd ac ni bu, adeilad hafal i hwn, a phan orffennwyd ef, syllodd pob Iddew mewn parchedig ofn a oedd bron yn arswyd ar ei holl wychder ef. Ond troes eu rhyfeddu'n ddychryn pan welsant grefftwyr Herod yn addurno'r prif borth ag eryr Rhufeinig wedi'i foldio mewn aur pur. Aeth y braw yn ferw drwy'r wlad, a bu'n rhaid i Herod ildio o flaen yr ystorm.

Syllodd Joseff ar ogoniant y Deml enfawr. Bob tro y deuai yn agos i Jerwsalem, edrychai arni fel pe am y waith gyntaf erioed, a'i enaid yn gynnwrf i gyd. Yr oedd golau'r hwyrddydd trosti yn awr a disgleiriai'i holl ryfeddod hi—y muriau o farmor gwyn, y crefftwaith o arian ac aur a oedd arnynt, y toeau a'r cromennau euraid, a'r pyrth llachar. Miragl o wynder a gloywder yn hedd yr hwyr.

'Y Deml sanctaidd,' meddai Elihu wrth Alys mewn islais dwys.

Nodiodd y Roeges a'i llygaid yn fawr gan syndod. Daethai hi o Athen, dinas y temlau, ond yr oedd hyd yn oed y Parthenon, y deml enfawr a gysegrwyd i'r dduwies Athene, yn llai o lawer na'r adeilad gorwych hwn. Safai cestyll a chaerau a phlasau heb fod nepell oddi wrtho, ond er eu gwyched, ni holodd Alys ddim amdanynt hwy.

Aeth y cwmni drwy borth y ddinas a dringo'r ystryd-
oedd culion poblog. Daeth i'w clyw bob iaith ac acen dan
haul, a Parthiaid a Mediaid o'r Dwyrain; pererinion o
Syria, ac o dywod Arabia; lluoedd o bob rhan o Asia Leiaf;
tyrfaoedd croendywyll o'r Aifft a Libya a Chyrene; gwŷr
llwyddiannus o Roeg a Rhufain a hyd yn oed o bellterau
Gâl ac Ysbaen—cyfarfyddai myrddiwn yn y ddinas
sanctaidd cyn yr Ŵyl.

Yn araf iawn y dringodd Joseff a'i deulu drwy'r berw o
deithwyr a phedleriaid a stondinwyr a chardotwyr.
Llusgai carafán hir a llwythog o'u blaenau, a dywedai'r
llwch a'r chwys ar y camelod a'r asynnod iddynt ddyfod o
bell. O'u blaen hwythau rhuai dau fugail blinedig gyng-
horion i yrr o ŵyn a geifr ar eu ffordd tua'r deml. Ond
troes y cwmni o'r diwedd i mewn i Heol y Pobydd a
chyrraedd Lletty Abinoam. Yno yr arhosai Joseff bob
amser pan ddeuai i Jerwsalem.

Yr oedd Abinoam yn y drws i'w croesawu a brysiodd
rhai o'i weision i ofalu am yr anifeiliaid.

'Henffych, Abinoam!' meddai Joseff.

'Henffych, Syr! Y mae popeth yn barod i chwi.
Cyrhaeddodd eich mab Beniwda ryw ddwyawr yn ôl.'

Curodd ei ddwylo ynghyd a rhuthrodd caethwas a
chaethferch i gynorthwyo Elihu ac Alys.

Abinoam oedd y gŵr tewaf a gwyddai Joseff amdano,
rhyw un cryndod o gnawd enfawr. Chwysai ef pan rynnai
pawb arall. Anadlai'n drwm wrth symud a siarad, ond er
hynny, yr oedd yn ŵr huawdl iawn.

'Rhyw newydd, Abinoam?' gofynnodd Joseff ar ei
ffordd i mewn i'r tŷ.

'Newydd, Syr! Newydd! Gresyn na fuasech chwi yma

ryw hanner awr ynghynt. Marchogodd Brenin i mewn i Jerwsalem gynnau!'

'Brenin?'

'Ie, Syr, ar ebol asen yn yr hen ddull brenhinol,' atebodd Abinoam ymhen ennyd, wedi iddo gael ei anadl. 'Cannoedd o bererinion Galilea yn ei ddilyn tros ysgwydd Olewydd a channoedd yn rhuthro i'w gyfarfod. Pobl yn taenu'u dillad a changau palmwydd ar y ffordd o'i flaen. Pawb yn gweiddi, "Hosanna i fab Dafydd!" a "Bendigedig yw yr hwn sydd yn dyfod yn enw'r Arglwydd!" a "Hosanna yn y goruchaf!"'

Ceisiodd Abinoam yntau godi'i lais, ond cafodd yr ymdrech yn ormod iddo. Yr oeddynt i mewn yn y tŷ erbyn hyn ac fe'i gollyngodd ei hun yn ddiolchgar ar fainc esmwyth wrth y mur. Rhoes y fainc wich o brotest, ond llwyddodd i beidio ag ymddatod dan ei baich.

'A phwy oedd y "Brenin" hwn?'

'Ni welais i orymdaith debyg iddi erioed yn y ddinas, Syr,' meddai Abinoam yn lle ateb y cwestiwn. 'Sôn am dyrfa! Y Phariseaid a'r Ysgrifenyddion yn gwneud eu gorau glas i'w thawelu, ond taflu'u lleisiau yn erbyn y gwynt yr oeddynt. Y sŵn i'w glywed oddi yma pan oedd y dorf i lawr yn Nyffryn Cidron! Mi ruthrais i i fyny at fur y Deml—hynny yw, mi geisiais frysio, Syr—a dyna olygfa! Am a wn i nad oedd miloedd yn yr orymdaith, ac erbyn hyn yr oedd y rhai blaenaf yn llafar-ganu proffwydoliaeth Sechareia.'

'A phwy oedd y "Brenin" hwn, Abinoam?'

Cymerodd Abinoam orig i gael ei wynt ato—ac i fwynhau'r chwilfrydedd yn llygaid Joseff. Er y dibynnai am ei fywoliaeth ar gyfoethogion fel y Sadwcead hwn, gwelsai ddigon ar wŷr y Deml i'w dirmygu ar y slei. Onid oedd ei frawd yn llwgu mewn tipyn o dyddyn yn y bryniau i geisio crafu trethi a degymau iddynt?

'Ie, yr hen broffwydoliaeth yn codi'n salm o'r llethr, Syr.

> "Bydd lawen iawn, ti ferch Seion:
> gwaedda, O ferch Jerwsalem:
> wele dy frenin yn dyfod atat:
> cyfiawn yw a chanddo iachawdwriaeth.
> Yn addfwyn y daw, yn marchogaeth ar asyn;
> ie, ar ebol, ar lwdn asen." '

Llafarganodd Abinoam y geiriau, ac nid oedd ond teg iddo gael ysbaid o orffwys wedyn.

'A phwy oedd y "Brenin" hwn?' gofynnodd Joseff drachefn.

'Dyna oedd pawb i fyny o gwmpas y Deml yn gofyn, Syr. "Pwy yw hwn, pwy yw hwn?" oedd ar wefusau pobl Jerwsalem bob un. A'r pererinion o Galilea wrth eu bodd yn ateb. Wrth eu bodd, Syr. Mi ofynnais i i'r dyn ifanc wrth ben yr asyn, wedi i'r "Brenin" fynd i mewn i Gyntedd y Deml, ac yr oedd yn werth i chwi weld ei lygaid, Syr. Fel darnau o dân yn ei ben. Dyn ifanc â'i wallt yn hir a rhyw olwg go wyllt arno . . .'

'Ni chefais wybod eto gennych, Abinoam.'

'Dyma'r dyn ifanc yn edrych yn syn arnaf, fel petai'n rhyfeddu na wyddwn i. "Pwy yw hwn?" meddai. "Pwy yw hwn?" Cystal â dweud fy mod i mor anwybodus ag yr ydwyf o dew. Fe chwarddodd yn fy wyneb i, ac yna fe waeddodd "Hosanna i'r Brenin!" eto ar uchaf ei lais. Jwdas oedd ei enw. Dyna oedd ei gyfeillion yn ei alw, beth bynnag . . .'

'Y "Brenin"?'

'O, nage, Syr. Yr oedd y Brenin wedi mynd i mewn i Gyntedd y Deml. O, na, un o'i ddisgyblion oedd y dyn ifanc. Golwg wyllt arno, fel yr oeddwn i'n dweud, a'i wallt yn hir a'i lygaid yn serennu yn ei ben. Wedi colli arno'i hun yn lân ac yn dawnsio o gwmpas wrth ben yr asyn ac yn gweiddi'n ddigon uchel i'w glywed yng Ngalilea, am a wn i . . .'

'Am y trydydd neu'r pedwerydd tro, Abinoam, pwy oedd y "Brenin" hwn?'

''Ddywedais i ddim wrthych chi, Syr? Wel, wir, y mae'n bryd imi roi cwlwm ar fy nhafod, chwedl fy ngwraig yn aml. "Abinoam," ebe hi, bron bob dydd, "petai'ch dwylo mor brysur â'ch tafod, chwi fyddai gŵr cyfoethocaf Jerwsalem . . ."'

Bu bron i Joseff â dweud wrtho *fod* ei ddwylo mor brysur â'i dafod, oherwydd defnyddiai hwy i egluro a phwysleisio pob gair. Yn lle hynny, cymerodd arno iddo golli diddordeb yn y stori am y "Brenin": gwyddai mai honno oedd y ffordd i gael cnewyllyn yr hanes.

'Yr un ystafell ag arfer, Abinoam?'

'Ie, Syr. Fe'i cedwais hi i chwi. Y tŷ yma'n orlawn dros yr Ŵyl. Dim lle i droi. Rhoddais eich mab Beniwda gyda chwi, a'ch gwraig a'ch merch yn yr ystafell nesaf.'

'Campus. Diolch yn fawr.'

'Ie, wir, un mentrus yw'r proffwyd o Nasareth. Petai gwŷr y Deml—a begio'ch pardwn, Syr—wedi cael gafael ynddo . . .'

'Y dyn o Nasareth oedd y "Brenin", felly?'

'Ie, Syr, Iesu fab Joseff o Nasareth. Rhai garw yw'r Galileaid 'ma, y mae'n rhaid imi ddweud, er i mi gael fy nysgu i'w casáu. Am a wn i nad oedd yn well gan fy nhad

77

Samariaid na Galilead byth er pan gafodd ei dwyllo gan y gwerthwyr lledr hynny o Fagdala . . . '

Gwelai Joseff fod Abinoam ar fin cychwyn ar stori arall a throes ymaith i frysio tua'i ystafell.

'Wel, gobeithio fod gennych ddigon o bysgod o Galilea, Abinoam, dyna i gyd!'

'Oes, Syr, faint a fynnoch. Mi gefais i ddwy farilaid o Fethsaida echdoe. Pysgod mawr hefyd ac wedi'u halltu'n dda. Mi wnes i i'r dynion a ddaeth â hwy yma agor y ddwy yn y cwrt imi gael . . . ' Ond yr oedd Joseff ar ei ffordd i'w ystafell erbyn hyn, ac er mor hoff oedd Abinoam o breblan, ni châi bleser mewn siarad ag ef ei hun.

Chwibanai Joseff wrth ymolchi a newid ei wisg, ond sylwai'r hen Elihu, a weinyddai arno, fod rhyw galedwch yn ei lygaid. A ddywedasai Abinoam rywbeth annoeth, tybed? Yr oedd y gwestywr yn un croesawgar a charedig dros ben—hyd yn oed i hen gaethwas—ond nid oedd ganddo ddim rheolaeth ar ei dafod.

'Rhywbeth o'i le, Syr?'

'O'i le? Pam, Elihu?'

'Meddwl fy mod i'n gweld cysgod yn eich llygaid chwi, Syr.'

Chwarddodd Joseff ac yna chwibanodd alaw hen ddawns werin. Peth annifyr, meddai wrtho'i hun, oedd cael wyneb y gallai eraill ei ddarllen fel rhòl.

'Gellwch fynd yn awr, Elihu.'

'Ond nid ydych wedi gorffen gwisgo, Syr.'

'Bron iawn. Ac y mae arnoch chwithau eisiau bwyd.'

'O, o'r gorau, Syr.' Ac aeth Elihu ymaith â golwg braidd yn syn arno.

Beth oedd bwriad y Nasaread ynfyd hwn, tybed? gofynnodd Joseff iddo'i hun. 'Brenin', wir! Pam na roesai gwylwyr y Deml eu dwylo arno? Ofni'r dyrfa, wrth gwrs. Ie, rhai garw, chwedl Abinoam, oedd y Galileaid. Codai rhyw ffŵl o broffwyd yn eu plith o hyd ac o hyd a dilynent ef fel defaid. Ond yr oedd digon o wyneb gan hwn i farchogaeth fel Brenin i Jerwsalem! Pam gynllwyn yr oedd y Phariseaid yn dal i fagu'r gobaith am Feseia yn y bobl? Hwy a'i gwnâi hi'n bosibl i ryw weilch fel hyn afael yn eu dychymyg. Byddai'n herio awdurdod y Deml ei hun cyn hir. Ac awdurdod y Sanhedrin.

Yr oedd y werin yn fwy anniddig nag y cofiai Joseff hi, gan mai trymhau yr oedd trethi Rhufain a threthi'r Deml bob gafael, a gallai rhyw derfysgwr fel hwn yn hawdd yrru'r grwgnach yn wrthryfel. Druan o'r wlad os digwyddai hynny! Fe ruthrai'r llengoedd Rhufeinig i lawr o Syria ac i fyny o'r Aifft, a llym fyddai'r dial. Gwgodd Joseff ar ei lun yn y drych o bres gloyw a safai wrth y mur. 'Hosanna i'r Brenin!' meddai'r dyn ifanc wrth ben yr asyn—ond nid oedd ef na'i 'Frenin' yn ddigon hen i gofio'r erchyllterau a fu pan gododd y bobl wedi marw Herod Fawr. Oni chroeshoeliwyd dwy fil o Iddewon yn Jerwsalem yn unig?

Yr oedd ei weithwyr a'i weision ef yn Arimathea yn weddol fodlon ar eu byd, diolch am hynny, meddai Joseff wrth y drych. Ond pe deuai terfysg—wel, yr oeddynt yn ddigon agos i Jopa, un o ganolfannau'r Selotiaid, i golli arnynt eu hunain. Un go gas oedd Reuben, goruchwyliwr yr ystad, ac efallai y byddent yn falch o'r cyfle i'w daflu ef dros Graig y Pwll. Cofiodd Joseff fod ei fab Beniwda yn un o wŷr Plaid Rhyddid, a daeth i'w feddwl ddarlun sydyn o Feniwda yn arwain y gweision i ysbeilio pob ystafell yn y tŷ.

Ond, hyd y gwyddai nid oedd cysylltiad rhwng y Nasaread a'r Selotiaid neu Blaid Rhyddid. Na, fel Proffwyd y soniai'r hen Elihu amdano, ac fel un a gyflawnai wyrthiau ac a bregethai ryw efengyl newydd yr edrychai Othniel arno. A phan grybwyllid ei enw yn y Sanhedrin, ei boblogrwydd fel rhyw fath o arweinydd crefyddol a ofnai'r Cyngor. Nid oedd ef yn ŵr ariangar, meddai Joseff wrtho'i hun, ond os oedd y creadur hwn yn mynd i ymyrryd â threthi a degymau'r Deml, yna gwae iddo! A, wel, ei anwybyddu oedd y peth gorau, peidio â chymryd dim sylw ohono ef na'i ystrywiau i ennill poblogrwydd, anghofio'n llwyr amdano.

Galwodd yn ystafell ei wraig ac aethant i lawr gyda'i gilydd am bryd o fwyd. Yr oedd Rwth ar fin gorffen bwyta. 'Ar frys, Rwth!' meddai'i thad wrthi, gan geisio swnio'n chwareus.

Gwridodd hithau, ond ni ddywedodd ddim.

'Y mae Rwth am fynd i weld un o'i ffrindiau, Joseff,' meddai Esther. 'Merch yr Archoffeiriad Caiaffas.'

'O? Wel, os arhosi nes imi fwyta, dof gyda thi, Rwth. Y mae arnaf finnau eisiau galw yn nhŷ'r Archoffeiriad.'

'Nid yno yr wyf yn mynd.'

'Nage, mi wn. I gyfarfod y Canwriad Longinus, efallai?'

'Efallai.' Edrychodd y ferch yn herfeiddiol ar ei thad.

'Ceisiais roi cyngor iti ddoe. Nid yw cyngor, y mae'n amlwg, o un gwerth, ac felly . . .'

'Felly?' Cododd Rwth i'w wynebu, ac anadlai'n gyflym.

'Felly y mae'n rhaid imi d'atgoffa am yr hen orchymyn i anrhydeddu dy dad a'th fam. Rhag ofn na wyddost, golyga anrhydeddu ufudd-dod yn gyntaf oll.'

'Os ydych yn fy ngorchymyn i beidio â gweld Longinus . . .'

Ond ymyrrodd Esther cyn i'r helynt ddatblygu.

'Dewch, Joseff, eisteddwch i fwyta. Gedwch iddi fynd

am heno, gan iddi addo'i gyfarfod, ac yna cawn siarad am
y peth tra bydd hi allan. Dewch, yr ydych bron â llwgu
bellach. Ac wedi blino. Dewch.'

Eisteddodd Joseff, a manteisiodd Rwth ar y cyfle i frysio
allan, heb drafferthu i orffen ei bwyd.

Tawedog oedd y gŵr a'r wraig uwch eu pryd. Teimlai
Joseff yn ddig wrth Esther am ddweud celwydd wrtho ac
am ei reoli fel hyn byth a hefyd; ond gwyddai yn ei galon
mai hi a oedd ben.

'Y mae'n hen bryd i'r ferch sylweddoli mai Iddewes
ydyw hi,' meddai o'r diwedd.

'Nid oes rhaid i chwi boeni amdani hi a'r Canwriad
Longinus, Joseff. Mor ddall yw dynion!'

Chwarddodd Esther yn dawel, ac edrychodd Joseff arni
heb ddeall.

'Ni welaf fi ddim i chwerthin am ei ben.'

'Na wnewch, am na welwch ymhellach na'ch trwyn,
Joseff bach. Y mae canwriad Rhufeinig yn dod i'ch tŷ,
wedi cyfarfod eich merch Rwth yn Jopa. Dyn ifanc
golygus, dysgedig, boneddigaidd, un y buasai unrhyw
ferch yn syrthio mewn cariad ag ef. Yr oedd yn unig iawn
yn Jopa, ac yn falch o gael rhedeg i lawr i Arimathea i gael
ymgomio ag Othniel. Wedi iddo gyfarfod Othniel, prin yr
edrychai ar Rwth druan.'

'Ond . . .'

'Bob tro y dôi i'r tŷ, i ystafell Othniel yr âi yn syth, a
dyna drafferth a gâi Rwth i'w dynnu oddi yno!'

'Ond . . .'

'A phan aent am dro, deuent yn ôl cyn pen hanner awr
—i ystafell Othniel eto.'

'Ond pam y mae'r canwriad yn cyfarfod Rwth yn
Jerwsalem heno, ynteu?'

'Rwth sy'n cyfarfod y canwriad, gellwch fentro, Joseff. Ac yntau am beidio â siomi chwaer Othniel.'

Tawelwyd meddwl Joseff, ac wedi iddo ystyried ennyd, gwyddai mai'r gwir a ddywedai Esther. Ddoe ddiwethaf, cofiodd, aethai'r canwriad yn ei flaen i Jerwsalem heb aros i Rwth ddychwelyd o'r synagog.

'Efallai eich bod chwi'n iawn, wir, Esther.' Yna, fel petai'i feddwl yn mynnu chwilio am bryder, 'Ond mi hoffwn i wybod ymh'le y mae Beniwda.'

'O, wedi mynd i edrych am rai o'i gyfeillion. Ac efallai iddo fynd gyda hwy i'r theatr. Clywais rywun yn dweud fod cwmni o actorion o Roeg yma yr wythnos hon.'

'Nid oedd yn ddigon buan i hynny. Y mae'r perfformiad drosodd ymhell cyn iddi dywyllu.'

'Ond gwyddoch am Feniwda. Y mae ganddo gymaint o gyfeillion yma yn Jerwsalem.'

'Oes, a chyfeillion peryglus hefyd. Gwŷr Plaid Rhyddid, y rhan fwyaf ohonynt.'

Aethant ymlaen â'u bwyd yn dawel am dipyn, ac yna troes Esther at ei gŵr.

'Hwn yw'ch cyfle, Joseff.'

'Cyfle?'

'Ie. Dywedais neithiwr fod yn hen bryd i chwi fod yn *rhywun* ar y Sanhedrin. Yr ydych yn aelod o'r Cyngor ers . . . ers deng mlynedd bellach, ond ni chodwch eich llais ynddo. Dim ond i fynd yn groes i bawb arall.'

Cyfeirio yr oedd Esther at yr unig araith o bwys a wnaethai Joseff yn y Sanhedrin. Y flwyddyn y methodd y cynhaeaf drwy rannau helaeth o'r wlad oedd honno, a chwynai'r Cynghorwyr am fod y bobl yn araf yn talu trethi'r Deml. Dadleuai rhai y dylid bygwth melltith ar bob un a fethai dalu, ond cododd Joseff yn sydyn i amddiffyn y bobl. Rhaid oedd llacio'r trefniadau mewn ardaloedd gwledig, meddai: gwyddai ef am deuluoedd a oedd ar fin llwgu. Edrychodd ei gyd-Gynghorwyr yn syn arno. Y Sadwcead moethus o Arimathea yn teimlo'n dosturiol! Wel, wir, nid aethai oes y rhyfeddodau heibio! Chwarddodd amryw, a mingamodd eraill. A phan ddychwelodd adref, dywedodd Esther wrtho am beidio â bod mor feddal. Bodlonodd wedyn ar fynd yn anaml i'r Sanhedrin—a chau'i geg pan âi yno.

'Ni wn faint o weithiau yr ydych wedi edliw hynny imi, Esther. Ond yr oedd y cynhaeaf yn ofnadwy o ddrwg y flwyddyn honno, a sut yn y byd y gallai teuluoedd tlawd fel un yr hen Seth yn Arimathea acw gael arian i . . . ?'

'Mater i Seth, nid i chwi, oedd hwnnw. Ond fel y dywedais, dyma gyfle i chwi, Joseff. Y Nasaread.'

'Nid wyf yn eich deall, Esther.'

'Clywais beth o'r stori a adroddai Abinoam wrthych. A chefais y gweddill gan un o'r morynion. Y mae'n sicr fod yr Archoffeiriad Caiaffas yn wyllt.'

'Ydyw, y mae'n siŵr. A'r hen Annas yn wylltach fyth. Pan oedd Annas yn Archoffeiriad, nid oedd wiw i un 'proffwyd'—ac yr oedd degau ohonynt i'w cael, wrth gwrs,—godi bys na bawd. Ond . . . ond sut y mae a wnelo hyn â mi, Esther?'

'Nid wrth eistedd fel mudan yn y Sanhedrin y mae dod yn *rhywun* ynddo. Rhaid i chwi godi i ddadlau dros neu yn erbyn pethau.'

'Yn erbyn beth, Esther?'

'Y Nasaread hwn, er enghraifft. Gwyddoch fod Annas a Chaiaffas a'r Cyngor i gyd yn ei gasáu. Rhaid i chwithau ei gasáu. Ac yn ffyrnig. Codwch yn y Cyngor, areithiwch, ysgydwch eich dyrnau, ymwylltiwch . . .'

'Ond ni welais i erioed mo'r dyn.'

'Pa wahaniaeth am hynny?'

'A pheth arall, nid ysgydwais i fy nyrnau erioed—yn y synagog yn wyneb yr hen Joctan, heb sôn am yn y Sanhedrin.'

'Y mae'n bryd i chwi ddechrau, ynteu. Ni ddaw neb yn ei flaen heb ysgwyd ei ddyrnau. Fe gymer Annas a Chaiaffas sylw ohonoch chwi wedyn a'ch rhoi ar bob pwyllgor a dirprwyaeth o bwys. Ac wedi i chwi adeiladu'r tŷ yn Jerwsalem, bydd gennych ddigon o amser a chyfle i fod yn rhywun. Pwy a ŵyr, efallai mai chwi fydd yr Archoffeiriad nesaf!'

Nid oedd ar Joseff eisiau bod yn rhywun: yr oedd yn bur hapus, diolch. Ond ni fentrai ddweud hynny wrth Esther. Gwyddai fod llawer o wir yn ei geiriau hi: buasai'n Gynghorwr ers deng mlynedd, ond pur anaml y dodid ef ar unrhyw bwyllgor o bwys.

'O, o'r gorau, Esther. Os gwelaf Gaiaffas yn y Deml yfory, soniaf am y Nasaread hwn wrtho. Ac ysgydwaf fy nyrnau!'

'A rhaid i chwi wneud un peth arall, Joseff.'

'O? A beth yw hwnnw?'

'Bod yn llai beirniadol o'r Archoffeiriad. Bob tro y clywaf chwi'n sôn amdano, y mae rhywbeth tebyg iawn i wawd yn eich llais.'

'Wel, nid wyf yn hoff o Gaiaffas, y mae'n rhaid imi ddweud.'

'Rhaid i chi gymryd arnoch eich bod, ynteu.'

'Os ydych chwi'n meddwl fy mod i'n mynd i lyfu llaw Caiaffas, Esther . . .'

'Nid oes angen i chwi wneud hynny, Joseff. Ond ef yw'r Archoffeiriad a dylech ei barchu.'

'Pwy a'i gwnaeth yn Archoffeiriad? Yr hen Annas yn gwthio'i fab-yng-nghyfraith i'r swydd, dyna pwy. A sut? Trwy dywallt arian y Deml i'r coffrau Rhufeinig a gwenieithio i Valerius Gratus, y Rhaglaw, a . . . '

'Joseff?'

'Ie, Esther?'

'Hoffwn i chwi wneud dau addewid imi.'

'Gwn beth yw'r cyntaf. Mynd i weld Jafan, yr adeiladydd ynglŷn â'r tŷ.'

'Ie.'

'O'r gorau, af i fyny ato cyn diwedd yr wythnos.'

'Yn bendant?'

'Yn bendant, Esther. A galwaf yn nhŷ'r saer hwnnw yr un pryd. 'Faint o'r llestri pren hynny hoffech chwi?'

'Hanner dwsin. A ydych chwi'n cofio enw'r dyn?'

'Heman, Heman y Saer. A beth yw'r ail addewid, Esther?'

'Peidio â bod mor feirniadol o'r Archoffeiriad Caiaffas. Y mae ef yn ŵr craff ac yn sicr o wybod sut y teimlwch tuag ato. Rhaid i chi guddio'ch teimladau ac ennill ei ffafr.'

'Cynffonna?'

'Na, y mae digon yn gwneud hynny. Dim ond bod yn gyfeillgar a . . . a pharchus, heb fod yn wasaidd . . . Wel?'

Nodiodd Joseff yn araf: hi a oedd yn ei lle, efallai. Er nad oedd ganddo barch at Gaiaffas, ef oedd yr Archoffeiriad a Llywydd y Sanhedrin, ac nid oedd modd i neb ddyfod i'r amlwg heb ei fendith ef. Ie, Esther a oedd yn iawn: nid oedd dim i'w ennill trwy wylio Caiaffas yn feirniadol a drwgdybus fel y gwnaethai ef ers tro byd.

'Yr wyf yn addo, Esther. Af at Gaiaffas yfory ynglŷn â'r Nasaread hwn. Dywedaf wrtho . . .' Ond ni wyddai Joseff beth a ddywedai wrtho.

'Dywedwch wrtho fod ei ddylanwad yn dechrau cyrraedd hyd yn oed i Arimathea. Fod eich hen gaethwas Elihu a'ch mab Othniel yn sôn amdano fel petai'n rhyw broffwyd mawr. Fod yn bryd ei ddal a'i gaethiwo, ef a'i ddisgyblion. Pwy yw rhyw Alilead fel hwn, rhyw dipyn o bysgodwr . . . ?'

'Saer.'

'Saer, ynteu. Pwy yw rhyw dipyn o saer i farchogaeth fel Brenin i Jerwsalem? Ac i gymryd arno wneud gwyrthiau ac iacháu pobl? A hawlio bod yn Feseia? Ond ni fydd llawer o wahaniaeth *beth* a ddywedwch: bod o ddifrif, dod allan o'ch cornel, sy'n bwysig.'

'Ysgwyd fy nyrnau!'

'Ie, ysgwyd eich dyrnau, os mynnwch, Joseff. Dangos eich bod yn fyw i bethau, ac nid yn cysgu yn y Sanhedrin.'

'O'r gorau, Esther. Ysgydwaf fy nyrnau yr yfory nesaf. Ac o hyn allan byddaf yn wên i gyd yng ngŵydd Caiaffas!'

Gorffennodd Joseff ei gwpanaid gwin a chododd oddi wrth y bwrdd, gan deimlo'n llawer hapusach yn awr.

'Af am dro bach i fyny at y Deml,' meddai. 'Y mae hi'n noson braf.'

'Ydyw. Ond gwell i chwi fynd ag un neu ddau o weision Abinoam gyda chwi. Gwyddoch mor beryglus yw'r heol-ydd gyda'r nos.'

'Dim yr wythnos hon, Esther. Y mae 'na gannoedd o filwyr Rhufeinig yma dros yr Ŵyl.'

Dringodd yn hamddenol drwy sŵn y ddinas. Ie, Esther a oedd yn iawn: yr oedd yn bryd iddo ymysgwyd a dyfod i sylw o'r diwedd. A rhoddai'r Nasaread haerllug hwn gyfle iddo. Gwnâi, a gallai ef ysgwyd ei ddyrnau cystal â neb. Lluniodd Joseff frawddegau ffyrnig i'w draddodi wrth Gaiaffas, a dychmygai'r Archoffeiriad yn gwrando'n edmygol arno. Ond rywfodd, o dan ddifrawder hen y sêr, ni theimlai'n llawn mor sicr ohono'i hun.

Fel y gadawai Longinus Gaer Antonia, y gwersyll Rhufeinig, i gyfarfod Rwth, clywai fanllefau tyrfa fawr yn codi o ddyffryn Cidron islaw mur dwyreiniol y Deml. 'Hosanna!' yn fanllefau un ennyd, ac yna llafarganai'r dorf eiriau na ddeallai ef mohonynt. A oedd y gorymdeithio hwn yn rhan o Ŵyl y Pasg, tybed? Oedd, yn fwy na thebyg, rhywbeth fel hwyl y Groegiaid yn y gwanwyn pan orymdeithient i foli'r duw Dionysos.

Brysiodd i lawr heibio i'r Deml. Gwelai lu cyffrous yn chwifio cangau palmwydd ac yna'n eu taenu ar y ffordd, gan sefyll o'r neilltu wedyn i aros am rywun. Eu Harchoffeiriad, efallai, ac wedi iddo gyrraedd, byddai'n cynnal rhyw ddefod yn y Deml. Daliai pawb i weiddi 'Hosanna!' a nesâi yn awr y dyrfa a lafarganai, rhai yn canu un llinell ac eraill yn ateb â'r nesaf. Safodd Longinus yntau ar fin y ffordd, gan deimlo'n dawedog iawn yng nghanol yr holl orfoledd hwn.

Aeth ugeiniau heibio ac uchel oedd eu 'Hosanna!' a'u mawl. Ond sylwodd Longinus ar dwr o wŷr mingam wrth ei ymyl, rhai gelyniaethus, yn amlwg, i'r rhialtwch hwn. Gwŷr gorgrefyddol, efallai, yn anghymeradwyo rhyw hen ddefod fel hon. Ymhen ennyd, gŵyrai pawb ymlaen ac aeth y gweiddi a'r chwifio'n wylltach fyth. Yr oedd yr Archoffeiriad gerllaw.

Aeth ugeiniau heibio ac uchel oedd eu 'Hosanna!' a'u mawl. Ond sylwodd Longinus ar dwr o wŷr mingam wrth ei ymyl, rhai gelyniaethus, yn amlwg, i'r rhialtwch hwn. Gwŷr gorgrefyddol, efallai, yn anghymeradwyo rhyw hen ddefod fel hon. Ymhen ennyd, gŵyrai pawb ymlaen ac aeth y gweiddi a'r chwifio'n wylltach fyth. Yr oedd yr Archoffeiriad gerllaw.

Llwyddodd Longinus i gadw'i le yn y rhes flaenaf ar ochr y ffordd a phlygodd yntau ymlaen, gan ddisgwyl canfod pasiant o liwiau hardd, o wisgoedd gorwych offeiriaid a morynion ac o flodau a llysiau'r gwanwyn. Hynny a welsai ganwaith wrth demlau Rhufain. Ond y cwbl a welai yn awr oedd rhyw ddyn ar asyn ac o'i gwmpas fagad o wŷr cyffredin iawn yr olwg.

'Pwy ydyw?' gofynnodd i ddyn wrth ei ymyl.

'Iesu o Nasareth yng Ngalilea,' atebodd hwnnw, ac yna aeth ati i weiddi 'Hosanna!' nerth ei ben.

Iesu o Nasareth? Hwn oedd y Proffwyd y soniai Othniel gymaint amdano ac y danfonasai Alys i Jerwsalem i ymbil ag ef. Syllodd Longinus yn eiddgar arno fel y nesâi, gan ryfeddu ei fod mor ifanc. Rywfodd, er iddo fod yn sicr i Othniel sôn am ddyn ifanc, tynasai Longinus ddarlun o ŵr llawer hŷn â'i farf hirllaes yn dechrau gwynnu a rhychau oed yn ei wyneb. Ond rhyw ddeg ar hugain neu ychydig yn fwy oedd hwn ac nid edrychai fel proffwyd o gwbl. Disgwyliech i broffwyd fod yn—wel, yn wahanol i bawb arall, beth bynnag, heb ddim ond darn o groen am ei lwynau, efallai, neu â'i wallt yn hir fel un merch, neu â darluniau rhai o'r duwiau ar ei gorff. Cofiodd Longinus mai ymhlith yr Iddewon yr oedd ac nad oedd ond un Duw, Iafe, ganddynt hwy.

O amgylch y Proffwyd cerddai rhyw ddwsin o wŷr pur wladaidd yr olwg, rhai wrth eu bodd ac yn gyffro i gyd, eraill yn syn ac ansicr eu trem. Sylwodd Longinus ar y gwylltaf ohonynt, dyn ifanc tenau a hirwallt a'i lygaid yn dân. Ef a dywysai'r asyn, a chamai'n herfeiddiol fel concwerwr wedi brwydr hir. Nid felly yr ymddangosai'r Proffwyd: edrychai ef braidd yn drist a thosturiol, gan syllu'n ddwys ond gofidus tua'r Deml fawr o'i flaen. Nid oedd fel petai'n clywed y llefau a'r llafarganu nac yn sylwi ar y rhuthro a'r chwifio gwyllt o'i amgylch. Yn wir, yr oedd fel breuddwydiwr yn nhawelwch ei fyfyrion a'r holl ddwndwr hwn yn ddim ond tonnau rhyw ffolineb pell. Pam, ynteu, y marchogai fel hyn i'r ddinas, gan roddi cyfle i'r holl rialtwch? Ni wyddai Longinus, ond dywedai wynebau syn rhai o'i ddisgyblion mai rhywbeth sydyn ac annisgwyl oedd yr orymdaith hon. Y pererinion, efallai, a aethai i'w gyfarfod ac a fynnodd roddi llais i'w heiddgarwch. Ac unwaith y cydiodd y tân, ymledodd fel fflamau ar lethr grin.

Disgynasai'r Proffwyd oddi ar yr asyn yn awr, a cherddodd ef a rhai o'i ddisgyblion trwy'r porth i mewn i Gyntedd y Deml. Daliai'r bobl i weiddi ac i chwifio'u cangau, ond swnient yn llawer tawelach, ac edrychai amryw ohonynt yn siomedig. Cyn hir dychwelodd y Nasaread a'i wŷr o'r Cyntedd a throi ymaith yn dawel ar hyd heol arall a redai i lawr tua Dyffryn Cidron a ffordd Bethania. Cafodd Longinus gip ar ei wyneb fel y deuai trwy'r porth, ac ymddangosai'n llym a phenderfynol, fel petai rhywun neu rywbeth tu fewn i'r Cyntedd wedi'i gythruddo. Y cyfnewidwyr arian a'r gwerthwyr anifeiliaid efallai, meddai'r canwriad wrtho'i hun, gan gofio'r farchnad o le a welsai ef pan aethai am dro at y Deml yn y prynhawn.

Crwydrodd Longinus yn araf i lawr tua Phorth Effraim, lle'r oedd i gyfarfod Rwth. Nid edrychai ymlaen at ei gweld, a chwiliai'n wyllt am eiriau i dorri'r newydd iddi. Ond ni allai yrru'r Proffwyd ifanc o'i feddwl. Yr oedd yn ddyn hardd a chryf o gorff, a rhyw urddas tawel, cyfrin, yn perthyn iddo, ond yr olwg ddwys a hanner-tosturiol yn ei lygaid a wnaethai argraff ar y canwriad. Ceisiai'r bobl ei groesawu fel rhyw fath o frenin, ond ni wnâi'r holl orfoledd ond ei dristáu. Fel petai ganddo weledigaeth dawel, bur, a chain, a'r sŵn yn tarfu ar ei gogoniant hi. Fel petai'r rhuthro a'r bloeddio a'r chwifio yn bethau ennyd, ac yntau uwchlaw rhyw grychiadau dibwys ar lif amser. Fel petai . . .

Ond rhaid iddo egluro pethau i Rwth. Yr oedd y ferch yn syrthio mewn cariad ag ef er ei waethaf, ac nid oedd ganddo ef fawr ddim diddordeb ynddi hi. Yn ei brawd, Othniel, ond nid yn Rwth.

Cofiodd ei chyfarfod y tro cyntaf oll. Ychydig ddyddiau wedi iddo gyrraedd Jopa oedd hynny, a hen flinasai ar glebran ac yfed y gwersyll. Credasai y gallai trwy ymuno â'r fyddin anghofio'i gartref a'i rieni a'i gyfeillion, a dileu pob atgof am ei frawd Galio ac am Phidias, y caethwas a'i lladdodd ac a groeshoeliwyd. Yfodd yntau fel y milwyr eraill, ond ni châi flas ar y gwin; ceisiodd yntau glebran a rhegi a chwerthin yn uchel, ond gwyddai ei fod fel dyn sobr yn cymryd arno fod yn feddw; chwaraeodd yntau ddisiau am oriau meithion, ond yn beiriannol a difater y gwnâi hynny, heb falio ai ennill ai colli yr oedd. A gwyddai yn ei galon na ddeuai anghofrwydd ar hyd llwybrau mor rwydd.

Hiraethai am Rufain; am ei dad, y Seneddwr Albinus; am ddwyster tawel ei fam; am ei chwaer Tertia a'i chwerthin a'i direidi; am blas ei gartref a'i gysur a'i gyfoeth a'r gerddi cain o'i amgylch ef; am gyfeillion y

Coleg a'r llysoedd barn ac am ddadleuon ffyrnig â'i gyd-fyfyrwyr ynghylch manion astrus y gyfraith. Ond yn lle bod yn gyfreithiwr ifanc yn Rhufain ac yn fab i'r Seneddwr blaenllaw, wele ef mewn gwersyll yn Jopa, yn ceisio ac yn methu â chamu ac ymsythu fel milwr.

Un hwyr o hydref, wedi syrffedu ar chwarae disiau yn y gwersyll, aeth allan i gerdded wrth lan y môr. Cyn hir eisteddodd ar ddarn o graig, gan deimlo'n unig iawn. Yr oedd y môr yn borffor gloyw o'i flaen a nef y gorllewin yn oraens ac aur a thân. Syllodd yn drist dros y tonnau. Ar gefndir gogoniant machlud fel hwn y gwelsai'r caethwas Phidias yn hongian ar groes. Ac wrth gofio hynny aeth meddwl Longinus yn derfysg i gyd.

Nid caethwas yn unig a fuasai Phidias yn y plas yn Rhufain; yn wir, edrychai'r llanc Longinus arno fel cyfaill, bron fel aelod o'r teulu. Rhoesai ei dad arian mawr amdano yn y farchnad, fel anrheg i'w fab pan ddaeth Longinus i oed a chael gwisgo'r toga fel dinesydd Rhufeinig, ac yr oedd Phidias yn werth pob drachma o'r arian hynny. Yr oedd yn ddyn ifanc hardd a chryf, o deulu hynod yng Ngroeg, yn ddeallus a dysgedig a dwys; ond yn anffodus, daliwyd ef a llu o wŷr ifainc tebyg iddo mewn cynllwyn yn erbyn y Rhufeinwyr. Llusgwyd hwy ymaith i'w gwerthu ym marchnad y caethion yn Rhufain.

Yn anffodus i'r Groegwr, ond yn ffodus i'r bachgen Longinus. Oherwydd yr oedd Phidias yn fyfyriwr ac yn athronydd, a buan y dechreuodd agor meddwl ei feistr ifanc i ryfeddodau llenyddiaeth Roeg. A chyn hir gadodd y Seneddwr Albinus i Phidias fod yn fwy o athro a chynghorwr nag o gaethwas i'w fab, ac fel y llithrai'r blynyddoedd heibio daeth y llanc i edrych ar y Groegwr fel ei gyfaill pennaf. Ato ef y rhedai ym mhob dryswch ac

ar ei farn ef y gwrandawai bob amser. A phan bender-
fynodd Longinus fynd yn gyfreithiwr, treuliai'r caethwas
ei oriau hamdden i gyd yn astudio'r gyfraith; yn wir,
dysgai'r Rhufeiniwr ifanc fwy yng nghwmni Phidias nag a
wnâi wrth draed ei athrawon.

Cododd Longinus oddi ar y darn o graig yr hwyr
hwnnw yn Jopa a cherddodd yn anniddig ar hyd y llwybr
creigiog tua'r porthladd a'r dref. 'Phidias, Phidias,' a
sisialai'r tonnau ar y traeth islaw, ac erbyn hyn diferai
dafnau o waed tros aur ac oraens y machlud.

Byddai diwedd enbyd Phidias yn gysgod tros ei fywyd
oll. Ni fedrai fyth ddileu o'i feddwl a'i freuddwydion y
darlun ofnadwy o'r caethwas hoffus yn hongian ar groes.

Safodd ar y llwybr, gan wrando ar sŵn chwerthin
merch islaw ar rimyn o dywod. Oni bai mai yn Jopa ac nid
yn Rhufain yr oedd, taerai mai llais ei chwaer Tertia a
ddeuai o'r gwyll. Cofiodd ei bod hi gydag ef yn yr ardd y
bore hwnnw pan lithiwyd ymaith holl lawenydd ei fywyd.
A chwerthin yr oedd hi y pryd hwnnw, yn llon ac uchel
fel yr eneth hon ar y traeth oddi tano, a'i llais yn ugeiniau
o glychau arian. Oedd, yr oedd Tertia gydag ef, ond
rhedodd i'r tŷ pan ddaeth Galio i mewn i'r ardd.

Ei frawd oedd Galio, gartref am ysbaid o'r Fyddin.
Aethai i wledd y noson gynt a bu ef a'i gyd-swyddogion yn
gloddesta drwy gydol y nos. Yr oedd yn feddw pan ddaeth
i mewn i'r ardd, a'i lygaid yn gochion a'i lafar yn floesg.

'Beth yw hwn 'na?' gofynnodd i Longinus, gan nodio'n
ysgornllyd tua rhòl a oedd yn ei ddwylo.

'Traethawd enwog ar Wleidyddiaeth. Gan Aristoteles.'

'Aris—pwy?'

'Aristoteles.'

'O. A phwy yw hwnnw pan fo gartref?'

'Pwy *oedd* hwnnw, Galio. Groegwr, a fu farw dros dri chant o flynyddoedd yn ôl. Sefydlodd Goleg yn Athen.'

'Hm.'

Daliodd ei law allan am y rhòl, ac estynnodd Longinus hi iddo. Agorodd hi a darllen:

' "Dylai dynion gael ymroddi i fusnes yn ogystal â mynd i ryfel. Ond hamdden a heddwch sydd orau . . ." Felly! Y mae bod yn hen wlanen gartref mewn hamdden a heddwch yn well na bod yn filwr?'

Gwyliai'r caethwas Phidias, a safai gerllaw, y ddau frawd annhebyg hyn, un yn fwli swnllyd a'r llall yn freuddwydiwr tawel.

'Ho'n wir! Hamdden a heddwch, ai e? Y mae'n debyg na wyddai'r hen fenyw o athronydd sut i afael mewn cleddyf heb sôn am ei ddefnyddio!'

Tynnodd Galio'i gleddyf o'r wain a'i chwifio'n beryglus o flaen Longinus, gan chwerthin yn feddw.

'Galio! Rho'r cleddyf yn ei ôl.'

'Ho'n wir! Hamdden a heddwch sydd orau? Bod gartref wrth glun fy mam yn lle mynd i weld y byd! Ho, ho ho!'

Gwthiodd ei gleddyf yn ôl i'r wain ac yna cydiodd yn y rhòl â'i ddwy law, gan geisio'i rhwygo'n ddau. Ond yr oedd y memrwn yn rhy gryf o lawer i hynny. Gwylltiodd Galio a thynnodd ei gleddyf allan eto. Daliodd y rhòl yn ei law chwith a chododd ei gleddyf yn ffyrnig, gan feddwl slasio'r memrwn yn ddarnau.

Neidiodd y caethwas ymlaen a chipio'r rhòl o'i law.

Safodd Galio yn syn, ennyd, heb wybod yn iawn beth a ddigwyddasai. Edrychodd yn ffôl ar ei law chwith, a'i geg yn agored, ac yna rhythodd yn hir ar Phidias fel petai'n methu credu i gaethwas feiddio ymyrryd ag ef. Rhegodd, a chamodd ymlaen i'w drywanu â'i gleddyf.

93

Ond cyn iddo daro, cydiodd Phidias yn y llaw a ddaliai'r cleddyf, ac aeth yn ymdrech ffyrnig rhwng y ddau. Gwthiwyd y caethwas yn ôl o laswellt yr ardd i'r llwybr caregog gerllaw, ond yno safodd, a chyda thro sydyn, hyrddiodd y cleddyf o law ei wrthwynebydd meddw. Baglodd Galio, a gwelai Longinus ef yn honcian yn ei ôl ar hyd y llwybr mewn ymdrech wyllt i gadw ar ei draed. Yna syrthiodd, a chlywodd Longinus a'r caethwas mewn dychryn sŵn ei ben yn taro ar un o'r meini callestr hyd ymyl y llwybr. Ochenaid, ac yna llonyddwch.

'Phidias! Phidias! Ymaith â thi ar unwaith!'

Tynnodd Longinus hynny o arian a oedd ganddo o'r pwrs yn ei wregys a gwthiodd hwy i law'r caethwas.

'Na, Syr, na.'

Ond pa un bynnag, yr oedd hi'n rhy hwyr. Rhuthrai Darius, pennaeth y gweision, o gyfeiriad y tŷ. Aeth Phidias ymaith yn ufudd gydag ef.

Brysiodd Longinus i'r ddinas i ymbil â'i dad tros y caethwas. Ond ofer fu ei ymchwil amdano. Nid oedd yn y Senedd-dŷ, nid oedd yn y Fforwm, nid oedd yn un o'r Praetoria, nid oedd ym mhlas y Tywysog Gaius. Wedi hir chwilio, deallodd i'r Seneddwr Albinus gael ei alw ymaith yn sydyn i weld yr hen Ymerawdwr Tiberius yn Ynys Capri. Dychwelodd Longinus adref a chael fod y caethwas wedi'i drosglwyddo i ddwylo'r milwyr.

Fel y safai ar y llwybr wrth draed Jopa y noson honno o hydref, gwelai Longinus groes yn erbyn aur a gwin a gwaed y machlud. Cofiodd fel y rhuthrodd o le i le drwy'r dydd hwnnw pan ddaliwyd Phidias a'i garcharu—i grefu ar rai o gyfeillion ei dad, ar bob Seneddwr a adwaenai, ar rai o swyddogion y Fyddin, ar weinidogion y Tywysog Gaius, ar rywun â dylanwad ganddo. Cafodd addewidion a hanner-addewidion, a charlamodd yn ffyddiog i'r gwersyll lle'r oedd y caethwas. Y caethwas a laddodd filwr? gofynnodd rhyw ganwriad anfoesgar iddo. O, yr oedd hwnnw'n derbyn ei haeddiant. Os hoffai Longinus fynd am dro i lawr at Domen y Grog wrth yr afon—a chrechwenodd y dyn.

Ar ei ffordd i lawr tua'r afon Tiber, yr oedd meddwl y cyfreithiwr ifanc yn drobwll chwyrn a'r addewidion a'r hanner-addewidion fel crinddail yn troelli ynddo. Pan ddaeth i olwg Tomen y Grog, gwelai fod amryw o groesau wedi'u codi arni. Rhuthrodd ymlaen ag ofnau yn dân a niwl yn ei ymennydd; yn wayw llachar, ennyd, ac yna'n gaddug a'i dallai'n llwyr. Caethwas o'r enw Phidias? meddai'r canwriad a ofalai am y milwyr yno. Y drydedd groes. A throes ymaith i siarad â rhai o'i wŷr. Cydiodd Longinus yn wyllt yn ei fraich. Gwelsai'r Seneddwr Paulus, meddai, a'r Seneddwr Antonius a'r Seneddwr Tristus a buasai yn swyddfa'r Cadfridog Lucianus ac yn . . . A oedd ganddo warant i atal y cosbi? gofynnodd y canwriad. Nac oedd, ond yr oedd yn fab i'r Seneddwr Albinus a gwyddai y byddai'i dad, cyn gynted ag y dychwelai o Ynys Capri, yn ymyrryd i geisio achub y caethwas. Cododd y canwriad ei ysgwyddau: cawsai ef ei orchmynion, a rhaid oedd iddo wneud ei ddyletswydd, onid oedd?

Yn araf, fel pe mewn llesmair, cerddodd Longinus i gyfeiriad y groes. Chwarddodd milwr yn rhywle gerllaw, a swniai'r llais fel un o fyd ac o oes arall. Trawodd ei droed yn giaidd yn erbyn carreg finiog, ond prin y teimlai'r boen. Draw ymhell bell, gyfandiroedd a chanrifoedd i ffwrdd, yr oedd y machlud yn fflam. Ac o'i flaen, yn ofnadwy o agos, yn rhy agos i fod yn gelwydd, yr oedd y ffyddlonaf a'r harddaf o wŷr ar groes a'i wyneb yn ing cyfrodedd.

'Phidias!'

Ciliodd rhychau'r arteithiau, dro, a llithrodd gwên gysurlawn i'r llygaid. Dihangodd Longinus a'i galon yn floedd o'i fewn. Curodd eto wrth ddrysau'r Seneddwr Paulus a'r Seneddwr Antonius a'r Seneddwr Tristus a'r Cadfridog Ludianus, ond oeraidd fu ei dderbyniad. Rhaid bod y caethwas yn un peryglus iddo gael ei gosbi mor ddiymdroi, ac wedi'r cwbl, nid oedd ond caethwas a mawr oedd ei drosedd. Yr oeddynt hwy'n sicr y cytunai'r Seneddwr Albinus, pan ddychwelai o Gapri, â'r ddedfryd; ni allai Rhufain, yn arbennig yn y dyddiau direol hyn, fforddio bod yn dirion. Dyn a wyddai beth fyddai'r canlyniad pe dechreuent roi lle i feddalwch . . . Mentrodd Longinus i blas y Tywysog Gaius. Yr oedd ef mewn gwledd ac yn hanner-meddw cyn iddi ddechrau, a hyd yn oed pe gallai Longinus ei weld, byddai Gaius yn falch o gyfle i chwerthin am ben mab i'r Seneddwr Albinus: casâi unrhyw un a oedd yn ffafr yr Ymerawdwr. Yn ei ôl ag ef at y Seneddwyr, ond collent hwy amynedd erbyn hyn: nid oedd caethwas yn werth yr holl helynt hwn: yr oeddynt yn ddigon rhad yn y farchnad: pe prynai'r Seneddwr cyfoethog ddwsin yn ei le, ni fyddai'i bwrs yn llawer ysgafnach.

Oddi tano, o'r rhimyn tywod ar draeth Jopa, daeth eto chwerthin y ferch â'i llais mor debyg i un ei chwaer Tertia. Gwelai Longinus bedair o enethod yn dringo'r creigiau i'r llwybr lle safai ef, ac ymhen ennyd camodd o'r neilltu iddynt fynd heibio iddo. Dim ond marwydos oedd y tân yn y gorllewin erbyn hyn, ond ymhell o'i ôl, tros ysgwydd un o fryniau Effraim, dringai'r lloer fel olwyn arian i blith y sêr. Llithrodd troed un o'r merched ar ddarn o wymon ar y llwybr, a chydiodd Longinus yn ei braich.

'Maddeuwch imi.'

'Maddau i chi! Oni bai i chwi gydio ynof buaswn wedi syrthio.'

Llais Tertia i'r dim. Wyneb a gwallt Tertia hefyd.

'Y mae'n beryglus i ferched ifainc grwydro mor hwyr i le mor unig.'

'O, yr ydym yn bedair. A gallai Maria lorio dwsin o ddynion!'

Nodiodd gan chwerthin, tua'r gawres wrth ei hochr: gwenodd Maria.

'Ond yr ydym yn ddiogel yn awr,' chwanegodd y ferch, 'â chanwriad Rhufeinig i'n gwarchod.'

Cerddodd Longinus yn ôl gyda hwy, ac yr oedd siarad a chwerthin y ferch fel awel iach i un ar fygu yng nghell ei atgofion. Deallodd mai ei henw oedd Rwth, fod ei chartref yn Arimathea rai milltiroedd i ffwrdd, fod ei thad yn aelod o Brif Gyngor yr Iddewon, fod ei brawd Othniel yn glaf o'r parlys, fod—ond yn wir, cafodd hanes y teulu oll gan yr eneth lon a didwyll. Mor ddiniwed ac ymddiriedus â Thertia! meddai wrtho'i hun, gan ddychmygu mai ei chwaer a barablai ac a chwarddai wrth ei ochr. Yr oedd yn falch pan addawodd hi ei gyfarfod eto y noson wedyn.

Dim ond y ddwywaith hynny y gwelodd Longinus Rwth yn Jopa. Dychwelodd hi i Arimathea ac anghofiodd ef am y ferch a oedd mor debyg i'w chwaer Tertia. Ond ymhen rhai misoedd, cafodd gyfle i fynd adref i Rufain am dro, ac ar y fordaith yn ôl i Ganaan achubodd y Roeges fach o'r môr. Pan gyrhaeddodd Jopa a dyfalu beth a wnâi ag Alys, cofiodd am yr eneth o Arimathea a'i sôn am y plas o dŷ lle trigai ac am ei thad, Cynghorwr pendefigaidd. Mentrodd ddwyn Alys yno, gan erfyn ar y teulu ei chymryd fel caeth-ferch. Galwai yn Arimathea yn weddol aml wedyn—i holi am Alys, i fwynhau parabl a chwerthin Rwth, ond yn bennaf oll i ymgomio â'i brawd Othniel, y meddyliwr a'r breuddwydiwr tawel. Yn anffodus, credai Rwth mai i'w gweld hi y deuai, a mynnai ei dynnu ymaith o'r seiadau melys â'i brawd.

Dug y gyfathrach ag Othniel oleuni a hyder newydd i Longinus. Ailgydiodd mewn darllen ac astudio; magodd ddiddordeb mewn llenyddiaeth, mewn crefydd, mewn athroniaeth; cafodd ailafael mewn bywyd. Mawr fu ei siom pan glywodd ei fod i'w symud o Jopa i Jerwsalem, ond rhaid oedd ufuddhau i'r gorchymyn. Ni welai fawr ddim o Othniel o hyn ymlaen. Oni . . . oni châi ei gyfaill claf ei iacháu gan y Proffwyd. A oedd rhywbeth yn y storïau rhyfedd am y gŵr hwn o Nasareth, tybed?

Llithrai'r atgofion a'r meddyliau hyn drwy ymennydd Longinus ar ei ffordd i lawr tua Phorth Effraim, lle'r oedd i gyfarfod Rwth. Pan gyrhaeddodd y fan, nid oedd hi yno, a safodd yn gwylio'r pererinion llwythog yn llifo i mewn a heibio i'r Porth. Oedai tyrrau tu fewn i'r Porth ei hun hefyd, yn bargeinio a dadlau, yn cyfnewid profiadau blwyddyn, yn sisial yn ddwys, yn clebran a chwerthin. Siaradai amryw ohonynt mewn Groeg, yr iaith ryng-wladol, a deallai Longinus eu hymddiddan hwy. Daethai hwn o ynys Creta a chawsai fordaith anghysurus—y caethion a oedd wrth y rhwyfau yn ceisio ymryddhau a dianc mewn ystorm; hwn, y bargeiniwr ystyfnig a fygythiai ddwyn ei borffor bob cam yn ôl i'r Gogledd oni châi ei bris amdano, o Dyrus; hwn o Alecsandria, ac uchel ei frolio am yr athrawon a'r myfyrwyr Iddewig yn y ddinas ddysgedig honno; hwn—ond gwelai Longinus Rwth yn brysio tua'r Porth.

Aethant y tu allan i furiau'r ddinas a dewis y llwybr a droellai drwy Ddyffryn Hinnom gerllaw. Yr oedd hi'n dechrau nosi, ond codasai lloer y Pasg yn barod, a chyn hir byddai'r hwyr yn olau fel dydd.

'Bu bron imi fethu â dod,' meddai Rwth.

'O! Pam?'

'Tada. Cefais dafod ganddo ddoe am fy mod i'n rhedeg ar ôl Rhufeiniwr, chwedl yntau, a heno, pan welodd fy mod i ar frys i fynd allan . . .' Chwarddodd yn ysgafn wrth chwanegu, 'Ond yr oedd Mam yn sbort.'

'Rwth?'

'Ie?'

'Y mae arnaf eisiau siarad â chwi.'

'O'r annwyl, yr ydych yn swnio mor ddifrifol â Thada.'

Chwarddodd yn ysgafn eilwaith, a chredodd Longinus eto am ennyd, fel y gwnâi bob amser yng nghwmni Rwth, mai ei chwaer Tertia a gerddai wrth ei ochr.

'Yr wyf am ddwhaned stori wrthych, Rwth, stori a fydd yn ateb cwestiwn y buoch yn ei ofyn imi droeon yn ddiweddar.'

'Pam yr aethoch i'r Fyddin yn lle mynd ymlaen fel cyfreithiwr?'

'Ie. Digwyddodd rhywbeth yn Rhufain i'm dychrynu'n ofnadwy. Ni ddywedaf yr hanes hwnnw wrthych, Rwth, ond collais yn yr helynt fy nghyfaill gorau, y cywiraf o ddynion. Ni allwn aros yn Rhufain, heb fynd yn lloerig; yr oedd popeth a welwn, popeth a wnawn, yn f'atgoffa am fy ffrind. Penderfynais ymuno â'r Fyddin, a thrwy ddylanwad fy nhad, gwnaed fi'n ganwriad yn fuan iawn.

Gyrrwyd fi i Jopa, ond haws oedd gadael cartref nag anghofio. Y dyddiau cyntaf hynny yn Jopa ceisiais fod yn filwr diofal, gan dybio y gallwn sgwario f'ysgwyddau ac yfed a sôn am ferched a chwarae disiau cystal â neb yn y gwersyll.'

'Chwi! Nid un felly a welais i ar y llwybr hwnnw wrth y môr y noson gyntaf imi'ch cyfarfod, Longinus.'

'Na, buan y dysgais na allwn wneud milwr torsyth ohonof fy hun. A'r noson honno, wedi hen alaru ar y gwersyll, crwydrais i lawr at y traeth am dro. Ond wrth syllu ar y machlud, yr oedd f'atgofion am fy nghyfaill mor fyw ac mor boenus ag erioed. Yna clywais chwerthin merch yn dod o'r tywod islaw imi.'

'Fi, yr wyf yn siŵr!'

'Ie, chwi, Rwth. Ond credais am ennyd mai llais fy chwaer Tertia a glywn. A dyna felys oedd y sŵn!'

'O!' Swniai Rwth yn siomedig. 'Yr ydych yn onest, beth bynnag, Longinus.'

'Ydwyf. Ac o fwriad, Rwth. Cerddais yn ôl i'r dref gyda chwi a'ch cyfeillion yr hwyr hwnnw, a'r noson wedyn, os cofiwch, aethom ein dau am dro hyd lan y môr. Ni welais mohonoch am rai misoedd ar ôl hynny.'

'Naddo. Hyd oni ddaethoch ag Alys i Arimathea atom. O, dyna swil ac ofnus oeddych y tro cyntaf hwnnw, Longinus! Fel petaech yn disgwyl i Mam eich tafodi ymaith!'

'Rwth yn ystod y tri mis yr oeddwn i yn Jopa heb eich gweld . . .'

'Ie?'

'Yr wyf am fod yn greulon o onest.'

'Wel? Ond peidiwch â swnio fel petaech chwi ar fin fy nghondemnio i farwolaeth!'

'Yn ystod y tri mis na welais mohonoch, prin . . . prin y daethoch i'm meddwl. Cofiwn eich chwerthin weithiau, chwerthin fy chwaer Tertia—a dyna'r cwbl.'

'O . . . Yr oedd . . . yr oedd gennych rywun arall yn Jopa?'

'Neb.'

Cerddodd y ddau am ysbaid heb ddywedyd gair. Teimlai Longinus yn gas tuag ato'i hun, ond gwyddai yn ei galon fod yn rhaid i'r ymgom hon ddigwydd yn hwyr neu'n hwyrach. Gwell y gonestrwydd hwn nag oeri tuag at yr eneth a'i hosgoi bob cyfle.

'Nid . . . nid i'm gweld i yr oeddych yn dod i Arimathea, felly?'

'Yr oeddwn yn unig iawn yn Jopa, yn unig a hiraethus, ac yr oedd cael rhedeg i lawr i Arimathea yn rhywbeth i edrych ymlaen ato—i holi hynt Alys, i gael y croeso rhyfeddol a roddai'ch mam imi, i sgwrsio ag Othniel, ac i . . . i chwerthin gyda Thertia.'

'Tertia?'

'Fel fy chwaer Tertia y meddyliwn amdanoch, Rwth. Yr ydych yr un ffunud â hi. Yr un wyneb, yr un gwallt gloywddu, yr un llais, yr un chwerthin.'

'Ac i weld eich chwaer y deuech i Arimathea!'

Chwarddodd Rwth, ond ni swniai'r chwerthin mor llon yn awr.

'Ac i sgwrsio ag Othniel, wrth gwrs,' chwanegodd yn fingam ymhen ennyd. 'Longinus?'

'Ie, Rwth?'

'Pam yr ydych yn dweud hyn oll wrthyf heno?'

'Bûm yn meddwl siarad â chwi ers tro. Ond nid oeddwn am ddifetha'r amser hapus a gawn pan ddeuwn i Arimathea. Hunanol oedd hynny, efallai. Yna, y tro diwethaf imi'ch gweld soniais wrthych fy mod yn cael fy symud i Jerwsalem . . .'

'Do . . . Wel?'

'Yr oeddych yn siomedig iawn. Deuwch chwithau, meddech, i Jerwsalem. Onid âi'ch tad ymlaen â'r tŷ a fwriadai'i godi yma, yna caech aros gyda chyfeillion. Yr ydych yn ifanc iawn, Rwth—fel fy chwaer Tertia. Ac yn eneth dlos iawn.'

'Diolch.'

'Cyn hir, efallai, dychwelaf fi i Rufain. Credwn pan ymunais â'r Fyddin nad awn byth yn ôl yno ac ailgydio yn fy ngwaith fel cyfreithiwr. Ond bûm gartref unwaith, ac nid oedd fy hiraeth am fy nghyfaill mor llethol ag yr ofnwn y buasai. Efallai . . . 'Wn i ddim . . . Arhosaf yn y Fyddin am flwyddyn neu ddwy, y mae'n debyg. Ond tra bo'r ferch dlos o Iddewes yn talu sylw i'r milwr Rhufeinig . . .'

'Yn rhedeg ar ei ôl, medd 'Nhad!'

'Y mae ambell lanc hardd o Iddew yn troi llygaid siomedig ymaith i chwilio am gariad arall. Ni wna hynny mo'r tro o gwbl. Hoffai'r milwr Rhufeinig gael bod yn ffrind calon i'r ferch dlos o Iddewes—ac i'w chariad hefyd . . . Wel, dyna'r bregeth, Rwth!'

'Nid oedd yn rhaid i chwi wastraffu cymaint o anadl, Longinus.'

'O?'

'Nac oedd. Yr oeddwn innau am roi pregeth debyg i chwithau!' A chwarddodd Rwth yn llon unwaith eto.

Ai actio yr oedd? Ceisiai Longinus weld ei hwyneb yng ngolau'r lloer, ond cerddent dan gysgod brigau blodeuog yr hen olewydd a safai hyd fin y llwybr.

'Y mae'n dda gennyf glywed hynny, Rwth. Ofnwn y

buaswn yn eich brifo. Ond yn awr gallwn fod yn ffrindiau mawr ac yn deall ein gilydd i'r dim.'

'Gallwn, wrth gwrs. A gallaf finnau fynd allan gyda Gibeon yn Jerwsalem heb ofni i'r canwriad Rhufeinig ein gweld a thynnu'i gleddyf!'

'A phwy yw Gibeon?'

'A! Eiddigus, Longinus?'

'Ydwyf, os nad yw'n deilwng o'm chwaer fach Tertia! Os oes ganddo lygaid croes a thafod tew a choesau bandi, chwipiaf fy nghleddyf allan a thorri'i ben i ffwrdd.'

Troesant yn ôl tua'r ddinas, gan breblan a chwerthin eu rhyddhad. Aeth Longinus gyda hi at ddrws Llety Abinoam yn Heol y Pobydd.

'Nos da, Rwth, fy chwaer fach.'

'Nos da, fy mrawd mawr.'

Oedd, yr oedd ei chwerthin mor debyg i un Tertia ag y gallai chwerthin fod. Ugeiniau o glychau arian.

Ni wyddai fod dagrau yn ei llygaid hi.

IV

Ni chododd Joseff yn fore drannoeth. Melys, wedi'r daith hir o Arimathea, oedd gorffwys a gwylio patrymau'r heulwen ar y mur uwch ei wely. Dug un o forynion Abinoam ei frecwast iddo, ac fel y mwynhâi'r ffrwythau wedi'u sychu, a'r bara a'r gwin, gwrandawai'n ddiog ar y gwahanol ieithoedd ac acenion a ddeuai o'r stryd islaw, a châi bleser yn dychmygu wynebau a gwisgoedd eu per-chenogion. Yna, fel y codai'r cwpan gwin i yfed, arhosodd ei law yn sydyn.

'Y Nasaread! Y Nasaread!' meddai lleisiau cyffrous.

'Ymh'le?'

'Ar ei ffordd i'r Deml! Ef a'i ddisgyblion!'

Ciliodd y lleisiau fel y brysiai'r bobl ymaith i fyny tua'r Deml. Cododd Joseff ar ei eistedd, gan feddwl eu dilyn, ond yna, gan daflu'i ben yn ddirmygus, pwysodd yn ôl ar ei fraich i orffen ei frecwast. Pam y dylai ef boeni am ryw ffŵl o saer fel hwn? Y ffordd orau i'w drin ef oedd peidio â chymryd sylw ohono. Beth oedd ei fwriad yr wythnos hon, tybed? Yr oedd yn amlwg ei fod yn manteisio ar yr Ŵyl a'i thyrfaoedd i geisio creu cynnwrf. Gobeithio'r nefoedd nad ymyrrai'r milwyr Rhufeinig ddim. Yr oedd y Rhaglaw Pilat yn un digon byrbwyll i orchymyn gwŷr Antonia i wasgaru'r dorf.

Pontius Pilat! Cofiodd Joseff am ei ddyfodiad i Ganaan a'r helynt a fu. Penderfynodd, cyn gynted ag y cyrhaeddodd y wlad, y dangosai'i awdurdod ei hun a nerth Rhufain i'r Iddewon hyn. Beth! meddai, y garsiwn yn Nhŵr Antonia yn Jerwsalem yn peidio â dwyn eu baneri i mewn i'r ddinas! Pam? Yn enw'r Ymerawdwr, pam? Nid adawai'r Iddewon i ddelw o fath yn y byd halogi'r Ddinas Sanctaidd, oedd yr ateb. O'n wir! gwaeddodd Pilat, yna caent weld pwy oedd pwy yn awr. Yr oedd garsiwn newydd ar fin cychwyn o Gesarea i Jerwsalem, a rhoes y Rhaglaw orchymyn iddynt fynd â'u heryrod Rhufeinig a'u cerfluniau o'r Ymerawdwr gyda hwy a llithro'n dawel i mewn i'r ddinas liw nos. Pan ddeffroes Jerwsalem fore trannoeth, cododd pob Iddew ei ddwylo mewn dychryn ac ymdaenodd y cyffro fel tân gwyllt drwy'r ddinas a thrwy'r wlad oddi amgylch. Llifodd y bobl i mewn yn gannoedd o'r pentrefi gerllaw, a cheisiai llawer o leisiau gwyllt chwipio'r dorf i wrthryfel. Ond cynghorion yr henuriaid yn eu plith a orfu, a phenderfynwyd danfon

104

cynrychiolwyr i Gesarea i erfyn ar i'r Rhaglaw newydd ddileu'r gorchymyn a roesai i'w swyddogion yn Jerwsalem. Ac i Gesarea y brysiodd tyrfa ohonynt yn barod i farw os byddai raid yn hytrach na dychwelyd heb lwyddo yn eu cais. Ond ni wrandawai Pilat arnynt. Syrthiasant ar y ddaear i ymbil tros eu pobl a'u Teml a'u Dinas Sanctaidd, ac yno y buont am bum niwrnod a phum nos. Ar y chweched dydd, galwodd y Rhaglaw hwy at ei orsedd yn y farchnadfa, ond cuddiodd filwr yng nghefn y lle. Pan godasant yr un cri, y tro hwn eto, amneidiodd Pilat ar swyddog, a rhuthrodd y milwyr i mewn â chleddyfau noeth. Ni ddychrynodd yr Iddewon: os marw a oedd raid, yna marw a wnaent. Tynnodd pob un ei wisg yn ôl oddi ar ei wddf a gŵyrodd ei ben o dan y cleddyf. Ildiodd Pilat yn sur ac anfoddog a gyrrodd orchymyn i Jerwsalem i gludo'r delwau'n ôl i Gesarea.

Pontius Pilat! Beth, gofynnodd Joseff iddo'i hun, a ddywedai ef pan glywai i'r Nasaread arwain gorymdaith i'r ddinas? Chwerthin yn ei ddwrn a wnâi'r Rhaglaw, yn fwy na thebyg, gan ei fod yn casáu'r Archoffeiriad Caiaffas, a châi hwyl wrth feddwl am y saer o Nasareth yn ennill y parch a hawliai Caiaffas a'i Deml sanctaidd.

Cofiodd Joseff ei addewid i Esther. Efallai y digwyddai rhywbeth yn y Deml a rôi gyfle iddo siarad â'r Arch-offeiriad. Cododd i ymolchi ac ymwisgo'n frysiog.

'Aeth eich gwraig a'ch merch allan yn fore, Syr,' meddai Abinoam wrtho yn y drws. 'I'r siopau yn y Tyropoeon. He, rhai garw am wisgoedd newydd ydyw'r merched 'ma, onid e, Syr?'

'Byddaf yn ôl i ginio, dywedwch wrthynt, Abinoam.'

'Gwnaf, Syr. Mae ef i fyny yn y Deml y bore 'ma eto, Syr.'

'Pwy?'

'Y Nasaread. Llawer o bobl yn rhuthro yno i'w weld a rhai yn deud 'i fod e'n bwriadu . . .'

Ond brysiodd Joseff ymaith.

Fel y nesâi at y Deml, gwyddai oddi wrth y sŵn fod rhyw gynnwrf mawr yng Nghyntedd y Cenhedloedd. Prysurodd ymlaen, ac er ei syndod gwelai ddefaid ac ŵyn a geifr a gwartheg yn dianc drwy'r porth a'r gwerthwyr yn rhuthro'n wyllt ar eu holau. Beth yn y byd a oedd yn digwydd? holodd ryw ddyn gerllaw.

'He, y Nasaread, Syr!' atebodd hwnnw, gan gilwenu arno. 'Fe wylltiodd yn lân pan welodd y farchnad yn y Cyntedd. Ac fe glymodd reffynnau yn chwip a gyrru'r anifeiliaid a'r gwerthwyr ymaith am eu bywyd. Dacw'r olaf ohonynt yn gadael yn awr. A'r Nasaread a'i ddisgyblion. Dacw hwy, Syr.'

Yr oedd yn amlwg fod y dyn wrth ei fodd, a chyda threm ddig ato brysiodd Joseff tua'r Cyntedd. Safodd yn syn pan gyrhaeddodd y porth. Yn lle'r dadwrdd arferol— gwerthwyr croch yn canmol eu hanifeiliaid, brefiadau ŵyn a defaid ac ychen, y bargeinio a'r dadlau gwyllt, a lleisiau chwyrn y cyfnewidwyr arian—yr oedd y Cyntedd eang yn gymharol dawel. Y corlannau'n agored ac yn wag, y gwerthwyr colomennod wedi dianc â'u cawellau rhwyllog gyda hwy, y stondinwyr a werthai ddysglau clai a gwin ac olew a halen ar gyfer aberthau a swper y Pasg wedi diflannu'n sydyn. Sylwodd Joseff fod y Canwriad Longinus yn sefyll gerllaw iddo tu fewn i'r clawstr eang ar fin y Cyntedd.

'A, Longinus!' meddai, gan geisio swnio'n llon.

'Bore da, Syr.'

'Mynd am dro o gwmpas y ddinas?'

'Ie, a digwyddais edrych i mewn i'r Cyntedd yma pan oedd y Proffwyd yn gyrru'r . . .'

'Hy! Proffwyd, wir! Peidiwch â gwrando ar y storïau a glywch chwi am y dyn, Longinus. Y mae'n ddrwg gennyf i chwi fod yn dyst o'r gwylltineb hwn.'

'Yr wyf fi'n falch, Syr,' atebodd y canwriad yn dawel.

Edrychodd Joseff arno, heb ddeall. Yna gwelodd un o'i gyd-Gynghorwyr, yr hen Falachi, yn dawnsio ac yn ysgwyd ei ddyrnau tu fewn i'r Cyntedd. Gadawodd Longinus a mynd ato.

'Beth yw'r helynt, Malachi?'

'Helynt! Helynt!' Yna troes at ei fab Arah a oedd yn cropian hyd farmor amryliw'r llawr gerllaw. 'A gefaist ti bob sicl, Arah?'

'Naddo, 'Nhad. Mae'n rhaid bod y taclau 'na o Galilea wedi codi rhai ohonynt. Yr wyf dros ddeugain sicl yn fyr.'

'Beth! Beth ddwedaist ti?'

'Dros ddeugain sicl yn fyr, 'Nhad.'

'Ysgydwodd Malachi ei ddyrnau'n chwyrn eto a dawnsiodd o gwmpas yn ei ddicter. Yna gwaeddodd ar fab arall ryw ugain cam i ffwrdd. Yr oedd hwnnw hefyd yn cropian hyd y llawr.

'A wyt tithau'n fyr, Samuel?'

'Ydwyf, 'Nhad. Chwech ar hugain, y mae arnaf ofn.'

'Beth a ddigwyddodd, Malachi?' gofynnodd Joseff.

'Gresyn na fuasech chwi yma ychydig ynghynt,' atebodd yr hen ŵr. 'Hei!' gwaeddodd ar ŵr ifanc hirwallt a frysiai heibio iddynt ar ei ffordd allan o'r Cyntedd. Safodd hwnnw, gan gilwenu, ac yna poerodd yn ddirmygus tuag atynt cyn troi ymaith a thrwy'r porth.

'Yr oedd hwn'na gydag ef,' meddai Malachi. 'Un o'i ddisgyblion.'

107

'Y Nasaread?'

'Ie. Fe ddaeth yma, fe ollyngodd yr anifeiliaid yn rhydd, fe yrrodd y gwerthwyr drwy'r porth, ac yna . . . O, na fedrwn i gael fy nwylo arno!'

'Yna?'

'Fe gydiodd ym mwrdd Arah a'i droi nes oedd yr arian hyd y llawr i gyd . . . O na chawn i afael ynddo! . . . Wedyn ym mwrdd Geser . . . Y mae'n rhaid i'r San-hedrin weithredu ar unwaith, Joseff . . . Wedyn ym mwrdd Serug . . . Rhaid inni ei ddal a'i labyddio, Joseff . . . Wedyn ym mwrdd Samuel . . .'

Nodiodd Joseff yn ddwys, gan gymryd arno gydym-deimlo â'r hen Falachi. Ond, yn slei bach, yr oedd yn falch i hyn ddigwydd. Malachi oedd y gŵr cyfoethocaf a'r cybydd mwyaf yn Jerwsalem, a gwyddai pawb am y triciau a wnâi ef a'i feibion a'u meibion hwythau i dwyllo'r pererinion. Buasai Malachi ei hun yn gyfnewidiwr arian ar un adeg, ond erbyn hyn yr oedd yn fodlon yn ei hen ddyddiau ar wylio'i ddau fab a'i ŵyrion yn hocedu mor ddeheuig ag y gwnaethai ef. A chyn hir byddent hwythau mor gyfoethog—ac mor ddienaid—ag ef.

Rhaid oedd i bob un o'r pererinion dalu hanner sicl i Drysorfa'r Deml. Ond deuent hwy o bob rhan o'r byd, gan ddwyn gyda hwy arian llawer gwlad. Yr oedd delw o'r Ymerawdwr neu o ryw frenin neu dduw neu dduwies ar yr arian hynny, a phechod yn erbyn Iafe oedd dod â 'delw gerfiedig' yn agos i'w Deml sanctaidd. Nid oedd cerflun ar arian y Deml nac arian Galilea, ac felly, y rhai hynny'n unig a oedd yn gymeradwy ger bron Duw. Rhaid oedd i'r pererinion fynd at fyrddau'r cyfnewidwyr i newid eu harian—ac i dalu'n hallt am y gymwynas. Pwysai'r cyfnewidiwr y darnau o arian dieithr a'u cael, bron yn ddieithriad, yn brin. Uchel oedd y gweiddi a'r dadlau, ond wedi hir ymryson, y cyfnewidiwr a enillai, a thalai'r pererin druan gan regi'n chwyrn. Yna troai ymaith at werthwr anifeiliaid i brynu oen neu golomen i'w haberthu. Y cnaf hwnnw'n gwrthod cydnabod gwerth yr arian tramor. Yn ôl eto at fwrdd y cyfnewidiwr i newid mwy o arian ac i ddadlau'n ffyrnig unwaith yn rhagor. Dychwelyd at y gwerthwr a chael fod pris yr oen neu'r golomen wedi'i godi'n sydyn ar ryw esgus. Ond rhaid oedd aberthu: onid i hynny y daethai'r pererin bob cam o Bersia neu'r Aifft neu, efallai, o Ysbaen? Mynd at fwrdd y cyfnewidiwr y trydydd tro—i gael ei dwyllo eto. Ac yn ei blas islaw'r Deml, gwenai'r cyn-Archoffeiriad Annas, er gwybod ohono mai 'bythod meibion Annas' oedd yr enw a roddid i'r byrddau melltigedig hyn: gwenai am mai i'w goffrau ef a'i deulu yr âi llawer o'r elw.

'Yr oedd y dyn yn cablu, Joseff,' chwanegodd Malachi, gan ddal i ysgwyd ei ddyrnau ac i ddawnsio o amgylch.

'O?'

'Oedd. Dyfynnu'r Proffwydi, os gwelwch chi'n dda.'

'Beth oedd ei eiriau, Malachi?'

' "Tŷ gweddi y gelwir fy nhŷ i," gwaeddodd â'i chwip yn ei law, "eithr chwi a'i gwnaethoch yn ogof lladron." Pwy yw ef i ŵyrdroi geiriau cysegredig y Proffwydi i'w amcanion ei hun? Pwy yw ef? Pwy yw ef?'

'Ie, pwy yw ef?' cytunodd Joseff, er y teimlai fod y term 'ogof lladron' yn un pur gywir yn y cyswllt hwn.

'Cabledd yw peth fel yna, Joseff, cabledd a dim arall.'

Edrychai'r hen frawd yn ddwys ar y llawr, ond goleuodd ei lygaid mewn llawenydd wrth ganfod sicl gloyw wrth ei draed. 'Hei, Arah, Arah, dyma iti un!' gwaeddodd yn gyffrous ar ei fab. "Faint gefaist ti?"

'Dim ond hanner sicl, 'Nhad,' meddai llais digalon o dan y bwrdd gerllaw.

Gadawodd Joseff Malachi a'i feibion i'w hymchwil, gan geisio teimlo'n ddig tuag at y Nasaread a'i ehofndra. Yr oedd y dyn yn un gwyllt a digywilydd, a gorau po gyntaf y delid ac y cosbid ef. Ie, gorau po gyntaf y rhoid y terfysgwr hwn mewn cell ... Ac eto, yr oedd hanner-gwên yn llygaid Joseff wrth iddo feddwl am brofedigaethau'r cyfnewidwyr arian.

Aeth ymlaen ar draws y Cyntedd enfawr a thrwy fwlch yn y Soreg, y clawdd rhyngddo a'r Deml ei hun. Yna dringodd y grisiau marmor i Gyntedd y Gwragedd. Cerddai'n gyflym a phenderfynol: hwn oedd ei gyfle i roi awgrymiadau Esther ar waith. Os oedd yr Archoffeiriad yn y Deml, meddai wrtho'i hun fel y brysiai drwy Gyntedd Israel ac i fyny'r grisiau i Gyntedd yr Offeiriaid a thua'r Allor, âi i siarad ag ef. A cheisiai, yn ffigurol, ysgwyd ei ddyrnau.

Arafodd ei gamau ac yna safodd, gan dynnu'i law trwy ei farf. Cymerai arno feddwl yn galed am rywbeth, ond mewn gwirionedd gwrandawai'n astud ar sgwrs dau Pharisead a safai yn nrws un o'r ystafelloedd a neilltuwyd ar gyfer aelodau'r Sanhedrin.

'Fe ddywedais i ddigon yn y Sanhedrin diwethaf,' meddai un—gŵr bychan tew o'r enw Esras, o Gapernaum.

Cytunodd y llall, Isaac o Jericho—dyn tenau, hirdrwyn, a'i wefusau culion yn un llinell syth—drwy wneud sŵn hir yn ei wddf.

'Petai rhai ohonoch chwi'n dod i fyny i Gapernaum acw,' aeth Esras ymlaen, 'caech weld trosoch eich hunain. Y bobl wedi gwirioni'n lân ac yn ei ddilyn o le i le gan frefu fel defaid. Efallai y coeliwch chwi yrŵan, wedi i chwi weld â'ch llygaid eich hunain.'

Y sŵn yn ei wddf oedd ateb Isaac eilwaith.

'Wedi i'r un peth ddigwydd o dan eich trwynau chwi,' chwanegodd Esras. 'Yma yn Jerwsalem. A bore heddiw— wel, gwelsoch wynebau'r bobl pan yrrodd y dyn y gwerthwyr a'r cyfnewidwyr arian o'r Cyntedd. Wrth eu bodd, Isaac, wrth eu bodd! A'r plant yn gweiddi "Hosanna!" Yng Nghyntedd y Deml sanctaidd ei hun, Isaac!'

Y sŵn gyddfol eto, ac yna, 'Efallai y dylem ni roi'r hanes i'r Archoffeiriad,' meddai Isaac.

Troes Joseff i ymuno â hwy yn y drws. Nid oedd ef, y Sadwcead cyfoethog, yn hoffi'r Phariseaid, a phur anaml y llefarai air wrth un ohonynt. Ond yr oedd y ddau hyn yn weddol flaenllaw yn y Sanhedrin, ac ni fynnai iddynt fynd at yr Archoffeiriad o'i flaen ef.

'Clywais chwi'n sôn am y Nasaread hwn,' meddai wrthynt. 'Y mae'n hen bryd inni weithredu, gyfeillion.'

'Ni?' 'Cyfeillion?' Cododd y ddau aeliau syn.

'Ddoe,' chwanegodd Joseff, 'fe farchogodd fel Brenin i'r ddinas. A gynnau . . .'

'Fe'i gwelsom â'n llygaid ein hunain,' meddai Esras.

Gwnaeth Isaac sŵn yn ei wddf.

'Pwy y mae'r dyn yn feddwl ydyw?' gofynnodd Joseff.

'Fe ddaeth drwy Jericho 'cw ar ei ffordd yma,' meddai Isaac. 'A chyda phwy y lletyodd? Gyda'r pen-publican, Sacheus, dyn wedi'i werthu ei hun i Rufain, ac wedi pentyrru cyfoeth trwy dwyllo'r bobl. Ac un felly, un o gyfeillion Sacheus, sy'n galw'r Deml yn "ogof lladron"! Os bu lleidr erioed, Sacheus y Publican yw hwnnw. Ond y mae'n debyg y gellir maddau iddo ond cael gwledda wrth

111

ei fwrdd! A chlywais fod gwinoedd gorau'r wlad yn seler Sacheus!'

'Bwriadaf fynd i weld yr Archoffeiriad ynghylch y dyn,' meddai Joseff. 'Yr ydym wedi dioddef yn ddigon hir.'

Pam yr oedd y Sadwcead hwn wedi'i gyffroi fel hyn? oedd y cwestiwn ym meddwl Esras ac Isaac. Am fod y Nasaread wedi ymyrryd ag arian y Deml, yn sicr. Câi'r Sadwceaid eu cyfran o drethi'r Deml bob Pasg, ac ofnent, efallai, weld yr elw hwnnw'n lleihau. Edrychodd y ddau Pharisead ar ei gilydd yn awgrymog. Ond Sadwcead neu beidio, meddyliodd Isaac yn gyflym, da o beth fyddai i hwn ddod gyda hwy at yr Archoffeiriad: gwnâi'r unfrydedd argraff ar Gaiaffas.

'Yr oeddwn i'n awgrymu'r un peth i Esras 'ma,' meddai. 'Beth ped aem ein tri i siarad ag ef?'

Yr oedd gan yr Archoffeiriad ystafell iddo'i hun yng Nghyntedd yr Offeiriaid. Ond nid oedd ef yno, a brysiodd y tri o'r Deml a thros Bont y Tyropoeon tua'i blas mawr ar lechwedd Seion. Wedi iddynt ddringo'r grisiau o farmor a mynd i mewn i'r cwrt eang, agored, arweiniodd morwyn hwy i fyny i risiau llydain ac ar hyd oriel at ystafell Caiaffas.

'I mewn!' gwaeddodd llais mewn ateb i'w churo.

'Cynghorwyr i'ch gweld, f'Arglwydd.'

'Dewch i mewn, gyfeillion, dewch i mewn. Eisteddwch . . . Gwin?'

'Dim, diolch, f'Arglwydd,' atebodd y tri. Aeth y forwyn ymaith.

'Daethom i'ch gweld . . .' dechreuodd Isaac.

'Ynglŷn â'r Nasaread, meddai Esras. 'Clywsoch, y mae'n debyg ei hanes yn marchogaeth fel Brenin i mewn i'r ddinas ddoe.'

'Do.'

'Wel, y bore 'ma . . .'

'Clywais yr hanes hwnnw hefyd,' meddai'r Archoffeiriad. 'Newydd fy ngadael y mae'r Archoffeiriad Annas, a buom yn ymgynghori ar y pwnc.'

'Y mae'n bryd inni wneud rhywbeth, f'Arglwydd,' meddai Joseff. 'Ydyw, wir, yn hen bryd.' Araith y byddai Esther yn rhoi bendith arni, meddai wrtho'i hun. Ond pe gofynnai'r Archoffeiriad, 'Gwneud beth?' gwyddai na wnâi ond ffwndro.

Cerddodd Caiaffas o amgylch yr ystafell, gan ymddangos yn ddwys a phryderus. A oedd ef felly mewn gwirionedd? gofynnodd Joseff iddo'i hun. Neu ai actio a wnâi. Ni wyddai neb pa bryd yr oedd y dyn hwn yn ddiffuant.

Ei dad-yng-nghyfraith, yr hen Annas deheuig a chyfrwys, a gymhellodd y Rhufeinwyr i wneud Caiaffas yn Archoffeiriad. Buasai Annas ei hun yn y swydd am naw mlynedd, ac yna, pan ddiorseddwyd ef, aeth ati i reoli drwy eraill—a'i feibion a'i fab-yng-nghyfraith yn eu plith. Gan mai ef a oedd tu ôl i farchnad enfawr y Deml, yr oedd yn graig o arian—ac yn barod i ddefnyddio'r cyfoeth i'w amcanion ei hun. Os tywalltai Annas arian y Deml i goffrau pob Rhaglaw Rhufeinig—wel, ei fusnes ef oedd hynny.

Clai yn ei ddwylo fuasai'r Archoffeiriaid o flaen Caiaffas. Codai Annas ei fys, a brysient ato fel gweision taeog at eu harglwydd. Ond nid felly Caiaffas. Diplomat oedd ef, yn cymryd arno ddilyn pob awgrym a wnâi'i dad-yng-nghyfraith ond, mewn gwirionedd, yn awdur a pher-ffeithydd yr awgrymiadau hynny bron bob gafael. Âi at Annas gyda rhyw awgrym, ond gofalai drafod y mater yn wylaidd a gofyn cyngor ei dad-yng-nghyfraith. Arweiniai'r sgwrs i gyfeiriad yr awgrym y daethai ef i'w wneud ac yna, pan ddeuai'r awgrym hwnnw o enau Annas, goleuai'i lygaid gan edmygedd a diolch. A theimlai'r hen Annas yn glamp o ddyn, 'yn ardderchog o gyngor a gwybodaeth.'

Ni hoffai Joseff yr Archoffeiriad hwn. Yr oedd yn ŵr tal ac urddasol yr olwg ac ni cheid neb mwy cwrtais a boneddigaidd yn yr holl wlad. Cerddai o amgylch yr ystafell yn awr wedi'i wisgo yn ei harddwch offeiriadol, ac ni allai neb beidio ag edmygu'i feistrolaeth lwyr arno'i hun. Yr oedd yn actor gwych; yn wir, ni wyddai'i gyfeill-ion agosaf—ei gydnabod a'i gynffonwyr, yn hytrach, oherwydd nid oedd gan ei uchelgais le i gyfeillion—pa bryd yr oedd ei wyneb yn fiswrn neu beidio. Llygaid mawr a ymddangosai'n freuddwydiol; gwên ddidwyll, garedig; llais tawel, mwyn—wrth y pethau hynny yr hoffai Caiaffas i chwi ei farnu. A llwyddai'n hynod o dda. Hyd yn oed wedi i chwi wybod mai gŵr caled, uchelgeisiol, cyfrwys, oedd ef, teimlech yn ansicr o hynny dan gyfaredd ei wên gyfeillgar. Efallai, meddech wrthych eich hun, i chwi wneud cam â'r dyn a ffurfio barn fyrbwyll amdano; efallai ei fod mor ddiniwed â'i wên, mor wylaidd â'i lais. Chwi, meddai'r wên oedd ei gyfaill pennaf; nid oedd neb tebyg i chwi. Ac aeth ymaith bron yn credu hynny. Bron.

'Yr oeddwn ar gychwyn i'r Deml, gyfeillion,' meddai yn awr, 'ac wedi cyrraedd yno bwriadwn ymgynghori â rhai ohonoch chwi'r Cynghorwyr mwyaf blaenllaw.'

Teimlai'r tri'n falch o gael eu galw'n 'flaenllaw'. Ymsythodd Joseff ar ei sedd; gwenodd Esras; gwnaeth Isaac sŵn boddhaus yn ei wddf.

'Gwir a ddywedwch,' aeth Caiaffas ymlaen. 'Y mae'n hen bryd inni atal y Nasaread haerllug hwn. Edwyn f'Arglwydd Annas un a all ein cynorthwyo i'w ddal. Gyr negesydd ar y dyn hwnnw ar unwaith. Caiff ateb yfory. A gawn ni gyfarfod drennydd, yn bwyllgor bach o bedwar yn y Deml?'

'O'r gorau, f'Arglwydd Caiaffas,' meddai'r tri.

'Campus. Beth pe cyfarfyddem yn yr ystafell-bwyllgor yn gynnar yn y prynhawn? Ar . . . ar y seithfed awr? A fydd hynny'n gyfleus i chwi?'

'Yn berffaith gyfleus, f'Arglwydd,' atebodd Esras ac Isaac yn wasaidd. Nodiodd Joseff, gan gymryd arno fod yn ddidaro.

'Yr wyf yn ddiolchgar iawn i chwi, gyfeillion,' meddai Caiaffas fel yr aent o'r ystafell. 'A chredaf y llwyddwn i ddal y proffwyd bondigrybwyll o Nasareth. Ni feiddiwn roi'n dwylo arno yng ngŵydd y bobl, wrth gwrs. Gwahodd helynt a chynnwrf fyddai hynny. Ond,'—gwenodd yn frawdol arnynt—'y mae gan f'Arglwydd Annas a minnau gynllun.'

Ni ddywedodd beth oedd y cynllun, ac ar ei ffordd i lawr tua Llety Abinoam ceisiai Joseff ddyfalu beth a allai fod. Annas yn adnabod rhywun a'u cynorthwyai? Un o ddisgyblion y dyn, efallai? Neu berthynas i un ohonynt? Dim gwahaniaeth: yr oedd ef, y Cynghorwr Joseff o Arimathea, ar y pwyllgor cyfrin a gyfarfyddai drennydd ar y seithfed awr. Byddai Esther wrth ei bodd. Cerddodd Joseff yn dalog tua'r Llety i adrodd yr hanes wrth ei wraig. Ni sylwodd ar ei fab Beniwda'n llechu yng nghysgodion rhyw ddrws gerllaw.

Wedi i'w dad fynd heibio, brysiodd Beniwda i lawr tua siop Dan y Gwehydd yn Heol y Farchnad. Galwasai yno'r prynhawn cynt, yn union wedi iddo gyrraedd Jerwsalem, dim ond i ddeall bod ei ffrind Ben-Ami i ffwrdd ar ymweliad â'r milwyr cudd yn y bryniau. Ond disgwylid ef yn ôl yn ystod y nos neu yn oriau mân y bore.

Ped âi rhyw ddieithryn i mewn i siop Dan y Gwehydd, ni sylwai ar ddim anghyffredin ynddi. Gwelai Dan yn brysur wrth ei wŷd, ei fab Ben-Ami wrth un arall neu wrth y droell nyddu, un neu ddau o wŷr diniwed a diog yr olwg yn teimlo darnau o frethyn ac efallai'n dadlau'n swrth yn eu cylch, eraill yn segura yn erbyn y mur neu'n eistedd ar yr hen fainc yng nghongl y siop i hel straeon, a'r hen ŵr Lamech, tad Dan, yn plygu'n anystwyth ymlaen ac yn ôl wrth ryw ddyfais anhydrin i gribo gwlân. A chlywai'r dieithryn, uwch sŵn gwenoliaid y ddau wŷd, gwyno am y tywydd neu am brisiau gwlân neu am yr afiechydon a gludai'r cardotwyr aneirif i'r ddinas. Neu efallai y gwrandawai ar lais uchel a chrynedig Lamech yn adrodd ei helyntion ym myddin Jwdas o Gamala pan fanteisiodd y gwladgarwr hwnnw ar farw Herod Fawr i daro yn erbyn y Rhufeiniaid; a châi weld yr hen frawd yn ceisio, er gwaethaf y boen yn ei gymalau, actio'r gor-chestion gynt, gan yrru'i waywffon eto ar un trywaniad drwy gyrff pedwar o'i elynion. Wedi iddo orffen ei neges, crwydrai'r dieithryn ymaith, yn sicr mai siop Dan y Gwehydd oedd cyrchfan rhai o glebrwyr huotlaf Jerwsalem.

Cyn gynted ag y troai'r dieithryn ei gefn, ailgychwynnai gwŷd Dan neu Ben-Ami, a fu'n gweini arno, ac âi'r siarad ymlaen drwy'r sŵn i gyd. Ond nid yr un siarad. Ciliai pob gwên a phob chwerthin ac ymlusgai'r hen Lamech yn wylaidd yn ôl at ei beiriant cribo. Anghofiai'r cwmni hel straeon neu gwyno am y tywydd. Yn siop Dan y Gwehydd y cyfarfyddai rhai o wŷr blaenaf Plaid Rhyddid.

Y gwŷr blaenaf a doethaf. I'r rhai gwyllt a phenboeth yr oedd Dan yn rhy bwyllog, a beient ef am aros ei gyfle yn lle taro ar unwaith. Hoffent hwy gael arweinydd mwy mentrus a rhyfelgar—fel y gwylliad Tera, a gasglasai dyrfa o wŷr o'i amgylch yng nghilfachau'r bryniau. Ond gwyddai dynion callaf y Blaid nad oedd neb sicrach ei gamau yn yr holl wlad na Dan y Gwehydd.

Wedi iddo fynd i mewn a chyfarch ei gyfaill, pwysodd Beniwda yn erbyn y mur yn ymyl Dan, gan gymryd arno wylio'r patrwm yn tyfu yn y gwŷdd. Ymddangosai'r gwehydd yn ŵr cadarn a dwys, araf a myfyriol ei ffordd, braidd yn rhy dew ac yn rhy lydan i fod yn un o arweinwyr y Selotiaid o bawb. Yn dawel a phwyllog hefyd y siaradai, â rhyw nodyn lleddf a hiraethus yn ei lais. Tyngai'r dieithryn mai bardd a breuddwydiwr oedd Dan a bod llawer salm yn ogystal â brethyn yn cael eu gweu ar y gwŷdd o'i flaen. Ond tu ôl i'r llais a'r llygaid tawel yr oedd cyffro rhyw eiddgarwch mawr. Bu adeg pan edrychid arno fel un o wŷr mwyaf beiddgar Plaid Rhyddid, ond erbyn hyn daeth i gredu mai'n araf, o awr i awr ac o ddydd i ddydd, yr achubid enaid y genedl.

'Lol i gyd,' meddai'r ifainc—ac yn arbennig ei fab Ben-Ami, penboethyn mwyaf y Blaid—ond er hynny, gwrandawai pawb yn astud a gwylaidd pan lefarai Dan. Ychydig a ddywedai, gan adael i'r siarad a'r dadlau lifo heibio iddo fel un â'i feddwl ymhell; ond wedi i'r huodledd ddechrau diffygio, codai'i olwg o'r gwŷdd a thynnu bysedd drwy'i farf. Tawai pob un, gan wybod y deuai geiriau doethineb o enau Dan.

Ei fab Ben-Ami a oedd wrthi yn awr, yn gyffrous fel arfer. Ef oedd un o gyfeillion pennaf Beniwda, a thrwyddo y daeth mab y Sadwcead cyfoethog yn aelod o'r

Blaid ac yn ymwelydd rheolaidd â siop y Gwehydd yn Jerwsalem. Yr oedd y ddau yn debyg iawn i'w gilydd, a'u hwynebau yn denau a llym, heb fawr o hiwmor yn y gwefusau ond â'r llygaid yn fflachio'n wyllt bron yn ddibaid.

'Bûm i fyny yn y bryniau,' meddai Ben-Ami. 'Y mae Tera yn barod, yn aros am yr arwydd i daro. Y mae ganddo dros bedwar cant o wŷr, Beniwda, pob un yn werth dau o'r milwyr Rhufeinig. Cleddyfau, gwaywffyn, meirch—popeth yn barod. Un gair, a bydd ef a'i filwyr yn cychwyn liw nos.'

Siaradai'n gyflym a nerfus, rhwng ei ddannedd, gan droi ei ben yn sydyn i bwysleisio pob brawddeg. Ni ellid dychmygu neb mwy gwahanol i'w dad na'r gŵr ifanc anesmwyth hwn.

'Y mae'n aros am yr arwydd,' meddai eto, gan edrych yn wyllt tuag at Dan. Ond yr oedd holl sylw'r gwehydd ar y gwŷdd.

'Bûm yn siarad â degau ohonynt,' aeth ei fab ymlaen. 'Pob un yn dyheu am yr ornest. Byddai Jerwsalem yn eu dwylo cyn i wŷr Antonia ddeffro.'

'Cyn iddynt droi yn eu cwsg,' ategodd Beniwda.

'Yr wythnos hon amdani,' chwanegodd Ben-Ami.

'Heno nesaf,' meddai Beniwda.

'Ie, heno nesaf.' Edrychodd Ben-Ami eto ar ei dad. 'Byddai'r pererinion i gyd yn ymuno â hwy. Y mae arfau gan ugeiniau o'r rheini. Hwn yw'r cyfle, 'Nhad. Ni ddaw un arall am fisoedd. Tan Ŵyl y Pebyll, efallai.'

Nid atebodd Dan: yr oedd y patrwm o'i flaen yn un hynod ddiddorol. Dechreuodd Ben-Ami golli amynedd.

'Dim ond gyrru negesydd at Tera,' meddai 'ac fe

gychwynnai ef a'i fyddin ar unwaith. Byddai'r negesydd yno mewn teirawr.'

'Mi awn i,' cynigiodd Beniwda.

'A ninnau,' meddai dau frawd, yr efeilliaid Abiram a Dathan, a eisteddai ar y fainc.

Clywyd rhywun yn chwibanu alaw hen ddawns Iddewig yng nghyfeiriad y drws. Hwn oedd yr arwydd iddynt newid pwnc yr ymddiddan.

'He, he, he!' chwarddodd yr hen Lamech tu ôl i'w beiriant cribo. 'A chan mai dim ond un llygad a oedd ganddo, haerai y dylai gael mynd i mewn i'r arena am hanner y pris! Hanner yr hyn a âi ymlaen yno a welai ef, meddai, ac felly . . .'

Tawodd i nodio'n gyfeillgar ar y ddau filwr Rhufeinig a roddai'u pennau i mewn drwy'r drws.

'Lookin a bit like rain this mornin', isn't she?' meddai wrthynt mewn Groeg. 'Yes, indeed, she is, very like.'

Hylldremiodd Ben-Ami ar ei daid. Pechod mawr yn ei olwg ef oedd i Iddew siarad Groeg, a dywedai'r gwenau ar wynebau'r Rhufeinwyr nad oedd hwn yn Roeg clasurol.

Aeth y milwyr ymaith, a daeth alaw arall o'r ffordd tu allan: cyhoeddai honno fod y perygl drosodd.

'A pheth arall,' meddai Beniwda, 'hwn yw'r cyfle i achub y rhai sydd yn y carchar.'

'Fy mrawd Dysmas yn un,' meddai gŵr ifanc a safai wrth ymyl yr hen Lamech.

'A Gestas a Barabbas,' ebe Ben-Ami. 'Os na wnawn ni rywbeth yn fuan fe fydd Pilat yn condemnio'r tri ohonynt.'

'Bydd, yfory neu drennydd, yn sicr i chwi. Ac yna . . .' Syllodd brawd Dysmas ar y llawr, yn ofni llefaru'r gair 'croeshoelio'.

'Ie, cyn yr Ŵyl,' cytunodd Ben-Ami. 'Yn esiampl i'r holl bererinion. Nid oes amser i'w golli. Dim awr, heb sôn am ddiwrnod neu ddau. Heno nesaf amdani.'

Apeliodd ei lygaid yn ffyrnig at ei dad, ond nid oedd Dan fel petai'n gwrando.

'Petawn i hanner can mlynedd yn ieuengach,' meddai'r hen Lamech, yn chwilio o wyneb i wyneb am wrandawr, 'mi fuaswn i . . . mi fuaswn i . . . Hm.' Gan na chymerai neb sylw ohono, tawodd yn rwgnachlyd.

Daeth alaw arall, hen salm-dôn y tro hwn, o'r tu allan i'r drws: un o aelodau'r Blaid a nesâi. Crwydrodd dyn canol oed, braidd yn dlawd yr olwg, yn ddidaro i mewn i'r siop. Aeth at Dan ac estyn hen wisg iddo.

'A fedrwch chwi drwsio ysgwydd hon imi, Dan?'

Cymerodd Dan y wisg oddi arno a'i dal yn erbyn y golau.

'Gallaf, er i'r brethyn fynd yn lled fregus . . . Wel, Laban?'

'Dim gobaith, Dan, dim siawns o gwbl.'

Syllai'r ddau ar y wisg, a thaerai pwy bynnag a âi heibio mai amdani hi y siaradent.

'A lwyddaist ti i fynd i mewn i'r Praetoriwm?' gofynnodd Dan, a'i fysedd yn teimlo'r gwnïad hyd ysgwydd y wisg.

'Do. Heno y mae'r Rhaglaw yn cyrraedd.'

Yn y Praetoriwm y trigai'r Rhaglaw Rhufeinig Pontius Pilat pan ddeuai i Jerwsalem, ac o dan y lle yr oedd celloedd llu o garcharorion a oedd yn aros eu praw.

'Bûm yn helpu dynion i gludo gwin i'r seler,' meddai Laban. 'Y mae'n amlwg fod y Rhaglaw a'i wŷr yn bwriadu yfed tros yr Ŵyl!'

'Wel?'

'Rhoddais ddarn arian i un o'r gweision i adael imi fynd at y celloedd. Daeth hefo mi â lantern.'

'A'r esgus a roddaist iddo?'

'Fy mrawd ar goll ers dyddiau a minnau'n ofni iddo gyflawni rhyw drosedd a chael ei ddal.'

'Fe gredodd y gwas y stori?'

'Do. Un o Galilea oedd ef, fel finnau, a daethom yn gyfeillgar. Digwyddwn adnabod cefnder iddo pan oeddwn i'n gweithio i fyny yn Nhiberias, ac wedyn . . .'

'Wel?' Swniai Dan yn swrth a breuddwydiol, ond gwyddai pawb a'i hadwaenai nad oedd neb mwy effro nag ef.

'Darn arian arall i'r gwyliwr Rhufeinig, a chawsom fflachio'r lantern i mewn i bob cell.' Ysgydwodd y dyn ei ben yn llwm. 'Dim gobaith, dim siawns o gwbl, Dan.'

Taflodd y gwehydd y wisg tros fwrdd cul gerllaw iddo a rhoes ei fys ar un o linellau'r patrwm ynddi.

'Dyma'r grisiau i lawr i'r celloedd,' meddai. 'Troi i'r chwith yn y fan yma, wedyn rhyw ddeg cam i'r dde—ac yna?'

'Yna i'r chwith. Y gell bellaf un. Y mae'r tri yn yr un gell. Barrau haearn, clo mawr ar y drws, y tri wedi'u cadwyno wrth biler yn y graig. Dim ond ysbryd a fedrai ddianc, Dan.'

'Hm. Ie, y mae arnaf innau ofn.' Swniai Dan yn siomedig.

'Fe ddangosodd wyneb Barabbas ei fod yn adnabod fy llais. Ond yn ffodus, yr oedd y gwas yn edrych ymaith y munud hwnnw.'

Cymerodd Dan y wisg oddi ar y bwrdd a'i rhoi o'r neilltu.

'Bydd yn barod ymhen deuddydd,' meddai, gan eistedd eto a gyrru'r wennol ar ei thaith yn ôl a blaen ar draws y gwŷdd.

'Edrychai Barabbas a Gestas yn dda,' sylwodd Laban, 'ond yr oedd Dysmas druan yn torri'i galon yn lân ac yn . . .'

'Ymhen deuddydd,' meddai Dan eto, braidd yn gwta.

'O'r gorau. Diolch.' Ac aeth Laban ymaith.

Bu orig o ddistawrwydd. Gwyddai rhai ohonynt i Dan ddyfeisio cynllun i achub y tri Selot o'u cell o dan y Prae-toriwm, a gwelent oddi wrth ei wedd yn awr na weithiai'r cynllun hwnnw.

'Byddai'r Praetoriwm a Chaer Antonia yn nwylo Tera a'i wŷr mewn awr,' meddai Ben-Ami, yn ailgydio yn ei ddadl. 'Ac y mae'r bobl i gyd yn barod i godi. Yn erbyn y trethi, heb sôn am ddim arall.'

Wrth ochr y ddau efaill, Abiram a Dathan, ar y fainc, eisteddai dyn tawel a syn yr olwg, a'i wallt, er nad oedd ond rhyw bump a deugain, cyn wynned ag eira Mynydd Hermon. Syllai'n ddwys ar y llawr, ond cododd ei ben yn awr.

'Trethi! Trethi!' meddai'n chwyrn ac uchel.

Tynnodd Dan ei fainc yn nes at y gwŷdd, ei ffordd o atgoffa'r siaradwr nad mewn cyfarfod cyhoeddus yr oedd.

'Trethi!' meddai'r dyn yn dawelach ond yn llawn mor ffyrnig. 'Y mae'r bobl yn fy ardal i yn llwgu i geisio'u talu. Y dreth flynyddol, treth y dŵr, treth y ddinas, treth y ffordd, treth y tŷ, tollau wrth y pyrth, tollau yn y farchnad—y mae gennym hawl i anadlu, a dyna'r cwbl. Wedi inni dalu ein trethi i'r Deml, beth sy gennym ar ôl?'

'Dim digon i gadw corff ac enaid ynghyd, heb sôn am

roi arian i'r Rhufeinwyr,' chwyrnodd un o'r efeilliaid wrth ei ochr.

'I'r Rhufeinwyr?' meddai Beniwda. 'Mi hoffwn i wybod faint o'r trethi sy'n mynd i bocedi'r casglwyr. Y mae pob publican y gwn i amdano yn dew fel mochyn.'

'Fel mochyn?' gofynnodd Ben-Ami. 'Fel rhai o offeiriaid y Deml wyt ti'n feddwl, Beniwda!'

Rhoes Lamech y gorau i gribo'r gwlân ac edrychodd yn llym ar ei ŵyr: yr oedd taflu sen ar offeiriad y Deml yn gabledd yng ngolwg yr hen frawd.

'Yr wyt ti'n anghofio mai i'r Arglwydd dy Dduw y cyflwyni drethi a degymau a rhoddion y Deml,' meddai'n ddwys.

Yr oedd ateb gwyllt ar flaen tafod Ben-Ami, ond cododd ei dad a chroesi ato.

'Patrwm hardd, Ben-Ami,' sylwodd, gan nodio tua'r gwŷdd. 'Y mae'r coch a'r du yn mynd yn dda gyda'i gilydd. Ydynt, wir, fachgen, yn dlws iawn.' A throes Dan yn ôl i'w sedd, gan fwmial salm.

'Cefais i fy magu'n grefyddol iawn,' meddai dyn y gwallt gwyn. 'Mor ddefosiynol â neb. Y synagog a'r Deml oedd popeth yn yr hen gartref. Ond yn wir, fe aeth y baich yn drwm i un a chanddo bump o blant. Offrwm-pechod, offrwm-diolchgarwch, aberthau, hanner-sicl y wraig a minnau i Drysorfa'r Deml, blaenffrwyth y coed ffigys sy gennyf, degwm ar y ddwy fuwch, ac ar y tipyn ŷd . . .'

'A hyd yn oed ar lysiau'r ardd erbyn hyn, Amos,' chwanegodd Ben-Ami. 'Ar y mintys a'r anis a'r cwmin! O, y mae gan Iafe gystal publicanod â'r Rhufeiniaid unrhyw ddydd!'

Clywodd yr hen Lamech a safodd mewn braw.

'Beth ddywedaist ti, Ben-Ami?'

'Dim ond bod yr Offeiriaid a'r Ysgrifenyddion a'r Phar-iseaid yn rhai cydwybodol a thrwyadl iawn,' atebodd ei ŵyr yn dawel, gan giledrych arno.

'A beth wyt ti'n feddwl wrth hynny?' gofynnodd yr hen ŵr, a'i lais yn dechrau crynu.

Gwelai Dan fod ystorm ar dorri. Rhoes y gorau i'w waith a chododd oddi ar ei fainc, gan afael eilwaith yn y wisg a ddygasai Laban i'w thrwsio. Daliodd hi i fyny yn erbyn y golau â'i law chwith a thynnodd fysedd ei law arall yn araf drwy'i farf. Edrychai pob llygad arno, a darfu pob siarad. Suddodd yr hen Lamech yn wylaidd yn ôl i'w bentwr o glustogau. Yr oedd Dan y Gwehydd, llywydd answyddogol Plaid Rhyddid, ar fin llefaru.

'Y mae'r ifanc yn eiddgar—ac yn fyrbwyll weithiau,' meddai. 'Clywsoch fod gan Tera dros bedwar cant o wŷr, pob un yn werth dau o'r milwyr Rhufeinig. Y gwir yw fod ganddo ryw ddau gant a hanner, llawer ohonynt heb arfau o werth. Clywsoch y buasai Jerwsalem yn eu dwylo cyn i wŷr Antonia ddeffro—cyn iddynt droi yn eu cwsg. Y mae rhyw dri chant o filwyr yn Antonia yr wythnos hon a rhyw ddeugain yn y Praetoriwm. Gwŷr profedig a'u harfau'n rhai i'w hofni.'

Rhoes Dan y wisg eto ar y bwrdd cul, gan gymryd arno graffu ar y patrwm ynddi.

'Clywsoch y gallai negesydd gyrraedd Tera mewn rhyw ddeirawr. Gallai. Ond cymerai Tera hanner diwrnod i alw'i wŷr ynghyd o'r pentrefi a'r tyddynnod. Nid byddin ar flaenau'i thraed, ar fin cychwyn, sydd ganddo. "Heno nesaf amdani," ebe'r ifanc. Pe gyrrem y negesydd yr ennyd hon, a fyddai Tera a'i wŷr yma cyn y wawr yfory?'

Holi'r wisg yn dawel a wnâi Dan, ond arhosodd yn awr fel petai'n disgwyl ateb ganddi. Yna aeth ymlaen.

'Y mae tri o aelodau mwyaf selog y Blaid mewn cell o dan y Praetoriwm. Ni welaf ond un ffordd i'w hachub.'

'A honno, Dan?' gofynnodd brawd Dysmas.

'Fe soniodd Ben-Ami am y pererinion. Gwelsom dyrfaoedd ohonynt ddoe yn llawn cyffro, yn dilyn y Nasaread.'

Cydiodd Dan yn y wisg a mynd â hi gydag ef i ganol y siop, fel pe i chwilio am y tro cyntaf.

Syllodd pawb yn syn arno. Arweinydd? Onid ato ef, Dan y Gwehydd, yr edrychai'r Blaid—y rhai callaf, beth bynnag? Croesodd dyn mewn oed, a safai wrth y drws, ato a chymryd y wisg o'i ddwylo.

'Beth ydych chwi'n geisio'i ddweud, Dan?' gofynnodd.

'Oni welsoch chwi'r orymdaith ddoe, Saffan?'

'Do, ond . . .'

'A chlywsoch am y cynnwrf yng Nghyntedd y Deml y bore 'ma?'

'Do, ond . . .'

'Wel?'

Edrychodd Saffan yn ddryslyd ar y gwehydd.

'Nid ydych . . . nid ydych yn awgrymu y dylem ofyn i'r Nasaread hwn ein harwain, Dan?'

'Y mae'n boblogaidd. Ac yn eofn.'

'Hy, Galilead i'n tywys!' meddai Abiram, y mwyaf o'r ddau efaill.

Daeth golwg gas i wyneb Dan. 'Dywedais ganwaith fod yn hen bryd i'r elyniaeth rhwng De a Gogledd ddiflannu,' meddai, gan gydio eto yn y wisg a hylldremio ar y rhwyg yn ei hysgwydd. 'Heb unoliaeth, marw a wna'r genedl. Y mae rhai o ddynion gorau'r Blaid yn Galilea.'

Beth oeddech chwi'n feddwl wrth ddweud fod ffordd i achub fy mrawd a'r ddau arall?' gofynnodd brawd Dysmas.

'Ni welaf ond un ffordd. Fel yr awgrymodd Ben-Ami, y mae'n bryd inni daro. Nid heno, ond nos yfory.'

Goleuodd wynebau Beniwda a Ben-Ami. O'r diwedd yr oedd Dan y Gwehydd yn bwriadu gweithredu yn lle cynllunio ac aros am ei gyfle.

'Gyrraf negesydd at Tera i'w rybuddio. Caiff yr hen Shadrach fynd yno i brynu gwlân. Ni fydd neb yn ei amau ef. Ac yno, yfory, danfonwn negesydd arall i ddweud wrth Tera a'i wŷr am gychwyn. Neu i'w hatal rhag cychwyn.'

'I'w hatal, 'Nhad?' gofynnodd Ben-Ami, braidd yn siomedig.

'Ie. Yr ydym yn taro yn awr am fod y pererinion yn fyddin fawr yn y ddinas ac o'i hamgylch. Ac am fod y Nasaread yma dros yr Ŵyl.'

'Beth yw eich cynllun, Dan?' gofynnodd Saffan.

Âi Ben-Ami ymlaen â'i waith wrth y gwŷd a phlygai'r hen Lamech yn ôl ac ymlaen wrth ei beiriant cribo. Ond yr oedd cyffro lond yr awyrgylch.

'Dibynna'r cynllun ar y Nasaread hwn. Ni wn ddigon amdano eto. Ond gwn, drwy un o'i ddisgyblion, y bydd yn athrawiaethu yng Nghyntedd y Deml bore yfory. Awgrymaf fod pedwar ohonom—Saffan ac Amos a . . . Beniwda a minnau—yn mynd yno i wrando arno. Gwyddom ei fod yn ddigon eofn i herio awdurdodau'r Deml. A ydyw'n ddigon gwrol i herio Rhufain? Os ydyw, gofynnwn iddo'n harwain, a gyrrwn negesydd cyflym at Tera. Fe heidia'r pererinion eto o amgylch y Nasaread, ac, fel y dywedodd Ben-Ami, y mae arfau gan lawer ohonynt.'

Dychwelodd Dan at y gwŷd, gan daflu'r wisg o'r

neilltu eto. 'Ond yn ôl a glywais i amdani,' meddai Amos ymhen ennyd, 'nid yw'r Nasaread hwn yn ŵr rhyfelgar.'

'Y mae'n gyfeillgar â phublicanod, mi wn i hynny,' sylwodd Abiram.

'Ac ag ambell ganwriad Rhufeinig,' meddai brawd Dysmas. 'Clywais iddo iacháu gwas yr un sydd yng Nghapernaum.'

'Yn nhŷ publican y lletyai yn Jericho,' ebe Saffan.

'A phublican oedd un o'i ddisgyblion unwaith,' meddai Ben-Ami.

Edrychai pob un ohonynt ar Dan wrth daflu'r brawddegau hyn ato.

'Bore yfory, tua'r drydedd awr,' meddai yntau.

Edrychodd pawb ar ei gilydd a dechreuodd rhai sisial yn gyffrous. Yr oedd y dydd y breuddwydiasent amdano ar dorri o'r diwedd. Dydd y taro. Dôi Tera a'i wŷr o'r bryniau a chodai pererinion y Pasg yn un fyddin fawr yn erbyn y gorthrymwyr.

'Sut y cawn wybod a fydd y Nasaread yn barod i arwain y pererinion, Dan?' gofynnodd Amos ymhen ennyd.

'Trwy ofyn un cwestiwn syml iddo,' atebodd Dan.

'A'r cwestiwn hwnnw?'

'"Ai cyfreithlon inni dalu teyrnged i Gesar?" Os "Ydyw," fydd ei ateb, yna gadawn ef i'w bregethu a'i wyrthiau.'

'Ac os "Nac ydyw"?'

'Os "Nac ydyw", rhown yr arwydd i Tera. A chasglwn at ei gilydd yma yn Jerwsalem bob un sydd â chleddyf ganddo.'

'Ymh'le yr ymosodwn gyntaf, 'Nhad?' gofynnodd Ben-Ami.

'Cawn drafod y manylion eto,' meddai Dan.

'Mynd yn syth i'r Praetoriwm a fyddai orau,' sylwodd brawd y carcharor Dysmas.

'Ie, ac wedyn i Gaer Antonia,' meddai Beniwda.

'Os cawn ni feddiant ar y ddau le hynny,' meddai Abiram, 'buan y bydd y ddinas i gyd yn ein dwylo.'

'Beth am y pyrth i mewn i'r ddinas, Dan?' gofynnodd Saffan.

'Gallai'r pererinion ofalu am y rheini,' atebodd Amos.

'A beth am y muriau, Dan?' gofynnodd Saffan eto.

'A ydych chwi'n sicr y byddai plismyn ac offeiriaid y Deml gyda ni, 'Nhad?' oedd cwestiwn Ben-Ami.

Ond rhoddai Dan ei holl sylw i'r patrwm yn y gwŷdd. Dywedasai ef yr hyn a oedd ganddo i'w ddweud.

V

Bore trydydd dydd yr wythnos. Ar y Rhodfa uchel lydan is Cyntedd y Gwragedd, buan y casglodd tyrfa i wrando ar y Nasaread. Wrth ei ymyl yr oedd wynebau gelyniaethus amryw o Ysgrifenyddion a Phariseaid a henuriaid; tu ôl iddynt, torf o bererinion astud, yn gwenu ac yn pwnio'i gilydd bob tro y dywedai rywbeth a wnâi i wŷr y Deml wingo; tu ôl iddynt hwythau, Ysgrifenyddion a Phariseaid eto, yn ceisio edrych yn ysgornllyd o ddifater ond, er hynny, yn pwyso ymlaen i glywed pob gair ac yn ddig wrth sŵn y bobl pan gollent rai geiriau.

Ymwthiodd Beniwda ymlaen. Gwelai fod Dan yn sefyll gyda nifer o Phariseaid ar y dde i'r siaradwr, a chyn bo hir canfu fod Amos a Saffan ymhlith y dorf. Ni nododd ar un

128

ohonynt: prin yr adwaenent ei gilydd tu allan i siop y gwehydd yn Heol y Farchnad.

Yr oedd y Nasaread hwn yn ifanc iawn, meddai wrtho'i hun. Ac yn gryf o gorff. Saer, onid e? Hoffai Beniwda'i weld wrth ei waith, a'r breichiau cryfion yn llunio trawstiau rhyw dŷ neu ysgubor neu'n naddu aradr i ryw ffermwr. O'i amgylch yr oedd rhyw ddwsin o'i ddisgyblion, pob un yn ifanc fel ef ac ar eu hwynebau ôl haul a gwynt. Gwŷr syml, didwyll, a'u holl sylw ar eu harweinydd. Sylwodd Beniwda hefyd ar eiddgarwch y bobl; yr oeddynt, yn amlwg, yn hanner-addoli'r dyn. Efallai fod Dan yn ei le, wedi'r cwbl. A hwn yn arwain y pererinion a Thera ar flaen ei filwyr, beth fyddai tri neu bedwar cant o Rufeinwyr?

Ond ai rhyddhau'r genedl oedd ei nod? Gwrandawodd yntau'n eiddgar, gan daflu ambell olwg ar wyneb Dan a cheisio darllen meddyliau'r gwehydd.

'Yr oedd gan ryw ŵr ddau fab,' meddai'r Nasaread. 'Ac efe a ddaeth at y cyntaf ac a ddywedodd, "Fy mab, dos, gweithia heddiw yn fy ngwinllan." Ac yntau a atebodd, "Nid af". Ond wedi hynny efe a edifarhaodd ac a aeth.

'Yna aeth y gŵr at yr ail fab a rhoi'r un gorchymyn iddo. "Mi a af, Arglwydd," meddai hwnnw. Ond nid aeth.'

Wedi aros ennyd, edrychodd y Nasaread ar yr Ysgrifenyddion a'r Phariseaid a'r henuriaid a eisteddai o'i flaen.

'Pa un o'r ddau,' gofynnodd iddynt, 'a wnaeth ewyllys y tad?'

Gwenai a winciai'r bobl ar ei gilydd.

'Y cyntaf,' meddai un o'r Phariseaid yn sur.

'Yn wir meddaf i chwi,'—yr oedd brath yn y llais a fflach yn y llygaid yn awr—'â'r publicanod a'r puteiniaid i mewn i deyrnas Dduw o'ch blaen chwi.'

Taniodd llygaid Beniwda yntau. Y publicanod, gweision taeog y Rhufeinwyr, a'r puteiniaid, y merched a oedd yn loetran yng nghyffiniau gwersylloedd y gormeswyr! Y cymeriadau hyn a ddirmygai pob Selot hefyd yn fwy na neb. Oedd, yr oedd y Rabbi ifanc o Nasareth, yn amlwg, yn Genedlaetholwr: fe wyddai Dan y Gwehydd am beth y siaradai pan awgrymodd iddynt ddod i wrando ar hwn.

Gwelai Beniwda wynebau'r Phariseaid. Hoffent allu neidio ar eu traed a melltithio'r Proffwyd, ond tu ôl iddynt yr oedd twr o bererinion o Galilea. Mewn pwyll yr oedd doethineb.

'Daeth Ioan atoch yn ffordd cyfiawnder,' aeth y llais ymlaen, 'ac ni chredasoch ef. Ond y publicanod a'r puteiniaid a'i credasant ef. Chwithau, yn gweled, nid edifarhaesoch wedi hynny fel y credech ef.'

Nid oedd Beniwda mor sicr yn awr. Ioan? Y proffwyd a fu'n bedyddio lluoedd yn Iorddonen? Petai wedi sôn am y Selotiad Jwdas o Gamala a Sadoc y Pharisead byddai mwy o synnwyr yn ei eiriau. Mentrodd y ddau hynny bopeth i geisio taflu ymaith iau'r gormeswyr, ond ni wnaeth y Bedyddiwr ond dwrdio'r bobl oherwydd eu pechodau a phregethu edifeirwch. Bu hwnnw hefyd, os cofiai Benidwa'n iawn, yn chwyrn wrth y Phariseaid a'r Sadwceaid, gan eu galw'n 'wiberod'. Ond pa siawns a oedd gan y bobl na'u harweinwyr, a'r Rhufeinwyr yn y tir? Unwaith y gellid clirio'r rheini ymaith, deuai popeth arall i'w le.

'Clywch ddameg arall,' meddai'r Nasaread, a phwysodd y bobl ymlaen i wrando arno.

'Rhyw ŵr a blannodd winllan ac a osododd berth o ddrain yn ei chylch hi ac a gloddiodd ynddi winwryf ac a adeiladodd dŵr-gwylio rhag lladron. Gosododd hi i lafurwyr ac yna aeth oddi cartref dros dalm o amser.

'A phan nesaodd amser ffrwythau, efe a ddanfonodd was at y llafurwyr i dderbyn ei ffrwythau hi. A hwy a'i daliasant ef ac a'i baeddasant ac a'i gyrasant ymaith yn waglaw.

'A thrachefn yr anfonodd ef atynt was arall. Taflasant gerrig ato ef ac archolli'i ben a'i yrru ymaith wedi'i amharchu.

'A thrachefn yr anfonodd efe un arall. A hwnnw a laddasant.

'Yna y dywedodd arglwydd y winllan, "Pa beth a wnaf? Mi a anfonaf fy annwyl fab: efallai pan welant ef y parchant ef."

'Ond y llafurwyr hynny a ddywedasant yn eu plith eu hunain, "Hwn yw yr etifedd: deuwch, lladdwn ef, a'r etifeddiaeth a fydd eiddom ni."

'Ac wedi iddynt ei ddal, hwy a'i bwriasant ef allan o'r winllan ac a'i lladdasant.

'Beth gan hynny a wna arglwydd y winllan? Efe a ddaw ac a ddifetha'r llafurwyr hyn ac a rydd y winllan i eraill.'

Yr oedd ystyr y ddameg yn amlwg i bawb, a gwyliai'r bobl y Phariseaid a'r Ysgrifenyddion a'r henuriaid â gwên fingam. Hwy oedd y llafurwyr twyllodrus, a'r gweision a ddanfonwyd atynt ac a laddwyd ganddynt oedd y proff-wydi. Onid oedd bedd Eseia i lawr yn nyffryn Cidron gerllaw, ac onid gwŷr y Deml a'i llabyddiodd ef?

'Na ato Duw!' meddai rhai ohonynt mewn ofn.

Edrychodd y Nasaread yn llym arnynt.

'Oni ddarllenasoch chwi erioed yn yr Ysgrythurau?' gofynnodd iddynt.

' "Y maen a wrthododd yr adeiladwyr,
hwn a wnaethpwyd yn ben y gongl."

Am hynny, meddaf i chwi, y dygir Teyrnas Dduw oddi
arnoch a'i rhoddi i genedl a ddygo'i ffrwythau.'

Llafurwyr? Teyrnas Dduw? Ffrwythau? Testunau tebyg
a oedd gan Ioan Fedyddiwr, cofiodd Beniwda, gan edrych
yn siomedig ar Dan. Disgwyliai weld siom yn wyneb y
gwehydd yntau, ond syllai ef ag edmygedd mawr ar y dyn.
Fe welai Dan ryw obaith ynddo, wedi'r cwbl.

Camodd Pharisead a safai wrth ochr y gwehydd
ymlaen.

'Athro,' meddai, a throes y Nasaread i wrando arno.

'Ni a wyddom dy fod yn eirwir ac nad oes arnat ofal
rhag neb: canys nid wyt ti yn edrych ar wyneb dynion ond
yn dysgu ffordd Duw mewn gwirionedd . . .'

Rhyw ragymadrodd i ddenu holl sylw'r rabbi a'r bobl,
meddyliodd Beniwda.

'Ai cyfreithlon rhoi teyrnged i Gesar, ai nid yw? A
roddwn, ai ni roddwn hi?'

Hwn oedd cwestiwn Dan y Gwehydd, a hoeliodd
Beniwda'i sylw ar wyneb y Nasaread. Gwelai fod ei
wefusau'n dynn a'i lygaid yn culhau. Nid atebodd am
ennyd, dim ond edrych yn ddig ar y Pharisead a'i gyfeill-
ion. Sylweddolodd Beniwda fod mwy yn y cwestiwn na
chais Dan am ei gymorth yn erbyn y Rhufeinwyr. Clywsai
fod y Phariseaid a gwŷr y Deml yn cynllwynio i'w ladd, ac
os 'Na' fyddai'i ateb, rhedent at y Rhaglaw i ddilorni'r
terfysgwr peryglus ac i ofyn iddo'i daflu i un o gelloedd y
Praetoriwm. Os 'Ydyw' a ddywedai, yna fe gollai llawer
o'r pererinion eu ffydd ynddo. Yr oedd cwestiwn Dan yn
un onest a syml; ond ar fin y Pharisead, magl ydoedd. Ai
Dan a ddymunodd ar y Pharisead ei ofyn trosto, tybed, er

mwyn ei gadw'i hun o'r golwg? Yn fwy na thebyg, tybiodd Beniwda, ond efallai mai cyd-ddigwyddiad oedd i'r rhai hyn ofyn yr un cwestiwn.

'Pam y temtiwch fi, chwi ragrithwyr?' oedd yr ateb. Yna ymhen ennyd, ag awgrym o wên ar ei wefusau, daliodd y Nasaread ei law allan. 'Dygwch imi geiniog fel y gwelwyf hi.'

Estynnodd un ohonynt geiniog iddo a syllodd yntau arni. Edrychodd ar lun yr Ymerawdwr ar un ochr iddi ac ar yr argraff, ei deitlau Rhufeinig, ar y llall.

'Delw ac argraff pwy sydd arni?' gofynnodd.

'Eiddo Cesar,' meddai'r Pharisead ac 'wrth gwrs' yn ganiataol yn nhôn ei lais.

'Telwch chwithau eiddo Cesar i Gesar.' Yna, a'r cysgod gwên yn diflannu o'i wefusau. 'A'r eiddo Duw i Dduw.'

Ni allai doctoriaid y Gyfraith, meddyliodd Beniwda, osgoi'r fagl yn fwy deheuig. Ni chytunai ag ef—ni ddylid talu dimai goch i Gesar—ond er hynny edmygai'i feddwl chwim a dwyster ei frawddeg olaf. Troes rhai o'r Phariseaid ymaith yn sarrug eu gwedd, a llefodd rhywun 'Bw!' ar eu holau.

'Beth a wnâi Dan yn awr, tybed? Gwelai Beniwda ef yn camu o'r neilltu, i rai o wŷr y Deml, Sadwceaid fel ei dad, gael ymwthio ymlaen i ofyn cwestiynau i'r Nasaread.

'Athro,' meddai'r blaenaf ohonynt, 'dywedodd Moses, "Os bydd marw neb heb iddo blant, prioded ei frawd ei wraig ef . . ." '

Ond gwelai Beniwda fod y gwehydd yn cerdded ymaith, gan gymryd arno nad oedd ganddo ef ddiddordeb yn y pwnc newydd. Dilynodd Saffan ef ymhen ennyd, yna cofiodd Amos yn sydyn ei fod i gyfarfod rhywun yn y ddinas, ac wedi iddo ef fynd o'r golwg brysiodd Beniwda yntau i lawr y grisiau o'r Rhodfa a thrwy Gyntedd y Cenhedloedd ac o'r Deml.

Pan gyrhaeddodd y siop yn Heol y Farchnad, yr oedd y lleill yno o'i flaen, ond ni throesai'r sgwrs eto at y Nasaread. Yr oedd rhyw ddieithryn yn y siop, a dyheai pawb am iddo ymadael. Pan aeth o'r diwedd, croesodd Ben-Ami at fainc ei dad â chwrlid hardd yn ei ddwylo.

'Hoffwn drio'r un patrwm mewn oraens a gwyrdd,' meddai. '. . . Wel, 'Nhad?'

'Y mae arnaf eisiau iti fynd i'r bryniau at Tera,' atebodd Dan.

'I ddweud wrtho ef a'i filwyr am gychwyn?'

Cymerodd Dan y cwrlid oddi arno ac ysgydwodd ei ben.

'Nage, i'w atal.'

Nodiodd Amos a Saffan. Apeliodd llygaid gwyllt Ben-Ami at Feniwda, ond edrychodd ef ymaith. Os gwir a ddywedai Dan y Gwehydd am amharodrwydd Tera a'i filwyr, yna aros ysbaid eto a oedd raid.

'O, y mae'n fodlon talu'r deyrnged i Rufain, felly?' meddai Ben-Ami'n ddirmygus. ' "Cyfaill publicanod a phechaduriaid," yn wir! Ond nid oes angen y Nasaread arnom, 'Nhad. Pe deuai Tera a'i wŷr i'r ddinas, fe godai'r pererinion fel un dyn. Y mae Tera yn werth dwsin o'r Nasaread hwn.'

'O? Sut y gwyddost ti?' gofynnodd Dan yn dawel.

Nid atebodd Ben-Ami: gan na chlywsai ef erioed mo'r Nasaread, nid oedd ganddo ateb.

'Y mae'n well iti baratoi i gychwyn,' meddai'i dad wrtho. 'A dywed wrth Tera . . .'

Cododd Dan oddi ar ei fainc a chamu'n araf i ganol y

siop. Daliodd y cwrlid i fyny i'r golau. Yr oedd pob llygad arno.

'Dywed wrth Tera am yrru unrhyw neges sy ganddo i Saffan o hyn ymlaen.'

Rhoes y cwrlid yn ôl i Ben-Ami ac yna troes tua'r drws.

'Byddaf yn y Deml os bydd ar rywun eisiau fy ngweld,' meddai. 'Ar y Rhodfa, yn gwrando ar y Proffwyd o Nasareth.'

Aeth Dan ymaith, a syllodd pawb yn syn ar ei gilydd. 'Y Proffwyd o Nasareth'? Nid 'y Nasaread'. Rhaid bod y dyn wedi gnweud argraff ddofn ar Dan y Gwehydd. Mor ddofn nes iddo ddymuno i Saffan gymryd ei le fel llywydd answyddogol y Blaid. Safai Ben-Ami'n ffwndrus â'r cwrlid yn ei ddwylo: anghofiodd yr hen Lamech gribo gwlân: cododd Saffan oddi ar y fainc yn y gornel gan feddwl rhuthro ar ôl Dan.

Allan wrth y drws, chwibanai rhywun alaw hen ddawns-werin: yr oedd Rhufeinwyr gerllaw.

'Hi, hi, hi!' chwarddodd yr hen Lamech. 'Yr oedd Tamar wedi meddwi cymaint nes gorfod ymbalfalu ar hyd y waliau a'r drysau bob cam adref. Ac wrth fynd drwy Heol y Pysgod, daeth yn sydyn at ddrws agored. "Hei!" gwaeddodd, "'Wnewch chwi gau'r drws 'ma, os gwel-wch chwi'n dda, er mwyn imi gael pasio?" Hi, hi, hi!'

Ymunodd pawb yn y chwerthin fel yr edrychai dau Rufeiniwr i mewn i'r siop. Ond chwerthin dienaid, annaturiol ydoedd.

Dechreuai Alys fynd yn bryderus. Clywsai fod y Proffwyd yng nghyffiniau'r ddinas, ond a gâi hi gyfle i ymbil arno tros Othniel? Yr oeddynt yn rhy hwyr i'w weld y diwrnod y daethant i Jerwsalem, a ddoe aethai ef ymaith wedi iddo

135

ddychrynu'r gwerthwyr a'r cyfnewidwyr arian yng Nghyntedd y Cenhedloedd. A fentrai ef yn agos i'r Deml heddiw, tybed?

Ar ei ffordd tuag ystafell ei meistres, camodd o'r neilltu i'r gwestywr tew gael bustachu heibio iddi. Safodd ac edrych arni.

'Nid Iddewes ydych chwi?' gofynnodd.

'Nage, Syr. Groeges. O Athen.'

'Sut y daethoch chwi i'r wlad yma?'

'Cael fy achub o'r môr, Syr. Y llong yn suddo mewn ystorm. Boddwyd fy nhad a'm mam.'

'Hm. Felly! Felly'n wir!' Yr oedd llais Abinoam yn dosturiol. 'Ac y mae'r Cynghorwr a'i deulu'n garedig wrthych?'

'Yn hynod felly, Syr.'

'Ydynt, y mae'n amlwg, yn gadael i chwi ddod am dro i Jerwsalem fel hyn. A fuoch chwi'n gweld y Deml?'

'Naddo, ddim eto, Syr. Yr oeddwn wedi meddwl cael mynd bore ddoe, ond clywais fod rhyw helynt yno.'

'Helynt? O, y Nasaread? Fe wnaeth yn iawn â hwy. A gobeithio y bydd yn troi byrddau meibion yr hen Falachi heddiw eto.'

'Y Proffwyd o Nasareth, Syr?'

'Ie. Clywais ei fod i fynd yno y bore 'ma eto. He, he, he, fe wnaeth yn iawn â'r gweilch. Twyllwyr digydwybod, bob un ohonynt . . . Wel, bendith arnoch chwi, 'merch i.'

'Diolch, Syr.'

Wedi i Abinoam honcian heibio iddi, gan duchan fel petai'n llusgo darn o'r tŷ o'i ôl, cerddodd Alys yn gyflym tuag ystafell Esther. Y bore 'ma, y bore 'ma amdani, meddai wrthi ei hun. Curodd ar y drws yn frysiog, gan anghofio am ennyd mai caethferch ydoedd.

'Ie?' Llais ei meistres.

'Alys sydd yma, Ma'm. A gaf fi eich gweld am ennyd?'

'Dewch i mewn, Alys.'

Agorodd y Roeges y drws a gwelai Esther yn eistedd ar bentwr o glustogau, a Rwth yn trin gwallt ei mam, gan ei lunio i'r ffasiwn ddiweddaraf a welsai yn Jerwsalem y diwrnod cynt.

'Sut y mae'n edrych yn awr, Rwth?'

'O, y mae'n eich siwtio chwi'n wych, Mam. Yr ydych ddeng mlynedd yn ieuengach. Ydych, wir.'

'Meistres?' mentrodd Alys.

'Tyrd â'r drych 'na imi, Rwth.'

'Meistres?' meddai Alys eilwaith.

'Diolch, Rwth.' Cymerodd Esther y drych a chwarddodd yn hapus wrth edrych ar ei llun ynddo. 'Wel, wir, ni fydd dy dad yn f'adnabod i pan ddaw i mewn! A fydd yn ei hoffi, tybed? Efallai mai'n ddig y bydd.'

'Meistres?'

'Ie, Alys?'

'Yr oedd un o'r morynion yn dweud bod amryw o Athen i fyny yn y Deml bore 'ma. Hoffwn gael mynd yno i'w gweld, rhag ofn fy mod yn adnabod rhai ohonynt.'

'Sut yr ydych chwi'n licio fy ngwallt i, Alys?'

'Y mae'n hardd iawn, Meistres. Dywedai'r forwyn fod . . .'

'Ond ydyw'n *lovely*? Y ffasiwn ddiweddaraf, wyddoch chwi. Rwth a'i gwelodd ddoe yn nhŷ un o'i ffrindiau. Ym mhlas yr Archoffeiriad. Fel hyn y mae gwraig yr Arch-offeiriad Caiaffas yn gwisgo'i gwallt yn awr. Nid yw'n fy ngwneud yn *rhy* ifanc, gobeithio, Rwth?'

'O, nad ydyw; Mam. Y mae'n eich siwtio i'r dim. Y mae'n *lovely*.'

'Ni wna'r tro imi edrych yn *rhy* ifanc, gan fod dy dad wedi gwynnu cymaint yn ddiweddar. Neu fe gredai pobl iddo briodi eto! Neu mai ei ferch . . .'

'Dywedai'r forwyn, Meistres . . .'

'Morwyn? Pa forwyn?'

'Un o forynion y gwesty, Ma'm. Dywedai fod y Groegiaid sydd yn y Deml yn edrych yn wŷr ysgolheigaidd iawn. Efallai fod rhai o gyfeillion fy nhad yn eu plith.'

'Efallai, wir. Rhedwch i fyny yno, rhag ofn, Alys. Ond peidiwch â bod yn hir. Rhyw awr . . . Wel, wir, a beth ddywed Beniwda, tybed, Rwth?'

'Diolch yn fawr, Meistres.'

Ond ni wrandawai Esther: ei llun yn y drych oedd ei hunig ddiddordeb.

Brysiodd Alys o'r gwesty a thrwy'r tyrfaoedd a lanwai'r ystrydoedd sythion. Croesodd y bont enfawr tros Ddyffryn Tyropoeon, ond nid arhosodd i syllu i lawr ar y bobl a ymddangosai fel morgrug hyd yr heolydd ymhell islaw. I mewn â hi drwy'r porth ysblennydd i Gyntedd y Cenhedloedd, y cwrt eang, swnllyd, a redai o amgylch y Deml. Er gwaethaf ei brys a'i heiddgarwch am weld y Nasaread, arafwyd camau Alys gan ei syndod pan gyrhaeddodd y clawstr rhyfeddol a ymestynnai ar hyd holl ochr ddeau'r Cyntedd. Ni wyddai y gallai dwylo dynion adeiladu'r fath firagl o le na chodi'r fath gewri o golofnau marmor. Gellid rhoi dwsin o demlau mwyaf Athen i mewn yn hwn, meddyliodd, fel y syllai ar y toeau uchel o goed cedr. O uchelder aruthr un o'i dyrau y gwyliai offeiriaid bob bore am lewych cyntaf y wawr cyn seinio'u hutgyrn arian. Teimlai Alys yn fychan ac yn unig iawn.

Tynnai pob sandal a phob llais eco o furiau a cholofnau'r clawstr, gan bwysleisio pob ennyd o dawelwch llwyr, ond tu allan iddo yn y Cyntedd ei hun, yr oedd fel petai dadwrdd holl ffeiriau'r byd wedi'i grynhoi i un man. Brefau anifeiliaid, cŵyn colomennod, crochlefain gwerthwyr, lleisiau chwyrn cyfnewidwyr arian, dadlau a chlebran mewn llawer iaith—yr oedd marchnad fwyaf Athen yn dawel wrth y lle hwn. Tybiai Alys fod nid cannoedd ond miloedd o bererinion ynddo, a chofiai iddi glywed bod y Deml oll yn dal ymhell dros ddau can mil o bobl.

Aeth ymlaen tua'r grisiau marmor a ddringai i'r Deml, ond rhyngddi a hwy yr oedd mur isel. Wrth bob adwy ynddo yr oedd y rhybudd llym:

NA FYDDED I UN ESTRON FYNED I MEWN I'R CAEADLE O AMGYLCH Y LLE SANCTAIDD. PWY BYNNAG A DDELIR YN GWNEUTHUR HYNNY, EF EI HUN FYDD YR ACHOS I ANGAU EI ODDIWES.

Ni châi Alys fynd gam ymhellach, felly. Safodd yn drist, a'i llaw ar farmor oer y mur, gan wylio'r lluoedd a frysiai drwy'r adwyau. Clywodd y gair 'Nasareth' a dilynodd â'i llygaid y gŵr a'i dywedodd. Gwelai ef a'i gydymaith yn cyrraedd y Rhodfa lydan islaw rhes arall o risiau ac yna'n troi i'r chwith i ymuno â thyrfa a wrandawai ar rywun yn llefaru wrthynt. Y Proffwyd. Ie, meddai'i chalon yn wyllt wrthi, ie, y Proffwyd o Nasareth a ddysgai'r bobl hyn. Yr oedd mor agos—ac eto mor bell.

Yn sydyn gwelodd Beniwda'n dyfod i lawr y grisiau tuag ati. Symudodd i ffwrdd rhag iddo'i chanfod, gan lechu tu ôl i dwr o bererinion cyffrous a oedd newydd weld ei gilydd am y tro cyntaf ers rhai blynyddoedd. Wedi iddo fynd o'r golwg, dychwelodd at yr adwy yn y mur. ANGAU? meddai wrth lythrennau aur yr hysbysiad. Pa wahaniaeth? Yr oedd yn werth marw i gyrraedd y Proffwyd.

Tynnodd ei phenwisg yn is tros ei thalcen, a phan aeth bagad o bobl drwy'r adwy dilynodd hwy, gan gadw'i phen i lawr. Troes hithau i'r chwith pan gyrhaeddodd y Rhodfa, a brysiodd i ymuno â'r dyrfa a wrandawai ar y Proffwyd. Yn ffodus iddi, yr oedd nifer mawr o wragedd yn eu plith ac felly ni thynnai sylw.

Na, nid y gŵr o Nasareth oedd hwn: yr oedd hwn yn rhy ifanc i fod yn Broffwyd ac i wneud rhyfeddodau fel y rhai y soniai Elihu ac Othniel amdanynt. Ac eto, er ei fod yn ifanc—tua'r un oed ag Othniel, efallai—llefarai fel un ag awdurdod ganddo. Ni ddeallai Alys ei eiriau, gan mai yn iaith yr Iddewon y siaradai, ond gwyliai'n awchus bob mynegiant ar ei wyneb a phob ystum a wnâi â'i ddwylo. Ac ymhlith y dyrfa yr oedd amryw o ddeillion a chloffion a rhai cleifion a gludwyd yno gan gyfeillion. Ie, y Proffwyd o Nasareth a oedd o'i blaen wedi'r cwbl, a mynnai gael gair ag ef.

Ond, a hithau heb hawl i fod ar y Rhodfa, ni fentrai ymwthio ymlaen drwy'r dorf i ymbil arno. Pe gwyddai rhai o'r Iddewon hyn mai Groeges ydoedd hi, galwent blismyn y Deml i'w dal a'i lladd. 'Ymhen awr' oedd gorchymyn ei meistres, ac aethai hanner yr awr honno heibio'n barod. Pe byddai ganddi ddigon o amser i aros fel rhai o'r cleifion hyn ar fin y dorf, gallai ddilyn y

Proffwyd pan adawai'r Deml, ac erfyn ar ei ddisgyblion ei dwyn hi ato. Ond os digwyddai ei meistres chwilio amdani a chael ei bod hi heb ddychwelyd fe wylltiai a . . . a phenderfynu ei chynnig i'r hen Joctan efallai.

Clywodd law yn cydio yn ei braich.

'Elihu!'

Ni ddywedodd yr hen gaethwas air, dim ond ei harwain ymaith i fin y Rhodfa. Yr oedd dychryn yn ei lygaid.

'Nid oes gennych hawl i fod yma, Alys. A wyddoch chwi'r penyd am ddod ymhellach na Chyntedd y Cenhedloedd?'

'Gwn. Cael fy lladd.'

'Ie. Rhaid i chwi fynd oddi yma ar unwaith. Dewch. Dof i lawr gyda chwi.'

'Nid cyn imi gael gweld y Proffwyd, Elihu.'

'Dewch. Dacw ddau o blismyn y Deml yn dod i lawr o Gyntedd y Gwragedd. Dewch, brysiwch.'

Gafaelodd eto yn ei braich a'i thynnu ymaith. Ond safodd Alys ac ymryddhau.

'Yr wyf am weld y Proffwyd, Elihu, penyd neu beidio. Efallai mai hwn yw'r unig gyfle a gaf.'

Er gwaethaf ei fraw, gwenodd yr hen gaethwas arni. Yr oedd hi'n ddewr iawn.

'Nid oes obaith i chwi ei weld yn awr, Alys. Y mae tyrfa o'i amgylch a llawer o Phariseaid a Sadwceaid yn gofyn cwestiynau iddo. Yn ceisio'i faglu ef. He, ac yn methu bob cynnig!'

Cadwai Elihu ei lygaid ar y ddau blisman fel y siaradai. Croesent y Rhodfa yn awr a chychwyn i lawr y grisiau i Gyntedd y Cenhedloedd. Pwyntiodd yntau i fyny tua'r Deml er mwyn i Alys droi'i chefn arnynt. Dringai'r grisiau llydain uwchlaw iddynt at fur Cyntedd y Gwragedd, ac yn y mur yr oedd pedwar porth a phres pob clwyd yn loyw yn yr haul. O Gyntedd y Gwragedd wedyn dringai grisiau i Gyntedd Israel a Chyntedd yr Offeiriaid, ac oddi yno eto risiau ysblennydd at furiau claerwyn y Deml ei hun. Ac yn goron ar y cwbl disgleiriai aur y gromen enfawr uwchben.

Ond am ei neges y meddyliai Alys.

'Beth a wnaf fi, Elihu? Y mae'n rhaid imi gael ei weld.'

'Dim gobaith y bore 'ma, y mae arnaf ofn, Alys. Ond efallai . . .'

'Ie, Elihu?'

'Efallai y medraf gael gafael ar rai o'i ddisgyblion. Ond 'chewch chwi ddim aros i fyny yma. Os ewch chwi i lawr i'r clawstr acw ac eistedd ar un o'r meinciau yno, gwnaf fy ngorau glas i ddod ag un neu ddau o'i ddisgyblion atoch. Y munud yma amdani, cyn i'r plismyn 'ma ddychwelyd.'

'O'r gorau, Elihu.'

Aeth Alys i lawr y grisiau a thrwy dryblith y Cyntedd i eistedd ar fainc ac yn y clawstr. Gerllaw iddi, wrth y Porth, dolefai degau o gardotwyr, pob un yn swnio fel petai ar drengi. Ac wrth wrando arnynt, rhyfeddodd mor ddewr oedd Othniel, mor dawel a di-gŵyn y dioddefai, gan geisio anghofio drwy ddarllen a myfyrio a gweu breuddwydion. O na lwyddai hi yn ei chais!

Cyn hir, gwelai'r hen Elihu ar y grisiau a chydag ef ddau ŵr ifanc tebyg iawn i'w gilydd, ond bod un dipyn yn hŷn na'r llall. Dau frawd efallai, meddyliodd hi. Yr oedd tafod a dwylo'r hen gaethwas wrthi'n egluro pethau'n huawdl iddynt.

'Dyma hi Alys,' meddai, wedi iddynt ddod ati. 'Dau o

ddisgyblion y Proffwyd,' chwanegodd wrth y Roeges. 'A dau frawd, a barnu oddi wrth eu golwg!'

'Ie,' meddai'r ieuangaf â gwên. 'Ioan wyf fi a dyma Iago y mrawd.'

Pur gloff oedd Groeg y gŵr ifanc, ond rhoes wynebau onest a chywir y ddau hyn obaith newydd yn Alys.

'Dywedais y stori wrthynt, Alys,' meddai Elihu. 'Ac y maent yn tosturio'n fawr wrth fab ein meistr.'

'Yn fawr iawn,' sylwodd yr ieuangaf yn garedig.

'Ond ofnant na fedr y Proffwyd fynd mor bell ag Arimathea,' chwanegodd yr hen gaethwas yn siomedig. 'Ni wyddant pa ffordd y dychwelant i Galilea, ond . . .'

'Na wyddom,' meddai'r hynaf o'r ddau ddisgybl. 'Nid ydyw'r Meistr wedi sôn am hynny wrthym.' A chredai Alys y taflai olwg bryderus ar ei frawd. 'Ond pa ffordd bynnag a ddewis i droi'n ôl i'r Gogledd, ni fyddwn o fewn milltiroedd i Arimathea. Ni fuom erioed yn y rhan honno o'r wlad.'

'Clywais fod llawer o gleifion yn cael eu dwyn ato,' meddai Alys.

'Oes, llu p'le bynnag yr awn.'

'Gwelais rai ohonynt gynnau.'

'Yn cael eu dwyn drwy'r Cyntedd 'ma,' sylwodd Elihu'n frysiog, rhag i'r ddau ddieithryn wybod i Alys fentro i fyny i'r Rhodfa.

'Ond y mae Othniel, mab ein meistr, yn wahanol iddynt hwy,' meddai Alys yn daer. 'Gŵyr y gall y Proffwyd ei iacháu, ond nid chwilio am iachâd yn unig y mae. Nid ceisio ffordd rwydd i ddianc rhag poen a gwendid ei gorff. Y mae'n feddyliwr ac yn fardd, yn gwybod hanes eich cenedl, yn astudio geiriau'ch Proffwydi chwi a doethion Groeg, fy ngwlad innau, yn myfyrio yn eich

Cyfraith, yn disgwyl am eich Meseia. Ac wedi iddo glywed yr hanesion am eich Meistr, Syr,'—cydiodd Alys yn erfyniol ym mraich yr ieuangaf o'r ddau—'yr oedd rhyw olau rhyfeddol yn ei lygaid. Pe deuai'r Proffwyd i Arimathea, Syr, gwn y byddai'n falch o rannu'i weledigaeth ag Othniel. Ac fe enillai ddisgybl a'i dilynai drwy dân, Syr, yr wyf yn sicr o hynny. Drwy unrhyw beryglon, Syr. O, Syr, gedwch imi gael ymbil ar y Proffwyd.'

Edrychodd Ioan ar ei frawd heb wybod beth i'w ddweud wrth y ferch: anodd oedd peidio ag ildio i'r taerineb hwn.

'Fe fydd y Meistr yma dros yr Ŵyl,' meddai ymhen ennyd. 'Byddwn yn bwyta'r Pasg gyda'n gilydd yn rhywle yn y ddinas. Ymh'le, ni wn. Ond cyn inni gychwyn yn ôl i Galilea . . .'

'Ie, Syr?' Daliai Alys i afael yn ei fraich ac edrychai'n eiddgar i fyny i'w wyneb.

'Daw un ohonom i'r gwesty lle'r arhoswch . . .'

'Gwesty Abinoam yn Heol y Pobydd, Syr.'

'Daw un ohonom yno a chewch wybod ymh'le y bydd y Meistr.'

'O, diolch, Syr.' Cronnai dagrau llawenydd yn llygaid Alys.

'Ond nid wyf yn meddwl y daw i Arimathea. Y mae'r ffordd yn bell a'r wlad honno'n ddieithr iddo. 'Wn i ddim.' Gwenodd Ioan ar ei frawd wrth chwanegu, 'Gwna'r Meistr ei feddwl i fyny yn o sydyn weithiau . . . Bendith arnoch chwi, Alys.'

'Ac arnoch chwithau, Syr.'

'Byddwn yn sicr o siarad amdanoch wrth y Meistr. Ac os bydd modd yn y byd, trefnwn i chwi ei weld.'

'O diolch, Syr, diolch o galon i chwi.'

Yr oedd Alys yn hapus iawn fel y brysiai o'r Deml a thros Bont y Tyropoeon ac i lawr i'r ddinas.

Draw yn Arimathea, ar ei sedd wrth y ffenestr, ceisiai Othniel weu cerdd am y Meseia, Achubydd y genedl, Eneiniedig Duw, y Crist. Ni hoffai'i dad, fe wyddai, iddo ganu ar destun felly, ond byth er pan soniodd Elihu am y saer o Nasareth, gan siarad amdano fel Meseia, deuai i'w feddwl lawer proffwydoliaeth am Waredwr Israel. Gwenodd wrth gofio am y syniadau cyffredin amdano fel rhyw Dywysog o linach Dafydd a ddifethai holl elynion a gormeswyr ei genedl ac a deyrnasai'n Frenin nerthol yn Jerwsalem. 'Efe a ymwregysa,' meddai un broffwydol-iaeth a glywid yn aml, 'ac a ddisgyn ac a orchymyn frwydr yn erbyn ei elynion ac a ladd eu brenhinoedd a'u capten-iaid: ni fydd un yn ddigon nerthol i'w wrthsefyll ef. Gwna ef y mynyddoedd yn goch gan waed ei elynion: ei wisg, wedi'i lliwio â'u gwaed hwy, a fydd fel croen y grawnwin porffor. Am ddeuddeng mis y portha anifeiliaid y maes ar gig a lladdedigion, ac am saith mlynedd y gwledda adar y nefoedd arnynt hwy . . . Yna y rhanna pobl Israel drysorau'r cenhedloedd yn eu plith—ystôr fawr o ysbail a chyfoeth, nes bod hyd yn oed y cloffion a'r deillion, os bydd rhai, yn cael eu rhan.'

A soniai llu o'r proffwydoliaethau hyn am y baradwys ffrwythlon a chyfoethog a fyddai yn Israel pan fendithid y wlad gan y Meseia. Yr ŷd yn tyfu'n uchel fel palmwydd, y coed ffrwythau yn llwythog beunydd, y grawnwin mor enfawr nes bod un ohonynt yn rhoi llond casgen o win! Ac ymledai ynddi dai a ymgodai i entrych nef, a phyrth o berlau drud, a tharddai o'i Theml hi ffrwd a ddyfrhâi'r holl wlad! Diflannai pob afiechyd a phoen, ac ni welid na dall na chloff na gwahanglwyfus yn y tir. Llefarai'r mud a chlywai'r byddar, a theyrnasai'r Meseia ar genedl heb un nam ar eu cyrff a heb ofid yn eu calonnau.

Nid breuddwydion fel hyn a weai Othniel yn eiriau a llinellau ar y dabled wêr a oedd ar ei lin. Ond gwelai yntau un a deyrnasai'n Frenin yn Jerwsalem. Proffwyd a bardd fel Eseia a fyddai, Person ysbrydol a yrrai Duw ei hun i arwain y genedl. Ni chydiai mewn cleddyf i ladd ei elynion, ond syllai pob gormeswr yn syn arno, gan blygu'n wylaidd yng ngŵydd ei sancteiddrwydd ef. Ac ymhlith ei bobl ei hun diflannai rhagrith a hunan a bas uchelgais ... Ond ni ddôi'r gân a luniai Othniel. Scribliai linellau ar y dabled wêr, gan fwynhau sain llawer gair a brawddeg, ond gwyddai mai rhyddiaith noeth yn ceisio ymddangos yn farddoniaeth ydoedd: nid oedd gweledigaeth nac ysbrydiaeth yn agos iddi.

Rhoes y dabled wêr o'r neilltu a chymryd rhòl o gerddi Eseia oddi ar y silff gerllaw iddo. Agorodd hi a darllen:

'Dirmygedig yw a diystyraf o'r gwŷr,
gŵr gofidus a chynefin â dolur:
ac yr oeddym megis yn cuddio'n hwynebau oddi wrtho:
dirmygedig oedd, ac ni wnaethom gyfrif ohono.
Diau, efe a gymerth ein gwendid ni,
ac a ddug ein doluriau:
eto, ni a'i cyfrifasom ef wedi'i faeddu,
ei daro gan Dduw a'i gystuddio.
Ond efe a archollwyd am ein camweddau ni;
efe a ddrylliwyd am ein hanwireddau ni;
cosbedigaeth ein heddwch ni a oedd arno ef
a thrwy ei gleisiau ef yr iachawyd ni.
Nyni oll a grwydrasom fel defaid:
troesom bawb i'w ffordd ei hun:

a'r Arglwydd a roddes arno ef ein hanwireddau ni i gyd.
Efe a orthrymwyd ac efe a gystuddiwyd,
    ac nid agorai ei enau.
Fel oen yr arweinid ef i'r lladdfa,
    ac fel y taw dafad o flaen y rhai a'i cneifiai,
    felly nid agorai yntau ei enau . . .'

Darllenodd Othniel y darn drosodd a throsodd, gan adael i bob gair suddo'n araf i dawelwch ei feddwl. Ie, hwn, y dirmygedig, y gŵr gofidus a chynefin â dolur, hwn fyddai'r Meseia, ac nid ar amnaid, mewn munud awr, yr enillai fuddugoliaeth ac yr achubai Israel. Nid rhyw bwll neu lyn llonydd oedd bywyd cenedl ac uwchlaw iddo ddüwch siom a gormes, ac yna, pan ddôi'r Eneiniog, nef ddigwmwl a glendid heulwen. Na, patrwm ar wŷdd ydoedd, patrwm digon llwydaidd a salw efallai, ond ag edau aur y caredig a'r cain a'r pur yn ymdroelli i'r golwg weithiau. Yn raddol y tyfai'r patrwm, a'r edau aur fel pe'n diflannu'n llwyr yn llymdra rhagrith ac eiddigedd a gwneud-pres. Ond deuai'r Meseia—i'w ddirmygu a'i ddolurio—a syllai'r genedl yn euog ar batrwm llwyd y gwŷdd. Ai'r lliwiau dienaid hyn a weodd? gofynnai hi. I b'le yr aethai'r aur? A phlygai'i phen, gan wylo, wrth feddwl am aberth a dioddef y gŵr gofidus er ei mwyn. Yna, drwy ddagrau'i heuogrwydd, gwelai mewn syndod a llawenydd yr edau aur yn ymwau ac ymloywi a'r patrwm lleddf yn tyfu'n geinder heb ei ail.

Ond nid y Proffwyd o Nasareth oedd y Meseia. Na, yn ôl Elihu yr oedd hwnnw'n boblogaidd, yn denu'r tyrfaoedd swnllyd a chwilfrydig ar ei ôl ac yn eu boddio drwy ddangos arwyddion iddynt. Nid oedd ef yn ŵr dirmygedig a gofidus. Efallai, yr ennyd hwn yn Jerwsalem, fod y pererinion yn ymgasglu'n filoedd o'i amgylch i wylio'r gwyrthiau a wnâi, gan weiddi 'Hosanna!' a 'Bendigedig!' nerth eu pen. Ac yntau wrth ei fodd yng nghanol y banllefau a'r miri . . .

. . . 'Cerwch eich gelynion, bendithiwch y rhai a'ch melltithiant, gwnewch dda i'r sawl a'ch casânt . . . ' Fel y llithrai'r geiriau eofn hyn i'w feddwl, syrthiodd llygaid Othniel eto ar rai o'r llinellau ar y rhòl:

'Nyni oll a grwydrasom fel defaid:
troesom bawb i'w ffordd ei hun: . . . . . .
a'r Arglwydd a roddes arno ef ein hanwiredd ni i gyd.'

Cododd ei olwg a syllu'n hir drwy'r tipyn ffenestr draw i gyfeiriad Jerwsalem. Ymhell ar y gorwel yr oedd cwmwl tywyll fel petai'n ymagor, gan ymddangos fel safn ogof. Gerllaw iddo syrthiai pelydrau haul ar eira disglair y mân gymylau eraill, ond nid âi un llewych yn agos i'w ddüwch ef. Ac fel yr edrychai, gwelai Othniel wynebau milain, creulon, yn ymffurfio ac yn crechwenu yn safn y cwmwl, ac adnabu hwy fel y rhai a welsai yn ei freuddwyd. Yn y llafn o heulwen, a'i wenwisg, er yn doredig ac ystaenllyd, yn loywder arian, safai gŵr gofidus a chynefin â dolur. Yr un wyneb ifanc, dwys, a gwrol a oedd iddo ag yn y breuddwyd, a safai eto'n rhwym a gwelw ond yn ddarlun o lendid a rhyddid a dewrder. Nid agorai ei enau i gyhuddo neb nac i edliw dim. Yr oedd fel petai'n edrych tu draw i'r ogof a'i chynllwynwyr i eithafion byd ac i bellterau amser, yn ffyddiog, yn gadarn, yn sicr.

Y Nasaread. Ac ef . . . ef oedd y Meseia: yr oedd yr hen Elihu yn iawn. Ond ni ddeuai i Arimathea. Fe lwyddai'r cynllwynwyr yn eu dichell—dros dro, cyn tyfu o'r aur yn harddwch yn y gwŷdd.

Darllenodd Othniel gerdd Eseia eto, ac yna edrychodd ar ei gân ei hun. Ysgydwodd ei ben yn araf cyn tynnu ei fysedd tros y llinellau ar y dabled wêr a dileu pob gair.

VI

Daeth prynhawn y pedwerydd dydd, diwrnod pwysig yr oed â Chaiaffas, a mwynhâi Joseff gyntyn bach ar ôl cinio. Ond buan yr ysgydwyd ef o'i syrthni gan ei wraig.

'Y mae'n well i chwi fynd i wisgo, Joseff.'

'Gwisgo?'

Cymerodd arno na ddeallai, gan edrych yn ymholgar ar ei wraig.

'Ie, gan eich bod chwi'n mynd i gyfarfod yr Archoffeiriad. Eich urddwisg.'

'Dim ar gyfer pwyllgor bach answyddogol fel hwn, Esther.'

'Y mae hwn yn gyfle i chwi, Joseff. Byddwch yn plesio Caiaffas, a gwyddoch mor hoff yw ef o wisgo yn ei holl urddas.'

'Ond . . .'

'A pheth arall, mi fentraf y bydd y ddau Pharisead 'na yn edrych fel dau frenin.'

'Pe bawn i'n mynd i'r Sanhedrin, fe'i gwisgwn, ond . . .'

'A 'wyddoch chwi ddim pwy arall fydd yno. Yr hen Annas, efallai, neu ddau neu dri o Sadwceaid eraill.'

'O, o'r gorau. Ond mae tros hanner awr tan amser y pwyllgor.'

'Oes, mi wn. Ond mae Rwth a finnau am fynd am dro i weld safle'r tŷ.' Edrychodd yn arwyddocaol arno wrth

149

chwanegu, 'Rhag ofn bod y sylfaen wedi'i gosod heb yn wybod inni!'

'Bwriadaf siarad â Jafan yr adeiladydd yfory.'

'Clywais hynny droeon o'r blaen, Joseff . . . Ond cyn imi fynd yr wyf am fod yn sicr eich bod chwi'n edrych ar eich gorau.'

Cododd Joseff yn anfoddog; dywedai hir brofiad mai ufuddhau oedd ddoethaf. Bwriadodd orffwys am dipyn ar ôl y prynhawnbryd ac yna droi'n hamddenol tua'r Deml, ond gwyddai na châi lonydd nes gwisgo'i fantell o borffor drud a bod yn barod ryw hanner awr yn rhy fuan.

'A fuoch chwi yn nhŷ'r saer hwnnw'r bore 'ma, Joseff?'

Gwyddai ei wraig cyn gofyn y cwestiwn beth fyddai'r ateb.

'Naddo, wir, Esther. Fe aeth y bore fel gwynt, yn gweld hwn a'r llall yn y Deml. Mae gennyf amser i alw yno'n awr.'

'Nac oes, neu byddwch yn hwyr i'r pwyllgor. Ni faddeuai Caiaffas i chwi am hynny . . . Dewch, brysiwch.'

Wedi i'w wraig roi'i bendith ar ei wisg a mynd ymaith gyda Rwth, penderfynodd Joseff alw yn nhŷ Heman y Saer i brynu rhyw ddwsin o lestri pren tebyg i'r rhai a welsai yn nhŷ ei gymydog Joctan. Trigai'r saer yn Seion yn bur agos i'r Deml, a gallai felly alw heibio iddo ar ei ffordd i'r oed â Chaiaffas.

Dringodd yn hamddenol drwy'r ystrydoedd culion, poblog. O barch i'w wisg ysblennydd, camai llawer o'r dyrfa o'r neilltu i hyrwyddo'i ffordd, ond rhwystrai amryw ef, fel pe'n bwrpasol. Trigolion Jerwsalem oedd y rhai cyntaf, yn daeog o gwrtais i un o wŷr pwysig y Deml, gan wybod y dibynnent arno ef a'i fath am eu bywoliaeth; ond pobl o'r wlad, nifer mawr o'r Gogledd ag acen

Galilea ar eu min, oedd y lleill. Yr oedd golwg herfeiddiol yn eu llygaid hwy, ac ni phetrusent rhag dangos eu casineb tuag at Sadwcead cyfoethog. Pe gwyddent ei neges yn y Deml, meddai Joseff wrtho'i hun, byddent yn cydio ynddo a'i lusgo ymaith i Gehenna: hwy oedd dilynwyr mwyaf selog y Nasaread hwn, ac ymfalchïent yn angerddol yn y ffaith mai o Galilea ac nid o Jwdea wawdlyd a thrahaus y deuai'r 'proffwyd'. Eu proffwyd hwy ydoedd: yn eu synagogau hwy a hyd eu ffyrdd hwy y dysgasai, ac onid iddynt hwy y datguddiodd yn gyntaf ac amlaf ei alluoedd gwyrthiol?—os oedd rhyw wir yn y storïau a glywsai, meddyliodd Joseff.

Ymlwybrodd ymlaen yn araf, gan ymddangos fel pe bai'r ffermwyr a'r pysgodwyr a'r marchnadwyr hyn islaw ei sylw, ond yr oedd ganddo, yr oedd yn rhaid iddo gyfaddef, ryw edmygedd slei tuag atynt. Hoffai wynebau didwyll ac iachus y pysgodwyr yn arbennig, gwŷr llydain, esgyrniog, a'u llygaid yn freuddwydiol a'u lleisiau'n ddwfn a thawel. Gwŷr anwybodus a gerwin, wrth gwrs, ond er pan welsai hwy gyntaf oll, yn fachgen gyda'i dad yma yn Jerwsalem ar Ŵyl y Pebyll neu Ŵyl y Pasg, gwyddai Joseff fod rhyw onestrwydd nerthol iawn wrth wreiddiau'r garwedd hwn. Trueni na thalent fwy o barch i'r Gyfraith yn lle rhedeg ar ôl rhyw 'broffwyd' a fanteisiai byth a hefyd ar eu hygoeledd. A'r tro hwn—wel, yr oeddynt wedi meddwi'n lân. 'Hosanna yn y goruchaf,' wir!

Ceisiodd Joseff frysio ymlaen i ddianc o sŵn y cannoedd a ymwthiai drwy'r heol, ac yn arbennig o glyw'r gwerthwyr a'r cardotwyr croch ar fin y ffordd. Yr oedd y cardotwyr yn fwy lluosog nag arfer eleni, meddai wrtho'i hun. Ac yn fwy eofn, gan ddangos eu clefydau a'u doluriau'n ddigywilydd i bawb a âi heibio; ar bob tu estynnai breichiau a dwylo ymbilgar, llawer ohonynt yn ddim ond cnawd ac esgyrn, a dolefai deillion a chloffion a chleifion ym mhob man. Yr oedd anifeiliaid o bob math hefyd ar eu ffordd i'r Deml, ac uchel oedd lleisiau'r gyrwyr. Tyrfaoedd swnllyd, gwerthwyr a phedleriaid croch, cardotwyr cwynfanllyd, porthmyn a bugeiliaid a gyrwyr asynnod a chamelod—a fu erioed y fath ddwndwr a rhuthr ac arogleuon? Yr oedd yn dda gan Joseff gael troi i'r chwith tua thŷ Heman y Saer.

Synnodd pan ddaeth at y tŷ hwnnw. Bychain a thlawd oedd yr aneddau oll yn y rhan hon o'r ddinas; yn wir, nid oedd llawer ohonynt ond cytiau llwydion i gysgu ynddynt ar dywydd mawr, gan mai allan ar Fynydd yr Olewydd neu yn y dyffrynnoedd o amgylch y treuliai llawer o'r trigolion eu dyddiau a'u nosau. Ond yr oedd y tŷ hwn yn eang a chymharol lewyrchus, a goruwch-ystafell helaeth iddo. Yr oedd Heman, yn amlwg, yn saer a chrefftwr llwyddiannus, a chofiodd Joseff y câi waith pur reolaidd hefyd gan awdurdodau'r Deml.

Curodd wrth y glwyd a daeth hogyn tua deuddeg oed i'w hagor. Edrychodd y bachgen yn syn ac ofnus ar y wisg orwych o'i flaen; yna taflodd olwg brysiog tros ei ysgwydd, fel petai'n ofni i Joseff weld rhywun neu rywbeth o'i ôl.

'Syr?'

'Hwn yw tŷ Heman y Saer, onid e?'

'Ie, Syr. A hoffech chwi weld fy nhad? Mi redaf i'r tŷ i'w nôl.'

'Diolch, 'machgen i.'

Camodd Joseff drwy'r glwyd i'r cwrt bychan ysgwâr tu allan i'r tŷ. Yr oedd yn dŷ hardd a chadarn a'r grisiau

152

cerrig i'r oruwch-ystafell yn gymesur bob un, nid fel petaent wedi'u taflu rywsut-rywsut yn erbyn y mur fel mewn llawer tŷ.

'O, dyma ef, Syr.'

Gwelai Joseff ddau ddyn wrth ddrws y tŷ. Gŵr ifanc tenau a chyflym a'i wallt yn hir oedd un, ac adnabu Joseff ef ar unwaith. Y dyn gorwyllt a boerodd ato ef a'r hen Falachi yng nghyntedd y Deml. Yr oedd y llall yn hŷn ac yn ymddangos yn araf a phwyllog ei ffordd. Edrychodd y ddau'n syn pan welsant Joseff yn y cyntedd, ac yna troes y gŵr ifanc yn ôl i'r tŷ, fel petai wedi anghofio rhywbeth. Aeth Joseff ymlaen at y llall.

'Heman y Saer?'

'Ie, Syr.'

Y mae arnaf eisiau prynu hanner dwsin o ddysglau pren. Gwelais rai o'ch gwaith chwi yn nhŷ cyfaill imi.'

'Dewch i mewn, Syr.'

Dilynodd y saer i'r tŷ ac yna drwy ddrws ar y dde i mewn i ystafell eang a ddefnyddid, yn amlwg, fel gweithdy.

'Esgusodwch fi, Syr. Af i nôl rhai i chwi gael eu gweld.' A brysiodd Heman ymaith.

Llithrasai'r bachgen i mewn i'r ystafell o'u blaenau, ac eisteddai'n awr ar y llawr yn naddu darn o bren a ddaliai'n berffaith lonydd drwy glymau bodiau'i draed yn dynn am ei flaen.

'Beth yw d'enw, 'machgen i?'

'Ioan Marc, Syr.'

'Am fod yn saer fel dy dad, 'rwy'n gweld.'

'Ydwyf, Syr.'

'Y dyn ifanc 'na a oedd gyda'th dad funud yn ôl—pwy oedd ef?'

Gwelai olwg ochelgar yn llygaid y bachgen.

'Cwsmer, Syr.'

'O!'

'Pam yr oeddech chwi'n gofyn, Syr?'

'Dim ond imi feddwl fy mod yn ei adnabod, ond efallai . . . O, dyma dy dad.'

Daeth Heman yn ei ôl â llond ei freichiau o ddysglau pren o wahanol ffurf a maint. Rhoes hwy ar fwrdd yng nghongl yr ystafell, ac edrychodd Joseff gydag edmygedd arnynt.

'Digon o ddewis i chwi, Syr?'

'Oes wir, a bydd fy ngwraig wrth ei bodd pan wêl y rhain.'

Rhoes Joseff y rhai a fynnai o'r neilltu ar gongl y bwrdd.

'Gyrrwch hwy i Westy Abinoam yn Heol y Pobydd,' meddai, wedi iddo dalu amdanynt.

'O'r gorau, Syr. Fe ddaw'r bachgen neu un o'r gweision â nhw yno.'

Taflodd Joseff ddernyn arian i arffed y bachgen Ioan Marc wrth fynd heibio iddo, a rhoes ei law'n garedig ar ei ben. Hoffai'i lygaid mawr breuddwydiol.

Daeth Heman gydag ef i'r ystryd.

''Welais i erioed gymaint o bobl yma i'r Ŵyl, Syr,' meddai y tu allan i'r glwyd. 'Y mae 'na filoedd yn cysgu mewn pebyll hyd Fynydd yr Olewydd ac yr oedd golau cannoedd o danau ar y bryniau acw neithiwr. Tros ddeugain carafán o gamelod a gyfrifais i ar y ffordd wrth Borth Damascus gyda'r nos—o Antiochia a Damascus, amryw o Bersia hefyd. Yr oedd rhai ohonynt yn edrych yn flinedig iawn. A chlywais fod 'na dyrfa fawr o'r Aifft ac o Roeg a Rhufain.'

'Ac o Galilea,' meddai Joseff â gwên.

Chwarddodd Heman yn dawel.

'Yr ydych yn adnabod fy acen i, Syr,' meddai. 'Ofnaf ei bod hi mor amlwg ag erioed er imi fod yma ers rhai blynyddoedd bellach. Mae hi'n rhan ohonof, efallai— fel lliw fy ngwallt neu las fy llygaid!'

'O b'le yng Ngalilea y deuwch?'

'O Gana, ond yng Nghapernaum y bûm i'n gweithio fel saer cyn dod yma.'

'Cana? Mae hwnnw'n agos i Nasareth, ond ydyw?'

'Ydyw.' Yr oedd yr un llygaid breuddwydiol gan Heman ag a oedd gan ei fachgen, ond gwelai Joseff eu bod hwythau'n ochelgar yn awr.

'A welsoch chwi'r orymdaith y dydd o'r blaen?'

'Do, Syr.'

'A oeddych chwi'n adnabod y dyn?'

'Iesu o Nasareth?'

'Ie.'

'Oeddwn, wrth gwrs. Yr oedd ef yn saer yn Nasareth a'i dad yn gyfeillgar iawn â'm tad. Gwelwn hwy weithiau pan awn adref i Gana am dro. Crefftwr da oedd Iesu hefyd ac yn gweithio'n galed iawn i gadw'r teulu ar ôl marw ei dad.'

Siaradai Heman yn gyflym, gan ymddangos yn anesmwyth ac yn dyheu am droi'n ôl i'r tŷ.

'Cawsoch hwyl wrth ei weld, y mae'n siŵr, Heman!'

'Hwyl, Syr?'

'Ie, wrth weld tipyn o saer o Nasareth yn cymryd arno farchogaeth fel brenin i mewn i Jerwsalem.'

'Nid tipyn o saer yw Iesu o Nasareth, Syr.' Daeth y geiriau'n araf o enau'r saer ac edrychai'n eofn ym myw llygaid Joseff fel y siaradai. 'Gwn nad wyf fi deilwng i ddatod ei sandalau ef . . . Prynhawn da, Syr.'

155

Brysiodd Joseff i fyny i'r de a thros y Bont i'r Deml. Gwyddai fod prydlondeb yn rhinwedd a bwysleisiai Caiaffas —mewn eraill. Dim ond gan yr Archoffeiriaid eu hunain yr oedd hawl i fod ar ôl, a chadwai Annas a Chaiaffas y Sanhedrin i aros wrthynt bob tro. Dim ond er mwyn clywed y clebran yn tawelu a gweld pawb yn codi'n barchus i'w cyfarch, yr oedd Joseff yn sicr. Hm, dyna'i feddwl beirniadol yn mynnu ei amlygu'i hun eto! Ond heddiw dilynai gyngor Esther a chymryd arno lyfu llaw Caiaffas. Hi a oedd yn iawn, efallai. Dyma ef yn tynnu at ei drigain oed a heb fod yn neb o bwys yn y Sanhedrin. Bu'n rhy anfynych o lawer yn y cyfarfodydd drwy'r blynyddoedd, a phan âi yno, eisteddai'n dawel a diog heb fawr ddim diddordeb yn y trafodaethau. Yr oedd ar fai, fe wyddai, ond byth er pan gododd yn fyrbwyll i ddadlau tros ystwytho tipyn ar drefniadau'r dreth y flwyddyn honno pan fethodd y cynhaeaf, bodlonodd ar frathu'i dafod—a brysio'n ôl i dawelwch Arimathea. Ei gyfoeth— nid ei ddaliadau na'i frwdfrydedd, yn sicr!—a roddai sedd iddo yn y Sanhedrin. Ond o hyn ymlaen, yn arbennig gan fod Esther yn benderfynol o fyw yn Jerwsalem, codai'i lais ym mhob cyfarfod ac enillai'i le fel un o flaenoriaid y Cyngor.

Fel y dringai'r grisiau o Gyntedd y Cenhedloedd, gwelai fod tyrfa wedi ymgasglu ar y Rhodfa uwchben i wrando ar un o'r doctoriaid yn egluro'r Gyfraith. Un o'r doctoriaid? Nage. Clywodd rai a frysiai heibio iddo yn dweud yn eiddgar, 'Y Nasaread! Y Nasaread!' Edrychodd yn syth o'i flaen, ond gwrandawai'n astud ar bob gair.

'Gwae chwi, Ysgrifenyddion a Phariseaid, ragrithwyr!' meddai'r llais, a chrynai'r dicter ynddo.

Trwy gil ei lygad gwelai Joseff fod amryw o Ysgrifenyddion a Phariseaid ar gwr y dyrfa a bod y bobl wrth eu bodd yn clywed y rabbi o Nasareth yn eu gwawdio fel hyn: troent i wenu tuag atynt ac ar ei gilydd.

'Canys tebyg ydych chwi,' aeth y llais ymlaen, 'i feddau wedi'u gwynnu, y rhai sydd yn ymddangos yn deg oddi allan, ond oddi mewn sydd yn llawn o esgyrn y meirw a phob aflendid.'

Yr oedd gwên slei yn llygaid Joseff fel y dringai'r grisiau o farmor ac y brysiai drwy Borth Nicanor ac ymlaen heibio i'r allor fawr tu draw iddo. 'Beddau wedi'u gwynnu!' Hoffai weld wynebau rhai o Phariseaid y Sanhedrin pan adroddid yr hanes wrthynt! 'Beddau wedi'u gwynnu!' Edrychai ymlaen at weld Esras ac Isaac.

Cafodd hwynt wrth ddrws yr ystafell-bwyllgor. Do, proffwydasai Esther y gwir: yr oedd y ddau wedi'u gwsigo yn eu gorau.

'Yr oeddwn i'n ofni fy mod i ar ôl,' meddai wrthynt, wedi iddynt gyfarch ei gilydd.

'Newydd gyrraedd yr ydym ninnau,' meddai Isaac, a fuasai'n loetran yno am hanner awr.

'Pa ffordd y daethoch chwi i mewn i'r Deml, Joseff?' gofynnodd Esras.

'Drwy Gyntedd y Gwragedd.'

'A ydyw'r Nasaread 'na ar y Rhodfa o hyd?'

'Ydyw, a thyrfa fawr yn gwrando arno. Ac yr oeddynt wrth eu bodd.'

'O?'

'Oeddynt, yn ei glywed yn sôn amdanoch chwi'r Phariseaid.' Arhosodd Joseff ennyd i fwynhau'r ofn yn eu llygaid.

'Beth a ddywedodd ef?' Daeth y cwestiwn o enau'r ddau ar unwaith.

'Dim ond dweud eich bod chwi fel beddau wedi'u gwynnu.'

'Beddau wedi'u gwynnu?' Ni ddeallai Esras.

'Yn deg oddi allan, ond oddi mewn yn llawn o esgyrn meirwon a phob aflendid. "Gwae chwi ragrithwyr!" meddai.'

Er ei fod mor dew, yr oedd Esras yn ŵr tanllyd. Caeodd ei ddyrnau'n chwyrn a cherddodd o gwmpas yn wyllt, fel petai ar gychwyn tua'r Rhodfa i hanner lladd y rabbi o Nasareth. Ond ni wnaeth Isaac ond ysgwyd ei ben yn ddwys gan lusgo'r sŵn defosiynol o'i wddf. O'r ddau, meddai Joseff wrtho'i hun, hwn oedd y gwir Pharisead, gŵr dwys ond milain, oerllyd fel pysgodyn ond ag iddo bigiad sarff wenwynig: ni chynhyrfid hwn gan ddim, ond pan ddôi cyfle i ladd ei elyn rhoddai'i droed ar ei wddf—gan lafar-ganu salm. Troes at Joseff yn awr, gan ddywedyd,

'Ni chaiff ef fedd wedi'i wynnu! Mae'r tanau sy'n llosgi'r ysbwrial yng Nghwm Gehenna yn hwylus weithiau!' A gwenodd ar Esras.

'Hawdd i chwi wenu, Isaac,' meddai hwnnw, a ddaliai i gamu'n anesmwyth yn ôl ac ymlaen. 'Yr ydych chwi'n byw i lawr yma yn Jwdea, nid i fyny acw yng Ngalilea. Mae'n hawdurdod ni'n lleihau bob dydd yno. Pa bryd oedd hi? O ie, bythefnos i heddiw. Tri hogyn yn gweiddi "Esras Dew!" ar fy ôl i yng Nghapernaum acw. Medd-yliwch, mewn difrif! Ar ôl Cynghorwr sydd wedi bod ar y Sanhedrin ers deng mlynedd! A beth yw'r achos? Y creadur yna a'i ddamhegion a'i wyrthiau.'

'Gwell inni fynd i mewn i aros, gyfeillion,' meddai Joseff, gan symud tua drws yr ystafell-bwyllgor.

'Y?' Yr oedd braw yn wyneb Esras.

'Na,' meddai Isaac, 'y mae'n well inni aros nes daw'r Archoffeiriad.'

Nodiodd Joseff, gan gofio'i benderfyniad i dalu pob gwrogaeth i Gaiaffas.

'Y mae'n glyfar, nid oes dim dwywaith am hynny,' meddai Esras.

'Y Nasaread hwn?'

'Ie. Rhy glyfar, nid oes dim dwywaith am hynny,' meddai Esras.

'Y Nasaread hwn?'

'Ie. Rhy glyfar hyd yn oed i Fathan! Ac os oes un Pharisead yn deall y gyfraith o Alffa i Omega, Mathan yw hwnnw.'

'Beth a ddigwyddodd?' gofynnodd Joseff.

'Fe aeth Mathan ac eraill i'r Rhodfa i geisio'i faglu,' atebodd Esras. "Pwy roes awdurdod i ti i wneud y pethau hyn yn y Deml?" gofynnodd Mathan iddo, gan obeithio y dywedai mai ef oedd y Meseia a'i fod uwchlaw awdurdod y Deml a Rhufain a phawb. Ond yn lle ateb fe ofynnodd yntau gwestiwn i Fathan. "Bedydd Ioan," meddai, "ai o'r nef yr ydoedd ai o ddynion?" 'Taech chwi'n gweld wyneb yr hen Fathan! Os dywedai "O ddynion", fe fyddai'r dyrfa wedi cydio ynom ni, bob un ohonom, a'n llusgo o'r Deml ac o'r ddinas i'n llabyddio. Oherwydd yr oeddynt yn meddwl y byd o'r Ioan 'na fel y gwyddoch chwi, ac yn ei alw'n Broffwyd Duw. Ond os dywedai "O'r Nef", yna gofynnent pam y gadawsom iddo gael ei ddal a'i wawdio a'i ladd gan Herod. Yr oedd rhyw ddyn yn dawnsio o flaen Mathan, gan grechwenu a chwifio'i ddwylo yn ei wyneb a gweiddi "Atebwch! Atebwch!" Bu bron imi alw rhai o blismyn y Deml, ond yr oeddwn i'n ofni cynnwrf.'

'Beth a ddywedodd Mathan?'

'Beth a allai ef ddweud, Joseff? Dim ond na wyddem ni ddim o b'le yr oedd awdurdod Ioan.'

'Hm. A'r bobl?'

'Wrth eu bodd, wrth eu bodd. Fe chwarddodd y crechwenwr dros bob man, fel dyn gwallgof. Wedyn, dyna'r dyrfa i gyd yn dechrau chwerthin yn wawdlyd, amryw yn pwyntio'n ddirmygus arnom, rhai hyd yn oed yn gwthio'u tafodau allan. Meddyliwch, mewn difrif, Joseff!' Sychodd Esras y chwys oddi ar ei dalcen wrth gofio am y peth. 'Ni chafodd offeiriaid a henuriaid erioed eu trin fel hyn yn unman. Naddo, erioed! Ac yng nghyntedd y Deml!' Daliodd ei ddwylaw i fyny i bwysleisio'i fraw cyn chwanegu, 'Yng nghyntedd y Deml sanctaidd ei hun, Joseff!'

'Dacw'r Archoffeiriad yn dod,' sibrydodd Isaac.

Gwelent ef yn y pellter, offeiriaid yn cerdded un bob ochr iddo ac un arall o'i ôl, yn nhraddodiad y Deml. Yr oedd Caiaffas wedi'i wisgo yn ysblander ei wisg seremonïol, fel petai ar ei ffordd i wasanaeth pwysig neu i'r Sanhedrin.

'Y mae Herod newydd alw i'w weld,' sibrydodd Isaac eto. 'Mi welais ei negesydd yn dod o'i flaen ryw awr yn ôl.'

Gan ei fod mor dal, edrychai Caiaffas yn urddasol yn ei wisgoedd amryliw o wyn a glas a phorffor ac ysgarlad, a hyd yn oed o bellter disgleiriai'r ddwyfronneg o aur a'r deuddeg perl ar ei fynwes a'r cylchau o edau aur hyd ymylon ei wisg. Ond cerddai'n ddifater, fel petai'n cymryd arno nad oedd dim anghyffredin ynddo ef na'i wisg. Arhosai weithiau i fendithio rhywun a ymgrymai ar fin ei lwybr, fel gŵr goludog yn rhoi elusen i drueiniaid, ac yna cerddai ymlaen drachefn yn urddasol o hamddenol. Dywedai ei wyneb rhadlon nad oedd dim yn y byd yn blino Caiaffas: yr oedd yn feistr llwyr arno'i hun, ar bob edrychiad ac ystum.

Nodiodd yn gyfeillgar ar y tri ohonynt, ac wedi i un o'r offeiriaid agor y drws yn wasaidd iddo, dilynasant ef i mewn i'r ystafell. Eisteddasant ar y clustogau gorwych a oedd hyd y llawr, a dechreuodd Esras ar unwaith ail-adrodd hanes Mathan yn ceisio baglu'r Nasaread.

'Mi glywais y stori,' meddai Caiaffas. 'Fe ddaeth Mathan i roddi'r hanes imi.' Yr oedd gwên yng nghornel ei lygaid wrth iddo chwanegu, 'Yr oeddwn i'n meddwl eich bod chwi'r Phariseaid yn wŷr cyfrwys!'

Ysgydwodd Esras ei ben yn drist, a gwnaeth Isaac sŵn yn ei wddf i ddangos ei werthfawrogiad o ysmaldod yr Archoffeiriad.

Syllodd Joseff yn freuddwydiol ar y nenfwd hardd, lle troellai ambell linell o aur ar y gwyndra glân. Edrych i fyny felly a wnâi bob amser pan geisiai ymddangos yn ddifater, rhyw gymryd arno nad oedd neb na dim o'i amgylch yn bwysig iawn iddo. Ond yr oedd cyffro yn ei galon. Onid oedd ef yn un o dri a gâi'r fraint o gyd-eistedd â'r Archoffeiriad mewn pwyllgor cyfrinachol fel hyn yn y Deml? Nid oedd y pwyllgor yn un pwysig, efallai, ac ni roddai'r ddau Pharisead hyn, Esras dew ac Isaac ferched-aidd, urddas arno, ond pwysig neu beidio, yr oedd ef yn un o dri yng nghwmni'r Archoffeiriaid. Lwc iddo ddilyn cyngor Esther a rhoi'r urddwisg amdano.

'Nid oes amser i'w golli, f'Arglwydd,' meddai Esras. 'Yr oedd yn tynnu tyrfaoedd i fyny acw yng Ngalilea, ac yn awr dyma'r un peth yn digwydd yn Jerwsalem ac yn y Deml sanctaidd ei hun! A'r bobl—yma yn y Deml, f'Arglwydd!—yn gwawdio'u harweinwyr, yn chwerthin

161

am ben Mathan, un o'r Cynghorwyr hynaf a mwyaf defosiynol!'

Nodiodd yr Archoffeiriad yn ddwys iawn, ond nid ymddangosai'n bryderus ei feddwl. Yr oedd gan Annas a Chaiaffas, meddai Joseff wrtho'i hun, ryw gynllun i roi diwedd ar ffolineb a haerllugrwydd y saer o Nasareth. Tybiai Joseff hefyd mai rhywbeth a wisgai'n hwylus ar ei wyneb oedd dwyster Caiaffas, ond fe'i beiodd ei hun ar unwaith am goleddu'r fath syniad. Ei ddyletswydd ef oedd parchu'r Archoffeiriad—a chadw'i addewid i Esther.

'Ydyw,' meddai Caiaffas, 'y mae'n rhaid inni roi taw buan ar y rabbi hwn. Ac fe wnawn.'

'Y mae gennych ryw gynllun, f'Arglwydd?' gofynnodd Esras.

'Oes. Ni allwn roi'n dwylo arno yn y dydd, pan fo'r dyrfa o gwmpas. Felly rhaid cael rhywun i'n harwain ato yn yr hwyr neu'r nos, pan fo'r bobl wedi gwasgaru i'w pebyll. A chred Annas ei fod wedi llwyddo i wneud hynny.'

'Campus, campus,' meddai Esras, gan rwbio'i ddwylo ynghyd.

Gwnaeth Isaac sŵn edmygol yn ei wddf.

Ni ddywedodd Joseff ddim, ond teimlai'n annifyr: ai'r bwriad oedd cymell un o ddilynwyr y Nasaread i'w fradychu?

'Y mae ganddo,' aeth Caiaffas ymlaen, 'ddeuddeg o ddisgyblion sy'n ei ddilyn i bobman. Galileaid yw un ar ddeg ohonynt.' Edrychodd ar Esras wrth ychwanegu, 'Y mae un o Gapernaum.'

'Oes, mi wn, f'Arglwydd,' meddai Esras. 'Dyn o'r enw Mathew. Bu'n bublican acw, wrth Borth y Gogledd.'

162

'Y deuddegfed sy'n ddiddorol i ni,' sylwodd Caiaffas. 'Un o'r De yma yw ef, o Gerioth. Gŵr ifanc penboeth a fu unwaith yn aelod gwyllt o Blaid Rhyddid. Ond fe adawodd y Blaid ryw dair blynedd yn ôl a chrwydro i'r Gogledd i ymuno â'r Nasaread. Ef yw Trysorydd y rabbi hwn yn awr. Er mai prin y mae angen Trysorydd ar y Galilead a'i griw!'

Chwarddodd Esras ac Isaac yn daeog.

'Y mae Annas,' meddai Caiaffas, 'yn adnabod ei deulu a gyrrodd negesydd at ei dad i ddweud yr hoffem weld ei fab. Disgwyliai ef yma'n awr.'

'A ydych chwi'n meddwl y daw, f'Arglwydd?' gofynnodd Joseff.

'Daw. Cawsom neges oddi wrth ei dad y bore 'ma.'

Ar y gair dyma guro gwylaidd ar y drws.

'I mewn!' gwaeddodd Caiaffas.

Un o wylwyr y Deml a oedd yno. Moesymgrymodd.

'Ie?'

'Mae yma ddyn o'r enw Jwdas i'ch gweld, f'Arglwydd.'

''Rwy'n ei ddisgwyl,' meddai'r Archoffeiriad, gan nodio'n swta.

Wedi i'r drws gau, rhwbiodd Esras ei ddwylo ynghyd eto, a daeth sŵn boddhaus o wddf Isaac.

''Welais i mo f'Arglwydd Annas yn methu erioed,' meddai Esras.

'Erioed,' cytunodd Isaac, gan ysgwyd ei ben mewn edmygedd a dal i gynhyrchu'r sŵn yn ei wddf.

Nodiodd Joseff, gan chwarae â'i farf a gwenu ar Gaiaffas.

'Na minnau,' meddai, gan deimlo y dylai ddweud rhywbeth a chan wybod yr adroddai'r Archoffeiriad hanes y prynhawn yn fanwl, fanwl wrth yr hen Annas.

163

Agorodd y drws eilwaith.

'Jwdas o Gerioth, f'Arglwydd,' meddai'r gwyliwr cyn moesymgrymu a throi ymaith.

Moesymgrymodd y dieithryn yntau, ond braidd yn frysiog ac esgeulus, cyn dyfod ymlaen atynt. Adnabu Joseff y gŵr ifanc hirwallt a welsai'n sleifio'n ôl i dŷ Heman y Saer.

'Yr Arglwydd Annas a yrrodd neges i'm tad,' meddai, 'yn gofyn imi ddod yma i'ch gweld, f'Arglwydd Caiaffas.'

'Y mae'n debyg dy fod yn amau pam?' oedd sylw Caiaffas.

'Ydwyf, f'Arglwydd.'

Bu distawrwydd ennyd. Gwelai Joseff y dieithryn yn gwlychu'i fin ac yn plethu'i ddwylo'n anesmwyth.

'Wel?'

'Beth yw eich dymuniad, f'Arglwydd?'

'Y mae'r Galilead hwn yn cynhyrfu'r bobl ac yn amharchu'r Deml. Ymhen deuddydd fe fydd Gŵyl sanctaidd y Pasg. Bwriadwn ei ddal, a'i garcharu dros yr Ŵyl. Ac y mae arnom eisiau dy help.'

'Ym mha fodd, f'Arglwydd?'

'Wrth gwrs, byddai'n hawdd inni yrru rhai o blismyn y Deml allan i'r Cyntedd y munud yma i afael ynddo.'

'Hawdd iawn, hawdd iawn,' sylwodd Esras.

'Hawdd iawn,' cytunodd Isaac, gan dynnu'i law dros ei dalcen i leddfu'r boen ar ôl y fath ymdrech meddwl.

'Ond y mae'n rhaid inni osgoi cynnwrf,' chwanegodd Caiaffas.

'Rhaid, rhaid osgoi cynnwrf,' meddai Esras.

'Rhaid. Dim cynnwrf,' cytunodd Isaac gan lusgo o'i wddf sŵn tebyg i'r un a wna ci pan fo'n griddfan yn ei gwsg.

Teimlai Joseff y dylai yntau ddweud rhywbeth.

'Ie, wir,' meddai, gan sylweddoli, fel y deuai'r geiriau o'i enau, y buasai 'Rhaid, wir' yn well.

'Gwyddom fod un neu ddau o wŷr gwyllt a phenboeth yn ei ddilyn,' meddai Caiaffas, 'a byddai'r rheini bron yn siŵr o godi'u dyrnau.'

Daeth cysgod gwên i lygaid y gŵr ifanc.

'Un neu ddau, f'Arglwydd?' gofynnodd yn dawel.

'Wel, amryw, ynteu. Felly y mae'n rhaid inni ei ddal heb iddynt hwy wybod. Yn hwyr y dydd neu yn y nos.'

'Ie, y nos a fyddai orau,' meddai Esras.

'Ie, y nos,' cytunodd Isaac.

'Âi'r Pasg sanctaidd heibio'n dawel ac esmwyth wedyn, ac ni fyddai diferyn o waed Iddewig ar waywffon Rufeinig. Y mae yma rai cannoedd o filwyr Rhufeinig, fel y gwyddost ti, a phe dôi ymrafael . . .' Ysgydwodd yr Archoffeiriad ei ben yn ddwys.

'Rhaid, rhaid osgoi cynnwrf,' sylwodd Isaac eto, ac yr oedd rhyw dristwch mawr yn ei lygaid.

'Gwyddom fod rhai sydd yn y ddinas yn chwilio am ryw esgus i daro yn erbyn y Rhufeinwyr. Y mae rhai ohonynt yn wŷr onest a meddylgar, Iddewon i'r carn, a hawdd deall eu teimladau wrth weld eu gwlad annwyl dan iau'r estron.'

'Ydyw, wir,' meddai Esras. 'Ydyw, hawdd iawn.'

Gwnaeth Isaac sŵn yn ei wddf.

Gwyddai Joseff fod Caiaffas yn casáu gwladgarwyr Plaid Rhyddid ac yr hoffai weld Rhufain yn croeshoelio pob un ohonynt. Pam yr oedd yn eu canmol fel hyn, ynteu? Cofiodd i'r Jwdas hwn fod yn perthyn iddynt unwaith, ac efallai y gwyddai Caiaffas fod ganddo gydymdeimlad a hyd yn oed gysylltiad â hwy o hyd.

'Ond nid yw hynny'n wir am y rhelyw ohonynt,' chwanegodd yr Archoffeiriad. 'Cynnwrf er mwyn cynnwrf a hoffent hwy. A gŵyr Rhufain sut i ddiffodd tân mewn crinwellt.'

'Gŵyr, fe ŵyr Rhufain sut i sathru crinwellt,' sylwodd Esras.

'Tân mewn crinwellt!' Edrychodd Isaac ar yr Archoffeiriad ag edmygedd mawr. 'Tân mewn crinwellt!' meddai drachefn, fel petai'n cael blas ar farddoniaeth y frawddeg.

'Wrth gwrs, fe dalwn iti.' A gwenodd Caiaffas ar y dieithryn.

Nodiodd y gŵr ifanc, ond nid oedd fel petai'n gwrando. Yr oedd yn amlwg i Joseff nad y wobr a'i hudodd yno.

Hoffai olwg y dyn, yr oedd yn rhaid iddo gyfaddef. Y llygaid braidd yn wyllt, efallai—fel rhai ei fab Beniwda, o ran hynny—ond yr oeddynt mor glir ac onest â'r dydd. Yr oedd ei enaid yn ei lygaid—eiddgarwch, onestrwydd; ynni anesmwyth, chwyrn. Disgwyliasai Joseff weld gŵr llechwraidd a gwasaidd, ond yr oedd hwn yn eofn o annibynnol—fel Beniwda eto.

Pam y bradychai'r Rabbi o Nasareth, tybed? Er mwyn arian? Efallai. Câi ryw dri chan darn o arian am eu helpu i'w ddal, a byddai hynny'n ffortun i ŵr o'i safle ef. Ac eto, pan soniodd Caiaffas am dalu iddo, ni fflachiodd golau i'w lygaid. Ai wedi ei siomi yn ei arwr yr oedd? Ai'n eiddigeddus? Ai'n dal dig am rywbeth?

Gwibiai'r cwestiynau hyn drwy feddwl Joseff fel y llithrai ei lygaid yn ôl ac ymlaen o wyneb Caiaffas i wyneb y dyn o Gerioth. Breintiwyd yr Archoffeiriad ag wyneb hardd, a gwnâi ei lygaid mawr iddo ymddangos yn ŵr caredig a breuddwydiol. Yn dawel a chwrtais hefyd y

166

siaradai, ac ni chofiai Joseff ef yn ei ganmol ei hun un adeg. Yn wir, credai llawer iawn ei fod yn ŵr mwyn a gostyngedig, heb fymryn o rodres yn perthyn iddo; ond gwelsai Joseff ddigon arno erbyn hyn i wybod mai cuddio tu ôl i'r addfwynder a'r cwrteisi yr oedd y gwir Gaiaffas. Craff, cyfrwys, penderfynol, sicr ohono'i hun—dyna'r cymeriad tu ôl i fiswrn y gwyleidd-dra. Yr oedd y gŵr ifanc difrif hwn o Gerioth, a'i holl galon yn ei lygaid gwyllt ac onest, fel oen a fentrodd i loches llwynog. Cadno cwrtais, efallai—ond ni wnâi hynny ef yn llai cyfrwys. Fel y dywedasai Joseff droeon wrth Esther, yr oedd Caiaffas yn ddyfnach hyd yn oed nag Annas.

Fel y daeth enw'i wraig i'w feddwl, cofiodd Joseff eto am ei addewid iddi. Hyd yn hyn ni ddywedasai ef ddim i wneud argraff ar yr Archoffeiriad, ac anfelys iddo oedd gwenieithio fel y gwnâi Esras ac Isaac. Gŵyrodd ymlaen a chliriodd ei wddf. Troes yr Archoffeiriad ei ben.

'A hoffech chwi ddweud rhywbeth, Joseff?' gofynnodd.

'Dim ond gofyn un cwestiwn bach i'r gŵr ifanc, f'Arglwydd.'

'Ewch ymlaen.'

'Tŷ Heman y Saer,' meddai wrtho, ac yna arhosodd ennyd: gwelai fod y llygaid onest yn wyliadwrus yn awr. 'Ai yno y lletya'r Nasaread pan fo yn Jerwsalem?'

'Nage. Nid yw'n lletya yn y ddinas.'

'Yno y mae'n cael bwyd, efallai?'

'Nid yw'n poeni llawer am fwyd. Bwytawn yn rhywle, pan fo chwant—a bwyd i'w ddiwallu.'

Bu distawrwydd rhyngddynt: yr oedd yn hawdd gweld bod y gŵr ifanc yn anesmwyth.

'Pam yr oeddech chwi'n gofyn, Joseff?' holodd Caiaffas.

'Dim ond imi weld ein cyfaill ifanc yn dod o dŷ Heman y Saer gynnau, f'Arglwydd.'

'Mi fûm i'n gyfeillgar iawn â Heman ar un adeg,' meddai Jwdas, braidd yn frysiog yn nhyb Joseff. 'Un o ymyl Cerioth yw Mair, ei wraig.'

Edrychai ar Joseff fel y siaradai, ond nid oedd ei lygaid mor ddi-syfl erbyn hyn. Gwyddai Joseff ei fod yn cuddio rhywbeth. Yr *oedd* cysylltiad rhwng y Nasaread a thŷ Heman, ond ni fynnai iddynt hwy wybod hynny. Ofnai ddwyn helynt i dŷ'r saer, yr oedd hynny'n amlwg.

'Wel, a wyt ti'n barod i'n helpu?' gofynnodd Caiaffas.

'Ydwyf, f'Arglwydd.'

'Da iawn. Byddi'n gwneud gwasanaeth mawr—i'th genedl, i'r Deml sanctaidd, i Iafe. Bydd Jerwsalem, fel ei henw, yn Ddinas Heddwch dros yr Ŵyl. Nid yn faes ymladd.'

'Jerwsalem. Trigfan Heddwch,' meddai Esras yn ddwys.

'Jireh-Shalem,' meddai Isaac yr un mor ddefosiynol, ac yna llafar-ganodd yn dawel eiriau o un o salmau Dafydd, ' "Dymunwch heddwch Jerwsalem: llwydded y rhai a'th hoffant." '

'Ie, wir; ie, wir,' sisialodd Esras, a llafarganodd yntau'r ddwy linell nesaf, ' "Heddwch a fyddo yn dy ragfur, a ffyniant yn dy blasau." Ie, wir; ie wir.'

'Wel, yn awr, ynteu,' meddai Caiaffas, rhag ofn, fe dybiai Joseff i'r pwyllgor droi'n gymanfa, 'pa bryd a pha le?'

'Nos yfory, f'Arglwydd.'

'A'r lle?'

'Ni wn eto. Byddwn yn bwyta swper y Pasg gyda'n gilydd, ac yna y mae'n debyg yr awn i Fynydd yr Olewydd neu i rywle tebyg am y nos. Dof yn syth—yma, f'Arglwydd?'

'Nage. I'm tŷ i. Bydd rhai o blismyn y Deml a rhai o'r milwyr Rhufeinig yn dy ddisgwyl yno. Gyrraf neges i wersyll Antonia ar unwaith. Byddant yng nghefn y tŷ.'

'O'r gorau, f'Arglwydd.'

'Ni fydd yr un—camgymeriad?'

'Na fydd, f'Arglwydd. Arweiniaf hwy i'r fan, ac yna, rhag ofn y bydd hi'n dywyll o dan y coed ac amryw o'i ddilynwyr gydag ef, af ato a'i gusanu. Y gŵr a gusanaf . . .'

'Fydd y Nasaread. Campus. Campus.'

'Ond bydd yn well i'r plismyn a'r milwyr fod yn fintai gref, f'Arglwydd. Mae pysgodwyr Galilea yn gallu ymladd. Gwn fod un ohonynt yn gleddyfwr medrus.'

Gwenodd Caiaffas. 'Gofalwn am hynny,' meddai.

Tybiai Joseff, gan mor rwydd ei eiriau, fod y cynllun yn glir ym meddwl y gŵr ifanc cyn iddo ddyfod atynt. Pam y gwnâi hyn, tybed? Er mwyn y wobr wedi'r cwbwl, efallai. Câi dri chan darn o arian, ac os oedd yn fargeiniwr deheuig, fwy na hynny.

'Dywedais y talwn iti.' Daliai Caiaffas i wenu arno.

Nodiodd y dyn—eto fel petai'r peth yn ddibwys iddo.

'Rhown yr arian i bennaeth y plismyn, a chei hwy ganddo ef nos yfory.'

'O'r gorau, f'Arglwydd.'

Moesymgrymodd, ar fin troi ymaith. Rhythodd Esras ac Isaac arno. A oedd hi'n bosibl fod Iddew na fanteisiai ar gyfle i wneud bargen? A oedd y dyn yn ei synhwyrau?

'Cei ddeg darn ar hugain o arian.'

Rhuthrodd bys bach Esras tua'i lygaid de i chwilio am lychyn dychmygol a aethai iddo, a darganfu Isaac fod llinellau diddorol yn gweu drwy'i gilydd ar gefn ei law. Gwyddai Joseff mai cuddio'u difyrrwch yr oeddynt. Deg darn ar hugain!

Gwyliodd Joseff y dyn ifanc. Gwelodd wrid yn llifo i'w ruddiau a dig yn fflachio, dro, i'w lygaid. Er hynny, brathodd ei dafod, gan nodio eto.

'Diolch, f'Arglwydd.'

Tynnodd Esras ei fys o'i lygaid i rythu arno eilwaith. Yr oedd ceg Isaac hefyd yn agored.

'Campus. Campus. Nos yfory felly.' A chanodd Caiaffas y gloch arian a oedd ar fwrdd bychan gerllaw.

'Nos yfory, f'Arglwydd.'

Tybiai Joseff fod rhyw lewych yn llygaid y gŵr ifanc, fel petai ef, ac nid Caiaffas, a enillasai'r dydd.

'Wel, dyna hwn'na,' meddai'r Archoffeiriad, wedi i'r drws gau ar ei ôl. Cododd pawb.

'Llongyfarchiadau, f'Arglwydd! Gwych! Gwych!' meddai Esras, gan rwbio'i ddwylo ynghyd. 'Deg darn ar hugain!'

Chwarddodd Isaac yn dawel, ac yna dywedai'r sŵn yn ei wddf na fu neb tebyg i Gaiaffas erioed.

Ni chymerodd yr Archoffeiriad sylw ohonynt. Syllodd yn hir ar y drws yr aeth y dieithryn drwyddo, ac yna troes at Joseff.

'Wel, Joseff?' meddai.

'Wel beth, f'Arglwydd?'

'Pam y daeth yma?'

Yr oedd y cwestiwn yn un sydyn ac annisgwyl.

'Ar gais f'Arglwydd Annas, wrth gwrs.'

'Ie, mi wn. Ond mi hoffwn fedru darllen meddwl Jwdas o Gerioth. Mae rhyw gynllun beiddgar yn llechu yno.' Ac edrychodd yn hir eto tua'r drws caeëdig.

'Cynllun, f'Arglwydd?'

'Ie. Ceisiais ei wylltio trwy gynnig iddo ddeg darn ar

hugain o arian. Gwyddoch pam y dewisais y swm hwnnw.'

'Y pris a delir gan rywun am niweidio caethwas, f'Arglwydd.'

'Yn hollol. Ceisio rhoi sen ar y Nasaread yr oeddwn i, gan ei gyfrif fel caethwas. O bwrpas, i gyffroi'r cyfaill o Gerioth. Fe welodd yr ergyd ar unwaith, yr wyf yn sicr o hynny, ond fe frathodd ei dafod. A phan aeth ymaith yr oedd rhyw hanner-gwên yn ei lygaid, fel petai wedi cael y gorau arnom. Wel, cawn weld.'

Oedd, yr oedd Caiaffas yn ŵr craff, meddai Joseff wrtho'i hun ar ei ffordd o'r Deml. Ac yn anesmwyth ei feddwl. A oedd cynllun tu ôl i lygaid ffyddiog y dyn o Gerioth tybed?

'Ffyddiog'—ie dyna'r gair. Ffyddiog, disgwylgar, hyderus—sicr. Sicr o beth? Teimlai Joseff yntau yr hoffai fedru darllen meddwl y gŵr ifanc a welsai yn nhŷ Heman y Saer.

VII

Yr hwyr hwnnw a thrwy'r dydd drannoeth teimlai Joseff yn llond ei groen. Pan roesai hanes y pwyllgor i Esther, uchel oedd ei chanmoliaeth hi, a phroffwydai y byddai ef cyn hir yn un o Gynghorwyr amlycaf y Sanhedrin. Nid oedd yr adroddiad a glywsai hi yn un hollol eirwir efallai, gan i Joseff daflu i mewn iddo rai sylwadau doeth na wnaethai yn y pwyllgor ei hun ond a ddaethai i'w feddwl wedyn ar ei ffordd adref, ond y ffaith bwysig iddi hi oedd bod ei gŵr o'r diwedd yn gwneud rhywbeth heblaw

171

pesychu'n gyhoeddus. Ac wedi hir amynedd, fe'i gwelai
Esther ei hun nid yn ninodedd Arimathea ond ymhlith
gwragedd mwyaf ffasiynol Jerwsalem. Yr oedd hi'n wir
falch o Joseff, a dywedodd hynny dro ar ôl tro wrtho.

Teimlai ef yn llawer hapusach hefyd ynghylch ei ferch
Rwth a'i fab Beniwda. Ymddangosai'r ddau braidd yn
dawel a phell, ond yr oedd hynny'n naturiol, meddai
wrtho'i hun, wedi i un roi'r canwriad Rhufeinig heibio ac
i'r llall olchi'i ddwylo rhag y Blaid. Chwarae teg iddynt
am ufuddhau i'w gais a pharchu dymuniad eu tad, onid e?
Yr oedd yn sicr iddo weld Rwth droeon yng nghwmni
Gibeon, un o ŵyrion yr hen Falachi, ac er na hoffai ef
mo'r teulu ariangar hwnnw—wel, yr oedd y llanc yn
Iddew ac yn llwyddiannus fel prentis o gyfnewidiwr arian
gyda'i dad Arah yng Nghyntedd y Deml. Am Beniwda,
treuliai ef yr hwyr a'r dydd yn anniddig yn y Gwesty, fel
petai'n ceisio osgoi'i gymrodyr yn y Blaid—er mwyn dilyn
cyngor ei dad, wrth gwrs. Tybiai Joseff fod gan rai o wŷr
ifainc y Blaid ryw gynllun beiddgar i geisio achub eu
cyfeillion o gelloedd y Praetoriwm a bod Beniwda—ar ôl
gwrando ar rybuddion ei dad—yn ddigon call i gadw
draw oddi wrthynt.

Aeth yr hwyr a'r dydd wedyn heibio'n llwyddiannus yn
y Deml hefyd, a mwynhâi Joseff ei gymeriad newydd fel
gŵr blaenllaw. Gwelodd amryw o'r prif offeiriaid ac o'i
gyd-Gynghorwyr yn ystod y dydd a chafodd gyfle droeon i
ysgwyd ei ddyrnau. Dim synnwyr mewn rhoi'r fath
ryddid i'r Nasaread hwn, meddai wrthynt, dim synnwyr o
gwbl. Ond nid oedd raid iddynt bryderu. Yr oedd cynllun
ar waith a rôi daw ar y dyn unwaith ac am byth. Na, ni
allai ddweud ychwaneg am ddiwrnod neu ddau, ond

caent weld, caent weld. A nodiodd yn gall, a'i lygaid yn culhau.

Dringodd y grisiau i'w ystafell wely yn gynnar iawn, rhag ofn y deuai un o negeswyr yr Archoffeiriad i'w alw i'r Sanhedrin gyda'r wawr y bore wedyn. Suddodd yn foddhaus i'r gwely cysurus, gan benderfynu ysgwyd ei ddyrnau yn y Sanhedrin ei hun drannoeth os câi gyfle. Âi i weld Jafan yr adeiladydd hefyd ynglŷn â chodi'r tŷ yn Jerwsalem: gallai ef a'i weithwyr gychwyn ar y gwaith pan fynnent. Gwenodd Joseff yn fodlon ar y lloergan a ffrydiai i mewn drwy rwyllwaith y ffenestr, ac yna syrthiodd i gysgu.

Deffrowyd ef ymhen rhai oriau gan guro ar y drws. Yr oedd hi tua hanner nos.

'Ie?'

'Y mae yma negesydd oddi wrth yr Archoffeiriad, Syr,' meddai llais Abinoam. 'Y Sanhedrin yn cyfarfod ar unwaith.'

'Ymh'le?'

'Yn nhŷ'r Archoffeiriad, Syr.'

'O'r gorau, Abinoam. Af yn syth yno, dywedwch wrth y negesydd.'

Gwisgodd Joseff yn frysiog, ond cyn troi o'r ystafell, safodd ennyd wrth y ffenestr i weld gogoniant y lloer yn goleuo'r ddinas a Mynydd yr Olewydd. Gwelai fagad o bobl â lanternau a ffaglau ganddynt yn dringo o ddyffryn Cidron, ac wrth iddo wrando'n astud, clywai dramp eu traed ar risiau Rhufeinig y ffordd. Milwyr. A'r Nasaread yn eu gofal, yn fwy na thebyg. Fe lwyddodd cynllun Caiaffas, felly.

Pan gyrhaeddodd blas yr Archoffeiriad a dringo'r grisiau o farmor amryliw tua cholofnau urddasol y porth, gwelai fod y drws yn agored a thyrrau o Gynghorwyr yn sefyllian yn y porth eang. Grwgnach yr oeddynt.

'Mi fûm i'n teithio trwy'r dydd,' meddai un, gŵr o'r De. 'Cychwyn yn y bore bach ac edrych ymlaen am noson dawel o orffwys heno. Wedi blino'n lân.'

'A finnau,' meddai llais crynedig yr hen Falachi. 'Diwrnod ofnadwy o brysur yn yr hen Deml 'na ddoe.'

'Gormod o arian i'w cyfrif, Malachi?' gofynnodd Joseff yn slei.

'I beth gynllwyn y mae eisiau galw'r Cyngor yr amser yma o'r nos?' oedd ateb yr hen frawd. 'Ers deng mlynedd ar hugain yr wyf fi'n aelod o'r Sanhedrin, ond dyma'r tro cyntaf imi gael fy nhynnu o'm gwely iddo. Ac i beth, mi hoffwn i wybod? I beth?'

'Credaf iddynt ddal y dyn 'na o Nasareth,' meddai Joseff.

'O?'

Diflannodd dicter Malachi: nid oedd dim ond diddordeb yn ei lygaid yn awr—a boddhad mawr. Onid oedd ei dri mab ac amryw o'u meibion hwythau'n gyfnewidwyr arian yn y Deml, ac oni cheisiodd y ffŵl hwn o Nasareth ddifetha'u holl fusnes hwy? Arian oedd Duw a chrefydd yr hen frawd, a gwae i'r gŵr a feiddiai ymyrryd â'u sancteiddrwydd hwy.

'Felly'n wir!' meddai, â gwên hyll. 'Dyma gyfle i dalu'r pwyth yn ôl i'r cyfaill o Nasareth. Hm, felly'n wir!' Rhwbiodd ei ddwylo ynghyd, gan grecian yn ei wddf. ''Roedd hi'n werth gadael y gwely am hanner nos wedi'r cwbl. Hm, felly'n wir!'

Galwodd un o weision Caiaffas hwy, a dilynasant ef dros farmor y cwrt agored ac yna i fyny'r grisiau llydain i'r neuadd uwchben. Eisteddodd pawb ar y clustogau a drefnwyd yn hanner cylch o flaen y llwyfan lle'r oedd gorsedd yr Archoffeiriad.

Daeth y ddau Pharisead Esras ac Isaac i eistedd wrth ymyl Joseff.

'Cynulliad da, ac ystyried yr amser,' meddai Esras.

'Pump ar hugain,' meddai Isaac yn orchestol. 'Mi fûm i'n cyfrif. Yn agos i hanner y Sanhedrin.'

'A ddaliwyd y dyn?' gofynnodd Joseff.

'Do, a'i ddwyn i dŷ Annas,' atebodd Esras. 'Gwelais hwy'n mynd yno gynnau.'

'Pam i dŷ Annas?'

'He! Cwestiwn ffôl, Joseff!' Chwarddodd Esras yn dawel a gwnaeth Isaac sŵn yn ei wddf.

Nodiodd Joseff. Yr un peth a oedd ym meddwl y tri. Gwyddent na châi dim ddigwydd yn y Deml a'r Sanhedrin nac unman arall heb i'r hen Annas fod â'i fys ynddo. Ers tros ugain mlynedd yn awr ef oedd yr Archoffeiriad: eraill a wisgai'r effod o wyn a glas a phorffor ac ysgarlad, ond y tu ôl iddynt yr oedd cynlluniau a chyfrwystra Annas. Llwyddodd i osod rhai o'i feibion yn y swydd ac i reoli drwyddynt, ac yn awr teyrnasai drwy'i fab-yng-nghyfraith, Caiaffas.

'He!' Taflodd Esras olwg o'i amgylch rhag ofn bod rhywun yn ei glywed, ac yna sibrydodd. 'Mae Caiaffas yn 'i deall hi! Nid yw'n gwneud dim heb ymgynghori ag Annas, ond y mae'n cael ei ffordd ei hun, er hynny.'

Yr oedd hynny'n wir. Cadw'r hen Annas yn ddiddig a wnâi Caiaffas, nid dilyn awgrym a mympwy o'i eiddo fel y gwnaethai'i flaenoriaid yn y swydd. Ond gofalai gymryd arno bob gafael mai ufuddhau i orchmynion a dymun-iadau'i dad-yng-nghyfraith yr oedd. A daliai Annas i gredu mai yn ei ddwylo ef yr oedd yr awenau o hyd. Oedd, yr oedd Caiaffas yn 'ei deall hi'; ped ymddangosai'n rhy annibynnol, byddai'i ddyddiau fel Archoffeiriad wedi'u rhifo a châi Annas ffordd i roi rhywun mwy hydrin yn ei le.

Gwelai Joseff fod yr hen Falachi'n mynd o gwmpas yr ystafell i dorri'r newydd i'r aelodau. Dangosai wynebau pawb eu bod wrth eu bodd, a theimlai'r gŵr o Arimathea'n falch iddo gael cyfran fechan yn y cynllun i ddal y Nasaread. Yr oedd yn wir fod gan y rhan fwyaf ohonynt ryw reswm personol dros ei ddifodi—sawl un ohonynt a oedd heb berthnasau neu gyfeillion yn gwerthu anifeiliaid neu'n cyfnewid arian yn y Deml?—ond ar wahân i hynny, yr oedd y dyn yn beryglus, yn amharchu'r Deml, yn gyfeillgar â phublicanod a phechaduriaid, yn cynhyrfu meddwl y bobl, a hyd yn oed yn hawlio bod yn Feseia. Gellid deall ofergoeledd rhyw hen gaethwas fel Elihu a dyhead dyn sâl fel Othniel, ond pan glywai rhywun storïau am bobl ddiwylliedig a meddylgar yn talu sylw i'r creadur . . .

'Ni fydd ei garcharu'n dda i ddim, Joseff,' meddai Esras. 'Byddai'i ddilynwyr yn sicr o godi twrw ac o geisio'i ryddhau.'

Cytunodd Isaac drwy wneud sŵn yn ei wddf.

'Rhaid dangos ein bod o ddifrif,' meddai Joseff. 'Mae'r dyn wedi cael gormod o ryddid yn barod. Ac wedi manteisio ar hynny. Fe gwyd dwsinau o rai tebyg iddo hyd y wlad 'ma os na sathrwn arno.'

'Fe ddylai fod yr hawl i'w labyddio gennym, wyddoch chwi,' sylwodd Esras, 'yn lle'n bod ni'n gorfod mynd â phob achos gwir ddrwg o flaen Pilat. Gresyn i Annas gamddefnyddio'r hawl pan oedd ef yn Archoffeiriad, a

176

rhoi esgus a chyfle i'r Rhufeiniaid i'w dwyn oddi ar y Sanhedrin.'

'Ie,' cytunodd Isaac. 'Dyna i chwi heno, er enghraifft. Gallwn gondemnio'r tipyn Meseia hwn, ond beth wedyn? Beth petai'r Rhufeinwyr yn gwrthod ei ddienyddio?'

'O, 'fydd dim trafferth felly,' meddai Joseff. 'Fe arwydda Pilat y condemniad bore yfory, ac yna . . .' Cododd ei ysgwyddau: ni hoffai sôn am y groes, y penyd melltigedig o greulon a ddefnyddiai'r Rhufeinwyr. Ond gwenodd Esras, a gwnaeth Isaac sŵn boddhaus yn ei wddf.

Daeth swyddog y llys, un o brif offeiriaid y Deml, i mewn a dringo'r ddau ris o flaen gorsedd Caiaffas; yna troes yn urddasol a tharo'r llawr deirgwaith â'i ffon. Tawelodd pob siarad, a chododd pawb. Rhwng y ddau offeiriad a oedd yn Ysgrifenyddion y Sanhedrin, cerddodd Caiaffas yn araf ar hyd y llwybr a dorrai'r hanner-cylch o Gynghorwyr yn ddwy ran: yna wedi iddynt gyrraedd y grisiau o flaen yr orsedd, safodd y ddau offeiriad yn llonydd fel dau filwr, ennyd, cyn troi un i'r dde ac un i'r aswy, i gymryd eu lle ar ffiniau'r hanner-cylch. Wedi i'r Archoffeiriad eistedd, eisteddodd pawb arall.

Ond dim ond am ennyd. Camodd swyddog y llys ymlaen i fin y llwyfan bychan, ac yna cododd pawb drachefn i gyd-adrodd yn dawel gydag ef:

> 'Gwyn ei fyd y dyn
> yr hwn ni rodia yng nghyngor yr annuwiolion
> ac ni saif yn ffordd pechaduriaid
> ac ni eistedd yn eisteddfa gwatwarwyr,
> ond sydd â'i ewyllys yng nghyfraith yr Arglwydd
> ac yn myfyrio yn ei gyfraith ef ddydd a nos.'

177

'Y mae'n ddrwg gennyf orfod galw'r Sanhedrin mor hwyr yn y nos, gyfeillion,' meddai Caiaffas wedi i bawb eistedd, 'a theimlaf yn ddiolchgar i gynifer ohonoch am ddod ynghyd. Yn ddiolchgar iawn. Bûm yn petruso'n hir cyn gyrru'r negeswyr allan, ond teimlwn ei bod yn ddyletswydd arnaf ddwyn yr achos hwn o'ch blaen yn ddiymdroi. Yr wyf yn sicr y maddeuwch imi.'

Daeth murmur maddeuol o blith y Cynghorwyr.

'Cyfeiriaf at achos Iesu fab Joseff, y proffwyd o Nasareth.'

'Hy! Proffwyd!' meddai'r hen Falachi, ac ymledodd sibrydion dig drwy'r ystafell.

'Y mae miloedd yn credu hynny, yn arbennig yng Ngalilea. Yn wir, fel y gwyddoch chwi, cred llawer o bobl y Gogledd mai ef yw'r Meseia . . .' Arhosodd Caiaffas ennyd i roi cyfle i amryw godi dwylo ffiaidd. 'Ef yn eu barn hwy sydd i arwain y genedl o'i chaethiwed! Ef sydd i eistedd ar orsedd Dafydd! Ef a yrrwyd gan Dduw i fod yn Frenin ar Israel! Ef yw Crist, mab y Duw byw!'

Gwenodd Isaac ar Joseff: gwyddai Caiaffas sut i gyffroi'r Sanhedrin. Yr oedd amryw ohonynt ar eu traed a chlywid ar bob tu y dychryn a greai'r fath gabledd: 'Gorsedd Dafydd!' 'Brenin ar Israel!' 'Mab Duw!'

'Clywsoch o dro i dro adroddiadau'n hysbïwyr am y dyn hwn. Y mae'n amlwg fod rhyw gymaint o allu meddygol ganddo, ond defnyddiodd y gallu hwnnw i borthi ofergoeledd pobl anwybodus. Buom ni'n dyner ac amyneddgar tuag ato, ac ystyried y sen a'r dirmyg a daflodd ef atom ac at weision crefydd mewn llawer man. Y mae'n wir inni geisio'i ddal droeon o'r blaen yma yn Jerwsalem—yr hydref diwethaf yng Ngŵyl y Pebyll, er enghraifft—a chlywsom rai'n ein beirniadu am fethu daflu i un o'r celloedd sydd yn y graig o dan y plas hwn.

Y mae'n hawdd ateb y feirniadaeth yna.' Troes Caiaffas ei olwg tua'r fan lle'r eisteddai Joseff, gan anelu'i eiriau at y dwsin o Phariseaid a ddigwyddai fod gyda'i gilydd yno: yr oedd amryw ohonynt yn Selotiaid eiddgar o ran ysbryd er na pherthynent, wrth gwrs, i Blaid Rhyddid. 'Y mae'r wlad a'i phobl yn rhy annwyl inni i roi cysgod o esgus i filwyr Rhufain eu clwyfo hwy. Pe daliasem y Nasaread hwn yn un o Gynteddau'r Deml yn ystod Gŵyl y Pebyll neu yn ystod yr wythnos hon, beth fuasai'r canlyniad? Ni all unrhyw un a freintiwyd â dychymyg ond rhwygo'i ddillad mewn arswyd wrth feddwl am y peth. Y mae'r gŵr hwn yn boblogaidd, a gwyddom y codai'r pererinion, hyd yn oed yng nghynteddau sanctaidd y Deml, eu dyrnau o'i blaid. Y mae Gwersyll Antonia'n gryf a'i filwyr yn lluosog —ac yn ddidrugaredd weithiau. Trefn a thawelwch— dyna a fyn y Rhufeinwyr, ac i'w sicrhau y mae min ar eu cleddyfau a'u gwaywffyn. Nid oes gennyf ond gofyn un cwestiwn syml i'n beirniaid. Dyma ef: ai doeth aberthu ugeiniau, efallai gannoedd, o'n cenedl annwyl er mwyn tawelu un gŵr? A gochir cynteddau'r Deml a heolydd ein dinas sanctaidd gan waed ein pobl er mwyn ffrwyno rhyw saer gorwyllt o Nasareth? A phwy a ŵyr, efallai yr âi'r terfysg yn dân drwy'r wlad, gan alw gwaywffon y Rhufeinwyr i bob pentref a thref o Hebron i Hermon. Na, buddiol yw i un farw fel na ddifether y genedl oll.'

Dywedai Amenau dwys y Cynhgorwyr mai prin yr oedd angen y pwyslais araf a roddai'r Archoffeiriad ar bob gair. Ond yr oedd Caiaffas yn ŵr trwyadl—ac yn mwynhau areithio.

'Aeth y Nasaread hwn yn eofn iawn yr wythnos hon. Wedi meddwi ar win ein poblogrwydd, penderfynodd mai ef, ac nid ni, a ddylai reoli'r Deml a'i haberthau a'i harian. Yn ein dwylo ni nid ydyw'r Deml sanctaidd ond "ogof lladron". Ein dyletswydd felly, gyfeillion, yw trosglwyddo'r Deml a'n synagogau iddo ef a'i bysgodwyr o Galilea, i'r gŵr sy'n honni y gall yrru allan gythreuliaid, a hyd yn oed . . . hyd yn oed atgyfodi'r marw . . .'

Cododd Joseff a phob Sadwcead arall eu dwylo mewn braw. Atgyfodi'r marw! Yr oedd y syniad yn wrthun iddynt hwy: nid oedd gair yn y Ddeddf am fywyd ar ôl hwn, a ffiloreg y Phariseaid oedd sôn am fyd arall. Darfyddai'r enaid pan drengai'r corff. Atgyfodi'r marw, wir! Nid oedd synnwyr yn y geiriau.

'Y maent yn honni iddo, ym mhentref Bethania wythnos yn ôl, atgyfodi gŵr ifanc a fuasai'n farw ers pedwar diwrnod. Beth a ddywedant yn nesaf, ni wn . . . A, yr ydym yn aros amdanoch, Amnon.'

Amnon oedd pennaeth plismyn y Deml. Daeth ymlaen o'r drws i foesymgrymu gerbron yr Archoffeiriad.

'Dywedwch yr hanes wrthym—yn fyr.'

'O'r gorau, f'Arglwydd. Cawsom ef a'i ddilynwyr yng ngardd Gethsemane. Wedi inni ei ddal a rhwymo'i ddwylo, aethom ag ef at f'Arglwydd Annas.'

'A ddaeth ef yn ufudd?'

'Do, f'Arglwydd, er i ddau o'i ddisgyblion dynnu'u cleddyfau. Fe glwyfodd un ohonynt eich gwas Malchus.'

'Hm. A gyffesodd y Nasaread ei droseddau?'

'Naddo, f'Arglwydd. Y mae'n ŵr ystyfnig. Gofynnodd f'Arglwydd Annas iddo am ei athrawiaeth a'i ddisgyblion.'

'A'i ateb?'

'Aeth yn hy ar f'Arglwydd Annas, a bu'n rhaid inni ei geryddu. Dywedodd iddo lefaru'n agored yn y synagogau ac yn y Deml, ac os mynnai f'Arglwydd Annas wybod beth a ddysgai, yna dylai holi'r rhai a'i clywsai. "Pam y gofynni i mi? Gofyn i'r rhai a'm clywsant"—dyna'i eiriau f'Arglwydd.'

'Ewch ymlaen, Amnon.'

'Nid oes mwy i'w adrodd, f'Arglwydd. Dygasom ef yma.'

'Hm. Fe droes y saer huawdl yn ŵr tawedog felly. O'r gorau. Efallai y bydd wynebau'r Sanhedrin yn rhyddhau'i dafod: gwyddom iddo dalu llawer teyrnged inni, yn Phariseaid a Sadwceaid ac Ysgrifenyddion, pryd na allem fod yn bresennol i ddiolch iddo! A ydyw'r Rabbi Tobeias wrthi'n holi'r tystion, Amnon?'

'Ydyw, f'Arglwydd, yng ngŵydd y carcharor.'

'Da iawn. Yr ydym yn aros i weld y "Meseia" o Nasareth.'

Moesymgrymodd Amnon cyn cerdded yn filwrol tua'r drws. Troes Caiaffas at y Cyngor.

'Dylwn egluro imi alw nifer o dystion yma,' meddai, 'a rhoddais y gwaith o'u holi hwy i'n Prif Ysgrifennydd parchus a galluog, y Rabbi Tobeias. Gofynnais iddo ddewis rhai ohonynt i'w dwyn o'ch blaen.'

Daeth y Rabbi Tobeias i mewn ar y gair. Hen ŵr tal a thenau oedd ef â barf hir ond â'i ben yn foel o dan ei gap bychan hirgrwn, a cherddai'n gyflym, gan edrych i lawr ar ei draed fel pe i wylio'u camau byrion. Gwenodd amryw ar ei gilydd, oherwydd yr oedd yr hen frawd yn enwog am ddweud a gwneud pethau anghyffredin ac annisgwyl. Cerddai o amgylch y Deml a'i lygaid gloywon, suddedig yn gwenu ar bawb ond heb adnabod fawr neb, a pharablai ag ef ei hun drwy'r dydd, gan aros yn sydyn weithiau i gyrchu'i drwyn a tharo'i law ar ei dalcen mewn penbleth fawr. Dilynid ef gan fechgyn direidus hyd heolydd Jerwsalem, a manteisient ar bob cyfle i ofyn cwestiynau iddo am fanion Deddf y Rabbiniaid gan gymryd arnynt wrando'n ddwys ac eiddgar ar ei lais main yn esbonio'r gyfraith iddynt. Pam na allai hen ŵr wisgo'i wallt gosod ar y Sabath? Gan na ellid bwyta'r wy, a oedd modd perswadio iâr i beidio â dodwy ar y Sabath? Gan y gwaherddid i un gario dim ar y Sabath, pam y câi hwn-a-hwn lusgo'i goes bren i'r Deml? Rhoddai'r hen frawd ystyriaeth fanwl i'w holl gwestiynau, ac â'i law anesmwyth ar ei dalcen a'i drwyn yn crychu rhwng pob brawddeg, eglurai ac athrawiaethai ar fin yr heol fel petai'n sefyll o flaen dosbarth yn y Coleg. Ond er ei holl wendidau, yr oedd y Rabbi Tobeias yn fawr ei barch yn y Deml ac yn y ddinas ac, yn wir, drwy'r wlad. Cofiai pawb am ei dlodi cynnar, amdano'n gweithio ddydd a nos, yn fachgen, fel gwneuthurwr sandalau, i gasglu arian i fynd i'r Coleg yn Jerwsalem; amdano'n cerdded bob cam o Ogledd Galilea i'r brifddinas i astudio yno; am y blyn-yddoedd caled pan oedd yn fyfyriwr yn y dydd ac yn wneuthurwr sandalau yn y nos; am ei esboniadau disglair ar y Gyfraith; ac yn bennaf oll, pan wnaed ef yn Brifathro'r Coleg yn Jerwsalem, am y modd y talai o'i boced ei hun dreuliau ugeiniau o fyfyrwyr tlawd. Oedd, er gwaethaf ei odrwydd bellach, yr oedd y Rabbi Tobeias yn uchel ei barch, a disgwyliasai llawer mai ef fuasai'n Archoffeiriad ar ôl y pumed o feibion Annas. Ond anghofient fod gan Annas fab-yng-nghyfraith.

'Wel, Barchusaf Rabbi?'

''Wyddwn i ddim fod y fath benbyliaid i'w cael yn y byd, f'Arglwydd Caiaffas.'

Gwenodd pawb, ond ymddangosai Caiaffas braidd yn ddiamynedd. Nid oedd hwn yn amser i fod yn ddigrif.

'Beth a fu?'

182

'Tystion! un yn dweud un peth, y llall beth gwahanol, yna'r trydydd yn gwrthddweud y ddau. Geiriau yn llifo fel dŵr, f'Arglwydd Caiaffas, ond twll mawr yng ngwaelod pob ystên. Nid oes un ohonynt yn gallu meddwl yn glir am hanner munud, f'Arglwydd, a'r unig gasgliad y gallaf fi ei dynnu yw mai dyfod yma i geisio ennill ychydig o arian am . . .'

Sylw cywir ac onest—ond un braidd yn anffodus, gan mai Caiaffas a logasai'r tystion hyn. Torrodd yr Arch-offeiriad ar draws parabl cyflym yr hen ddoethor.

'Gresyn hynny, Barchusaf Rabbi. Ond y mae'n sicr fod rhai ohonynt â'u tystiolaeth yn werthfawr?'

'Dim ond dau, f'Arglwydd, y ddau'n dweud iddynt glywed . . .'

'Carem eu gweld, ac yn ddiymdroi; nid oes amser i'w golli.'

Nodiodd Caiaffas ar un o Ysgrifenyddion y llys, ac aeth hwnnw gyda'r Rabbi Tobeias tua'r drws. Dychwelasant ymhen ennyd a thu ôl iddynt y tyst cyntaf; Amnon, pennaeth y plismyn; a'r carcharor yng ngofal tri phlisman. Aethant oll ymlaen at fin y llwyfan.

Edrychai'r carcharor yn flinedig, ond yr oedd ei lygaid yn ddisglair ac eofn yn ei wyneb gwelw. Synnodd Joseff wrth ei weld: nid gŵr ifanc glân ac onest yr olwg oedd hwn a ddarluniasai yn ei feddwl, ond rhyw adyn gerwin a gwyllt. Gwnâi hwn iddo feddwl am wyneb Othniel y bore o'r blaen ar ôl y breuddwyd rhyfedd a gawsai. Ymddang-osai hwn yn ŵr ifanc tawel a meddylgar, ac efallai, petai'r Archoffeiriad wedi dewis y llwybr hwnnw, y gallasai rhai ohonynt ei ddarbwyllo a dangos iddo gyfeiliorni ei ffyrdd. Teimlai'r gŵr o Arimathea braidd yn anghysurus, a thynnodd ei olwg yn gyflym oddi ar y Nasaread i syllu ar y rhai o'i amgylch ef.

Safai swyddog y llys o flaen y tyst.

'Dy enw?'

'Magog fab Lefi, Syr. Cyfnewidiwr arian.'

'Magog fab Lefi, a'th law ar y rhòl sanctaidd hon, gwrandawed dy glustiau'n astud ar rybudd y llys.'

Rhoes y tyst ei law ar y rhòl, ac yna adroddodd y swyddog y rhybudd mewn llais uchel, treiddgar.

'Yn y praw hwn am fywyd, os pechi, O dyst, nac anghofia y bydd yn dy erbyn di hyd ddiwedd amser waed y cyhuddedig a gwaed ei had ef. Yn un dyn ac yn unig y crëwyd Adda, fel y dysger iti hyn—os dinistra tyst un o eneidiau Israel, fe'i cyfrifir ef gan yr Ysgrythur fel un a ddistrywiodd y byd; a'r gŵr a achubo un enaid fel un a achubodd y byd.'

Yna y camodd y Rabbi Tobeias ymlaen i holi'r tyst. Yr oedd y gwahaniaeth rhwng y ddau ddyn yn ddigrif i'r eithaf, un yn dal a thenau a'i ben yn foel, a'r llall yn fyr a thew ac ar ei gopa wrych o wallt dudew.

'Magog fab Lefi, dywed wrth y llys gabledd y carcharor am y Deml sanctaidd.'

'Gwnaf, Barchusaf Rabbi.' Yr oedd y dyn bach yn eiddgar iawn am roi tystiolaeth—ac am ennill ychydig ddarnau o arian. 'Dair blynedd yn ôl, ar Ŵyl y Pasg, y gwelais i'r carcharor gyntaf. Yr oeddwn i wrth fy mwrdd yng Nghyntedd y Cenhedloedd . . .'

'Yn cyfnewid arian.'

'Yn cyfnewid arian, Barchusaf Rabbi, pan ddaeth y carcharor yno . . .'

'A cheisio gyrru'r gwerthwyr a'r cyfnewidwyr arian oddi yno â fflangell. Gwyddom yr hanes hwnnw. Beth a ddywedodd ef am y Deml sanctaidd—dyna sydd gennym yn awr.'

'Gan ei fod yn gwneud y pethau hyn fel un ag awdurdod ganddo, gofynnodd y bobl iddo am arwydd, a dywedodd yntau, Barchusaf Rabbi, ei fod am . . .'

'Y mae arnom eisiau'r geiriau fel y llefarodd ef hwy. Beth yn union a ddywedodd?'

'Dweud ei fod am ddinistrio'r Deml ac am . . .'

'Ie, mi wn, ond beth oedd ei eiriau ef ei hun? Beth yn union a ddywedodd?'

' "Mi a ddinistriaf y deml hon o waith dwylo, ac mewn tridiau yr adeiladaf arall heb fod o waith llaw"—dyna'i eiriau, Barchusaf Rabbi.'

Cododd Caiaffas oddi ar ei orsedd.

'Dinistrio'r Deml!' meddai. 'A glywodd neb erioed y fath gabledd? A'i hadeiladu drachefn mewn tridiau! Dim ond galluoedd y Fall a allai gyflawni'r fath orchwyl. Deuai Satan a llengoedd o ysbrydion drwg i roddi maen ar faen wrth ewyllys Iesu fab Joseff o Nasareth.' Troes tuag at y carcharor. 'Clywaist y dystiolaeth hon i'th erbyn, Iesu fab Joseff. Beth a ddywedi?'

Ar amnaid eu pennaeth, gwthiodd y plismyn y Nasaread gam neu ddau ymlaen yn ddiseremoni, ac yna ciliodd y tri'n ôl tua mur yr ystafell. Safai'r carcharor yn awr ar y chwith i'r llwyfan, yn wynebu'r hanner-cylch o Gynghorwyr. Edrychai'n unig iawn, ond yr oedd ei ben yn uchel a'i lygaid yn wrol.

'Beth a ddywedi?' gofynnodd Caiaffas eilwaith.

Eithr nid atebodd ef ddim.

Curai calon Joseff yn wyllt o'i fewn, ac edrychodd o'i gwmpas i weld a deimlai'r rhai o'i amgylch fel y teimlai ef. Disgwyliai ganfod rhyw syndod mawr yn eu llygaid, rhyw rythu ofnus tuag at y gŵr ifanc unig a thawel hwn. Ond ymddangosent mor ddichellgar ag o'r blaen, gan sibrwd wrth ei gilydd i ennyn dig. Rhwbiodd ei lygaid yn ffwndrus. Ai ar ei olwg ef yr oedd y bai? Tybiai fod y lle'n tywyllu, a gwelai hwythau, henuriaid y genedl, fel criw o gynllwynwyr â'u pennau ynghyd yng ngwyll rhyw ogof. Cilwenent ar ei gilydd, gan sibrwd a nodio'n fradwrus yn awyr fwll ac afiach yr ogof, ond y tu allan, yng nglendid heulwen ac awel iach a chân adar a siffrwd dail, safai'r carcharor hwn, yn lân a rhydd ac urddasol. Rhydd? Ie, ef a oedd yn rhydd, a hwythau yng nghaethiwed eu cyn-llwynion. Sylweddolodd Joseff fod ei feddwl, heb yn wybod iddo bron, yn ail-fyw'r breuddwyd a gawsai Othniel, a chynhyrfwyd ef drwyddo gan ei fraw a'i ofn.

'Onid atebi di ddim?' Swniai llais yr Archoffeiriad yn atgas i Joseff yn awr, yn rhan o dywyllwch a ffieidd-dra'r ogof.

Darfu'r sibrwd ennyd, a gŵyrodd amryw ymlaen yn astud. Ond ni ddywedai'r carcharor air, dim ond edrych yn ddiysgog i wyneb yr Archoffeiriad.

'Y mae'n greadur ystyfnig,' sibrydodd Esras yng nghlust Joseff.

Nodiodd Joseff, ond prin y clywai'r geiriau. Ai yn erbyn y gŵr hwn yr aethai ef yn daeog at Gaiaffas â'i urddwisg amdano ac eiddgarwch yn ei lygaid? Ai ar hwn y dymunai Esther iddo sathru er mwyn dringo i ffafr yr Archoffeiriad? Gwelai eto wyneb Othniel ar ôl ei freuddwyd rhyfedd, a chlywai eilwaith frawddegau dwys yr hen Elihu yn y winllan. 'Nid tipyn o saer yw Iesu o Nasareth, Syr. Gwn nad wyf fi'n deilwng i ddatod ei sandalau ef.' Na, nid Elihu ond Heman y Saer a lefarodd y geiriau yna. Tybed a roddwyd i ŵr ifanc yn glaf o'r parlys ac i hen gaethwas annysgedig ac i saer o Gana Galilea ddoethineb mwy nag i Archoffeiriad ac arweinwyr y genedl?

Sylwai Joseff nad edrychai Caiaffas i lygaid y carcharor; troesai ato am ennyd wrth ofyn y cwestiwn, ac yna crwydrai'i olwg i bobman ond i'w wyneb ef. Ni synnai Joseff ddim. Yr oedd rhyw dreiddgarwch rhyfedd yn y llygaid hynny—a rhyw dosturi mawr.

Ymddangosai fel petai'n ofidus ganddo achosi'r cynllwyn annheilwng hwn ymhlith blaenoriaid ei bobl ac fel petai arnynt hwy yn hytrach nag arno ef y dôi barn. Yn wir, hwy, ac nid ef a oedd ar braw.

Troes y llygaid dwys ac unig i edrych ar Joseff.

Nid oeddynt yn ei gyhuddo na'i feio, ac nid oedd ynddynt ddim dicter. Gallai Joseff wrthsefyll y pethau hynny: pe cyhuddai'r llygaid ef, gallai geisio'i amddiffyn ei hun a chwilio'n wyllt am esgusion; a phe ceryddent ef, heriai ddicter â dicter. Ond o flaen yr edrychiad hwn, fel niwl y bore y diflannai pob rhagrith, ac o fannau dirgelaf ei enaid codai meddyliau a hanner-meddyliau llechwraidd, gan ymlusgo ymaith mewn dychryn. Yr oedd ei enaid ef, Joseff o Arimathea, Cynghorwr pendefigaidd a droes yn gynllwynwr taeog, yn noeth i'r llygaid hyn. Ni chofiai erioed y fath noethni—na'r fath ryddid. Teimlai fel plentyn—yn eiddgar a syn a diniwed, cyn tyfu o fiswrn ffuantwch ar ei wyneb. Esmwythwyd, awdurdod, cyfoeth —diddim oll: rhodres, cysêt, uchelgais—llwch i gyd. Y syml, y didwyll, y pur—am y rhai hynny y chwiliai'r llygaid, am ddiniweidrwydd y plentyn ynddo. O, na ddeuai cerydd neu ddirmyg neu apêl i'r llygaid hyn! Yr oedd yr ymchwilio tosturiol hwn yn . . . yn ddidrugaredd.

'Dy enw?'

Safai'r ail dyst wrth y llwyfan: yn ôl rheolau'r llys, nid oedd tystiolaeth y cyntaf o werth heb ei hategu.

'Arah fab Malachi. Cyfnewidiwr arian.'

Un o feibion yr hen Falchai oedd hwn, dyn bychan cyfrwys yr olwg fel ei dad, a'i lygaid cyflym yn agos iawn at ei gilydd.

Wedi i'r swyddog adrodd y rhybudd eilwaith, gŵyrodd y Rabbi Tobeias uwch y dyn bach.

'Dywed wrth y llys beth a ddywedodd y carcharor am ddinistrio'r Deml?'

'Gwnaf, Barchusaf Rabbi. Yr oeddwn i yno ar y pryd, wrth y bwrdd nesaf at un ben-Lefi. Cofiaf y bore'n dda oherwydd fe gododd rhyw ddyn o Gorinth dwrw wrth newid deg drachma a disgwyl cael . . .'

'Nid oes gan y llys ddiddordeb yn arian y dyn o Gorinth.'

'Y mae'n ddrwg gennyf, Barchusaf Rabbi. Ond ef a gychwynnodd y terfysg, ac fe ddaeth y carcharor i'r Cyntedd i gymryd ei blaid, ac yna . . .'

'A gofi di eiriau'r carcharor pan soniai am ddinistrio'r Deml?'

'Mi allaf ei weld ef y munud 'ma, Barchusaf Rabbi, yn sefyll wrth borth y Cyntedd ac yna . . .'

'A elli di ei *glywed?*—dyna a ofynnir iti.'

'Gallaf, Barchusaf. Yr oedd yn sefyll wrth borth y Cyntedd â'i law i fyny ac yn dweud â llais uchel—"Mi a allaf ddinistrio teml Dduw a'i hadeiladu mewn tri diwrnod." Ac wedyn . . .'

' "Mi a allaf ddinistrio teml Dduw"—ai dyna a ddywedodd?'

'Ie, Barchusaf Rabbi. Yr oeddwn i'n sefyll o fewn . . .'

' "Mi a allaf ddinistrio" neu "Mi a ddinistriaf"?'

188

Troes y tyst ei ben yn gyflym tua'r fan lle'r eisteddai'r hen Falachi, fel petai'n disgwyl cael arweiniad ganddo ef.

'"Mi a allaf ddinistrio" neu "Mi a ddinistriaf"?' gofynnodd y Rabbi eilwaith.

'Wel, Barchusaf Rabbi, yr oeddwn i'n meddwl iddo ddweud—ond wrth gwrs y mae tair blynedd yn amser go hir—yr oeddwn i'n meddwl iddo ddweud "Mi a allaf," ond wrth gwrs . . .'

Cododd Caiaffas oddi ar ei orsedd.

'Y mae'r ddau'n cytuno ar yr adeiladu drachefn mewn tridiau,' meddai. Troes at y Cyngor. 'Pwy a allai godi'r Deml sanctaidd mewn tridiau? Dim ond Duw ei hun. Neu'r Crist, Mab Duw.'

Camodd yn araf i'r chwith, i fin y llwyfan.

'Clywaist beth y mae'r rhain yn ei dystiolaethu yn dy erbyn. A atebi di ddim?'

Ni ddywedodd y carcharor air.

Yr oedd y tawelwch hwn yn rhywbeth newydd iawn i Gaiaffas. Gŵr cwrtais oedd ef, artist mewn gair ac osgo ac ystum, digyffro bob amser yn ei ymwneud â'r awdurdodau Rhufeinig, digynnwrf ym mhob ystorm ym mhwyllgorau'r Deml neu yn y Sanhedrin—bonheddwr i'r carn. Pan ymfflamychai eraill, ni churai'i galon ef yn gyflymach ac ni ddeuai un cryndod i'w lafar ef: pan godent hwy leisiau a dwylo cyffrous, ni chrychid llyfnder ei feddwl ef: ffyliaid a ymwylltiai gan dywyllu cyngor â brwdfrydedd: nam ar urddas oedd eiddgarwch. Ni chofiai neb fflach dicter neu sêl yn llygaid Joseff Caiaffas, er iddo orfod gwrthdaro droeon yn erbyn rhyfyg Pontius Pilat. Y Rhaglaw Valerius Gratus a'i hapwyntiodd yn Archoffeiriad. Daethai'r ddau, trwy ystrywiau Annas, yn bur gyfeillgar, a llifodd llawer o gyfoeth y Deml i goffrau Rhufain y flwyddyn

189

honno. Yna dilynwyd Valerius Gratus gan y gŵr balch a byrbwyll Pontius Pilat, a thrwy'r blynyddoedd bu helynt ar ôl helynt. Ond er pob sen ar ei bobl a'u crefydd a'u Teml ac arno ef ei hun fel eu Harchoffeiriaid, wynebai Joseff Caiaffas y Rhaglaw Rhufeinig o hyd fel pe am y tro cyntaf erioed, yn gwrtais a rhadlon, a'i wên yn gyfeillgar. Casâi Pilat ef â chas perffaith, ac ni chuddiai'i deimladau: milwr oedd ef, garw ond unplyg, gwyllt ond onest, trahaus ond didwyll, digydwybod ond digynllwyn. Rhyferthwy o ddyn, a ddirmygai â'i holl erwinder ystumiau gofalus yr Archoffeiriad o Iddew. Daliai Annas i dywallt arian y Deml i'r Praetoriwm, a'r cyfoeth hwnnw a ataliai lid y Rhufeiniwr chwyrn. Rhoddai Pilat lawer am yrru'r rhagrithiwr cwrtais hwn yn bendramwnwgl o'i orsedd, ond ni phoenai'r llwynog pan ruai'r tarw. Yr oedd urddas a chwrteisi Joseff Caiaffas mor ddifrycheulyd ag erioed.

Urddas a chwrteisi. O flaen popeth, urddas a chwrteisi. Llawer gwaith yn y Sanhedrin yr ymlusgodd carcharor ar y llawr o'i flaen, gan ymbil am drugaredd a chusanu ymyl ei wisg, a phob tro bu Caiaffas yn urddasol o anhrugarog, mor ddideimlad â'i wisg. A phan godai helynt rhyw ddadl boeth yn y Cyngor, araf a dethol oedd ei eiriau ef. Hyd yn oed pan daflodd Hasael y Pharisead, un noswaith ystormus, y gair 'llwfrgi' i'w ddannedd, nis cythruddwyd i ddial â brawddegau miniog. Bu'n gwrtais—gan wybod y deuai cyfle i dalu'n ôl. Byr fu gyrfa Hasael y Pharisead yn y Sanhedrin.

Ni chollasai Caiaffas ei dymer erioed, ond yr oedd ar fin hynny'n awr wrth geisio edrych i lygaid eofn y carcharor hwn o Nasareth. Gofynasai'r cwestiwn 'Ond atebi di ddim?' yn weddol dawel, ond clywsai'r rhai a'i hadwaenai orau beth cynnwrf yn ei lais. Y mymryn lleiaf, efallai, ond digon i fradychu'r ffaith fod ei huhanlywodraeth ddi-feth yn sigledig. Yn y saib a fu ar ôl y cwestiwn, tybiodd yr Archoffeiriad iddo weld cysgod gwên yn llygaid y Rabbi Tobeias, ac ni hoffai'r olwg a daflai'r plismyn ar ei gilydd. A oedd tipyn o saer o Nasareth yn mynd i'w herio a'i drechu ef, yr Archoffeiriad Joseff Caiaffas, yng ngŵydd y Cynghorwyr a'r plismyn a'r tystion hyn? Disgwyliasai i'r carcharor, fel cannoedd o rai eraill yn yr ystafell hon, blygu o'i flaen a chrefu am drugaredd. Ond yr oedd yn amlwg fod hwn yn greadur ystyfnig.

Safai Caiaffas yn betrus ar fin y llwyfan, a gallai Joseff ddychmygu'i feddyliau ef. Yn ôl rheolau'r llys, yr oedd y praw drosodd a'r Nasaread yn rhydd i ddychwelyd at ei ddisgyblion. Gallai'r Archoffeiriad ei rybuddio'n llym ac, os mynnai, orchymyn ei fflangellu am ei ryfyg yn y Deml, ond nid oedd ganddo dystiolaeth i'w yrru i'r groes. Ped âi ag ef at Pilat gan ofyn i'r Rhaglaw ei ladd, ni wnâi'r Rhufeiniwr ond chwerthin. Rhyw ffŵl yn dweud y gallai adeiladu'r Deml mewn tridiau? Wel, wir! Haerodd rhyw ddyn yn Rhufain unwaith y dylifai'r afon Tiber dros y ddinas oll pe poerai ef iddi! Ei gyngor ef fyddai gwneud fel y gwnaethai'r Rhufeinwyr—chwerthin am ben y creadur a gofyn i un o'r beirdd lunio cân ddigrif amdano.

Nid oedd dim amdani ond gohirio'r achos nes dod o hyd i well tystion a chyhuddiadau mwy damniol. Gohirio? Culhaodd llygaid Caiaffas. Gohirio? Cerdded yn ôl i'w orsedd wedi'i orthrechu? Troi at y Sanhedrin a dweud, 'Y mae'n wir ddrwg gennyf imi eich tynnu o'ch gwelyau, gyfeillion, ond, fel y gwelwch . . .'? Na, heno, heno amdani. Ni threchid ef, Joseff Caiaffas, gan ryw anfadyn o Galilea. Dywedai rheol y llys na ellid 'condemnio neb i farwolaeth ar ei gyffesiad ef ei hun,' ac felly nid oedd gwylltio'r carcharor a thynnu cyfaddefiad o'i enau o un gwerth. Ond . . . ond!

Ymsythodd Caiaffas uwchben y carcharor, ac yr oedd ofn methu yn gryndod yn ei lais.

'Yr ydwyf yn dy dynghedu di trwy y Duw byw i ddywedyd wrthym ni ai tydi yw'r Crist, mab Duw.'

Gŵyrasai'r Nasaread ei ben yn ystod petruster yr Archoffeiriad, ond cododd ef yn awr i ateb yn dawel,

'Ti a ddywedaist.'

Gwelai Joseff ysgwyddau Caiaffas yn llacio gan siom a'i daldra urddasol yn lleihau. Methasai. Disgwyliasai y byddai'r ateb yn gabledd noeth, a'r ddedfryd am gabledd oedd marwolaeth. Ond yr oedd y carcharor hwn yn rhy gyfrwys iddo. Gohirio, nid oedd dim arall amdani, aros hyd oni . . .

Troes y carcharor i edrych i wynebau'r Sanhedrin, a thywynnai rhyw ddisgleirdeb rhyfedd yn ei lygaid. Ef erbyn hyn a oedd yn ei lawn daldra, a phan agorodd ei enau, gwrandawai pawb yn syn ac astud ar ei eiriau.

'Eithr meddaf i chwi, ar ôl hyn y gwelwch Fab y Dyn yn eistedd ar ddeheulaw'r Gallu ac yn dyfod ar gymylau'r nef.'

Bu distawrwydd syfrdan. Syllodd Joseff ar y llawr o'i flaen, gan aros i'r ystorm dorri. Ond ni thorrodd. A oedd y cabledd yn un mor ofnadwy nes mynd â'u hanadl ymaith? Cododd ei olwg yn bryderus, a llamodd ei galon mewn llawenydd wrth ganfod y dryswch syn ar yr wynebau o'i gwmpas: gwnaethai'r geiriau argraff ddofn hyd yn oed ar yr hen Falachi. Yr oedd ceg Esras yn agored a rhyw hanner gwên ffôl yn hofran o'i hamgylch: gŵyrai eraill ymlaen ag ofn yn gymysg â'r syndod yn eu llygaid.

Dim ond Isaac a ymddangosai'n ddigyffro, ond arhosai ef i weld beth a ddigwyddai cyn gwneud y sŵn yn ei wddf.

Torrwyd ar y distawrwydd gan sŵn dillad yn cael eu rhwygo: ufuddhâi Caiaffas yn awr i orchymyn y Ddeddf. 'Y wisg uchaf a'r un oddi tani â rhwyg anhrwsiadwy'— hynny a archai'r Gyfraith i'r Archoffeiriad yng ngŵydd cabledd, ac â dwyster dramatig yr ufuddhaodd Caiaffas. Yna troes at y Sanhedrin.

'Efe a gablodd: pa raid inni mwy wrth dystion? Wele, yr awr hon y clywsoch ei gabledd ef.'

Chwipiodd y geiriau hwy'n ôl i'w gelyniaeth. Caeodd Esras ei geg ag ysgyrnygodd ei ddannedd: gwnaeth Isaac sŵn yn ei wddf: cododd yr hen Falachi i chwifio'i ddyrnau'n wyllt. Enillasai Joseff Caiaffas y dydd.

Gwyddai hynny, ac ni wastraffodd ennyd. Ar unwaith, â llais uchel, taflodd at y Sanhedrin y cwestiwn ffurfiol a ragflaenai'r ddedfryd.

'Beth a debygwch chwi?'

Cododd dau Ysgrifennydd y Cyngor, un o bobtu'r hanner-cylch, i gyfrif y pleidleisiau o blaid ac yn erbyn. Ond nid oedd eu hangen. Ag un llef gwaeddodd y lleisiau chwyrn,

'Y mae ef yn euog o farwolaeth.'

Yna, cyn i Gaiaffas gael amser i gyhoeddi'r ddedfryd, rhuthrodd yr hen Falachi ymlaen i boeri yn wyneb y carcharor ac i'w daro'n ffyrnig ar ei rudd. Dilynwyd ei esiampl gan ei fab Arah a chan y plismyn, ac uchel oedd sŵn gwawd a chrechwen a chernod a phoeri. Ni chofiai Joseff y fath olygfa yn y Sanhedrin. Tynnodd un benwisg y Nasaread i lawr tros ei wyneb, a chan ei daro'n giaidd dro ar ôl tro, gwaeddodd,

'Proffwyda, O Grist, pwy a'th drawodd!'

Caeodd Joseff ei ddyrnau a chamodd ymlaen yn chwyrn, gan fwriadu ymwthio rhyngddynt hwy a'r carcharor. Fe'i cafodd ei hun wyneb yn wyneb â Chaiaffas.

'Nid ymyrrwn i ddim, Joseff.' Gwenai'r Archoffeiriad yn gyfeillgar, ond yr oedd y rhybudd yn ei lais yn ddigamsyniol.

'Ni bu praw mor felltigedig o annheg yn unman erioed, f'Arglwydd Caiaffas. Ac yn awr, fel petai'r annhegwch heb fod yn ddigon . . .'

'Geiriau plaen, Joseff o Arimathea!'

'Digon plaen i fod yn eglur, efallai, Joseff Caiaffas.'

Troes ar ei sawdl a brysio tua'r drws.

'Bydd y Cyngor yn cyfarfod eto ar yr awr gyntaf,' galwodd yr Archoffeiriad ar ei ôl.

Yn ffwndrus a pheiriannol y cerddodd i lawr y grisiau o'r neuadd. Islaw, ar ganol y cwrt agored, tyrrai plismyn a gweision o amgylch tân a losgai mewn rhwyll haearn.

'Yr oedd hwn hefyd gyda Iesu o Nasareth,' gwaeddodd rhyw ferch.

'Uffern dân! Am yr ail waith, nid adwaen i'r dyn.'

Acen Galilea, meddai Joseff wrtho'i hun fel y brysiai ar draws y cwrt tua'r porth. Sylwodd ar y dyn wrth fynd heibio iddo, gŵr llydan a chadarn ei ysgwyddau ac ar ei wyneb gerwin felyndra haul a gwynt. Pysgodwr o Lyn Galilea, efallai. Ond beth yn y byd a wnâi ef yma?

Tu allan, yr oedd lloer Nisan yn fawr yn y nef a'r sêr yn ddisglair uwch tawelwch gwyn y ddinas. Oedodd yn y porth, heb wybod yn iawn i b'le'r âi. Os dychwelai i'r gwesty, ni allai gysgu, ac yn y bore byddai cwestiynau Esther yn ddiderfyn. Beth a ddywedai hi, tybed, pan glywai am ei ffrae â Chaiaffas?

Tu ôl iddo, wrth dân y cwrt, codai lleisiau dig,

'Wyt, yr wyt ti'n un ohonynt!'

'Y mae dy leferydd yn dy gyhuddo!'

Daeth llais dwfn y pysgodwr o Galilea,

'Damnedigaeth! Am y trydydd tro, nid adwaen i'r dyn.'

Yn glir ac uchel, fel un a geisiai dorri ar gwsg y ddinas, canodd rhyw geiliog anesmwyth yn rhywle gerllaw.

Camodd Joseff o gysgod y porth i olau'r lloer, ac fel y gwnâi hynny, rhuthrodd rhywun heibio iddo, fel petai'n ceisio dianc am ei fywyd. Aeth y dyn i lawr y grisiau o farmor o flaen y porth ar ddwy naid, ac yna rhedodd ymaith yn wyllt i'r chwith. Y Galilead a regai yn y cwrt.

Troes Joseff hefyd i'r chwith a'i feddwl fel trobwll. Teimlai yr hoffai yntau redeg am ei fywyd.

VIII

I lawr yn Nyffryn Cidron modrwyai'r afonig o olau'r lloer i gysgod dail, o gysgod dail i olau'r lloer, gan dincial dros y cerrig. Ni synnai Joseff fod Othniel mor hoff o eistedd yng nghwr pellaf y berllan gartref a murmur y nant yn hyfrydwch i'w glustiau. Othniel druan! Ef wedi'r cwbl a oedd yn iawn am y Nasaread, a byddai clywed am ei ddal a'i ladd yn loes i'w galon. Ei ladd? Ie, oherwydd ni wnâi Pilat ond arwyddo'r warant yn frysiog ac ysgornllyd.

Rhyfedd i'r breuddwyd hwnnw fflachio fel proffwydoliaeth i feddwl Othniel! Nid oedd ei hiraeth am wellhad yn ddigon i egluro'r peth. Byth er pan ddychwelasai Elihu o'r Gogledd, am y Nasaread y meddyliai ac y siaradai Othniel; a phe gallai gerdded, gwyddai ei dad yr aethai i'w gynnig ei hun yn ddisgybl iddo, er na welsai mohono erioed.

Gwenodd Joseff ar loywder yr afonig oddi tano. Mab y Sadwcead cyfoethog yn ddisgybl i ryw . . .! I ryw beth? 'Nid tipyn o saer yw Iesu o Nasareth, Syr,'—clywai'r geiriau yn su'r afon ac yn siffrwd dail llwydion yr hen olewydd cnotiog o'i amgylch. Ar y bryn uwchben yr oedd llonyddwch enfawr y Deml, a thybiai y crwydrai'r geiriau drwy ei chynteddau a'i chlawstrau a'i chysegrodd hi. Ymhlith y sêr, yn rhyddid holl ehangder y nef, nofiai llais y Nasaread ei hun: 'Eithr meddaf i chwi, ar ôl hyn y gwelwch Fab y Dyn yn eistedd ar ddeheulaw'r Gallu ac yn dyfod ar gymylau'r nef.' Darfu: ac yna nid oedd ond telyn y nant a su'r dail.

Mab y Dyn. Cofiai Joseff yr edrychiad a chwiliai i guddleoedd ei enaid, gan chwalu ymaith bob rhagrith a ffuantwch. Cofiai hefyd yr urddas a wisgai'r Nasaread fel mantell pan droes i lefaru wrth y Sanhedrin. Oedd, yr oedd yr ystorïau a glywsai am hwn yn wir, bob un ohonynt, ac nid rhyfedd bod yr hen Elihu yn siarad amdano mewn islais dwys. Nid tipyn o saer o Nasareth oedd hwn. Nid rhyw benboethyn â'i feddwl yn llawn o syniadau gwyllt. Nid ymhonnwr yn mwynhau sylw a hynodrwydd. Hwn . . . Hwn oedd . . . Hwn oedd . . . y Crist.

Fel y deuai'r pedwar gair hyn i'w feddwl, sylweddolai Joseff fod sylfaen ei fywyd yn cael ei chwilfriwio. Buasai'i fyd yn esmwyth a difater, a throes ei ben yn awr i'r cyfeiriad lle gorweddai Arimathea a'i ystad ffrwythlon ef ymhell dros y bryniau. Yno yr oedd tawelwch dibryder, cyfoeth grawnwin a ffigys ac olifaid, gweision a chaeth-weision at ei alwad, cysur a digonedd. Ond dywedasai'r llygaid tosturiol mai gŵr hunanol a rhagrithiol ydoedd, duwiolfrydig ond didduw, defosiynol ond digrefydd. Dywedent hynny'n huawdl, ond heb ei gyhuddo na'i farnu, gan losgi drwy bob ffug a rhodres. Cododd byddin o esgusion ym meddwl Joseff. Oni chadwai'r Sabath cystal ag un Pharisead? Cyn gynted ag y deuai, ar yr hwyrnos cyn y Sabath, sain utgorn yr *hazzân* o fur y synagog, darfyddai pob gwaith ar ei ystad ef, a phan wawriai'r dydd sanctaidd nid oedd un teulu mor ffyddlon yn y Cwrdd â'i deulu ef. Ac onid ef a dalodd am godi'r synagog hardd yn Arimathea? Ac am yr arch o goed cedr lle cedwid memrynau'r Gyfraith? Onid ag ef yr ymgyng-horai Rheolwr y synagog ynghylch pob gwasanaeth? Oni welodd y Sanhedrin yn dda, ddeng mlynedd yn ôl, i'w ethol ef yn aelod? Oni roddai i'w weithwyr a'i weision gyflog da a bwyd a chysur gwell nag a enillai neb yn unman arall yn y cylch? Onid oedd ei enw da yn ddihareb yng Ngogledd Jwdea? Oni fendithid ef gan dlodion a gweddwon ac amddifaid? Oni . . . ?

'Onid tydi a aeth yn daeog at Gaiaffas?' meddai'r ffrwd wrth ei draed. Gwyliodd hi'n ymdroelli yng ngolau'r lloer, gan geisio rhoi ei holl sylw ar grychiadau arian ei dŵr. Ond ni fedrai. Gwelai eto lygaid unig y Nasaread a'i urddas rhyfeddol fel y safai tu allan i ddüwch ffiaidd yr ogof. Aeth eto dros ddigwyddiadau'r praw ym mhlas Caiaffas, a mwyaf yn y byd y meddyliai amdano, mwyaf annheg y gwelai ef. Ni allai ddeall sut y gallodd ef eistedd yn dawel yn y Cyngor yn gwylio'r fath anghyfiawnder. I ddechrau, dim ond ym man cyfarfod y Sanhedrin, Neuadd y Meini Nadd yn y Deml, y gellid profi neb ar gyhuddiad yn haeddu angau: nid oedd ganddynt hawl o gwbl i gynnal y praw ym mhlas yr Archoffeiriad. Ac ordeiniai'r rheolau fod y praw i'w agor yn y bore, gan wahardd ei ddechrau yn y prynhawn heb sôn am y nos. Yna, ar ddiwedd y praw, ni ellid cyhoeddi'r ddedfryd, ond ei chadw'n ôl tan y dydd canlynol, gan roi amser i bob meddwl ailystyried yr holl dystiolaeth. Gwthiasai Caiaffas bob rheol o'r neilltu, yn benderfynol o gondemnio'r carcharor ar frys gwyllt. Ben bore yfory, ar yr awr gyntaf, cyfarfyddai'r Sanhedrin eto ym mhlas Caiaffas, yn fwy niferus a ffurfiol efallai y tro hwn, a byddai digon o dystion o blith y Cynghorwyr eu hunain i brofi bod y Nasaread yn euog o gabledd echrydus. Gallai Joseff ddychmygu'r hen Falachi â'i ddwylo i fyny mewn braw ac o'i gwmpas ddwsin o Phariseaid duwiolfrydig yn gwneud, fel Isaac, sŵn huawdl iawn yn eu gyddfau dwys. Yna, cyn ymgasglu o'r pererinion a gysgai hyd y bryniau tu allan i'r ddinas, cymhellid Pilat i arwyddo'r condemniad, a llusgai rhai o filwyr Rhufain y Nasaread ymaith i'w groeshoelio. A bu ganddo ef, Joseff o Arimathea, law fawr yn yr ysgelerder hwn.

Ond a allent hwy groeshoelio'r Crist? Cyflawnodd ef wyrthiau nerthol, gan roddi llygaid i'r deillion a chlyw i'r byddar, ac oni ddywedid iddo dynnu gŵr ifanc o Fethania o afael angau ei hun? Safai'n awr yn rhwym wrth golofn o garreg yn un o'r celloedd diffenestr dan blas yr Archoffeiriad, ond yn y bore troai'i rwymau'n llwch a chydiai parlys, dro, ym mreichiau plismyn y Deml a milwyr Antonia. Toddai pob cleddyf yn nwylo'r Rhufeinwyr; ysigai pob gwaywffon fel brwynen. A phan lifai'r pererinion i'r ddinas, gwaeddent 'Hosanna!' ag un llef. Gwawriai dydd Iafe: safai yn eu plith 'y Brenin a ddeuai yn enw'r Arglwydd.' A sibrydai'r dail a'r afonig yn awr gân y Salmydd yng nghlustiau Joseff:

'Y maen a wrthododd yr adeiladwyr
a aeth yn ben i'r gongl . . .
Dyma'r dydd a wnaeth yr Arglwydd;
gorfoleddwn a llawenychwn ynddo!
Bendigedig yw a ddêl yn enw'r Arglwydd . . .'

Ac uwchben, ymhlith y sêr:

'Pwy yw hwn yn dyfod o Edom,
yn goch ei ddillad o Bosrah?
hwn sydd hardd yn ei wisg,
yn ymdaith yn amlder ei rym?
Myfi, yr hwn a lefaraf, mewn cyfiawnder
ac sydd gadarn i iacháu.   .
Paham yr ydwyt yn goch dy ddillad
a'th wisgoedd fel un a sathrai mewn gwinwryf?
sethrais y gwinwryf fy hunan,
Ac o'r bobl nid oedd un gyda mi:
canys mi a'u sathraf hwynt yn fy nig,
ac a'u mathraf hwynt yn fy llidiowgrwydd;
a'u gwaed hwynt a daenellir ar fy nillad,
a'm holl wisgoedd a lychwinaf.
Canys dydd dial sydd yn fy nghalon,
a blwyddyn fy ngwaredigaeth a ddaeth.
Edrychais hefyd, ac nid oedd gynorthwywr;
rhyfeddais hefyd am nad oedd gynhaliwr:
yna fy mraich fy hun a'm hachubodd
a'm llidiowgrwydd a'm cynhaliodd.
A mi a sathraf y bobl yn fy nig,
ac a'u meddwaf hwynt yn fy llidiowgrwydd:
a'u cadernid a ddisgynnaf i'r llawr.'

Cadernid Annas a Chaiaffas a'u lleng o ddilynwyr
ariangar a droesai'r Deml yn 'ogof lladron'. Cadernid
preswylwyr taeog Jerwsalem a besgai ym mhorfa fras y

mynydd sanctaidd. Cadernid y Phariseaid a'u gwag ddefosiwn. Cadernid—ie, cadernid Sadwceaid moethus fel ef ei hun, a'u bryd ar fywyd esmwyth, digynnwrf ar bob cyfrif. Cadernid rhagrith, uchelgais annheilwng, pob twyll, pob malais, pob gormes. Yfory gwawriai Dydd Iafe, a chyn hir dylifai'r holl genhedloedd i syllu ar ogoniant Seion. Heno, y Crist unig a dirmygedig yn y gell dywyll; yfory . . .

Tybiai Joseff y gwelai wyneb Jwdas o Gerioth yn gwenu arno o loywder yr afonig, a'r llygaid o hyd yn eiddgar a sicr a buddugoliaeth yn eu trem. Nid er mwyn arian y bradychodd ef y Crist, yr oedd Joseff yn sicr o hynny. Ai ceisio prysuro dydd Iafe yr oedd? Ie, fe eglurai hynny ei holl ymddygiad—ei gynllun parod, ei ddifrawder ynglŷn â'r wobr, ei olwg ffyddiog, ei gamau sicr wrth fyned ymaith. Ac yfory, pan ddatguddiai'r Crist ei allu a'i fawredd, byddai Annas a Chaiaffas yn plygu o flaen Jwdas o Gerioth ac yn erfyn am faddeuant iddo. Yfory . . .

Cododd Joseff oddi ar y boncyff lle'r eisteddai, a cherddodd yn araf o dan yr hen olewydd, a'i sandalau'n dawel ar fwsogl y llawr. Ar y dde iddo, gloywai'r creigiau gwynion yng ngolau'r lloer, a gwnâi'r beddau, a naddwyd fel ogofâu ynddynt, i Joseff gamu'n dawelach fyth. Ymhen ennyd oedodd wrth glawdd a gaeai ryw ugain o'r olewydd i mewn yn y berllan. Mor dawel oedd y lle! Disgwyliasai weled amryw o bererinion yn cysgu o dan y coed, ond nid oedd yno neb nac un sŵn ond siffrwd y dail. Diferai arian y lloer drwy gangau'r pren nesaf ato, gan ffrydio'n batrymau cain ar y llawr islaw. Syllodd Joseff arnynt, gan wylio'u llewych yn troi'n dywyllwch dwfn wrth fôn y pren.

Aeth ias sydyn i lawr ei gefn. Gwelsai rywbeth neu

rywun yn symud o dan y goeden, ac wrth i'w lygaid gyfarwyddo â'r gwyll, yr oedd yn sicr fod rhywun yn sefyll yno a'i bwys ar ei chyff. Torrodd ochenaid ddofn ar ei glust, ac yna gwelai bwy bynnag a oedd wrth y pren yn llithro i'r llawr ac yn curo'r boncyff yn wyllt â'i ddwylo, gan riddfan mewn ing. Tybiai Joseff hefyd fod geiriau yn gymysg â'r ocheneidiau, ond ni ddeallai un ohonynt.

Sylweddolodd ei fod wrth glawdd gardd Gethsemane, a gwelai draw ar y dde yr hen olew-wryf a roes ei enw i'r lle. Onid yma y dywedodd pennaeth y plismyn iddynt ddal y Nasaread? Ie, ac efallai mai un o'i ddilynwyr oedd hwn a dorrai'i galon wrth fôn y pren. Agorodd Joseff y glwyd fechan gerllaw, a dug y sŵn y griddfannwr yn gyflym o'r cysgod i olau'r lloer. Chwipiodd ei gleddyf o'r wain, a safai yno'n fygythiol rhwng y goeden a'r glwyd. Adnabu Joseff y rhegwr a welsai'n rhuthro ymaith o blas Caiaffas.

'Gweiniwch eich cleddyf, fy nghyfaill. Ni fwriadaf un drwg i chwi.'

'Hy! Cyfaill!' Yr oedd ei dôn yn sarrug, ond er hynny, gwthiodd ei gleddyf yn ôl i'r wain.

'Ie, cyfaill, er bod yr urddwisg hon amdanaf. Un o ddisgyblion Iesu o Nasareth, onid e?'

Nid atebodd y dyn, dim ond codi'i ben yn herfeiddiol a chadw llaw fygythiol ar ei gleddyf.

'Un o ddisgyblion Iesu o Nasareth, onid e?' gofynnodd Joseff eilwaith.

'Pam y gofynnwch?' Siaradai'n araf a thawel a'i lais yn llusgo'n llidiog drwy'i eiriau. 'Onid yw dal y Meistr yn ddigon i chwi? Beth a fynnwch yn awr?'

Gwelai Joseff o'i flaen un o'r dynion hynny a edmygai gymaint pan ddeuai i Jerwsalem yn hogyn gyda'i dad. Ie, pysgodwr o Lyn Galilea oedd hwn—gŵr araf ei leferydd, dwfn ei lais, llydain ei ysgwyddau, didwyll ei lygaid, ag ôl y tywydd ar ei wyneb onest. Ni thwyllai hwn mohonoch o ffyrling, ac os dilynai ryw arwr, âi drwy ddŵr a thân, drwy uffern ei hun, er ei fwyn. Nid ofnai hwn un perygl, a phe deuai'r galw . . .

Cofiodd Joseff i'r Nasaread gael ei ddwyn ymaith yn unig a digyfaill i dŷ'r Archoffeiriad ac i'r gŵr o'i flaen haeru yng nghwrt y plas nad adwaenai ef mohono.

'Yr oeddwn i yn y Sanhedrin,' atebodd yr un mor dawel. 'Fe'i cafwyd yn euog o gabledd ac yn haeddu—marwolaeth.'

Tynnodd y dyn ei law oddi ar garn ei gleddyf, a nodiodd yn araf. Yna syllodd yn hir a syn i wyneb Joseff.

'Yr oeddych chwi, Syr, yn . . . yn . . . yn erbyn hynny?'

'Oeddwn. Ond yr oedd yn amlwg fod pawb arall yn unfarn.'

'Beth a ddigwyddodd, Syr?'

'Nid oedd cysondeb ymhlith y tystion, a chredais wedyn fod y praw ar ben ac y gollyngid y Nasaread yn rhydd. Ond yr oedd Caiaffas'—dywedai Joseff enw'r Archoffeiriad rhwng ei ddannedd—'yr oedd Caiaffas yn benderfynol o'i gondemnio. Gofynnodd iddo ai ef oedd y Crist, a phan atebodd, rhwygodd yr Archoffeiriad ei ddillad. Aeth yn gynnwrf drwy'r lle, a phoerodd y plismyn ac eraill yn wyneb y . . . y Crist.'

'Y . . . y Crist? A ydych chwi'n credu—hynny, Syr?'

'Ydwyf.'

Bu distawrwydd rhyngddynt: chwiliai llygaid y pysgodwr wyneb Joseff am y gwir. Yna, fel petai'n fodlon ar yr hyn a ddarllenai ynddo,

'Beth a wnânt hwy ag ef, Syr?'

Tro Joseff oedd synnu yn awr, a chanfu'r pysgodwr yr olwg yn ei lygaid.

'Gwn beth sydd yn eich meddwl, Syr. Os ef yw'r Crist, yna gall ddifa'i holl elynion.'

'Ie. Yfory, bydd yn amlygu'i nerth ac yn eu hysgubo ymaith.'

Ysgydwodd y Galilead ei ben yn araf.

'Ni ddigwydd hynny, Syr,' meddai'n drist. 'Droeon y proffwydodd hyn—y byddai ef farw. Neithiwr ddiwethaf, wrth fwyta'r Pasg gyda ni yn yr oruwch-ystafell yn nhŷ . . .'

Arhosodd yn ansicr ac amheus.

'Tŷ Heman y Saer?'

Yr oedd llygaid y pysgodwr yn fawr gan syndod.

'Ie, tŷ Heman y Saer. Ond sut yn y byd . . .?'

'Y gwyddwn i? Bwrw amcan yr oeddwn i. Gelwais yn nhŷ Heman y Saer echdoe i brynu dysglau ganddo, ac amheuais fod rhyw gysylltiad rhyngddo ef a'r Nasaread. Gwelais Jwdas o Gerioth . . .'

Tynnodd y pysgodwr anadl cyflym a rhoes ei law ar ei gleddyf.

'Gwelaf nad ydych yn hoff o'r Jwdas hwn.'

'Gallwn ladd y dyn. Ond ewch ymlaen, Syr.'

'Gwelais ef yn gadael y tŷ. Wedyn, pan euthum i gyfarfod yr Archoffeiriad yn y Deml ac wedi i'r dyn ifanc o Gerioth ddyfod o'n blaen . . .'

'I fradychu'r Meistr, Syr?'

'Ie, i gynnig arwain y plismyn a'r milwyr ato . . .'

'Pe medrwn i roi fy nwylo ar y creadur . . .' Arhosodd, yn methu â chael geiriau digon cryf.

'Gofynnais iddo beth a wnâi yn nhŷ Heman y Saer . . .'

'A fradychodd ef Heman hefyd?'

'Naddo. Dywedodd ei fod yn gyfeillgar â'r teulu a bod gwraig Heman yn un o Gerioth, ond gwyddwn mai casglu esgusion yr oedd.'

'Diolch iddo am hynny. Yr ydym oll yn hoff o Heman a Mair ac o'u bachgen Ioan Marc, a phe dôi un drwg iddynt . . .' Yr oedd ei law ar ei gleddyf eto.

'Na phoenwch am hynny. Ni ddaeth cysgod o amheuaeth i feddwl yr Archoffeiriad.'

'Y Meistr a yrrodd Jwdas i dŷ Heman y Saer—i roi arian iddo. I beth, ni wyddai un ohonom, ac ni wyddai Jwdas ychwaith. Tan y prynhawn ddoe. Yna danfonodd ddau ohonom, Ioan a minnau, i'r ddinas i baratoi'r Pasg. Ond nid oedd gennym syniad yn y byd i ble'r aem, Syr. Pan ddaethom i borth y ddinas, dyna lle'r oedd dyn, un o weision Heman, ag ystên ar ei ysgwydd. Anaml iawn y gwelir *dyn* yn cario ystên, a phur anfodlon oedd gwedd hwn wrth wneud gwaith merch. Dilynodd Ioan a minnau ef i dŷ Heman i baratoi'r Pasg. A neithiwr, pan fwytaem, "Hwn yw fy nghorff", meddai'r Meistr wrth dorri'r bara, a "Hwn yw fy ngwaed", wrth roddi'r cwpan inni. Na, Syr, nid difa'i elynion a wna'r Meistr yfory, ond . . .'

Gŵyrodd ei ben ag ochenaid fawr. Yna cododd ef yn sydyn a ffyrnig.

'Pe cawn i afael yn y Jwdead melltigedig 'na—a begio'ch pardwn, Syr—mi a'i tagwn â'r dwylo hyn. Ac yn llawen.'

Daliodd ei ddwylo allan, gan gau'i fysedd yn fygythiol. Gwyddai Joseff nad casineb tuag at Jwdas yn unig a oedd yn y frawddeg, ond holl ddirmyg y Galilead tuag at wŷr Jwdea. Gwelodd y pysgodwr yr hanner-gwên ar ei wyneb.

'Rhaid i chwi faddau i mi, Syr. Gwn mai gŵr o Jwdea ydych, ond ni fuasai hyn wedi digwydd yn y Gogledd. Petaech chwi'n gweld y miloedd a oedd yn dilyn y Meistr yng Ngalilea! Pobl gyffredin, efallai, Syr, ond cafodd Jerwsalem ryw syniad o'u brwdfrydedd hwy y dydd o'r blaen. 'Welsoch chwi'r orymdaith pan farchogodd y Meistr ar ebol asyn i'r ddinas, Syr?'

'Naddo, ond clywais amdani.'

'Dyna'r bobl i chwi! A gwae i Gaiaffas pe meiddiai roi llaw ar y Meistr pan oeddynt hwy o gwmpas y ddinas a'r Deml! Na, yr oedd yn rhaid iddo gael aros tan y nos, aros nes eu bod yn cysgu hyd y bryniau yma, cyn gyrru'i blismyn yn llechwraidd i'w ddal. Dyna beth a aeth i waed y Jwdas 'na.'

'Yr orymdaith?'

'Ie, Syr. Ef a oedd wrth ben yr ebol asyn, ac edrychai fel petai'n meddwi'n lân yn sŵn yr "Hosanna!" Bu'n Selot mawr ar un adeg, cyn dyfod atom ni, a gwelwn yr hen wylltineb yn ei lygaid wrth iddo arwain yr ebol drwy'r dyrfa.'

'Y golau hwnnw a welais innau ynddynt pan ddaeth i'r Deml.'

'Ie, y mae'n debyg, Syr. Er i'r Meistr ein rhybuddio ddegau o weithiau nad eistedd ar orsedd Dafydd oedd ei fryd. A phob tro y soniai am Jerwsalem, tristwch, nid dyhead, a oedd yn ei lais. Ond er na ddywedai hynny, daliai Jwdas i hiraethu am i'r Meistr ei gyhoeddi'i hun yn Frenin. Unwaith, ar ôl inni fod ar daith bregethu, aethom gyda'r Meistr i chwilio am dipyn o dawelwch ac i ddweud yr hanes wrtho. I ffwrdd â ni ar draws congl uchaf y Llyn yn fy nghwch i . . .'

'Yr oeddwn i'n amau mai pysgodwr oeddych.'

'Ie, Syr, pysgodwr—Simon fab Jona, Simon Pedr.' Gwenai'n hiraethus wrth lefaru'r ddau enw olaf.

205

'Y Meistr a roes yr enw "Pedr" imi, Syr. Ym Methabara, y tro cyntaf imi ei weld ef.'

' "Pedr"—"Y Graig"!'

'Ie, Syr. A chofiaf mor falch oeddwn i pan ddywedodd ef hynny. Ond sôn yr oeddwn i amdano yn croesi'r Llyn, onid e?'

'Ac am Jwdas.'

'Ie. Wel, dyna ni'n croesi congl uchaf y Llyn i chwilio am lonyddwch, ac ar ôl inni rwymo'r cwch wrth y lan, i ffwrdd â ni i fyny'r llethr, pob un ohonom yn dyheu am ddweud hanes ei daith wrth y Meistr. Ond wedi inni eistedd, digwyddais edrych dros y llyn a gwelwn rywbeth a edrychai fel cwmwl hir yn symud hyd fin y dŵr a thros Ryd Iorddonen.'

'Pobl?'

'Miloedd ohonynt, Syr, yn ein dilyn ni. Cyn hir yr oedd cannoedd yn rhuthro i fyny'r llethr tuag atom gan weiddi, "Meseia!" "Brenin!" "Hosanna!" a phethau tebyg. Digwyddais edrych ar wyneb Jwdas. Yr oedd ei lygaid ar dân, ac anadlai'n gyflym fel petai yng ngafael rhyw gyffro mawr. Y mae'n debyg bod golwg gyffrous ar bob un ohonom ni, ond yr oedd ef ar fin colli arno'i hun a gweiddi gyda'r dyrfa. Wedi i'r Meistr dawelu'r bobl, fe iachaodd lawer ohonynt ac yna fe safodd ar graig i bregethu. Yr oedd pawb yn gwrando'n astud arno, Syr, ac yn clywed pob gair a ddywedai, er bod tua phum mil ohonynt ar y llethr ac i lawr at fin y llyn. Ar ôl iddo orffen llefaru a gweld bod pawb yn cael bwyd cyn troi tuag adref . . .'

'Bwyd? I bum mil o bobl?'

Gwenodd Joseff yn anghrediniol ar y pysgodwr.

Yr oedd hynny'n hawdd, Syr—i'r Meistr. Yr oedd

wedi pregethu wrthynt am wasanaeth a chymwynasgarwch a charedigrwydd. Wel, dyma ryw fachgen yn ei ymyl yn tynnu pum torth haidd a dau bysgodyn o'i ysgrepan ac yn dechrau eu rhannu â'r rhai o'i gwmpas. Gwenodd y Meistr arno a'i fendithio, a chyn hir yr oedd pob un a ddaethai â bwyd gydag ef yn ei rannu â'i gymdogion. Mwy na digon i bawb, Syr. Ac yna fe droes y bobl yn ôl hyd fin y llyn gan ryfeddu.'

'A Jwdas?'

'Gyrrodd y Meistr ni'r disgyblion tua'r cwch i hwylio'n ôl i Gapernaum, gan y dymunai ef ddringo'r bryn i fyfyrio a gweddïo. Hefo Jwdas y cerddwn i i lawr y llethr at y dŵr. "Hy, dyna golli cyfle gwych!" meddai wrthyf. "Pe'i cyhoeddai'i hun yn Frenin ger bron y dyrfa acw, fe godai'r bobl drwy holl Galilea a thrwy'r rhan fwyaf o Jwdea hefyd." "Gwnaent, y mae'n debyg, Jwdas," meddwn innau. "Ond nid dyna gynllun y Meistr, mae'n amlwg." 'Wyddoch chwi beth a ddywedodd ef wedyn, Syr?'

'Beth?'

' "A wyt tithau'n llwfrgi, Simon Pedr?" gofynnodd imi. I mi, Syr! Oni bai i Andreas fy mrawd ddod rhyngom, fe fuasai Jwdas o Gerioth tros ei ben yn y Llyn. Mi rown i "lwfrgi" iddo heno hefyd pe cawn i afael ynddo!' Yr oedd ei law ar ei gleddyf eto.

'Na.' Ysgydwai Joseff ei ben yn drist. 'Y mae'n ddrwg gennyf fi drosto. Yr wyf yn sicr y disgwyliai i'r Crist ddangos ei awdurdod a'i nerth. A lle bynnag y mae ef heno, y mae'n dyheu am y bore a Dydd Iafe. Ac er gwaethaf yr hyn a ddywedwch . . .'

'Na, Syr, os hynny hefyd a gredwch chwi, nid ydych yn deall y Meistr. Neithiwr ddiwethaf, ar ôl i Jwdas fynd ymaith o dŷ Heman, y dywedodd wrthym, "Ychydig ennyd, ac ni'm gwelwch: a thrachefn ychydig ennyd, a chwi a'm gwelwch: am fy mod yn myned at y Tad." Ac wythnos yn ôl, pan oeddym ar ein ffordd tua Jericho, fe alwodd y deuddeg ohonom ato. Ni welais i erioed mohono'n edrych mor drist, mor siomedig, â'r diwrnod hwnnw. Yr oedd Salome, mam dau ohonom ni, wedi crefu arnom am i'w meibion, Iago ac Ioan, gael eistedd un ar ei law dde a'r llall ar ei law aswy yn y Deyrnas. I ddweud y gwir, Syr, yr oedd pob un ohonom yn siarad felly—yn ddistaw bach wrth ein gilydd. Gwyddem fod cannoedd yn ein disgwyl yn Jericho. A thu draw i Jericho —Jerwsalem. Nid oeddym yn deall y Meistr o gwbl, Syr.'

Edrychodd i fyny tua'r Deml gydag ochenaid, ac ysgydwodd ei ben. Disgleiriai'r lloer ar berlau'r dagrau yn ei lygaid.

'Yr oeddym fel plant, Syr—yn eiddigus o'n gilydd ac yn ymgiprys am y lle blaenaf. A phan alwodd y Meistr ni ato, gwelem fod rhyw ofid mawr yn llethu'i ysbryd. Ond nid oedd yn ddig wrth siarad â ni. Llefarodd yn dawel a charedig ond gan roi pwys ar bob gair. "Pwy bynnag a fynno fod yn bennaf yn eich plith," meddai, "bydded yn was i chwi." Yna edrychodd yn hir arnom cyn chwanegu, "Megis na ddaeth Mab y Dyn i'w wasanaethu ond i wasanaethu, ac i roddi'i einioes yn bridwerth dros lawer.' Yr oedd yn ddifrifol iawn, ond 'wn i ddim faint ohonom a oedd yn sylweddoli ystyr y geiriau, Syr. Nid oeddwn i, beth bynnag. Gwrthodwn eu credu am nad oeddwn *am* eu credu. Daliwn i obeithio y codai pobl Jericho a Jerwsalem fel un gŵr o blaid ac yr unai holl bererinion y Pasg â'i gilydd i'w gyhoeddi'n Frenin. Ac yna, yng nghanol y brwdfrydedd i gyd, efallai, meddem wrth ein gilydd, y newidia'r Meistr ei feddwl . . .'

'A defnyddio'i allu?'

'Ie, Syr. Ond pan ddaethom yma i Jerwsalem, yr oedd yn dawel a thrist bron bob dydd. Fel petai rhyw gwmwl yn hongian trosto. Ac echdoe yn y Deml, wedi iddo'i dweud hi'n hallt am yr Ysgrifenyddion a'r Phariseaid, daeth rhyw Roegiaid atom. Yr oeddym wedi sylwi arnynt droeon ac ar eu hwynebau eiddgar wrth iddynt wrando ar y Meistr. Groegiaid, Syr, nid Iddewon yn byw yng Ngroeg. Yr oedd hi'n bleser gweld yr edmygedd yn eu llygaid. Tybed a ddôi'r Meistr i Roeg a phregethu yn Athen a Chorinth? meddent wrth un ohonom. Wrth Philip o Fethsaida, yr hen bentref bach lle magwyd fî, Syr. Galwodd Philip Andreas fy mrawd, ac aeth y ddau at y Meistr i ddweud bod y Groegiaid am ei weld. Goleuodd ei wyneb mewn llawenydd, ac am ennyd mi gredais i . . .'
Ysgydwodd ei ben, gan wenu'n dawel.

'Ei fod am ei ddatguddio'i hun?'

'Ie. "Daeth yr awr y gogonedder Mab y Dyn," meddai wrth frysio at y Groegiaid i siarad â hwy. Yr oeddym ni'r disgyblion wrth ein bodd. "Os ydyw Jerwsalem am ei wrthod, Simon," meddai Andreas fy mrawd wrthyf, "fe fydd Groeg yn ei dderbyn." Ond pan aethom ato ef a'r Groegiaid, yr oedd y tristwch wedi llithro'n ôl i'w lygaid. "Oni syrth y gronyn gwenith i'r ddaear a marw, hwnnw a erys yn un gronyn,"—dyna a glywem. "Eithr os bydd efe farw, efe a ddwg ffrwyth lawer." Yna edrychodd o amgylch y Deml—gyda pheth dirmyg, yr oeddwn i'n meddwl—ac wedyn dros ei muriau draw tua'r Gogledd. Yr oedd golwg hiraethus yn ei lygaid, ac yr wyf yn sicr y gallai weld yr hen Lyn a'i gychod wrth y lan a'r bobl yn tyrru hyd y llethrau i lawr at fy nghwch i pan bregethai ef ohono. Ac yr wyf yn sicr y gallai weld fy mwthyn i a'r ffenestr fach lle'r eisteddai weithiau hefo'm gwraig a'i mam i wylio'r pysgodwyr ar fin y Llyn. Yna cododd ei olwg tua'r nefoedd a dweud, "Yr awr hon y cynhyrfwyd fy enaid. A pha beth a ddywedaf? O Dad, gwared fi allan o'r awr hon? Na, oherwydd hyn y deuthum i'r awr hon!" A neithiwr yn nhŷ Heman . . .'

Tawodd, gan syllu ar y llawr, a'i ysgwyddau'n grwm dan faich o bryder. Ymddangosai i Joseff fel darlun o anobaith, fel ymgorfforiad o dristwch. Yna cododd ei lygaid tua muriau'r ddinas uwchben a chaeodd ei ddyrnau'n ffyrnig.

'Jerwsalem,' meddai rhwng ei ddannedd. ' "Jerwsalem, Jerwsalem, yr hon wyt yn lladd y proffwydi ac yn llabyddio'r rhai a ddanfonir atat!" Geiriau'r Meistr, Syr, geiriau'r Meistr. Echdoe yn y Deml.' Syllodd eto ar y llawr gan ddweud ddwywaith, fel un â'i feddwl ymhell, 'Echdoe yn y Deml, echdoe yn y Deml.' Yna, gan godi'i ben yn sydyn, 'Syr?'

'Ie, Simon Pedr?'

'A ydych chwi'n gyfeillgar â'r Archoffeiriad?'

'Yr wyf newydd ffraeo ag ef. A hyd yn oed pe bawn i'n un o'i ffrindiau pennaf, ni wrandawai arnaf heno. Y mae'n benderfynol o ladd y . . . y Meistr.'

'Beth am y Sanhedrin, Syr? Efallai fod modd i chwi . . .'

'Eu perswadio i droi yn erbyn Caiaffas? Pe credwn fod rhyw obaith o hynny, cychwynnwn y munud yma i weld pob un ohonynt. Ond . . .' Ysgydwodd Joseff ei ben, gan gofio'r wynebau llidiog o'i amgylch pan frysiodd yr hen Falachi ymlaen i boeri yn wyneb y carcharor.

'Beth a fedrwn ni ei wneud, Syr? Beth a fedrwn ni ei wneud?'

'Rhoddwn fy holl ystad a'm cyfoeth i gyd am allu taro ar gynllun. Ond ni welaf oleuni yn unman. Yr unig obaith . . .' Tawodd, yn ansicr.

'Ie, Syr?'

'Yw'r pererinion. Yn enwedig y rhai o Galilea.'

Ysgydwodd Simon Pedr ei ben.

'Na, Syr. Hawdd fyddai gyrru'r newydd iddynt, i lethrau a chopa pob bryn, a gwn y rhuthrent fel byddin tua Jerwsalem. Ond ymhell cyn iddynt gyrraedd y ddinas byddai'r milwyr Rhufeinig yn y pyrth yn eu haros. Fe leddid cannoedd, Syr. Ac ni fyddai Pilat yn fodlon ar hynny. Fe groeshoeliai ugeiniau, yn wers i'r holl wlad. Na, Syr, ni roddai'r Meistr ei fendith ar gynllun felly.'

Hoffai Joseff y pysgodwr cywir a syml hwn, ac arhosodd yn hir gydag ef yno yn nhawelwch yr Ardd. Aethant dros yr un tir dro ar ôl tro, Joseff yn dal i fynegi'r dyhead am i'r Crist ddangos ei awdurdod a'i nerth a Simon Pedr yn cofio rhybuddion eraill a roesai'i Feistr i'w ddisgyblion, ac yna'r cri, 'Beth a fedrwn ni ei wneud, Syr?' yn torri'n ddisyfyd o'i enau. Curo â dwylo noeth ar fur o farmor yr oeddynt.

'Syr?' meddai'r pysgodwr, wedi iddo lawn sylweddoli hynny.

'Ie, Simon Pedr?'

'Efallai fod gan y lleill ryw gynllun. Y disgyblion eraill. Andreas fy mrawd ac Ioan a Philip a'r lleill.'

''Wyddoch chwi ymh'le y maent?'

'Na wn, yn iawn. Y mae'n debyg bod rhai wedi dianc i Fethania. 'Wn i ddim. Ond yr wyf yn siŵr fod amryw yn nhŷ Heman y Saer. Dowch yno hefo mi, Syr. Bydd Ioan yno, yr wyf yn sicr o hynny, ac efallai iddo ef ddwyn rhyw newydd o blas yr Archoffeiriad.'

'O blas yr Archoffeiriad? Yr oeddwn i'n meddwl imi eich gweld chwi yn y cwrt.'

Nodiodd y pysgodwr yn araf.

'Ie. Ac efallai i chwi glywed fy llais, Syr?'

'Wel . . .'

'Na, peidiwch ag ofni fy nghyhuddo, Syr. Teirgwaith y gwelais i'r Meistr yno.'

'Sut y cawsoch chwi fynd i mewn i'r cwrt?'

'Yr oedd Ioan yn adnabod rhai o'r morynion—wedi arfer mynd â physgod i'r plas ers talm. Fe gymhellodd un ohonynt i adael i minnau ymuno ag ef wrth y tân. Pan ddiolchais iddi, adnabu fy acen ar unwaith a dweud fy mod i'n un o ddilynwyr y Meistr. Yr oedd yn rhaid imi wadu, Syr, yr oedd yn rhaid imi wadu. Yr oeddwn i yno i geisio helpu'r Meistr, Syr, a phe bawn i wedi cyfaddef fy mod i'n ddisgybl iddo, buasent wedi fy nal a'm rhwymo. Nid ofni hynny yr oeddwn i, Syr, ond gwybod na fedrwn i wneud dim i drio achub y Meistr wedyn. Yr oedd yn rhaid imi wadu, Syr.'

Siaradai'n gyflym, ag apêl yn ei lais, gan gau ac agor ei ddyrnau'n wyllt.

'Yr wyf yn sicr fod y . . . y Meistr wedi maddau i chwi.'

'Do, mi wn i hynny. Y trydydd tro imi ei wadu, digwydd-ais edrych i fyny'r grisiau tua'r Neuadd, a dyna lle'r oedd y plismyn a'r tystion a'r . . . a'r Meistr. Fe edrychodd arnaf fi, Syr. Bydd yr edrychiad hwnnw'n fy nilyn holl ddyddiau fy mywyd. Siaradai'i lygaid yn huotlach nag unrhyw eiriau.'

'Gan edliw i chwi?'

'Hoffwn pe gwnaethent hynny. Proffwydasai neithiwr

212

y gwadwn i ef deirgwaith cyn y bore, a disgwyliwn weld ei lygaid yn fy nghyhuddo ac yn dweud, "Dyna ti, Pedr! Yr oeddwn i'n iawn, onid oeddwn?" Ond yn lle hynny, yr hyn a ddywedent oedd, "Pedr, Pedr, oni chofi mai ti yw'r graig yr adeiladaf fy eglwys arni?" '

Gwelai na ddeallai Joseff a brysiodd ymlaen i egluro.

'Yng nghyfeiriad Cesarea Philipi yr oeddym ni un diwrnod, Syr. Wedi dianc yno am dipyn o dawelwch ac o gyrraedd ysbïwyr Herod. Ar ôl inni roi hanes ein teithiau drwy Galilea iddo, dyma'r Meistr yn gofyn, "Pwy y mae dynion yn dweud wyf fi?" "Ioan Fedyddiwr," meddai un; "Elias," meddai un arall; "Jeremias," meddai'r trydydd. Ac felly ymlaen, gan enwi cewri mwyaf y gorffennol. Yna fe droes atom a gofyn, "Ond pwy, meddwch chwi, ydwyf fi?" Pawb yn edrych ar ei gilydd, Syr, heb fod yn sicr beth i'w ateb. Ond fe wyddwn i fod y Meistr yn fwy na neb o'r dyddiau gynt. "Ti yw'r Crist, Mab y Duw byw," meddwn i, gan blygu o'i flaen. "Yr ydwyf finnau yn dywedyd i ti," meddai'r Meistr yn dawel, ond â rhyw lawenydd mawr yn ei lais, "mai ti yw Pedr, ac ar y graig hon yr adeiladaf fy eglwys; a phyrth uffern ni orchfygasant hi." Cesarea Philipi, Syr! Oddi yno y troesom ni'n hwynebau tua Phera a Jericho—a Jerwsalem, ac o'r pryd hwnnw y dechreuodd y Meistr sôn am ei ddiwedd. Hy, craig!'

Gwenodd yn chwerw, gan daflu'i ben a cherdded o amgylch yn anesmwyth.

'Neithiwr ar ôl imi ei wadu,' chwanegodd ymhen ennyd, 'nid tosturio nac edliw yr oedd ei lygaid, ond galw arnaf i fod yn gryf a chadarn, i fod yn Graig.' Edrychodd ennyd ar batrymau'r lloer wrth ei draed cyn hanner-sisial yn ffïaidd, 'Craig? Tywod! Sofl! Gwellt!'

'Nage, Pedr. "Craig" a ddywedodd y . . . y Meistr.'

Cododd y pysgodwr ei ben a syllodd yn hir i wyneb Joseff.

'Ie,' meddai'n dawel. 'Ie . . . Dewch, Syr.'

Dringodd y ddau o Ddyffryn Cidron a chroesi'r bryn islaw'r Deml tua Seion a thŷ Heman y Saer. Pan ddaethant at glwyd y cwrt, gwelent fod golau gwan yn yr oruwch-ystafell.

'Dowch ar fy ôl i, Syr. Nid oes angen inni guro.'

Aethant i fyny'r grisiau wrth fur y tŷ a rhoes Simon Pedr dri chnoc araf ar ddrws yr oruwch-ystafell ac yna ddau gnoc cyflym ymhen ennyd. Agorwyd y drws gan gŵr ifanc barfog a thebyg iawn i'r pysgodwr.

'Simon!'

'Andreas!'

Yr oedd yr ystafell yn hanner-tywyll, heb ddim ond un lamp fechan wedi'i goleuo. Taflai honno lewych ansicr ar ryw bymtheg o wynebau pryderus; taflai hefyd gysgodion anesmwyth ar y muriau a'r nenfwd. Brysiodd gŵr ifanc glân ond gwelw at Simon Pedr.

'Rhyw newydd?'

'Rhyw newydd?'

Daeth yr un frawddeg o enau'r ddau yr un pryd.

'Dyma Ioan, Syr,' meddai Pedr wrth Joseff. 'Yr oedd ef a minnau yng nghwrt plas Caiaffas yn ystod y praw. Beth a ddigwyddodd ar ôl imi adael, Ioan?'

'Dim o bwys. Aeth y plismyn â'r Meistr i lawr i un o'r celloedd. Mi ddois i'n syth i dŷ Heman. Y mae'r Sanhedrin yn cyfarfod eto yn y bore. Ar yr awr gyntaf. Cawsant y Meistr yn euog o gabledd.'

'Do, mi wn. Yr oedd fy . . . nghyfaill, y Cynghorwr

Joseff o Arimathea, yno. Aeth yno i gondemnio'r Meistr, ond daeth ymaith yn credu mai ef yw'r Crist.'

Safai Heman y Saer gerllaw.

'A oes gennych chwi ryw gynllun, Syr?' gofynnodd yn eiddgar.

'Yr unig obaith a welaf fi, Heman, yw ein bod yn casglu'r pererinion ynghyd o'r bryniau ac yn . . .'

'Na, Syr.' Ysgydwodd Heman ei ben yn araf. 'Nid yw dyrnau noeth ac ambell gleddyf fel un Simon Pedr 'ma o un gwerth yn erbyn y Rhufeinwyr. A gwn y byddai'r Meistr yn ddig wrthym pe rhoem y fath gynllun ar waith. Na, Syr . . . A ellwch chwi ddim dylanwadu ar y Cyng-horwyr, Syr? Y mae llawer ohonynt yn wŷr dwys a meddylgar, ac efallai . . .' Ni orffennodd Heman y frawddeg: gwelai'r anobaith yn wyneb Joseff.

'Af yn gynnar i'r Llys a siaradaf â phob un y credaf fod rhyw siawns imi ddylanwadu arno, ond . . . gwn ymlaen llaw na wrandawant arnaf.'

Syllodd Joseff yn drist ar wynebau llwydion y gwŷr a'r gwragedd o'i flaen. O, na allai ddwyn llewych o obaith i'w llygaid! Wrth ei ochr yr oedd y bachgen Ioan Marc a'i wyneb gwelw'n un erfyniad mud. Rhoes ei fraich yn dyner am ysgwyddau'r llanc, ond ni ddywedodd ddim wrtho: beth a oedd i'w ddweud?

'Yn ei wely y dylai Ioan Marc fod, Heman,' sylwodd Simon Pedr.

'Ie. Ac yn ei wely y credwn ei fod pan aethoch chi a'r Meistr ymaith neithiwr. Ond heb yn wybod i neb fe drawodd liain amdano a'ch dilyn.'

'I b'le?'

'I ardd Gethsemane. Ac fe'i daliwyd gan y plismyn.'

'O?' Edrychai Simon Pedr yn herfeiddiol.

'Do, ond fe ddihangodd, gan adael ei wisg yn eu dwylo. Rhedodd adref yn noethlymun.'

Llithrai golau cyntaf y wawr drwy ffenestr yr ystafell: canai ceiliog draw ymhell ac un arall yn nes: deffroai'r adar. O dŵr Antonia galwai'r utgyrn Rhufeinig y milwyr i ymwregysu am y dydd. Cododd pob un yn yr ystafell wyneb ofnus tua'r nenfwd, fel pe i wylio'r sŵn yn crwydro yno dan y trawstiau. Pob bore a phob hwyr, dywedai'r utgyrn pres mai Rhufain a oedd ben. 'Cesar yw teyrn y byd,' cyhoeddent o'r tŵr uchlaw'r Deml sanctaidd. Yn gras a haerllug—nid yn glir a swynol fel utgyrn arian y Deml. Heddiw, yr oedd mynas lond eu sŵn. 'Meseia?' meddent. 'Brenin yr Iddewon? Nid oes brenin ond Cesar. Ac os baidd neb hawlio awdurdod ond ei awdurdod ef, yna . . .'

Ciliodd y sŵn. Edrychai pob llygad yn awr ar Joseff. Pobl syml a chyffredin oeddynt, ac yr oedd gweld ei urddwisg ysblennydd yn eu plith yn ennyn gobaith ynddynt. Byddai ef yn sicr o achub y Meistr, meddent wrthynt eu hunain: byddai'r Cynghorwyr yn siŵr o wrando arno ef.

Ni allai Joseff ddioddef y taerineb yn eu llygaid hwy. Troes tua'r drws gan frysio ymaith i lwydni oer y wawr.

IX

Wedi galw yn y gwesty i ymolchi a bwyta, brysiodd Joseff eto i blas Caiaffas. Cafodd y drysau mawr ynghau, ond ni churodd arnynt, gan ddewis aros yn y porth nes i eraill gyrraedd.

Yr oedd y bore'n oer, ond addawai awyr glir y dwyrain ddiwrnod teg. Clywai tu mewn i'r plas leisiau tawel y morynion wrth eu gwaith o lanhau'r cwrt a'r neuadd uwchben, a chanai un ohonynt salm mor ddwys â phetai hi yn y synagog. Ymunodd un arall yn y gân ac yna drydedd a phedwaredd yr un mor ddefosiynol, nes tyfu o'r un llais yn gôr bychan swynol.

'Clyw fy llef, o Dduw, yn fy ngweddi:
Cadw fy einioes rhag ofn y gelyn.
Cuddia fi rhag cyfrinach y rhai drygionus,
rhag terfysg gweithredwyr anwiredd:
y rhai a hogant eu tafod fel cleddyf,
ac a ergydiant eu saethau, sef geiriau chwerwon,
i saethu'r perffaith yn ddirgel:
yn ddisymwth y saethant ef, ac nid ofnant.
Ymwrolant mewn peth drygionus;
ymchwedleuant am osod maglau'n ddirgel;
dywedant, Pwy a'u gwêl hwynt? . . .'

Gwelai Joseff yr hen Falachi'n brysio i mewn drwy glwyd y plas: ef oedd y cyntaf yn y Sanhedrin bob gafael, ymhell cyn ei amser.

'Wel, wir, dyma fi wedi cael fy nghuro'n lân heddiw, Joseff!' gwaeddodd o waelod y grisiau o farmor.

'Do, y mae arnaf ofn, Malachi. Ond yr ydych chwithau'n rhy gynnar o lawer.'

'Ydwyf, mi welaf . . . Wel, Joseff, ond oedd yr Arch-offeiriad yn glyfar neithiwr, mewn difrif? Mae Caiaffas *yn* glyfar, wyddoch. Rhyngoch chwi a mi, Joseff, mae'n glyfrach na hyd yn oed yr hen Annas. Colli'i dymer yn lân a wnaethai Annas neithiwr, yn arbennig gyda'r penbwl o fab sy gennyf fi. Petai wedi defnyddio'i ben, fe welsai ar unwaith mai "Mi a ddinistriaf y Deml" a ddywedasai'r tyst cyntaf ac mai dweud yr un peth oedd ei le ef. Mi rois i winc fawr arno, ond wincian ar y dylluan yr oeddwn i. Un felly fu Arah erioed—penbwl dwl, digrebwyll. Fel ei fam. Y mae'r bechgyn eraill i gyd yn fy nilyn i, ond am hwn! . . .'

'Malachi?'

'Ie, Joseff?'

'Gwyddoch chwi gymaint am y Gyfraith a'r Ddeddf Rabbinaidd â neb.'

'Wel 'fuaswn i ddim yn dweud hynny, ond wrth gwrs, y mae fy ngwybodaeth i'n un bur helaeth. A manwl hefyd, gan eich bod chwi'n digwydd sôn am y peth. Ydyw, lled fanwl, a gallwn ddadlau â Thobeias neu Fathan ar unrhyw bwnc, er mai myfi sy'n haeru hynny. Nid fy mod i'n fy nghanmol fy hun, cofiwch, ond gan i chwi grybwyll y mater . . .'

'Mi fûm i'n meddwl llawer am y praw yn ystod y nos, Malachi, a theimlwn yn bur anhapus.'

'Wel, wir, yr oeddwn innau'n anesmwyth iawn. Llygaid y dyn, Joseff! Yn edrych drwoch, yn darllen eich meddwl chwi. Ysbryd drwg, Joseff, ysbryd drwg.'

' "Mi af yn gynnar i'r Sanhedrin yn y bore," meddwn i wrthyf fy hun, "i weld Malachi. Y mae'r hen ddoethur yn siŵr o fod yno o flaen pawb, ac fe ŵyr ef reolau'r Llys yn well na neb . . ." '

'O, 'fuaswn i ddim yn dweud hynny, Joseff, 'fuaswn i ddim yn dweud hynny. Ond wrth gwrs, mae gennyf gymaint o brofiad â neb yn y Sanhedrin—mwy na neb, mewn gwirionedd—ac efallai eich bod chwi'n iawn fy mod i'n gwybod rheolau'r Llys cystal, onid yn well na neb

arall. Efallai, wir, wedi imi ddechrau meddwl am y peth
. . .'

'Yr hyn a oedd yn fy mhoeni i oedd bod y praw yn un
annheg iawn, Malachi—yn wir, yn anghyfreithlon.'

'Y?'

'Yr oedd y Nasaread ar braw am ei fywyd, onid oedd?'

'Oedd, wrth gwrs.'

'Wel, yn ôl rheolau'r Llys, dylem fod wedi cyfarfod yn y
Deml, nid yma, Malachi, ac nid oedd gennym hawl i
ddechrau'r praw tan y bore. Ac felly . . .'

'Wel, wir! Wel, wir!' Cerddodd yr hen Falachi o
amgylch y porth, gan chwerthin yn fain ac uchel. 'Mae
Joseff y Sadwcead yn mynd yn fwy manwl nag un Rabbi!
Beth a gawsoch chwi i swper neithiwr, Joseff? Hi, hi, hi!'

'A minnau'n meddwl y buasech chwi'n egluro pethau
imi, ac yn tawelu fy nghydwybod, Malachi,' meddai Joseff
gan edrych yn ddwys ar yr hen frawd.

'Cydwybod! Cydwybod! Hi, hi, hi! "Dydd i ddydd a
draetha ymadrodd"! Sadwcead â chydwybod ganddo!
Wel, wir! Hi, hi, hi!'

'Ond, Malachi . . .'

'Y mae'r Pasg yn dechrau heno, Joseff. Rhaid i bopeth
fod drosodd cyn hynny. Y mae Pilat wedi difa llawer
Galilead o dro i dro. Wel, dyma gyfle arall iddo! Ni chaiff
y gŵr o Nasareth ymyrryd eto â gwaith y Deml. Ond,
Joseff?'

'Ie, Malachi?'

'Rhaid inni beidio â gwastraffu ennyd y bore 'ma, neu fe
fydd y Galileaid yn dechrau dod i mewn i'r ddinas. Ac os
clywant hwy ein bod yn mynd ag ef at Pilat i ofyn iddo'i
ladd . . . Yr oeddynt fel pobl wyllt y dydd o'r blaen pan
ddechreuodd ef droi'r byrddau yn y Cyntedd. Yn gweiddi

ac yn dawnsio o lawenydd! Mi hoffwn i wybod faint o arian a gododd rhai ohonynt oddi ar y llawr hefyd. Dywedai Arah ei fod tua deugain sicl yn fyr. Deugain sicl! A'r cwbl oherwydd y creadur yna. Y mae arno ef ddeugain sicl i Arah, rhyw chwech ar hugain i Samuel, rhyw bymtheg i . . .'

Agorodd y drysau tu ôl iddynt, a synnai'r ferch a'u hagorai fod rhywrai yno'n barod.

'Awn i fyny i'r neuadd, Joseff,' meddai Malachi. 'Cawn le cyffyrddus i eistedd yno.'

'Ewch chwi, Malachi. Arhosaf fi yma am ychydig. Y mae arnaf eisiau gweld un neu ddau o'r Cynghorwyr.'

'O'r gorau, Joseff, ond peidiwch â dangos eich cydwybod i'r lleill. Neu mewn llewyg y bydd pob Pharisead ohonom! Hi, hi, hi!'

Siaradai a chwarddai'r hen frawd wrtho'i hun fel y dringai'r grisiau tua'r neuadd uwchben. Yr oedd Joseff yn falch o'i weld yn mynd. Gwyddai mai ofer oedd ceisio deffro cydwybod y Pharisead ariangar hwn: nid oedd ganddo un. A phechasai'r Nasaread yn anfaddeuol trwy ymyrryd â'r cyfnewidwyr arian: oni collasai Arah tua deugain sicl?

Oedodd eto'n anesmwyth ac unig yn y porth. Oddi tano yr oedd y ddinas yn dawel iawn, er bod ambell golofn o fwg yn dechrau ymddangos yma a thraw. Cyn hir, gan gerdded yn fân ac yn fuan fel un ar frys mawr, nesâi'r Rabbi Tobeias. Gwenodd Joseff wrth gofio nad oedd gan yr hen Ysgrifennydd syniad yn y byd am amser: hanner-rhedai yn awr, er ei fod lawer yn rhy fuan i'r cyfarfod o'r Sanhedrin.

'Henffych, y Rabbi Tobeias!'

'Henffych, fy ffrind!' Daeth i ben y grisiau o farmor, a

rhythodd i wyneb Joseff. 'Nid . . . nid Joseff o . . . o Arimathea?' Yr oedd yn syndod bod ei gof yn gweithio.

'Ie. Yr ydych, fel finnau, yn rhy gynnar o lawer.'

'Ydwyf, ydwyf. Yn rhy gynnar. Ydwyf, o lawer. O fwriad. Y mae arnaf eisiau gweld yr Archoffeiriad. Cyn y cyfarfod. Y mae'n bwysig. Pwysig iawn. Heb gysgu winc neithiwr. Dim winc. Oherwydd y praw.'

'Yr annhegwch, Rabbi?'

'Y? Ie. Fy meddwl i'n mynd tros yr holl beth drwy'r nos. Fel ci ar ôl ei gynffon. Y cwbl yn anghyfreithlon. Rhaid imi gael gweld yr Archoffeiriad.'

'Ni chysgais innau chwaith, y Rabbi Tobeias. Nid wyf yn ŵr doeth a dysgedig fel chwi, yn gwybod manylion y Gyfraith a rheolau'r Sanhedrin, ond gwyddwn ddigon i deimlo'n euog ar ôl eu hamharchu fel y gwnaethom neithiwr. Yn euog iawn, y Rabbi Tobeias. Os caniatewch imi, dof gyda chwi at yr Archoffeiriad.'

Safent tu fewn i'r porth, ac ni chlywsent sŵn traed yn dringo'r grisiau tu allan. Troes y ddau at y gŵr a'u cyfarchai.

'Henffych, y Rabbi Tobeias! Henffych, Joseff!'

'Henffych, Nicodemus!' meddai Joseff, gan adnabod y Pharisead o Jerwsalem, dyn bychan tawel a nerfus. Nodiodd y Rabbi Tobeias arno, ond yr oedd yn amlwg fod ei feddwl ymhell erbyn hyn—gyda'r hyn a ddywedai wrth Gaiaffas, efallai.

'Yr ydych chwithau'n rhy gynnar,' sylwodd Joseff, er mwyn bod yn gwrtais yn fwy na dim arall.

'Ydwyf. Gyda'r nos neithiwr y cyrhaeddais i'r ddinas. Bûm oddi cartref ers dyddiau, yn edrych am fy merch sydd yn wael iawn. Cysgais tan hanner awr yn ôl.'

'Ni chlywsoch mo'r negesydd neithiwr?'

'Naddo. A gadodd fy ngwraig imi gysgu, gan wybod fy mod mor flinedig. Daeth negesydd yr Archoffeiriad eto'r bore 'ma a chefais beth o'r hanes ganddo. Fe ... fe gondemniwyd y Nasaread?'

Sylwodd Joseff ar unwaith ar y pryder yn ei lais. A oedd hi'n bosibl fod y Pharisead hwn o blaid y carcharor?

'Do. Am gabledd. Fe'i galwodd ei hun yn Fab y Dyn. O'n blaen ni oll. Fe rwygodd yr Archoffeiriad ei ddillad. Pam ... pam y daethoch mor gynnar, Nicodemus?'

'Yr wyf am geisio gweld yr Archoffeiriad cyn y San-hedrin. *Rhaid* imi ei weld.'

Yr oedd y dyn yn anesmwyth iawn, a siaradai'n nerfus a chyflym. Curai calon Joseff fel morthwyl ynddo. Yr oedd yn sicr fod hwn hefyd yno i wrthdystio yn erbyn y dyfarniad neithiwr. Dyma dri ohonynt o leiaf o blaid y Nasaread, ac efallai y gallent ddylanwadu ar amryw eraill.

'Nid ydych yn ... yn cytuno â'r hyn a wnaethpwyd neithiwr, Nicodemus?'

'Cytuno? Nac ydwyf. Yn bendant, nac ydwyf. Yr oedd yr holl braw yn chwerthinllyd o anghyfreithlon. Gyda phob parch i chwi, Rabbi Tobeias, y dywedaf hynny, ond fe dorrwyd ...'

'O,' meddai'r hen Rabbi, gan ŵyro o'i uchelder i siarad bron yn wyneb Nicodemus, 'dyna pam y deuthum i yma mor gynnar. I gael gair â'r Archoffeiriad am y praw. Anghyfreithlon. Y cwbl. Yr holl beth. Do, fe dorrwyd pob rheol. Pob un.'

'Dyna pam y codais innau mor fore,' meddai Joseff. 'Awn ein tri at yr Archoffeiriad. Y mae'n rhaid iddo wrando arnom. Dewch, gyfeillion.'

222

Amneidiodd ar ferch a welai'n croesi'r cwrt.

'Hoffem gael gair â'r Archoffeiriad.'

'Ond y mae wrth ei forefwyd, Syr.'

'Y mae'n ein disgwyl.' Llithrodd y celwydd yn rhwydd oddi ar dafod Joseff.

'O. Y ffordd yma, Syr.'

Aethant i fyny'r grisiau o farmor a throi i'r dde. Wedi iddynt fynd heibio i amryw o ystafelloedd, curodd y forwyn yn ysgafn ar y drws a'i hwynebai.

'Ie?' gwaeddodd llais Caiaffas o'r ystafell.

'Y tri Chynghorwr i'ch gweld, f'Arglwydd.'

'Tri Chynghorwr? Gwelaf hwy yn y Sanhedrin, dywed-wch wrthynt.'

Camodd y Rabbi Tobeias heibio i'r ferch ac agorodd y drws.

'Henffych, f'Arglwydd Caiaffas. Erfyniwn eich madd-euant. Ond y mae'n bwysig. Pwysig iawn. Diolch, fy merch i.'

Aeth y forwyn ymaith, yn edrych braidd yn ansicr, ac ymwthiodd Joseff a Nicodemus i mewn tu ôl i'r hen Rabbi. Eisteddai Caiaffas ar fainc esmwyth yn mwynhau'r bwyd a'r gwin a oedd ar y bwrdd isel o'i flaen. Edrychai'n ddig, eithr dim ond am ennyd: y foment nesaf, yr oedd yn gwrteisi i gyd.

'A gaf fi alw am gwpanau? Yr wyf yn sicr yr yfwch gwpanaid o win gyda mi?'

Gwrthododd y tri, ac eglurodd y Rabbi Tobeias eu neges ar unwaith.

'Ynglŷn â'r praw neithiwr, f'Arglwydd Caiaffas. Y tri ohonom yn teimlo'r un peth.'

'O? Maddeuwch imi am fynd ymlaen i fwyta.'

'Anghyfreithlon, f'Arglwydd. Torri pob rheol.'

'Anghyfreithlon? Nid wyf yn deall, Barchusaf Rabbi.'

'Nid oedd gennym hawl i gynnal y praw y dydd cyn y Sabath, f'Arglwydd. Dyna un rheol a roed o'r neilltu gennym. Nid oedd gennym hawl i alw'r Sanhedrin yn y nos. Dyna un arall. Ni alwyd tystion *o blaid* y carcharor. Dyna drydedd. Ni roesom iddo Rabbi i'w amddiffyn. Dyna bedwaredd. Nid ymprydiodd neb ohonom y dydd cyn y praw. Dyna bumed. Nid oedd gennych chwi, y Prif Farnwr—a maddeuwch imi am sôn am hynny, f'Arglwydd —hawl i droi'n erlynydd. Dyna'r chweched.' Bob tro y soniai am un o reolau'r Llys, edrychai'r hen Rabbi i'r nenfwd gan grychu'i aeliau fel petai'n ceisio syllu ar y rheol yn ysgrifenedig yno, ac yna gŵyrai'i ben yn sydyn i nodio ar yr Archoffeiriad cyn dweud, 'Dyna drydedd' neu 'Dyna bedwaredd.' 'Ac yn olaf, f'Arglwydd,' chwanegodd, 'y mae'r Gyfraith yn gofyn am ail wrandawiad llawn a manwl o'r holl dystiolaeth o'i blaid ac yn ei erbyn.'

Nodiodd Caiaffas yn ddwys.

'Cofiaf i chwi ddechrau sôn wrthyf am y pethau hyn neithiwr, Barchusaf Rabbi, cyn i chwi fynd ati i holi'r tystion. A bûm fel chwithau yn anniddig iawn fy meddwl. Ond, Barchusaf Rabbi . . .'

'Ie, f'Arglwydd Caiaffas?'

'Gwthiais bob rheol o'r neilltu. O fwriad, er mor anhyfryd oedd gorfod gwneud hynny. Gwyddwn fy mod yn rhoi sen arnoch chwi ac ar draddodiad aruchel y Sanhedrin. Yr oedd gofid yn drwm yn fy nghalon.'

Swniai'r Archoffeiriad yn drist ac edifeiriol, ac am ennyd credodd Joseff fod ei eiriau'n ddiffuant. Ond pan edrychodd Caiaffas arno ef a rhoi cyfle iddo syllu i'w lygaid, yr oedd yn sicr fod cysgod gwên yn llechu ynddynt. Chwarae â Thobeias yr oedd.

'Anfelys iawn, Barchusaf Rabbi,' chwanegodd yr Archoffeiriad, 'oedd treisio'r rheolau cysegredig. Yr oedd yn loes i'm henaid. Ond nid achos cyffredin yw hwn. Yng Ngalilea, yn Jwdea, hyd yn oed yma yn Jerwsalem, gadodd y carcharor hwn i'r bobl ei gyfarch fel y Meseia, yr Eneiniog, y Brenin. Yn ein barn ni, nid oes Brenin ond Duw; ym marn y Rhufeinwyr, nid oes Brenin ond Tiberius. Os ydym am fod yn ffyddlon i'r Goruchaf, a allwn ni gamu o'r neilltu i syllu ar y bobl yn rhuthro fel defaid ar ôl y Galilead hwn? A allwn ni, Barchusaf Rabbi?'

'Wel, f'Arglwydd Caiaffas . . .' Ond ni ddôi geiriau i dafod Tobeias.

'Ac os ydyw'r Rhufeinwyr sydd yma am fod yn ffyddlon i'w Hymerawdwr, a allant hwy gamu o'r neilltu i wrando ar yr Iddewon yn cyfarch eu "Brenin"? A allant hwy, Barchusaf Rabbi?'

'Ond a oes raid wrth y fath frys, f'Arglwydd?'

'Yn fy marn i, oes. Neithiwr dyfynnais yr hen ddihareb, "Buddiol yw i un farw fel na ddifether y genedl oll." Daeth miloedd yma i'r Ŵyl. Creu terfysg yw bwriad y Nasaread a'i ddilynwyr, Barchusaf Rabbi. Y mae gwaywffyn y Rhuefinwyr yn finiog. Yn finiog iawn. Yr oedd yn flin calon gennyf amharchu rheolau'r Llys, ac erfyniaf eich maddeuant, y Rabbi Tobeias . . .'

'O, f'Arglwydd Archoffeiriad, nid dod yma i . . .'

'Na, mi wn. Ond er hynny, y mae'n ddyletswydd arnaf ymddiheuro i chwi ac i bob Rabbi a Pharisead yn y Llys. Yn wylaidd y gwnaf hynny, Barchusaf Rabbi. Fy nghysur yw, inni trwy fod yn anghyfreithlon ddarganfod y cabledd ofnadwy sydd yn enaid y Nasaread hwn.'

Yr oedd Caiaffas, meddyliai Joseff, yn rhy glyfar i'r hen Rabbi syml a didwyll. Gwyddai na roddai'r Archoffeiriad bwys o gwbl ar y rheolau 'cysegredig': yn wir, yr oeddynt fel pla yn ei olwg. Ond ar ôl y fuddugoliaeth a enillasai yn y nos, troediai'n ofalus yn awr: gwell rhagrith defosiynol yn wyneb y Rabbai Tobeias na dadleuon a cholli amser yn y Llys. Ac yr oedd yn amlwg oddi wrth wedd Tobeias i Gaiaffas ennill brwydr arall. Teimlai Joseff ei bod hi'n bryd iddo ef ymyrryd.

'Yr ydych yn anghofio'r peth pwysicaf, f'Arglwydd Caiaffas.'

Edrychai'r tri ohonynt arno, wedi sylwi ar y cryndod yn ei lais. Daliai'r Archoffeiriad ei gwpan gwin yn ei law, ac yfodd yn araf cyn gofyn,

'A hynny?'

'Ein bod ni, arweinwyr y genedl, yn cynllwyn i ladd y Meseia.'

Rhoes Caiaffas ddychryn duwiol, fel miswrn, ar ei wyneb a chododd oddi ar y fainc. Credent ei fod ar fin rhwygo'i ddillad, ond achubwyd ef rhag hynny gan guro ar y drws.

'Ie?'

'Yr Arglwydd Annas newydd gyrraedd, Syr. Y mae ef a'r Ysgrifenyddion yn aros amdanoch.'

'Dof ar unwaith, dywedwch wrthynt.'

Gwyddent beth a olygai hynny: yr oedd Annas a'r Ysgrifenyddion yno i dynnu allan y warant a gyflwynid i Bilat. A rhaid oedd ei geirio'n ofalus er mwyn argyhoeddi'r Rhaglaw fod y Nasaread yn her i allu ac awdurdod Rhufain.

'Byddem yn ddiolchgar iawn am eich cymorth, Barch-usaf Rabbi,' meddai Caiaffas wrth Tobeias.

'O'r gorau, f'Arglwydd Caiaffas.'

Dilynodd Tobeias yr Archoffeiriad o'r ystafell. Eisteddodd Nicodemus ar fainc esmwyth wrth y mur, gan syllu'n ddiobaith ar y llawr, ond cerddodd Joseff yn nerfus ymlaen ac yn ôl fel rhyw anifail caeëdig. Arhosodd o'r diwedd o flaen y llall.

'Pam y daethoch yma, Nicodemus?'

'Fel chwithau, i geisio dylanwadau ar Gaiaffas.'

'Gwn hynny. Ond pam? A ydych yn . . . yn credu yn y Nasaread?'

Ni ddywedodd y Pharisead ddim am ennyd: yr oedd, yn amlwg, yn ŵr gochelgar. Yna, fel petai'n cofio geiriau eofn Joseff wrth yr Archoffeiriad, ymwrolodd.

'Y Pasg dair blynedd yn ôl oedd hi,' meddai'n freuddwydiol. 'Yr oedd Cenan, brawd fy ngwraig, yn aros gyda mi dros yr Ŵyl. O'r Gogledd, o Fethsaida. Ganddo ef y clywais i sôn gyntaf am y Nasaread. "Petawn i ddeugain mlynedd yn ieuengach, Nicodemus," meddai wrthyf droeon, "dilynwn y Rabbi hwn." Dywedai fod rhai o wŷr ifainc Bethsaida yn gadael eu gwaith fel pysgodwyr i fynd ar ei ôl ac i'w dysgu ganddo. Pysgodwr oedd Cenan hefyd.'

'*Oedd*?'

'Ie. Bu farw ddwy flynedd yn ôl. Soniai lawer am gymydog iddo o'r enw Sebedeus ac am ei ddau fab, Ioan ac Iago.'

'Ioan? Cwrddais ef neithiwr—neu'r bore 'ma, yn hytrach.'

'O? Ym'hle?'

'Yn nhŷ saer o'r enw Heman.'

Nodiodd Nicodemus yn araf, a gwên hiraethus yn ei lygaid.

227

'I dŷ Heman yr euthum innau i'w weld,' meddai.

'I weld pwy? Y Nasaread?'

'Ie. Mynnodd Cenan imi fynd gydag ef i wrando arno'n athrawiaethu yng Nghyntedd y Deml. Ac wedi imi ei glywed, penderfynais geisio cael ymgom dawel ag ef yn ei lety. Galwodd Cenan Ioan o'r neilltu a threfnodd hynny liw nos, rhag i neb fy ngweld, euthum i dŷ Heman ac arweiniodd Ioan fi i'r oruwch-ystafell at y Rabbi. Bûm gydag ef yn hir. Aeth tair blynedd heibio er hynny, ond gallaf glywed ei lais y munud yma. "Oddieithr geni dyn drachefn," meddai, "ni ddichon weled teyrnas Dduw" . . .'

'Geni dyn drachefn?'

'Ie. Yr oedd ei eiriau'n dywyll i minnau. Am Deyrnas yr Iddewon a'r Meseia'n Frenin arni y meddyliwn i. Ond am eni dyn oddi uchod, o'r Ysbryd, y soniai ef. "Yr hyn a aned o'r cnawd sydd yn gnawd," meddai wrthyf, "ond yr hyn a aned o'r Ysbryd sydd yn ysbryd." Yr oedd yn bosibl i bob dyn fod yn aelod o Deyrnas Dduw . . . Joseff?'

'Ie?'

'A ydych chwi'n credu mewn gwirionedd ynddo?'

'Ydwyf. Cynlluniais gyda Chaiaffas i'w ddal a'i ladd, ond pan edrychodd arnaf neithiwr yn y Sanhedrin, gwelwn mor dlawd a diwerth oedd fy holl fywyd. A'r bore 'ma, yng ngardd Gethsemane, wrth siarad â physgodwr cyffredin o'r enw Simon Pedr . . .' Dechreuodd gamu'n ôl ac ymlaen eto, ac yna arhosodd yn sydyn.

'Nicodemus!'

'Ie?'

'Ni ddywedodd Caiaffas ei fod yn dychwelyd yma. Efallai fod y cadno . . .' Brysiodd i'r drws a'i agor.

'Yn cynnal y Sanhedrin hebom?' gofynnodd Nicodemus, gan ymuno ag ef.

'Ie, er mwyn osgoi ymyrraeth. Dewch, brysiwn.'

Rhuthrodd y ddau tua'r neuadd. Clywent lais Caiaffas yn annerch y Cynghorwyr: yr oedd mwy na digon o sail i amheuaeth Joseff.

Aethant i mewn i'r neuadd a sefyll wrth y drws.

'Ac yn olaf,'—darllenai'r Archoffeiriad o'r rhòl yn ei ddwylo—"o flaen y Sanhedrin ei hun cablodd yn echrydus drwy hawlio'i fod yn Fab Duw. A'n cosb ni, yr Iddewon am gabledd felly yw marwolaeth. A phrin y mae'n rhaid inni atgofio'r Ardderchocaf Raglaw fod honni hawl fel y Meseia, Brenin yr Iddewon, yn gwneuthur y carcharor Iesu bar-Joseff yn deyrnfradwr yn erbyn yr Ymerawdwr." '

Hon oedd y warant a luniwyd i'w rhoi o flaen y Rhaglaw Rhufeinig, Pontius Pilat. Rhoes Caiaffas y rhòl i'r Ysgrifennydd gwasaidd a safai gerllaw iddo, ac yna camodd ef ac Annas, y cyn-Archoffeiriad, oddi ar y llwyfan isel.

'Awn felly at y Rhaglaw,' meddai. Y Rabbi Tobeias a minnau a'r Cynghorwyr a enwyd gennych. Y mae'n ein disgwyl.'

Cododd pawb, a cherddodd y ddau Archoffeiriad yn urddasol ar hyd y llwybr a dorrai'r hanner-cylch o Gynghorwyr yn ddau. Brysiodd eraill i'w dilyn, yn eu plith yr hen Falachi ac Esras ac Isaac: y rhai hyn a ddewiswyd ar y ddirprwyaeth a âi at Pilat.

Camodd Joseff a Nicodemus o'r neilltu iddynt, a sylwodd y ddau ar y wên fuddugoliaethus yn llygaid Caiaffas. Nid oedd dim a safai yn ei ffordd ef, meddai holl agwedd yr Archoffeiriad.

Er ei bod hi mor fore, buan y casglodd tyrfa yn y Gabbatha, neu'r Palmant uchel ysgwâr tu allan i'r

Praetoriwm, y plas lle trigai Pilat pan ddeuai i Jerwsalem. Rhedai oriel hyd wyneb yr adeilad, ac wrth waelod y grisiau llydain a ddringai iddi, safai'r carcharor yn awr yng ngofal rhai o blismyn y Deml. Gerllaw iddo edrychai Caiaffas a'r Cynghorwyr ar ei gilydd ac i fyny i'r oriel bob yn ail, yn ddiamynedd iawn wrth orfod aros fel hyn am y Rhaglaw Rhufeinig. Ped aent i mewn i'r plas caent eistedd yno ar gadeiriau heirdd yn Neuadd y Llys, ond ni wnaent hynny ar un cyfrif: rhaid oedd iddynt eu cadw eu hunain yn bur a dihalog ar gyfer y Pasg.

'Arhoswn yma tu ôl i'r bobl,' sibrydodd Nicodemus yn ofnus.

'Na, awn ymlaen,' meddai Joseff, gan gydio yn ei fraich. 'Fe welodd Caiaffas ni'n eu dilyn yma, petai wahaniaeth am hynny.'

'Ie, bellach,' sylwodd y Pharisead â gwên nerfus.

Ymwthiodd y ddau ymlaen, Joseff yn eofn a phenderfynol, Nicodemus yn bur bryderus, i sefyll ar y chwith i Gaiaffas a'r lleill.

'Nid yw Pilat mewn brys,' sibrydodd Nicodemus ymhen ennyd.

'Heb godi, efallai.'

'Ond fe ddywedodd Caiaffas fod y Rhaglaw'n eu disgwyl.'

Gwenodd Joseff gan daflu'i ben. Ond nid oedd gwên yn ei galon. Ni welai un gobaith yn awr. Yr oedd y warant yn nwylo'r Rhaglaw yn barod, yn fwy na thebyg, ac arwyddai hi'n frysiog, gan felltithio'r Iddewon hyn am ei ddeffro mor fore: yna trosglwyddai'r carcharor i ddwylo'i filwyr.

Aeth orig hir ac araf heibio, a gwelai Joseff fod Caiaffas a'i gymrodyr yn anesmwyth iawn. Tyfai'r dyrfa hefyd, ond pobl o'r tai gerllaw oeddynt, ac nid oedd acen Galilea i'w chlywed yn eu plith. Pobl Jerwsalem i gyd, a gwnaent beth bynnag a ddymunai'r Archoffeiriad a gwŷr y Deml.

O'r diwedd, safai Pilat a rhai o'i swyddogion ar yr oriel, wrth ben y grisiau. Dyn canolig o ran maint oedd y Rhaglaw, ond ymddangosai'n dal yn awr yn ei urddwisg o liw'r hufen a'i hymyl o borffor drud, ac yn arbennig wrth ochr ei glerc byr a thew. Yn ei law daliai ei ffon fer o ifori, yn arwydd o'i awdurdod.

'Henffych, Ardderchocaf Raglaw!' meddai amryw o'r Cynghorwyr.

'Henffych!' atebodd Pilat yn gwta: nid oedd, yn amlwg mewn un o'i hwyliau gorau. Yna, â threm frysiog tua'r warant yn nwylo'i glerc a thua'r carcharor,

'Pa achwyn yr ydych chwi yn ei ddwyn yn erbyn y dyn hwn?'

Edrychodd Joseff a Nicodemus ar ei gilydd yn llawen. Hwn oedd y cwestiwn ffurfiol ar ddechrau pob praw Rhufeinig: a oedd Pilat am fynnu clywed yr holl dyst-iolaeth drosto'i hun? Os digwyddai hynny, âi'r carcharor yn rhydd—wedi'i fflangellu, efallai—oherwydd gofynnai cyfraith Rhufain am achwynwyr ac achwynion pendant.

'Oni bai fod hwn yn ddrwgweithredwr,' atebodd Caiaffas, 'ni thraddodasem ni ef atat ti.' Dywedai ei dôn na hoffai'r ymyrraeth hon, a chofiodd Joseff hefyd am yr elyniaeth a oedd rhwng yr Archoffeiriad a'r Rhaglaw.

Edrychodd Pilat i lawr ar y carcharor, a daeth rhyw hanner-gwên i'w wyneb. Y breuddwydiwr hwn yn ddrwg-weithredwr? meddai'i holl agwedd. Beth gynllwyn a oedd yn bod ar wŷr y Deml? Ofni colli'u gafael ar y bobl, efallai—a cholli rhai o'u trethi. A, wel, rhyngddynt hwy a'u pethau—ac a'u carcharor.

'Cymerwch chwi ef a bernwch ef yn ôl eich cyfraith eich hunain.'

Rhoes Caiaffas gam ymlaen yn frysiog.

'Nid cyfreithlon i ni ladd neb,' meddai. 'A chawsom hwn yn haeddu marwolaeth.'

'A'i drosedd?'

'Gŵyrdroi'r bobl a gwahardd rhoi teyrnged i Gesar, gan hawlio mai ef ei hun yw Crist Frenin.'

Celwyddau llithrig, a gwelai Joseff yr hen Rabbi Tobeias yn syllu'n hurt ar y Cynghorwyr o'i gwmpas. Ond miswrn difater oedd wyneb pob un ohonynt. Cychwynnodd Joseff i'r dde, gan fwriadu mynd i sibrwd gair yng nghlust Tobeias, ond cydiodd Nicodemus yn gyflym yn ei fraich.

'Na, wir, peidiwch, Joseff. Ni wnewch ond gyrru Caiaffas yn fwy penderfynol fyth.'

Dywedodd Pilat rywbeth wrth un o'i swyddogion ac yna aeth ef a'i glerc ac eraill i mewn i'r Praetoriwm. Amneidiodd y swyddog ar Amnon, pennaeth plismyn y Deml, a nodiodd yntau cyn rhoi gorchymyn i'w wŷr i arwain y carcharor i fyny'r grisiau.

'Y mae rhyw obaith yn awr, Nicodemus,' meddai Joseff yn eiddgar. 'Bwriada'r Rhaglaw ei groeshoelio trosto'i hun.'

'Ac y mae'r amser yn llithro ymlaen. Edrychwch: y mae Caiaffas ar bigau'r drain.'

'Ydyw, yn camu'n ôl a blaen yn ddig. Fe ŵyr fod Pilat yn ei gasáu. A diolch am hynny.'

Gwenodd Joseff wrth wylio anesmwythyd Caiaffas, ond ciliodd ei wên ymhen ennyd: gwelai'r Archoffeiriad yn troi at y Cynghorwyr ac yn egluro rhywbeth iddynt.

'Nicodemus! Y mae rhyw gynllwyn eto gan Gaiaffas.'

'Oes. Ac y mae'r hen Falachi a'r lleill wrth eu bodd.'

Gwelsant yr hen Falachi ac eraill o wŷr y Sanhedrin yn troi i blith y bobl ac yn cyfarch rhai a adwaenent.

'Y mae'u bwriad yn amlwg,' sylwodd Joseff.

'Cyffroi'r bobl yn erbyn y carcharor?'

'Ie. Fe lwyddant hefyd—gyda'r taeogion hyn.'

'Gwnânt: edrychwch arnynt yn nodio ac yn cilwenu ar ei gilydd. Yr oedd Cenan, fy mrawd-yng-nghyfraith, yn iawn. Yn Jerwsalem, meddai ef, yr oedd y bobl fwyaf gwasaidd yn yr holl wlad. "Cynffonwyr" y galwai ef hwy. Petai'n eu gweld yn awr, fe fyddai holl regfeydd pysgodwyr Galilea ar ei dafod. Ac ni all neb regi fel hwy.'

Syllodd Joseff ar y rhai a wrandawai'n awchus ar yr hen Falachi a'r lleill, a gwelai eto wynebau dieflig yr ogof.

'Gŵyrdroi'r bobl yn wir!' meddai'n ddig. 'Beth yw hyn, mi hoffwn wybod?'

Yna syrthiodd ei lygaid ar Heman y Saer a'i fachgen Ioan Marc ac amryw eraill o ddilynwyr y Nasaread: safent yn dwr pryderus ar fin y dyrfa. Ymh'le yr oedd Simon Pedr, tybed? Gan wybod ei fod yn ŵr byrbwyll, efallai iddynt ei gymell i aros ymaith. Edrychent yn unig a digymorth iawn yno ar gwr y bobl fileinig hyn.

Dychwelodd Pilat a'i glerc i'r oriel a galwodd swyddog am dawelwch. Darfu pob siarad a sisial a phwysai pawb ymlaen i glywed y ddedfryd. Safodd y Rhaglaw gyferbyn â Chaiaffas a chyhoeddodd mewn llais clir ac uchel,

'Nid wyf yn cael dim bai ar y dyn hwn.'

Torrodd ystorm o wrthdystio.

'Y mae'n euog!'

'Cablwr!'

'Y mae'n haeddu marwolaeth!'

'Terfysgwr!'

'Y mae'n cyffroi'r bobl yn erbyn Cesar!'

233

'Yn awr yn Jwdea!'

'Yma yn Jerwsalem!'

'Ar ôl ennill holl Galilea!'

'Tiberius! Tiberius am byth!'

'Nid Galilead!'

'Cesar, nid Galilead i ni!'

Tu ôl i'r ysgrechau hyn rhuai llu o leisiau mewn sŵn dieiriau, ac edrychodd y Rhaglaw braidd yn syn ar y dyrfa ac yna ar ei glerc. Ni ddisgwyliasai ef y fath gynnwrf. Taflodd drem ar Gaiaffas a'i ddyrnaid o Gynghorwyr—a deallodd. Hawdd oedd gweld oddi wrth wyneb yr hen Falachi'n unig mai ystorm wneud oedd hon: ni allai ef, fel yr Archoffeiriad, guddio'i foddhad.

Dywedodd Pilat rywbeth wrth ei glerc, a nodiodd hwnnw. Yna cododd swyddog ei law i alw am osteg.

'Ai Galilead yw'r dyn?' gofynnodd y Rhaglaw i Gaiaffas.

'Ie, saer o Nasareth,'—y gair 'saer' mewn dirmyg.

'Deiliad Herod Antipas, felly?'

'Ie, ond cyflawnodd yma yn Jerwsalem . . .' Ond ni wrandawai Pilat. Troes at ei glerc a siaradodd yn dawel ag ef, gan wenu'n slei. Tybiodd Joseff mai dweud rhywbeth digrif am Herod yr oedd. Gwyddai am yr elyniaeth a oedd rhyngddynt.

Wedi iddo roi gorchymyn i'w swyddogion, brysiodd y Rhaglaw ymaith ar hyd yr oriel heb gymryd sylw pellach o'r Archoffeiriad a'i gyfeillion. Cerddai'n dalog, gan ddal i wenu ar ei glerc, a dywedai ysgogiad ei ben nad ddoe y ganwyd Rhufeiniwr. Rhyngddynt hwy a'r hanner-Iddew Herod Antipas!

Ymunodd rhai o'r milwyr a'r swyddogion Rhufeinig yn awr â phlismyn y Deml, ac arweiniwyd y carcharor i lawr y grisiau ac ar draws y Palmant. Ymgynghorodd Caiaffas â'r Cynghorwyr, ennyd, ac yna, gan geisio ymddangos yn ddwys ac urddasol, cychwynasant ar ôl yr osgordd. Dilynodd Joseff a Nicodemus hefyd, ac o'u cwmpas ymwthiai'r bobl yn dyrfa swnllyd. Rhuthrai degau o rai eraill o'r tai hyd ochrau'r ystrydoedd troellog, a chyn hir yr oedd gorymdaith enfawr ar ei ffordd tua phlas Herod. Cerddodd Joseff yn araf, gan feddwl aros am Heman y Saer a'r lleill; yna sylweddolodd fod y bachgen Ioan Marc wrth ei ochr.

'Fy nhad am i chwi fynd yn eich blaen, Syr, a pheidio â chymryd arnoch eich bod yn ein hadnabod ni. Efallai y cewch gyfle i siarad dros y Meistr, Syr.' Yna llithrodd y bachgen yn ôl a diflannu yn y dorf.

'Y mae Pilat yn gyfrwys,' meddai Nicodemus fel y brysient ymlaen.

'Yn talu gwrogaeth i Herod?'

'Ie. Gŵyr fod Antipas yn ffafr yr Ymerawdwr.'

'Fe ddylai fod—ar ôl codi dinas gyfan er mwyn rhoi'r enw "Tiberias" arni!'

'Clywais ei fod yn dal i yrru negeswyr i Rufain bob cyfle i achwyn yn erbyn Pilat. Fe wna hyn hwy'n gyfeillion, efallai! Beth a ddigwydd yn awr, debygwch chwi, Joseff?'

'Gwyddom beth fu hanes Ioan Fedyddiwr pan syrthiodd ef i ddwylo Herod,' oedd yr ateb lleddf.

Yr oedd y cwrt mawr tu allan i blas Herod yn orlawn, a safai gwylwyr yn awr wrth y pyrth haearn i gadw'r bobl allan. Ond cafodd Joseff a Nicodemus yn eu gwisgoedd urddasol lwybr drwy'r dyrfa ymlaen at ymyl Caiaffas a'r Cynghorwyr. Nid oedd golwg o'r carcharor a'i osgordd: aethent hwy i mewn i'r plas, yn amlwg.

Gwaeddai'r bobl yn wyllt fel y gwnaethent o flaen Pilat, gan gyhuddo'r carcharor eto o gynhyrfu'r holl wlad yn erbyn awdurdod Cesar, o fod yn Jwdas o Gamala arall. Yr oedd enw Jwdas o Gamala yn ddychryn i Herod. Hwnnw, pan fu farw'i dad, Herod Fawr, a gychwynnodd wrthryfel y Selotiaid yng Ngalilea, gan gasglu byddin gref a meddiannu tref Sephoris a'i chronfa o arfau. Ond byr fu ei lwyddiant. Brysiodd y Cadfridog Varus a'i lengoedd i lawr o Syria, a chreulon fu'r dialedd. Llosgwyd Sephoris i'r llawr a gwerthwyd holl bobl y dref yn gaethion: lladdwyd miloedd drwy'r wlad: croeshoeliwyd dwy fil yn Jerwsalem. Dihangodd Jwdas i aros am gyfle arall, ond pan gododd ei faner eilwaith ymhen rhai blynyddoedd, cymhellodd awdurdodau'r Deml y bobl i fodloni ar dalu'r trethi i Rufain. Ac yn awr wele Jwdas o Gamala arall yn y ddalfa, a gwŷr y Deml unwaith yn rhagor yn achub yr Iddewon rhag gwrthryfel a'r gosb ofnadwy a'i dilynai!

Ond chwerthin a wnâi'r Tetrarch am ben y fath gyhuddiad, meddai Joseff wrtho'i hun. Onid oedd ganddo ysbïwyr drwy holl Galilea ac oni wyliai'r rheini symudiadau pob un a ymddangosai'n derfysgwyr? Na, ni thwyllid yr hen gadno Herod Antipas gan yr achwynion hyn.

Beth a ddigwyddai tu fewn i'r plas, tybed? Yr oedd y drysau trymion yn agored, a gwelai Joseff a Nicodemus nifer o wylwyr Herod a rhai o blismyn y Deml wrth ddrws y Neuadd ar y chwith: yno, felly, y safai'r carcharor o flaen y Tetrarch. Tawelodd y dyrfa'n awr, ond clywai Joseff rai ohonynt yn sisial wrth ei gilydd o'i amgylch.

'Dyma'i gyfle o'r diwedd,' sylwodd un dyn mawr ac araf, gan droi'i ben yn gall cyn chwilio am le i boeri ar y llawr. Yr oedd wrthi'n cnoi rhywbeth, a sylwai Joseff fod ei boer yn diferu o'i enau i'w farf.

'Pwy? Antipas?' gofynnodd ei gymydog, gŵr bychan eiddil ond un awdurdodol ei lais, a'i lediaith Roeg mor amlwg ag y gallai ef ei gwneud.

'Ie,' meddai'r poerwr a'i lygaid gweigion yn cau gyda'i gilydd mewn winc ddoeth. 'Fe geisiodd ddal hwn droeon o'r blaen.'

'Do, mi wn, *up in Galilee.*'

'Do. Un o Galilea yw Sem fy nghefnder, ac mi glywais i Sem yn . . .'

'Dianc ar draws y Llyn *every time.*'

'Ie, dyna oedd Sem yn ddweud.'

'*Every time.* Gwneud *speeches* o gwch wrth y lan, ac yna *off* ag ef. I wlad Philip, brawd Herod. Philip ddim yn trwblio'i ben *about him.* Ond yr *oedd* Antipas. *John the Baptist risen from the dead.*'

'Y?'

'Ioan Fedyddiwr wedi codi eto! Dyna oedd Herod yn gredu.'

Llyncodd y gŵr araf beth bynnag a oedd yn ei geg yn ei fraw.

'Ond fe dorrodd Antipas ben hwnnw.'

'*Clean off.* I blesio'i wraig Herodias. Ar ôl i'w merch Salome ddawnsio o'i flaen. *Soldier brought it in on a salver.*'

'Ond sut y gall dyn heb ben atgyfodi?'

'Gofynnwch i'r Phariseaid!'

Edrychai'r gŵr mawr o'i gwmpas braidd yn anghysurus, fel petai'n disgwyl canfod rhywun heb ben yn nesáu ato o ganol y bobl. Yna chwarddodd yn blentynnaidd i anghofio'i anesmwythyd.

237

'Ioan Fedyddiwr wedi atgyfodi, wir!' meddai. 'Beth sy'n bod ar Herod Antipas? Ddim hanner call! Dyn heb ben yn byw eto! Wel, wir! He, he, he!' Ond darfu'i chwerthin yn sydyn fel y syllai'n geg-agored ar ysgwyddau llydain rhyw ddyn o'i flaen: digwyddai'r gŵr blygu'i ben yn isel i chwilio am rywbeth tu fewn i fynwes ei wisg.

Gwelai Joseff y gwylwyr a'r plismyn wrth y porth yn nodio a gwenu ar ei gilydd, ac yna torrodd hyrddiau o chwerthin uchel o'r Neuadd, a llais dwfn a chwrs Herod yn arwain y miri. Caeodd Joseff ei ddyrnau'n chwyrn.

'Antipas yn cael hwyl am ben y carcharor, gellwch fentro,' meddai wrth Nicodemus.

'Ie, 'synnwn i ddim.'

Ymwthiai rhai o'r bobl ymlaen gan feddwl gweld y difyrrwch, ond buan y gyrrwyd hwy'n ôl gan y gwylwyr. Dringodd amryw ohonynt wedyn ar ysgwyddau eraill, a mawr oedd eu mwynhad wrth edrych i mewn drwy'r ffenestri. Yna neidiasant i lawr yn gyflym a brysio'n ôl tua'r porth: yr oedd y digrifwch drosodd.

'Ho, ho! Y Brenin! Y Brenin!'

'Henffych i'r Brenin!'

'Hosanna!'

Llefai a chwarddai'r dorf mewn bloddest wrth agor llwybr i'r carcharor a'i osgordd. Amdano yn awr yr oedd gwisg glaerwen—lliw brenhinol yr Iddewon—ac ymgrymai llawer mewn ffug-wrogaeth fel yr âi heibio iddynt. Poerai eraill arno. Manteisiai'r plismyn a'r milwyr hefyd yn awr, wedi gweld ffordd Herod o'i drin, ar bob cyfle i'w wthio ymlaen yn ddiseremoni. Ond hwy, nid ef, meddyliai Joseff wrth syllu arno, a gollai urddas.

Ymlwybrodd y dyrfa'n ôl tua Praetoriwm, a phawb yn preblan yn gyffrous. Beth a wnâi'r Pilat ag ef y tro hwn?

Yr oedd yn *rhaid* iddo'i gondemnio. Oedd, y Rhufeiniwr trahaus iddo, yn lle rhoi sen ar y Sanhedrin a'r Archoffeiriad fel hyn. A fyddai croeshoelio? Pa bryd? Heddiw?

Llanwyd y Palmant eto, a chynyddasai'r dorf gymaint nes bod llu mawr a checrus tu allan i'r pyrth. Llefai'r bobl hyn beth bynnag a ddeuai'n rhwydd i'w tafodau, gan weiddi er mwyn gweiddi, fel plant swnllyd wrth chwarae.

Aethai negeswyr o'u blaenau, yn amlwg, a disgwyliai Pilat hwy. Dygesid ei orsedd o ifori i'r oriel ac eisteddodd arni, gan edrych i lawr yn ddig ar y dyrfa afreolus. Wedi i'r milwyr a'r plismyn arwain y carcharor i fyny'r grisiau, galwodd swyddog am osteg, ac yna llefarodd y Rhaglaw braidd yn ddiamynedd, fel petai'n dyheu am roi terfyn buan ar yr holl ystŵr a brysio ymaith.

'Chwi a ddygasoch y dyn hwn ataf fi fel un yn gŵyrdroi'r bobl: ac wele, myfi a'i holais ef yn eich gŵydd chwi ac ni chefais ynddo ddim bai, ddim o'r pethau yr ydych chwi'n ei gyhuddo ohonynt. Na Herod chwaith. Anfonais chwi at y Tetrarch, ond yn ôl yma y gyrrodd ef y carcharor. Ni wnaeth hwn ddim sy'n haeddu marwolaeth. Am hynny, mi a'i ceryddaf ef ac a'i gollyngaf ymaith.'

Gwelai Joseff wynebau llon Heman ac Ioan a'r lleill yng nghefn y Palmant a gwenodd yn hapus arnynt. Ond bu farw'r wên ar ei wyneb cyn gynted ag y daethai yno: o'i amgylch ym mhob cyfeiriad, fel tonnau chwyrn yn ymhyrddio ar greigiau, torrodd rhyferthwy o brotest, gan ymdaenu i gyrrau pellaf y dorf tu allan i'r pyrth. A chilwenai'r hen Falachi a'r lleill ar ei gilydd.

Syllodd Pilat yn ddirmygus ar y dyrfa, gan wybod mai creaduriaid Caiaffas a'i fagad o Gynghorwyr taeog oedd y mwyafrif ohonynt. Yna taflodd olwg ar y carcharor, a chredai Joseff fod edmygedd yn ei wedd. Safai'r Nasaread rai camau oddi wrth yr orsedd, yn llwyd ac unig ond yn ddewr ac urddasol a'i ddwylo rhwym wedi'u plethu o'i flaen. Er bod y Rhaglaw'n enwog am ei greulonderau gwaedlyd, edmygai Joseff ef yn awr: yr oedd am fynnu chwarae teg i ŵr diamddiffyn.

Ond ymddangosai'n betrus, heb wybod beth oedd y cam nesaf. Amneidiodd ar ei glerc i ymgynghori ag ef, ac yna, fel petai rhyw weledigaeth ganddynt, nodiodd y ddau ar ei gilydd. Galwyd am osteg eto a chododd Pilat yntau ei law. Bu tawelwch disgwylgar.

'Bob blwyddyn, ar Ŵyl eich Pasg fel hyn,' meddai'r Rhaglaw, a siaradai'n glir a phwyllog yn awr, gan yrru pob gair i'r clustiau pellaf, 'y mae'n arferiad gennym ollwng carcharor yn rhydd i chwi. Pa un a fynnwch? Ai Iesu Barabbas, ai Iesu a elwir Crist?'

Edrychodd y bobl ar ei gilydd yn ansicr. Yr oedd Barabbas yn derfysgwr peryglus, ac yn yr helynt, pan ddaliwyd ef wrth fur y Deml, fe laddwyd milwr Rhufeinig: y groes oedd y lle gorau iddo ef, rhag ofn iddo greu cynnwrf eto. Pob parch i'r Selotiaid gorwyllt hyn, ond heddwch, tawelwch amdani ar bob cyfrif: yr oedd gwrthryfelwyr fel Barabbas yn sicr o droi'r ddinas yn ferw bob cyfle, a chadwai hynny bobl—ac arian—o Jerwsalem. Na, i'r groes â Barabbas!

Troes Caiaffas i ddweud rhywbeth wrth yr hen Falachi, ac aeth hwnnw ar unwaith i ganol y Cynghorwyr eraill a'i dafod a'i ddwylo'n huawdl. Brysiodd amryw ohonynt i blith y bobl, ac ymhen ennyd llithrai'r gair 'Barabbas' drwy'r dyrfa fel su awel mewn hesg. Tyfodd y su'n glebar a'r clebar yn sydyn yn ysgrechau.

'Barabbas! Barabbas!'

'Bwrw hwn ymaith!'

'Gollwng Barabbas inni!'

'Nid hwn ond Barabbas!'

'Barabbas!'

Yr oedd yr hen Falachi a'i gyd-Gynghorwyr wrth eu bodd, ond ymddangosai Caiaffas yn ddigyffro, heb arwydd o wên na boddhad ar ei wyneb. Gwelai Joseff y Rhaglaw'n rhythu'n ddicllon ar yr Archoffeiriad, ond ni chymerai Caiaffas arno sylwi ar yr edrychiad: dywedai ei wyneb dwys mai am gyfiawnder y llefai'r bobl.

Agorodd drws ar y dde a daeth morwyn hardd ei gwisg drwyddo ac ar hyd yr oriel. Ar ôl gair brysiog ag un o'r swyddogion Rhufeinig, moesymgrymodd o flaen Pilat a chyflwyno iddo dabled wêr mewn cas o ifori. Darllenodd y Rhaglaw'r neges a oedd arni, ac yna syllodd yn ffwndrus ar ei glerc ac ar y dabled bob yn ail. Wedi iddo'i throsglwyddo i'r clerc, ymddangosai hwnnw hefyd mewn penbleth fawr ac edrychai'r swyddogion a'r milwyr ar ei gilydd yn anesmwyth. Islaw ar y palmant tawelodd y dorf ac ymdaenodd sisial chwilfrydig drwyddi, ond daliai'r rhai a oedd tu allan i'r pyrth i weiddi 'Barabbas!' yn wyllt.

Cododd Pilat ei ben a lledodd ei ysgwyddau mewn penderfyniad sydyn. Nodiodd ar y swyddog a ofalai am osteg, ac wedi i bob sŵn ddarfod, meddai'r Rhaglaw yn araf ac uchel am yr ail waith.

'Ni chefais yn y dyn hwn ddim bai. Am hynny, mi a'i ceryddaf ef ac a'i gollyngaf ymaith. Ef fydd y carcharor a ddewisaf i'w ollwng . . .'

Ond llyncwyd gweddill y frawddeg gan gynddaredd y dorf.

'Croeshoelia, croeshoelia ef!'

'Golgotha! Golgotha!'

'Y groes! Y groes!'

'Croeshoelia ef!'

Yr oedd cynddaredd yng nghalon Joseff hefyd fel y syllai ar yr wynebau gweigion o'i amgylch. Nid nepell oddi wrtho, rhuai'r dyn mawr glafoeriog a'i daran o lais yn saethu allan dawch o boer ar y rhai o'i flaen. O, na ddeuai pererinion y Pasg i blith y dihirod hyn!

Am y drydedd waith amneidiodd Pilat am ddistawrwydd: bwriadai, yn amlwg, wneud un apêl arall. Nid arhoes am dawelwch llwyr y tro hwn ac edrychodd yn syth ar Gaiaffas a'r Cynghorwyr wrth siarad.

'Ond pa ddrwg a wnaeth efe? Ni chefais i ddim achos marwolaeth ynddo. Am hynny, mi a'i ceryddaf ef ac a'i gollyngaf yn rhydd.'

Oernadodd y dyrfa fel bleiddiaid. Erbyn hyn ysgyrnygai llu ohonynt eu dannedd a chwifiai ugeiniau eu dyrnau'n wyllt.

'I'r groes! I'r groes!'

'Croeshoelia, croeshoelia ef!'

Gwgodd y Rhaglaw ar y môr o wynebau mileinig o'i flaen ac yna suddodd yn ôl ar ei orsedd yn ddig. Aeth ei glerc ato i gynnig rhyw gyngor, a nodiodd Pilat cyn amneidio ar un o'i swyddogion milwrol i roi gorchymyn iddo. Saliwtiodd hwnnw a throi ymaith. Arweiniwyd y carcharor ar hyd yr oriel ac allan o'u gŵydd. Cododd Pilat a mynd i mewn i'r Praetoriwm.

'Y mae'n ildio i'r cŵn,' meddai Joseff.

'Ydyw,' atebodd Nicodemus, gan blethu'i ddwylo'n nerfus. 'Aethant ag ef i'w fflangellu. Y maent yn fflangellu bob amser cyn . . . cyn . . .' Ond ni ddôi'r gair 'croeshoelio' i'w enau.

Tawelodd y dyrfa, gan ddisgwyl am sŵn y fflangell ac ysgrechau'r carcharor o'r cwrt gerllaw. Arhosent yn

awchus, er gwybod mor ddieflig o greulon oedd y fflang-
ell Rufeinig a'r darnau o haearn a phlwm ac esgyrn
wedi'u clymu yn ei rheffynnau o ledr: gyrrai'r driniaeth
hon lawer truan yn orffwyll, a threngai eraill yn ei
harteithiau. Un, dau, tri . . . caeodd Joseff ei lygaid
a'i ddannedd yn dynn wrth wrando ar yr ergydion, a
phlethai a dadblethai Nicodemus ei ddwylo yn ei fraw.
Ysgydwai Caiaffas ei ben yn ddwys: gresyn hyn, meddai'i
fiswrn o wyneb—ond anorfod, onid e?

Darfu'r ergydion, a'r bobl braidd yn siomedig: ni
roddwyd iddynt ysgrechau nac ochain i wrando arnynt.
A fu'r carcharor farw o dan y fflangell? Na, daeth
hyrddiau o chwerthin gwatwarus o'r cwrt: yr oedd y
milwyr yn cael hwyl am ei ben. Ceisiai'r dyrfa ymwthio
ymlaen yn ei chwilfrydedd a brysiodd milwyr Rhufeinig a
phlismyn y Deml i lawr y grisiau i'w hatal. Troes Caiaffas
a'r Cynghorwyr a chodi dwylo pryderus i'w llonyddu,
gan ofni rhuthr a phanig; yna syrthiodd y bobl yn ôl i'w lle
wrth weld Pilat a'i glerc eto ar yr oriel.

'Wele,' gwaeddodd y Rhaglaw, 'yr wyf yn ei ddwyn ef
allan i chwi, fel y gwypoch nad wyf fi yn cael ynddo ef un
bai.' Yna, gan daflu golwg i'r chwith, 'Wele'r dyn!'

Cododd gweiddi a chwerthin croch ar bob tu. Am y
carcharor yn awr yr oedd gwisg borffor un o'r swydd-
ogion Rhufeinig, a thrawyd ar ei ben goron ddrain.
Gwthiodd y milwyr ef, er mai prin y gallai sefyll ac er bod
chwys a gwaed yn ei ddallu'n llwyr, yn ôl at orsedd Pilat.

Gwyliai'r Rhaglaw y dorf yn graff: disgwyliasai y
byddai'r olwg druenus ar y carcharor yn eu bodloni ac y
gallai yn awr ei ryddhau. Ac am ennyd credai Joseff i'r
cynllun lwyddo: cilwenai a chwarddai'r bobl ar ei gilydd,
gan anghofio'u cri am y penyd eithaf. Ond troes Caiaffas

at yr hen Falachi a'r lleill, a buan y deffrowyd eilwaith lid y giwed o'u hôl.

'Croeshoelia, croeshoelia ef!'

Edrychodd Pilat at ei glerc mewn anobaith chwyrn, ar fin colli'i dymer yn lân.

'Cymerwch chwi ef,' gwaeddodd tua Caiaffas, 'a chroeshoeliwch ef eich hunain: canys nid wyf fi yn cael dim bai ynddo.'

'Croeshoelia, croeshoelia ef!' oedd ateb y dorf.

Daliodd Caiaffas ei law i fyny am osteg, ac wedi iddo'i gael,

'Y mae gennym ni gyfraith,' meddai, 'ac wrth ein cyfraith ni efe a ddylai farw, gan iddo'i wneuthur ei hun yn Fab Duw.'

Mab Duw! Ai ofn a oedd yn llygaid Pilat? Taflodd olwg ar y clerc ac ar hyd yr oriel tua'r drws y daethai'r forwynig drwyddo. Dywedodd rywbeth wrth un o'i swyddogion cyn troi ymaith i mewn i'r Praetoriwm, a brysiodd hwnnw i roi gorchymyn i'r milwyr. Yna arweiniwyd y carcharor ar ôl y Rhaglaw.

'Edrychai Pilat yn ofnus,' meddai Joseff.

'Gwnâi. Clywais ei fod yn ŵr ofergoelus iawn,' sylwodd Nicodemus.

'Beth a oedd ar y dabled wêr 'na, tybed?'

'Neges oddi wrth ei wraig, efallai. Un o forynion Procula oedd y ferch, yn siŵr i chwi. Ac efallai . . .'

'Efallai beth?'

'Efallai ei bod hi o'i blaid—wedi clywed am ei wyrthiau a'i ddysgeidiaeth.'

Yr oedd Caiaffas a'r Cynghorwyr yn anesmwyth eto, a rhoesant arwydd i'r dyrfa o'u hamgylch i ailgydio yn eu bloeddio: llithrai'r amser ymlaen a chyn hir byddai pererinion y Pasg yn llifo i'r ddinas o'r bryniau a'r pentrefi cyfagos.

Dychwelodd Pilat i'r oriel, a thawodd y bobl i wrando arno. Sisialodd Caiaffas rywbeth wrth yr hen Falachi.

'Wele, holais ef drachefn,' meddai'r Rhaglaw, 'ond ni chefais ynddo ddim bai. Mi a'i gollyngaf yn rhydd.'

Daeth ateb ar unwaith—yn llais main yr hen Falachi.

'Os gollyngi di hwn yn rhydd, nid wyt ti yn garedig i Gesar. Pwy bynnag a'i gwnelo'i hun yn frenin y mae'n herio Cesar.'

Bygythiad i achwyn arno yn Rhufain oedd hwn, ac aeth yr ergyd adref. Gŵr i'w gasáu oedd pob Rhaglaw Rhufeinig, ond gwyddai Pilat ei fod ef yn fwy amhoblogaidd nag un o'i ragflaenwyr. Ped ymunai gwŷr y Deml â'r Tetrarch Herod Antipas i yrru negeswyr at yr Ymerawdwr, byddai ei ddyddiau yng Nghanaan ar ben. Ildio iddynt a wnâi Tiberius: bellach mwynhâi'r hen Ymerawdwr henaint diog yn Ynys Capri, gan ddewis y ffordd rwyddaf allan o bob anhawster. Ac unwaith yr âi Caiaffas a'i Sanhedrin ati i lunio cyhuddiadau i'w erbyn, byddai'r rhestr, fe wyddai'r Rhaglaw, yn un faith.

Eisteddodd Pilat ar ei orsedd unwaith eto, yn ŵr sur, wedi'i drechu. Amneidiodd ar swyddog i ddwyn y carcharor yn ôl i'r oriel, ac yna, â dicter yn ei lais,

'Wele eich Brenin,' meddai.

Yr oedd her a dirmyg yn y geiriau. Hwn, yn ei boenau a'i waradwydd, yn ei wisg borfforff a'r goron ddrain am ei ben, oedd yr unig frenin a gaent hwy byth.

Corwynt o floeddio oedd yr ateb.

'Ymaith ag ef! Ymaith ag ef!'

'Croeshoelia ef!'

Wedi i'r llefaru dawelu, saethodd y Rhaglaw un cwestiwn arall i gyfeiriad Caiaffas,

'A groeshoeliaf fi eich Brenin chwi?'

Yr Archoffeiriad ei hun a atebodd y tro hwn.

'Nid oes i ni frenin ond Cesar,' meddai.

Dychrynodd hyd yn oed y bobl daeog hyn wrth glywed y fath gabledd o enau eu Harchoffeiriad. Er pan oeddynt yn blant, dysgwyd hwy mai Iafe oedd eu Brenin hwy. 'Yr Arglwydd sydd Frenin byth ac yn dragywydd,' a glywid beunydd yn y synagog ac yn y Deml.

Syrthiodd distawrwydd, ennyd, fel cwrlid tros y dyrfa. Yna o amgylch Caiaffas a'r Cynghorwyr, gan ymdaenu i bob cyfeiriad, cododd eilwaith y llefau chwyrn,

'Ymaith, ymaith ag ef!'

'I'r groes! I'r groes!'

'Croeshoelia, croeshoelia ef!'

Chwiliodd llygaid Joseff am Heman ac Ioan a'r lleill. Safent draw yng nghefn y dorf yn syllu'n ddig o'u cwmpas, ac wylai'r bachgen Ioan Marc ar fraich ei dad. Diolchai Joseff nad oedd Simon Pedr gyda hwy: byddai ef a'i gleddyf byrbwyll yn nwylo'r Rhufeinwyr ymhell cyn hyn.

Nodiodd Pilat ar ei glerc, a dug hwnnw'r warant iddo i'w harwyddo. Gan daflu golwg ffiaidd ar Gaiaffas, cydiodd y Rhaglaw yn yr ysgrifell a thorrodd ei enw'n ffyrnig o frysiog ar y memrwn. Yna galwodd un o'i swyddogion ato a rhoi gorchymyn iddo.

Yr oedd y dyrfa wrth ei bodd yn awr: oni chollodd Rhufain y dydd? Chwiliai'r dyn mawr glafoeriog yn foddhaus am le i boeri ar y llawr, a dywedai ei lygaid gweigion mai ei fuddugoliaeth bersonol ef oedd hon. A

246

melys i ŵr bach y llediaith oedd gweiddi 'To the Cross!' gydag arddeliad.

Dug gwas ddysgl arian i'r oriel. Cododd Pilat, a chyda threm herfeiddiol tua'r Archoffeiriad, golchodd ei ddwylo yn y dŵr a oedd ynddi. Syllodd y bobl yn syn a thawel, ac nid oedd yn rhaid i'r Rhaglaw godi'i lais wrth lefaru.

'Dieuog ydwyf fi,' meddai, 'oddi wrth waed y cyfiawn hwn: edrychwch chwi.'

Cilwenodd yr hen Falachi a'r Cynghorwyr eraill ar ei gilydd a deffroes hynny eto lid y creaduriaid o'u hamgylch.

'Bydded ei waed ef arnom ni,' gwaeddodd un.

'Ac ar ein plant,' llefodd arall.

Cydiodd ugeiniau o dafodau yn y geiriau, a hyrddiwyd y frawddeg o bob cyfeiriad tua'r oriel. Safai Pilat yn berffaith lonydd a'i wyneb yn welw gan ddirmyg: yna, heb air arall, troes a brysio ymaith.

Troes yr Archoffeiriad hefyd ymaith tua phorth bychan ar y dde. Ymddangosai'n ddwys a difrifol iawn: onid oedd hi'n ddarpar-ŵyl ac yntau'n hwyr i'w orchwylion sanctaidd yn y Deml! Heddiw yr aberthid Oen y Pasg.

X

I fyny yn Nhŵr Antonia llusgai'r bore heibio i Longinus. Wedi'r parêd a'r ymarfer plygeiniol aethai ef, fel llawer canwriad arall, ar orymdaith gyda'i reng o filwyr i lawr heibio i'r Deml a thrwy lawer o heolydd troellog y ddinas. Arddangosfa o nerth ac awdurdod milwrol Rhufain oedd hon, ffordd o roi gwybod i'r Iddewon anesmwyth hyn mai doeth iddynt oedd ymgadw rhag unrhyw gynnwrf.

Ond llusgo a wnâi'r amser wedyn. Yr oedd ei wŷr yn awr yng ngofal Marcus, un o'i filwyr hynaf, ac yntau'n anniddig yn ei segurdod. Treuliasai awr yn ymddiddan â rhai o'r canwriaid eraill pob un yn unfarn ynghylch adloniant a merched Jerwsalem, ac yna aethai i'w ystafell i geisio darllen tipyn. Tynnodd allan ròl yn cynnwys cerddi Lucretius, un o'i hoff feirdd, ond crwydro a wnâi'i feddwl er ei waethaf. Syllodd draw tua Mynydd yr Olewydd a'i bebyll aneirif a'r ffordd tua Bethania a Jericho yn rhimyn gwyn tros ei ysgwydd. Heno, dechreuai gŵyl grefyddol y bobl hyn a byddent oll yn bwyta'u swper sanctaidd ac yn canu mawl i'w Duw. Yn nyfnder enaid Longinus yr oedd dyhead am ryw sicrwydd fel yr eiddynt hwy. Ni allai addoli Rhufain, fel llawer o'i deulu a'i gyfeillion, na'r Ymerawdwr na'r cannoedd o dduwiau yr ymgrymai ei gydgenedl iddynt. Pob parch i'r Duw Jupiter, ond os oedd chwarter y chwedlau am ei helynt-ion caru yn wir . . . ! Pob parch hefyd i oraclau Apolo ac i ddefodau rhodresgar Cybele, Mam y Duwiau, ac i'r templau lle'r oedd cannoedd o gaethferched yn ddim ond puteiniaid dan enw rhyw dduw neu'i gilydd, ond an-rheithiwyd ei ffydd yn y pethau 'sanctaidd' hyn byth er pan ddechreuasai ddarllen gwaith y Groegwr Plato. Ac yn awr wedi iddo ddyfod i'r wlad hon a chyfarfod gwŷr fel Othniel, ni wyddai beth a gredai. Dim byd, efallai. Nid oedd hynny o grefydd a oedd ynddo ond amheuon a chwestiynau'n troi a throi yn eu hunfan fel dail mewn trobwll. Beth a wnâi'r Proffwyd o Nasareth heddiw, tybed? Gwelai eto'i lygaid dicllon yng Nghyntedd y Deml a'r ofn yn wynebau'r cyfnewidwyr arian a'r gwerthwyr. Ni feiddiai un proffwyd o Rufeiniwr ymlid yr offeiriaid ariangar a'r caethferched truain o demlau Cybele neu

Aphrodite: pe gwnâi, fe'i croeshoelid ef neu fe'i teflid i ganol anifeiliaid rheibus yr arena. Ond er ei ddicter y diwrnod hwnnw wrth y rhai a wnâi'r Deml yn ogof lladron, yr oedd y gŵr yn Iddew, a thebyg ei fod ef a'i ddisgyblion yn awr yn paratoi'n ddefosiynol ar gyfer yr ŵyl. A âi ef i Arimathea, tybed? Os âi, câi ddisgybl dwys ac eiddgar yn ei aros yno, yr oedd Longinus yn sicr o hynny. Ond byddai'r tad, y Sadwcead cyfoethog, yn ffyrnig.

Daeth canwriad o'r enw Sextus, i mewn i'r ystafell, gŵr trwsgl a gerwin a'i drwyn mawr afluniaidd yn dyst o lawer ysgarmes ddyrnol. Gwelsai Longinus ef droeon yn y gwersyll, ond ni thorasai air ag ef o'r blaen. Yn wir, prin y siaradai'r cawr afrosgo hwn â neb, dim ond nodio a gwthio'i wefusau a'i ên allan mewn gwg herfeiddiol ar bawb a phopeth: gwgai Sextus hyd yn oed pan wenai.

'Troi i mewn am shgwrsh,' meddai. Yr oedd yn feddw, er nad oedd hi ond cynnar.

'Eisteddwch, Sextus.'

'Diolch.'

Sylwodd Longinus fod craith erchyll yn rhedeg ar draws ei foch a than ei drwyn, a hi efallai a wnâi i'w wyneb wgu'n feunyddiol.

'Braf?' meddai wedi iddo syrthio i gadair.

'Ydyw, wir, bore hyfryd.'

'Ydyw, brawf iawn. Rhy braf.'

Cododd a chroesi at gostrelaid o win ar y bwrdd.

'Cwpan,' meddai.

Estynnodd Longinus ei law a chymryd y gostrel oddi wrtho.

'O?' Edrychai'r cawr yn gas. 'Dyma beth yw croesho.'

'Nid gwarafun y gwin yr wyf, Sextus. Ychydig iawn wyf fi'n ei yfed a chaech y cwbl o'm rhan i. Ond . . .'

Pwysodd y dyn ar y bwrdd a gŵyro ymlaen, gan geisio gwenu.

'Ond beth?'

'Nid yfwn i chwaneg y bore 'ma, Sextus.'

'Dim chwaneg? Pam lai? Y? Pam lai?'

'Cawsoch ddigon yn barod. A dylech geisio sobri ar gyfer yr archwiliad y prynhawn 'ma. Clywsoch y si.'

'Shi? Pa shi?'

'Fod y Rhaglaw'n debyg o alw yma yn Antonia.'

'Pilat? Do. Ond fi ddim yn Antonia. Fi ar waith pwyshig. Hy! Fi wedi'm hanrhydeddu. Hy!' Poerodd ei ffieiddod ar y llawr. 'Cwpan,' meddai drachefn. 'Gwin! Ac i Hades â Philat! I Hades ag Antonia!'

Syllodd Longinus yn hir ar y dyn. Tu ôl i'r torsythu a'r bocsachu hwn yr oedd—ofn.

'Eisteddwch eto, Sextus, inni gael sgwrs fach. Beth sy'n bod?'

'Y? Bod? Dim byd. Dim byd ar Shextush.'

'Oes. Eisteddwch.'

Syrthiodd y cawr eto i'r gadair.

'Gwin! Cwpan!'

'Mewn ennyd, Sextus. Ond dywedwch, beth yw'r gwaith pwysig?'

'I Hades â'r Iddewon hefyd! Cânt weld pwy yw pwy y bore 'ma. O, cânt! I fyny â hwy, y tri ohonynt! Dim lol. Dim toshturi.'

'Pwy?'

'Y tri. Dim shylw o'r yshgrechian. Dim lol.'

'Ond pwy?'

'Tri Iddew. Fe laddodd un ohonynt filwr oddi yma, o Antonia. Â'i ddwylo. Ei dagu. Wel, i fyny ag ef! Dyn o'r enw Barabbash. I fyny ag ef! Dim lol.'

250

Dechreuai Longinus ddeall: dewiswyd y canwriad hwn i ofalu am groeshoelio tri o'r Iddewon. Ac er ei fod yn ŵr gerwin, yr oedd y gwaith yn atgas ganddo a cheisiai foddi'r diflastod mewn gwin. Wel, efallai mai doeth y gwnâi.

'Cwpan! Gwin!'

'O'r gorau, Sextus. Ond dim ond un cwpanaid arall.'

'Diolch.'

Yfodd yn awchus a swnllyd, ac yna rhythodd ar Longinus cyn gofyn.

'A fuoch chwi'n hoelio rhywun erioed?'

'Naddo.'

'A welsoch chwi rywun i fyny arni?'

'Unwaith,' atebodd Longinus yn dawel.

'Unwaith yn llawn digon.'

Gorffennodd ei win ac estynnodd y cwpan am ychwaneg.

'Dim rhagor, Sextus. Cawsoch lawn digon.'

'Digon? Pwy shy'n dweud?'

'Os yfwch fwy byddwch yn rhy feddw i ddim.'

'Hy, gorau'n y byd!' Rhythodd eto ar Longinus cyn gofyn eilwaith,

'A fuoch chwi'n hoelio rhywun?'

'Naddo.'

'Wel, gair o gyngor rhag ofn y cewch chwi'r anrhydedd. Yfwch! Yfwch yn feddw gaib! Yr unig ffordd. Ac wedyn i fyny ag ef! Dim lol.'

Daliodd y cwpan allan eto, ond gwthiodd Longinus y gostrel y tu ôl iddo ar y bwrdd.

'Dim diferyn arall, Sextus.'

'O?' Safodd, yn herfeiddiol ond yn bur simsan.

'Eisteddwch, Sextus. A gedwch inni gael sgwrs. Fel dau gyfaill. Oherwydd yr wyf yn eich edmygu.'

'Y? Ed . . . edmygu?'

Sobrodd y geiriau ryw ychydig arno ac fe'i gollyngodd ei hun yn araf yn ôl i'w gadair.

'Ydwyf. Unwaith y gwelais i neb ar groes. Un a garwn oedd hwnnw, caethwas yr oeddwn i'n hoff ohono. Yn Rhufain. Yr oeddwn i fod yn gyfreithiwr. Ond dihengais y diwrnod hwnnw. I'r fyddin . . . Gwn am ambell ganwriad a fuasai'n mwynhau'r gwaith sydd o'ch blaen chwi'r prynhawn 'ma. Ond nid chwi, Sextus, nid chwi. Ac am hynny yr edmygaf chwi, fy nghyfaill. Am fod y creulonder yn ffiaidd gennych. Y mae'n fraint eich cyfarfod, Ganwr-iad.'

Gwrandawai'r dyn yn astud, gan nodio ar bob gair.

'Creulon!' meddai rhwng ei ddannedd. 'Ydyw, ffiaidd o greulon.' Poerodd ar y llawr.

'Pe bawn i'n eich lle chwi, Sextus, awn i gysgu am ryw awr. A phan ddeffrowch byddwch yn fwy sobr i ofalu am eich milwyr. Hwy, wedi'r cwbl, fydd yn gwneud y gwaith.'

'Ie.'

Safodd, gan afael yn y bwrdd i'w sadio'i hun. Gwelodd y gostrel eto.

'Un llymaid bach arall. Dim ond llymaid cyn cyshgu tipyn. Fy ngwin i wedi gorffen. Bob diferyn. A gwin y Canwriad Fflaviush yn yr ystafell neshaf imi. Ond Fflavish ddim yn gwybod hynny! He, he, he! Arno ef yr oedd y bai am adael ei gostrel ar y bwrdd. Gwin da, hefyd. Pob parch i Fflavish! He, he, he!'

Ymestynnodd am y gostrel, ond cipiodd Longinus hi ymaith.

'Cawsoch ddigon, Sextus. Ewch i gysgu am ryw awr. Dof gyda chwi i'ch ystafell os mynnwch.'

'O'r gorau, Longinush. Longinush a fi yn ffrindiau mawr. Longinush yn gyfaill calon. Ond un llymaid bach. Dim ond y blash. Hanner cwpanaid.'

Ysgydwodd Longinus ei ben.

'Dewch, Sextus.'

'Chwarter cwpanaid. Help i gyshgu.'

'O, o'r gorau, chwarter cwpanaid a dim diferyn mwy.'

Cydiodd y dyn yn y bwrdd ag un llaw a daliodd y cwpan yn y llall. Pan dywalltai'r gwin, sylweddolodd Longinus fod y drws yn agored a rhywun yn sefyll ynddo. Rhoes y gostrel yn frysiog ar y bwrdd a saliwtiodd. Ceisiodd Sextus hefyd saliwtio a'r cwpan o hyd yn ei law, ond collodd ei gydbwysedd, a syrthio'n ôl yn drwsgl i'r gadair. Pennaeth Caer Antonia, y Llywydd Proclus, a oedd yn y drws. Camodd i mewn i'r ystafell, ac wedi ymdrech ddewr llwyddodd Sextus i gael ei draed dano ac i aros arnynt, trwy gymorth y mur.

Cymerai'r Llywydd Proclus hynt weithiau drwy'r gaer i daflu golwg feirniadol i mewn i ystafelloedd y swydd-ogion, ac ar rawd felly yr oedd yn awr. Daeth yn syth at Longinus, heb gymryd sylw o'r llall.

'Wel, Ganwriad?'

'Wel, Syr?'

'Nid oedd eisiau llawer o ddychymyg i weld i'r Canwr-iad Sextus gael mwy na'i gyfran o win.'

Ni ddywedodd Longinus ddim: beth a oedd i'w ddweud?

'Nid atebwch, Ganwriad?'

'Y mae'n ddrwg gennyf, Syr.'

253

Symudodd Sextus at y gadair, ac ag un llaw ar ei chefn, safai'n weddol ffyddiog.

'Shyr?' meddai'n wylaidd.

'Ie?'

'Arnaf fi yr oedd y bai. Fe geishodd y Canwriad fy nghadw rhag yfed. Ei orau glash, Shyr. Ond nid awn ymaith heb ddiferyn arall. Arnaf fi yr oedd y bai. Yn llwyr, Shyr.'

Edrychodd y Llywydd yn ddirmygus arno.

'Credais imi roi gwaith arbennig i chwi heddiw, y Canwriad Sextus.'

'Do, Shyr.'

'Hwm. Yr ydych mewn cyflwr da ar ei gyfer.'

'Ydwyf, Shyr . . . Dyna pam y bûm yn yfed, Shyr.'

Ni ddeallai'r Llywydd Proclus. Edrychodd braidd yn ddryslyd ar Longinus.

'Y mae'r gwaith yn . . . yn anfelys iddo, Syr, eglurodd yntau. 'Ceisiodd ei anghofio trwy yfed.'

Gŵr caled oedd Proclus, un a wnaethai enw iddo'i hun fel ymladdwr beiddgar yng Ngermania ac yng Ngâl: yr oedd rhyw feddalwch fel hyn yn ddirmygus i'r eithaf ganddo. Gwneud *dynion* oedd gwaith y Fyddin, ac ynddi hi nid oedd lle i ryw deimladau merchedaidd. Tybiodd iddo glywed cydymdeimlad â'r llwfrgi yn llais Longinus.

'Efallai, y Canwriad Longinus, yr ystyriwch chwithau ddull Rhufain o drin dihirod yn . . . yn—anfelys?' Dywedai'r gair olaf â gwên goeglyd.

Nid atebodd Longinus. Yr oedd geiriau gwyllt ar flaen ei dafod, ond gwyddai mai doeth oedd tewi.

Bu distawrwydd annifyr rhyngddynt. Disgwyliai'r Llywydd Proclus ateb, ac oedai'r olwg wawdlym fel her ar ei wyneb.

'Wel, Ganwriad?'

Ond achubwyd Longinus rhag ateb. Daeth rhyw weledigaeth i feddwl niwlog Sextus a chamodd ymlaen i'w rhoi mewn geiriau. Anghofiodd, er hynny, mai ansefydlog oedd ei gorff heb bwys ei law ar y gadair: chwifiodd ei ddwylo'n wyllt, ac oni bai i Longinus gydio ynddo, ar ei wyneb yr aethai. Angorwyd ef eilwaith wrth y gadair.

'Ymddengys i mi,' meddai'r Llywydd Proclus, 'fod angen rhywun i ofalu am y Canwriad Sextus y bore 'ma. Yr wyf yn eich penodi chwi, y Canwriad Longinus.'

'Syr?'

'Clywsoch yr hyn a ddywedais. Y mae hi'n tynnu at y drydedd awr. Disgwylir y ddau ohonoch yn y Praetoriwm erbyn y bedwaredd. Chwi a'ch milwyr. Gofala'r Canwriad Sextus am ddau o'r carcharorion. Eu henwau yw Gestas a Dysmas. Â'r Canwriad Sextus ac wyth o filwyr gydag ef. Y mae Gestas yn ŵr gwyllt.'

Saliwtiodd Sextus yn drwsgl a'i law chwith yn dal i afael yn dynn yn y gadair.

'Gofala'r Canwriad Longinus am y trydydd carcharor. Un o'r enw Iesu Barabbas. Cymer y Canwriad Longinus bedwar milwr gydag ef.'

Troes y Llywydd ar ei sawdl a cherddodd ymaith yn gyflym.

Suddodd Sextus i'r gadair â golwg hurt yn ei lygaid meddw a'i geg fawr yn agored.

'Hm. Felly! . . . Felly! Longinush?'

'Ie, Sextus?'

Ond ni ddôi'r geiriau a geisiai i dafod y canwriad meddw. Gofyn am faddeuant fuasai'i fwriad, ond yn lle

255

hynny chwarddodd yn sur a phlentynnaidd, gan rythu o'i gwmpas.

'Dewch, Sextus. Fe wna rhyw awr o gwsg fyd o les i chwi.'

Nodiodd yn llywaeth a chododd; yna cerddodd ymaith yn herfeiddiol drwy'r drws a throi i'r chwith tua'i ystafell. Gallai ef, Sextus, gerdded cystal â'r Llywydd Proclus unrhyw ddydd!

Eisteddodd Longinus ar fin y bwrdd gan chwarae'n ffwndrus â'r gostrel. Yna aeth i'r ffenestr i syllu eto tua Mynydd yr Olewydd a nef y dwyrain, yn ôl wedyn at y bwrdd, ac at y ffenestr eilwaith. Cydiodd yn y rhòl o gerddi Lucretius a dechreuodd ddarllen cân am y dduwies Cybele a phasiant natur yn y gwanwyn. Ond nofio'n ddiamcan ar wyneb ei feddwl a wnâi'r geiriau cyfoethog.

Penderfynodd fynd i lawr y grisiau i'r cwrt i gael gair â'i brif filwr, yr hen Farcus. Cafodd ef yn rhoi gorffwys i'w wŷr, ennyd, cyn mynd ymlaen â'r ymarfer.

'Marcus?'

'Ie, Syr?' Daeth at ei ganwriad a saliwtio.

'Cefais orchymyn gan y Llywydd Proclus. Y mae tri Iddew i'w croeshoelio. Yr wyf fi a phedwar milwr i ofalu am un ohonynt.'

'Dewisaf dri milwr ataf fy hun, Syr. A gofalaf am bopeth.'

'Diolch, Marcus.'

'Ar unwaith, Syr?'

'Ymhen rhyw hanner awr. Cyfarfyddaf â chwi wrth y Praetoriwm.'

'Wrth y Praetoriwm, Syr.' A saliwtiodd.

Ceisiai'r hen filwr ymddangos yn ddidaro, ond tybiai

Longinus fod peth pryder yn ei lygaid. Nid trosto'i hun, yr oedd y Canwriad yn sicr o hynny, ond—trosto ef?

Ar ei ffordd yn ôl i'w ystafell, aeth heibio i un Sextus ac oedi yno am ennyd. Yr oedd yn falch o glywed sŵn chwyrnu dwfn yn dyfod ohoni.

Pan ddychwelodd i'w ystafell ei hun, camodd yn anniddig o'i chwmpas gan geisio meddwl am bopeth ond am y gwaith o'i flaen. Ond fel y rhuthra gwyfyn yn ôl i fflam y gannwyll, felly ei feddwl yntau. Druan o'r Iesu Barabbas hwn, pwy bynnag oedd! Selot ifanc—dyna a ddywedodd rhyw ganwriad ar swper un noson—a mab i Rabbi dysgedig. Llanc tebyg i Beniwda, brawd Othniel, efallai.

Othniel! Gwyn ei fyd yn nhawelwch Arimathea, a'r coed a'r llethrau'n hyfrydwch o'i amgylch. Cofiodd Longinus iddo addo ysgrifennu at ei gyfaill. Dechreuai ar y llythyr yn awr. Brysiodd eto i lawr y grisiau i ystafell-gyffredin y canwriaid, lle y câi bapyrus ac ysgrifell ac inc. Cyfarchodd y tri chanwriad a eisteddai ar fainc yng nghongl yr ystafell, ac wedi cymryd y pethau a geisiai oddi ar silff yn y mur, aeth at fwrdd bychan wrth y ffenestr.

'F'annwyl Othniel,

Y mae'n debyg y bydd negesydd yn mynd i Jopa yfory a gofynnaf iddo droi tipyn o'i ffordd i ddwyn y llythyr hwn i chwi.

Yn gyntaf oll, dyma i chwi beth o hanes y Proffwyd o Galilea, Iesu bar-Abbas . . .'

Croesodd Longinus y gair 'Abbas' allan i roi 'Joseff' yn ei le, a sylweddolai wrth wneuthur hynny mai ei glywed o enau un o'r canwriaid ar y fainc a wnaethai. Gwrandaw-odd ar eu sgwrs.

'Y mae Iesu bar-Abbas yn cael ei ryddhau, felly!' sylwodd un.

'Ydyw. Pawb yn gweiddi "Barabbas! Barabbas!" nerth eu pen.'

'Ond fe laddodd Rufeiniwr!'

'Do. Ond fe ollyngir carcharor yn rhydd i'r Iddewon ar yr Ŵyl hon bob blwyddyn. Wel, Barabbas yw'r gŵr ffodus eleni.'

Ffrydiai llawenydd i galon Longinus. Nid Barabbas oedd yr unig un a ryddhawyd! Fe'i rhyddhawyd yntau hefyd—o garchar y gwaith anfad a roddwyd iddo. Cododd i ddychwelyd y taclau ysgrifennu i'r silff a brysiodd allan, gan daflu gwên ddiolchgar ar y canwriad a dorasai'r newydd am Farabbas. Nodiodd hwnnw'n garedig ond braidd yn ddiddeall.

Aeth Longinus i'r cwrt at yr hen Farcus. Cafodd ef ar fin gollwng y milwyr ymaith, ac wedi iddo wneud hynny brysiodd at ei ganwriad.

'Popeth yn barod, Syr. Dewisais Fflaminius, Leo, a Lucius. Gofelais hefyd fod eich gwas yn cyfrwyo'ch march chwi ac un y Canwriad Sextus. Y mae'r gwas a'r meirch yn aros tu allan i'r porth.'

'Diolch, Marcus. Ond ni fydd angen y march na'r milwyr arnaf fi.'

'O, Syr?'

'Clywais i'n carcharor ni gael ei ryddhau. Gollyngir un yn rhydd bob blwyddyn ar yr Ŵyl hon, ac amdano ef y gofynnodd yr Iddewon i'r Rhaglaw. Felly, Marcus, cymerwch gwpanaid neu ddau o win, y pedwar ohonoch, ac yfwch i'm hiechyd! Dyma bres i dalu amdano. Yfwch, Marcus, yfwch!'

Swniai Longinus fel bachgen llon wedi dianc rhag cosb. Cymerodd Marcus y pres, ond yn lle diolch amdanynt daliai hwy yn ei law yn betrusgar.

'A ddaeth gair oddi wrth y Llywydd, Syr?'

'Naddo, ddim eto. Ond fe ddaw unrhyw ennyd . . . O, dacw un o'i weision yn croesi'r cwrt y foment 'ma. I chwilio amdanaf, yn sicr.'

Brysiodd at y gwas yn ffyddiog: byddai'n arbed iddo ddringo'r grisiau i'w ystafell a chael nad oedd neb yno.

'Ai myfi a geisiwch, tybed?'

'Chwi yw'r Canwriad Longinus, Syr?'

'Ie.'

'Neges oddi wrth y Llywydd Proclus, Syr.'

'Disgwyliwn amdani. Ie?'

'Gollyngwyd y carcharor Barabbas yn rhydd, Syr.'

'Felly y clywais. Diolch yn fawr.'

Tynnodd ddernyn arian o'i wregys a'i roi i'r dyn: yr oedd y newydd yn un gwerth talu amdano. Yna troes ymaith.

'Syr!'

'Ie?'

'Y mae carcharor arall o flaen y Rhaglaw. Terfysgwr o Galilea. Hwnnw a groeshoelir.'

'O'r . . . o'r gorau. Diolch.'

Dychwelodd Longinus yn araf at yr hen Farcus.

'Ni ryddhawyd ef wedi'r cwbl, Syr?'

'Do, Marcus. Ond condemniwyd un arall i'r groes yn ei le. Hwnnw, rhyw derfysgwr o Galilea, fydd yn ein gofal ni. . . . Af i fyny i ddeffro'r Canwriad Sextus.'

'Awn ninnau i lawr i'r Praetoriwm, Syr . . . Syr!'

'Ie, Marcus?'

'Eich pres.'

'Na, yfwch fy iechyd er hynny, Marcus. Rhowch win i'r tri yn awr. Efallai y bydd ei angen arnynt.'

Yfodd Longinus yntau gwpanaid mawr o win yn ei ystafell, ac yna brysiodd at ddrws Sextus. Clywodd leisiau o'r tu fewn a phan agorodd y drws gwelai fod gwas yn gofalu am y canwriad meddw.

'Bron yn barod, Longinush, bron yn barod.'

Safai'n gadarnach yn awr, ond yr oedd ei lafar mor floesg ag o'r blaen.

'Cychwynnaf o'ch blaen, Sextus. Byddaf yn aros amdanoch yng nghwrt y Praetoriwm. Gyda llaw, dug fy ngwas eich march at y porth.'

'Diolch, Longinus, diolch. Dof ar unwaith.'

Rhoesai'r gwin nerth yn Longinus. Swniai'n ŵr eofn ac ymarferol yn awr, yn filwr yn hytrach na breuddwydiwr. A cherddai'n gyflym a sicr tua'r grisiau ac i lawr i'r cwrt. Wedi'r cwbl, yr oedd y terfysgwr o Galilea yn siŵr o fod yn haeddu'r gosb, a darluniai'r canwriad iddo'i hun ryw labwst gwyllt y byddai'n rhaid iddo ef a'i filwyr ymdrechu'n ffyrnig ag ef. Diolch fod Barabbas wedi'i ryddhau: penyd ofnadwy fyddai croeshoelio dyn ifanc fel ef. Ond ei haeddiant a gâi'r adyn hwn.

Fel y marchogai i lawr heibio i fur uchel y Deml, clywai o bell sŵn fflangellau ac ysgrechau o gwrt y Praetoriwm islaw. Diolchai ei fod yn Rhufeiniwr: gwaharddai'r ddeddf roi'r fflangell greulon ar gorff Rhufeinig: caeth-weision a dihirod o genedl arall a ddioddefai arteithiau fel y fflangell a'r groes. Rhuai un ohonynt yn awr—y

260

terfysgwr o Galilea, efallai—fel anifail cynddeiriog, a dolefai un arall fel merch orffwyll.

Pan gyrhaeddodd Longinus y cwrt, yr oedd y fflangellu drosodd a'r milwyr wedi dadglymu'r ddau garcharor oddi wrth y pileri ac wrthi'n ceisio rhoi'r dillad yn ôl ar eu cyrff llarpiedig. Yr oedd y ddau ar eu gliniau a'r olwg arnynt yn fwy torcalonnus hyd yn oed na'u griddfannau. Taflodd y canwriad un drem arnynt ac ar y tair croes gerllaw, ac yna edrychodd ymaith a'i galon yn curo fel morthwyl. Trueni na ddaethai â'r gostrel win gydag ef: doeth y gwnaethai Sextus i feddwi.

O'r Palmant tu allan i'r Praetoriwm deuai sŵn tyrfa ddicllon yn gweiddi, 'Croeshoelia ef! I'r groes! Cesar!' a phethau tebyg. Ni ddeallai Longinus.

Brysiodd yr hen Farcus ato a saliwtio.

'Pa un, Marcus?' Gobeithiai mai'r mwyaf o'r ddau garcharor yn y cwrt ydoedd, y cawr a ruai ac a regai fel y ceisiai'r milwyr daro'i ddillad yn ôl amdano.

'Y Canwriad Sextus a'i filwyr sydd i ofalu am y ddau hyn, Syr. Y mae'n carcharor ni ar y Palmant. Clywch, Syr!'

Daeth eto o'r Palmant ystorm o weiddi.

'Y maent fel bleiddiaid am ei waed, Syr. A'r Rhaglaw ei hun wedi ceisio'i amddiffyn! Ond fe ildiodd iddynt o'r diwedd a golchi'i ddwylo o flaen y dorf i gyd.'

'Golchi'i ddwylo?'

'Arferiad Iddewig, Syr. I ddangos nad oedd ef yn gyfrifol am y condemniad. Clywais un o'i filwyr yn dweud bod y Rhaglaw fel dyn gwyllt, Syr, unwaith yr â i mewn i'r Praetoriwm ac o olwg y dyrfa. Yn gweiddi ac yn rhegi ac yn addo croeshoelio'r Archoffeiriad a'r holl Sanhedrin! Y mae'n cael ffitiau gwyllt yn bur aml, fel y gwyddoch, Syr, ond ni chofia neb bwl tebyg i hwn . . . O, dyma'r carcharor, Syr.'

'Ie . . . ie, Marcus . . . ie, dyma'r carcharor . . . dyma'r carcharor, Marcus.'

Syllodd yr hen filwr yn bryderus ar y canwriad. Gwelai fod ei wyneb yn welw a churiedig a'i lygaid yn wyllt a dryslyd: edrychai fel un a ddeffroesai'n sydyn o ganol hunllef.

'Ni theimlwch yn dda, Syr?'

Tynnodd Longinus ei law tros ei dalcen.

'Rhyw wendid, Marcus. Dof ataf fy hun ymhen ennyd. Tipyn o wendid, Marcus.'

Rhuthrai'r bobl yn awr at borth y cwrt, gan feddwl cael gweld y carcharorion yn cychwyn ar eu ffordd i'r groes.

'Syr?'

'Ie, Marcus?'

'Gofalwn ni am y carcharor, Syr, os byddwch chwi cystal â chadw'r bobl draw . . . Arhoswch ennyd, Syr.'

Brysiodd ymaith at un o'r milwyr eraill a chymerodd chwip fawr oddi arno. Dychwelodd a'i rhoi hi i Longinus.

'Bydd hon yn help i chwi, Syr. Ac nid ofnwn i ei defnyddio hi petawn i'n eich lle chwi! Yr ydym yn barod i gychwyn, Syr. Fe fflangellwyd y carcharor gan filwyr y Rhaglaw.'

'Felly y gwelaf. Yn greulon hefyd.'

'Ar ganol ei braw, Syr. Ni welais i mo hynny'n digwydd erioed o'r blaen. Ond credai'r Rhaglaw y byddai'r bobl yn gadael iddo'i ryddhau wedyn. Dyna oedd un o'r milwyr yn ddweud, beth bynnag.'

'Un gair, Marcus.'

'Ie, Syr?'

'Y mae gwisg borffor am y carcharor a choron ddrain

262

am ei ben. Tynnwch hwy. Rhowch ei wisg ei hun amdano.'

'O'r gorau, Syr.'

'A chyn inni gychwyn, Marcus, hoffwn ddiferyn o win.'

'A yfwch chwi'r *posca*, Syr? Daethom â chostrelaid o hwnnw gyda ni.'

'Clywais amdano, ond nid yfais ddim ohono erioed.'

'Yr unig win a gawn ni wrth ein gwaith, Syr. Fel finegr. Ond y mae'n wlyb! Dacw'r creadur Fflaminius 'na yn yfed eto! Milwr da, Syr, os gall rhywun ei gadw rhag meddwi byth a hefyd.'

Rhuthrodd ymaith i gipio'r gostrel oddi ar y milwr Fflaminius, ac yna dug gwpanaid o'r gwin i'r canwriad. Yfodd yntau, er bod chwerwder y ddiod yn atgas ganddo.

'Diolch, Marcus. Yr oedd angen hwn'na arnaf . . . O, dyma'r Canwriad Sextus.'

Nid ymddangosai Sextus yn gadarn iawn ar ei farch, ond ceisiai ymsythu'n urddasol er hynny.

'A, Longinush! Barod?'

'Ydym, mi gredaf. Gorau po gyntaf y cychwynnwn, onid e?'

'Ie. Varush! Gratush!'

Brysiodd dau o'i filwyr ato.

'Cychwynnwn! Cychwynnwn!'

'O'r gorau, Syr.'

'A'r chwip! Chwip i minnau!'

'Dyma hi, Syr.'

Cymerodd Sextus y chwip a'i chlecian yn yr awyr fel bachgen yn chwarae â thegan. Yna,

'Yr herald! Yr herald!' gwaeddodd.

Daeth un o swyddogion y Rhaglaw ato a chymryd ei le

tu ôl iddo. Daliai yn ei ddwylo ddarn o bren wedi'i beintio'n wyn ac arno'r ysgrifen,

GESTAS A DYSMAS
LLADRON

'Lleidr' y galwai Rhufain bob Selot, ac ysgrifenasid y gair deirgwaith ar y pren—mewn Lladin a Groeg a Hebraeg.

Cychwynnodd yr orymdaith, a'r bobl wrth y porth yn cilio mewn braw rhag chwip y Canwriad Sextus. Rhuai a rhegai'r cawr Gestas dan bwys ingol y groes ar gnawd briwedig ei ysgwydd, a safai tri milwr bob ochr iddo rhag ofn iddo ymwylltio'n sydyn. Er ei fod yn darw o ddyn, prin y gallai roi un troed o flaen y llall yn awr ar ôl arteithiau'r fflangellu a than faich y groes. Gŵr tenau a chymharol eiddil oedd yr ail, Dysmas, ac ymwthiai ef ymlaen fel un mewn breuddwyd, gan riddfan ac wylo'n blentynnaidd a galw'n ddolefus am ei fam. Un milwr a gerddai bob ochr iddo ef.

Daeth herald at Longinus a chanddo yntau bren ag arno ysgrifen mewn Hebraeg a Groeg a Lladin. Yr oedd paent y llythrennau'n wlyb o hyd.

IESU O NASARETH
BRENIN YR IDDEWON

meddai'r pren, a gwenai'r dyn a'i daliai i fyny.

'Pam y gwenu?' gofynnodd y canwriad iddo.

'Y Rhaglaw, Syr. Ni wyddwn i ddim y medrai ef regi fel yna!'

'Rhegi?'

'Fe ddaeth rhai o'r offeiriaid ato a gofyn iddo newid yr ysgrifen—peidio â rhoi "Brenin yr Iddewon" ar y pren.'

'Beth, ynteu?'

'I'r carcharor ei alw'i hun yn Frenin yr Iddewon. "Yr hyn a ysgrifennais a ysgrifennais," meddai wrthynt mewn Groeg. Yna fe droes i siarad â'i glerc a minnau—yn Lladin! Y mae'r Rhaglaw'n ŵr huawdl, Syr!'

Cychwynnodd Longinus tua'r porth, gan glecian ei chwip i yrru'r bobl ymaith. Nid edrychodd ar y carcharor.

I lawr â hwy heibio i fur y Praetoriwm ac yna ar hyd ffordd ddibreswyl am ychydig nes dyfod i heolydd culion a throellog y ddinas. Rhuthrasai lluoedd o bobl o'u blaenau i aros am yr orymdaith, a safent yn awr yn dyrrau swnllyd hyd fin yr ystrydoedd, yn y drysau, ar doeau'r tai—ym mhobman. Araf iawn oedd eu hynt, ac wrth iddo daflu golwg ar y dyrfa o'i flaen, ni chredai Longinus y gallai byth dorri llwybr drwyddi. Llifai ugeiniau i mewn i'r ddinas hefyd yn awr—ar droed, ar asynnod, ar gamelod, pob un yn llwythog ar gyfer yr Ŵyl ac amryw yn ceisio gyrru ŵyn o'u blaenau trwy ganol y berw o sŵn. Crochlefai stondinwyr a phedleriaid ar ochr y ffordd er na chymerai neb sylw ohonynt hwy na'u nwyddau, a throeon y gwelodd y canwriad fyrddau a thryciau'n bendramwnwgl ar ymyl yr heol a chardotwyr, yn ddeillion a chloffion a chleifion o bob math, yn cael eu gwthio a'u gwasgu'n ddidrugaredd yn erbyn muriau a drysau. Hunllef o ysgwyddo ac ysgrechian o'i gwmpas ac o'i flaen.

Yr oedd gan Sextus waywffon yn un llaw a'r chwip yn y llall, a defnyddiai hwy bron bob ennyd. Plyciai'n wyllt hefyd yn ffrwyn ei farch er mwyn i'r anifail brancio a dychrynu'r bobl o'i flaen. Ond cyn gynted ag yr âi Sextus a'i filwyr a'i ddau garcharor heibio iddynt, caeai'r dyrfa drachefn yn fur aflonydd o flaen Longinus. Ysgrechau'r bobl, rhegfeydd y milwyr, brefiadau ŵyn ac asynnod a chamelod—yr oedd y sŵn yn ddigon i ddrysu dyn.

Er hynny, rhyw ystŵr pell a disylwedd ydoedd yng nghlustiau Longinus, er bod ambell un yn ysgrechian yn ei wyneb bron. Pam, O, pam y rhoes Ffawd y gwaith anfad hwn iddo ef? Ni feiddiai edrych dros ei ysgwydd rhag ofn iddo syllu i lygaid dwys y proffwyd o Nasareth. Rhyw awr yn ôl, ef, ef, Longinus, a arweiniai'r Nasaread i'w groeshoelio fel caethwas neu ddihiryn. Draw yn Arimathea, breuddwydiai Othniel am ei arwr: yma, ychydig gamau i ffwrdd, arteithiai'r groes gnawd archolledig ei ysgwydd ef. Efallai fod Othniel yn eistedd yr ennyd honno wrth ffrwd y berllan yn gweu dychmygion am y Galilead eithriadol hwn: yma, llifai'r chwys i'w lygaid, baglai'n aml ar risiau'r ffordd, a gwthiai'r dyrfa a'r anifeiliaid ef a'i faich erchyll weithiau yn erbyn y mur. Neu efallai fod llwyth enfawr rhyw gamel yn ymddatod a syrthio arno ef a'i groes . . .

Ceisiodd y canwriad roi'r meddyliau hyn heibio. Yr oedd yn hen bryd iddo ymddwyn fel milwr, nid fel rhyw freuddwydiwr ofnus. Plyciodd yntau wrth ffrwyn ei farch a chwarddodd fel y ciliai'r bobl mewn dychryn rhag y carnau gwylltion. Cleciodd ei chwip hefyd yn ffyrnig ac yna slasiodd ryw ddyn a ysgrechai fel un gwallgof. Fe ddangosai ef pwy oedd pwy i'r cnafon hyn.

'Syr! Syr!'

Galwai amryw o'r dyrfa arno, gan bwyntio o'i ôl. Troes ei geffyl, gan yrru'r bobl wrth ei ochr yn bentwr brawychus i borth rhyw dŷ. Gwelai iddo farchogaeth ymlaen a gadael ei filwyr ryw bymtheg cam o'i ôl.

Cleciodd ei chwip drachefn i agor ffordd drwy'r dyrfa, a phan gyrhaeddodd at ei bedwar milwr, canfu iddynt aros. Brysiodd yr hen Farcus ato.

'Y carcharor ar lawr, Syr. Fe syrthiodd droeon, ond fe lwyddodd i godi bob tro—gyda chymorth swmbwl Fflaminius 'ma. Ond y tro hwn . . . ' Ysgydwodd ei ben mewn anobaith. 'Y groes yn ormod iddo, Syr.'

'Chwipio'n dda i ddim, Syr,' gwaeddodd Fflaminius, a ddilynodd ei gyd-filwr at y canwriad. 'Na'r swmbwl haearn, fel y gwelwch chwi.' Daliodd y swmbwl miniog i fyny, gan gilwenu'n greulon: yr oedd gwaed arno.

Edrychodd Longinus yn ddicllon ar y dyn, ond ni ddywedodd ddim: arno ef yr oedd y bai am fynd o'u blaenau.

'Y mae wedi ymlâdd, Syr,' gwaeddodd Marcus, i fod yn hyglyw uwch sŵn y dorf. 'Fe wnaeth ei orau glas, yr wyf yn sicr o hynny, ond nid yw'r nerth ganddo.'

Nodiodd Longinus, a gwelai fod llygaid yr hen filwr yn llawn edmygedd wrth iddo chwanegu, 'Y mae'n ddyn dewr iawn, Syr.'

Gerllaw, ar fin y ffordd, safai cawr o Iddew a haul rhyw wlad boeth wedi melynu'i groen: dywedai ei wisg estronol hefyd mai dieithryn wedi dyfod i'r ddinas am yr Ŵyl ydoedd. Amneidiodd Longinus arno.

'Beth yw d'enw?' gofynnodd.

'Simon, Syr.'

'O b'le y deui?'

'O Gyrene.'

'Rho dy ysgwydd o dan y groes 'na.'

Yr oedd y geiriau'n orchymyn swta a cheisiai'r canwriad swnio'n llym, ond llithrodd deisyfiad i'w lygaid, a theimlai'n falch wrth weld y dyn yn ufuddhau. Yna troes ei geffyl a chleciodd ei chwip yn ffyrnig eto. Nid edrychodd ar y carcharor.

Dringai'r ffordd ryw ychydig yn awr, gan ddal i droelli fel neidr tua Phorth Effraim. Âi'r dyrfa'n fwy swnllyd o hyd. Am ei garcharor ef y disgwylient fwyaf, yn amlwg, a chodai banllefau gwawdus ar bob tu pan ddeuai'r hysbys-iad BRENIN YR IDDEWON i'w golwg. Tyrrent ar fin yr heol, yn nrysau ac ar ddoeau'r tai, yn y ffenestri lle'r oedd rhai i'w cael, a gwelai Longinus fod torf fawr ohonynt yn aros hyd fur llydan y ddinas. Cynhyrfwyd ef gan ddicter chwyrn: onid ymunodd ugeiniau o'r bobl hyn â'r perer-inion o Galilea i groesawu'r Nasaread fel Brenin rai dyddiau ynghynt? Berwai ei waed ynddo: dirmygai hwy â'i holl galon. Cydiodd yn dynnach yn ei chwip a dechreu-odd fflangellu'n wyllt i ddeau ac aswy. Chwarddai fel y ffrewyllai, ac fel petai yntau'n mwynhau'r gorffwylltra, cododd ei farch ar ei bedrain a'i draed blaen yn uchel yn yr awyr. Gobeithiai Longinus fod y Nasaread yn gwylio'i ddicter o'i blaid.

Daethant cyn hir i Borth Effraim, a heidiai ugeiniau o bobl ynddo a thu allan iddo ac ar y mur uwchben. 'Dyma ef! Dyma ef!' gwaeddent, a fflachiai golau dieflig yn llygaid llawer ohonynt. Dechreuodd rhyw ddyn ysgrech-ian 'Hosanna i'r Brenin!' ac ymunodd eraill yn wyllt yn y cri. Llawenychai Longinus wrth weld ei chwip yn clymu am wddf tew y gŵr hwnnw, a'i ail 'Hosanna!' yn marw yn ei geg fawr agored. Ymwthiai rhyw ddynes ymlaen â'i dwrn yn llawn o faw i'w daflu at y carcharor, ond caeodd y chwip am ei harddwrn a ffoes hithau am ei bywyd i'r dyrfa o'i hôl.

Wrth y porth safai twr o ferched yn wylo ac yn cwynfan. Yna tawelodd y dyrfa, ennyd, fel y gwelent y carcharor yn aros i annerch y gwragedd hyn. Yr oedd ei lais yn bur gryglyd yn awr, a siaradai'n araf a'i enau fel pe'n cydio'n benderfynol ym mhob gair. Ond er yr ymdrech a'r bloesgni yr oedd nerth ac awdurdod rhyfedd yn y neges. Ni ddeallai Longinus yr hyn a ddywedai, ond gwelai oddi wrth wynebau'r bobl o'i gwmpas fod y geiriau'n gwneud argraff ddofn arnynt.

Ymlaen â hwy drwy'r porth, a chyferbyn yr oedd bryn Gareb yn ogoniant o flodau a choed a chân adar. Rhyngddynt a'r bryn gorweddai'r maes sialcog a elwid yn Golgotha neu Galfaria, Lle y Benglog, am fod y dwrn o graig yn ei ganol ar ffurf penglog. Gwelai Longinus fod Sextus a'i filwyr a'i ddau garcharor wedi cyrraedd y codiad tir ac wrthi'n dechrau ar eu gorchwylion yno.

Gyrrodd ysgrechian y bobl tu allan i'r porth ef yn wallgof unwaith eto, a daliodd arnynt eilwaith â'i chwip. Dylasai fod wedi yfed fel Sextus, meddai wrtho'i hun: dim ond dyn meddw a fedrai wneud y gwaith o'i flaen. Pan fyddai'r holl beth drosodd âi i'r gwersyll ac yfed yn feddw ddall. Gwnâi, fe foddai bob atgof mewn diod. Chwipiodd y grechwen aflafar o geg rhyw hogyn gerllaw.

Aethant i'r maes ac ymlaen at y codiad creigiog yn ei ganol. Symudent yn gyflymach yn awr, gan fod y mwyafrif o'r bobl yn bodloni ar syllu o'r ysgwâr agored tu allan i'r porth ac oddi ar furiau'r ddinas. Ond daliai ugeiniau i ddilyn, llawer yn rhedeg ymlaen ac yn ôl fel cŵn cyfarthus. Sylwodd Longinus yn arbennig ar un dyn mewn oed a ddawnsiai ac a lefai fel hogyn yn gweld ymladd ceiliogod am y tro cyntaf: gwaeddai 'Hosanna!' un ennyd, yna chwarddai fel un gwallgof, yna pranciai gan chwifio'i freichiau'n ffôl. Gyrrodd y chwip ef i chwilio am ddiogelwch yng nghefn yr orymdaith.

Fel y nesaent at y codiad tir, clywai'r canwriad ysgrech-au a rhegfeydd y ddau garcharor arall: clywai hefyd regfeydd y milwyr a frwydrai â hwy. Yr oedd y ddwy groes ar lawr a'r ddau ddyn yn cael eu dal arnynt. Y cawr Gestas a roddai fwyaf o drafferth: yr oedd eisiau pedwar milwr i'w gadw ef yn llonydd tra gyrrai'r pumed yr hoelen drwy'i law dde. Un ennyd rhuai fel llew, yna ysgrechai a'i lais dwfn yn troi'n fain a chroch fel un dynes orffwyll, yna wylai a griddfannai fel plentyn, ac wedyn cynhyrfai drwyddo drachefn i chwythu a phoeri fel anifail. Yr oedd y llall, Dysmas, yn dawelach, yn crefu'n blentynnaidd am ei fam ac yn glafoerio'n dorcalonnus.

Yr oedd y drydedd groes a'r milwyr yn mynd heibio iddo. Gadawodd Marcus y lleill a dyfod at Longinus. Saliwtiodd.

'Ie, Marcus?'

'Y mae rhai o'r bobl 'na'n dal i ddilyn, Syr. Efallai y carech chwi fynd i'w gyrru ymaith?'

Edrychodd Longinus yn syn arno: yr oedd y bobl yn aros tu draw i farc a redai'n hanner-cylch drwy'r pridd, rhyw ugain cam i ffwrdd.

'Ond . . .'

'Os peidiwch chwi â brysio'n ôl, Syr, bydd y gwaethaf drosodd pan ddychwelwch.' Nodiodd yr hen filwr i gyfeiriad y groes a roddai'r cawr o Gyrene ar y ddaear.

'Diolch, Marcus . . . Diolch o galon i chwi . . . A, Marcus?'

'Ie, Syr?'

'Nid . . . nid troseddwr cyffredin mo'r gŵr hwn.'

'Y mae hynny'n . . . amlwg, Syr.'

'Ydyw, Marcus, y mae hynny'n . . . amlwg . . . Diolch i chwi, yr hen filwr . . . Diolch, Marcus.'

A throes Longinus ben ei farch ymaith oddi wrth y codiad tir ac yn ôl tua'r tyrrau o bobl gerllaw.

XI

Yr oedd Longinus yn falch o gael troi ei farch ymaith oddi wrth ei filwyr ac o sŵn yr anfadwaith ar y codiad tir. Gwyddai ei fod yn ganwriad llwfr ac na fendithiai'r Llywydd Proclus ei ymddygiad, ond ymgiliwr ofnus neu beidio, gwell dianc na drysu yng nghlyw'r dioddef erchyll. Yr oedd yn bryd i rywun fel ei dad godi yn Senedd Rhufain i felltithio'r barbareiddiwch, i gymryd gam ymhellach haeriad yr hanesydd a'r llenor Cicero fod y gair 'croes' yn un rhy ofnadwy i ddod yn agos i feddwl a chlust dinesydd Rhufeinig. Os gwir hynny, onid oedd yn rhy erchyll hefyd i feddwl a chlust Iddewig? Os dychwelai ef fyth i Rufain, fe ymladdai i geisio dileu'r creulondeb anhydraeth hwn.

Tawelodd y bobl erbyn hyn, er bod y gwylltaf ohonynt yn dal i ysgrechian 'Hosanna!' Ond gweiddi er mwyn gweiddi yr oeddynt, gan ymdrechu i argyhoeddi ei gilydd nad oedd y cyffro drosodd. Tawsant pan aeth Longinus tuag atynt, a chiliodd dau lanc, yr uchaf eu lleisiau, tu ôl i dwr o wragedd: gwŷr eofn.

Chwythai'r Khamsin poeth gymylau o lwch a thywod dros y ddinas, a sychodd Longinus y chwys oddi ar ei dalcen. Crwydrodd ei feddwl eto i Arimathea at Othniel a'r ffrwd fechan ym mhen pellaf y berllan. Rhoddai rywbeth am gael bod wrth su esmwyth yr afonig honno yn gwrando ar lais tawel ei gyfaill yn darllen un o'i gerddi iddo. Un o'i gerddi? Byddai'r hanes am y Nasaread yn

271

ddigon i ladd pob barddoniaeth yn ei natur, i chwerwi'i unigrwydd a'i freuddwydion oll. Dychmygai am Alys yn dychwelyd â'r newydd fod y Proffwyd yn ei fedd—na, ei gorff wedi'i losgi yn un o'r tomenni ysgarthion yn nyffryn Gehenna gerllaw—a gwelai lygaid dwys Othniel yn anghrediniol ac yna'n dywyll gan ing. Rhaid iddo gael gair ag Alys cyn iddi droi'n ôl i Arimathea: efallai y gallai ef leddfu rhyw gymaint ar y boen. Beth fyddai'r cysylltiad rhwng Othniel a'i dad yn awr, tybed? Daethai'r breuddwyd am yr ogof yn wir, yn ddieflig o wir.

Wedi i'r Rhufeiniwr fynd heibio ar ei farch, mentrodd y ddau lanc eto o'u cuddfan tu ôl i'r gwragedd, gan ysgrechian 'Hosanna!' eilwaith. Troes Longinus yn ôl tuag atynt, a dihangodd y ddau nerth eu traed tua'r ddinas. Sylwodd y canwriad fod tair o'r gwragedd yn sefyll ar wahân i'r lleill yng nghwmni gŵr ifanc tal, a bod un ohonynt yn beichio wylo. Ciliasant gam yn ôl mewn braw pan nesaodd ef. Ond er hynny, aeth ymlaen atynt.

'Am bwy yr wylwch?' gofynnodd mewn Groeg.

'Am Iesu o Nasareth, Syr,' atebodd yr hynaf yn dawel.

'Yr ydych yn perthyn iddo, efallai?'

'Myfi yw ei . . . fam.' Yr oedd tynerwch tu hwnt i ddagrau yn y llais.

'O, y mae'n . . . y mae'n ddrwg gennyf.'

Cododd y ferch a wylai ei phen, gan daflu'r gorchudd o sidan du yn ôl oddi ar ei hwyneb. Sylwodd Longinus ei bod hi'n eneth dlos a dyfnderoedd disglair yn ei llygaid mawr duon.

'Ydyw, y mae'n debyg!' meddai'n wyllt. 'Ydyw, yn ddrwg iawn gennych!'

'Ydyw.'

Nodiodd y canwriad yn araf, gan adael iddi edrych i fyw ei lygaid. Syllodd hithau'n syn arno.

'Ydyw,' meddai drachefn, gan droi at y fam. Daeth gwên drist i'w hwyneb.

'A gawn ni fynd ato ef, Syr?' gofynnodd.

'Os credwch chwi . . . os credwch chwi fod hynny'n ddoeth.' Apeliodd ei lygaid at y dyn ifanc a oedd gyda hwy. Nodiodd hwnnw.

'O'r gorau.'

Canfu wrth droi'n ôl at y milwyr fod y tair croes i fyny, yn wynebu'r ddinas. Gestas a oedd ar y chwith, y Nasaread yn y canol, a Dysmas ar y dde. Byddai'n rhaid aros yn awr am oriau, efallai am ddeuddydd neu dri, aros i'r ing losgi'r bywyd ymaith. Clir, a'u cyrff bron yn noeth, oedd olion y fflangell arnynt.

Daeth y ddau filwr Marcus a Fflaminius tuag ato: yr oedd rhyw ymrafael rhyngddynt. Safodd y ddau gan saliwtio, er bod Fflaminius yn bur ansad ar ei draed: rhaid bod y *posca*'n gryfach nag y tybiasai Longinus.

'Beth sydd, Marcus?'

'Hon, Syr.' Daliai wisg yn ei law chwith. 'Yr oedd hi'n perthyn i'r carcharor. Y mae Fflaminius eisiau ei rhannu hi rhyngom ni.'

'Ei difetha hi fyddai hynny.'

'Dyna wyf finnau'n ddweud, Syr. Y mae hi'n un darn, heb wnïad yn unman.'

'Rhannu tipyn o wisg rhwng pedwar ohonoch!' meddai Longinus, gan gymryd arno synnu'n fawr: gwelai fod Fflaminius yn feddw a gwyddai fod yn rhaid iddo'i drin yn ofalus neu fe droai'r dyn yn gas.

''Dyw'r lleill ddim eisiau'r wisg, Syr,' meddai'r milwr yn ystyfnig. 'Felly, hanner bob un i mi a Marcus.'

'Fflaminius?'

'Ie, Syr?'

'Neithiwr ddiwethaf y digwyddais i glywed rhyw filwr yn Antonia yn canmol ei lwc â'r disiau. A chredwn mai eich llais chwi a glywn.'

'Ie, fi oedd yn canmol fy lwc, Syr. Pymtheg dernyn neithiwr. Ugain y noson cynt.'

'Wel, wir, y gŵr mwyaf lwcus ym myddin Rhufain! Trueni na fyddai gennym ddisiau i dorri'r ddadl fach hon, onid e?' Ac ysgydwodd Longinus ei ben yn ddwys.

'Disiau! Disiau!' Chwiliodd y dyn yn ffwndrus ym mhwrs ei wregys a chilwenodd fel y deuai'i fysedd meddw o hyd i ddau ddis. 'Hwde, Marcus,' meddai, gan eu rhoi i'w gyd-filwr.

Ysgydwodd Marcus hwy yng nghwpan ei ddwylo, ac yna taflodd hwy ar y ddaear. Edrychai'n siomedig pan wyrodd i syllu arnynt.

'He, he, he, dau dri!' rhuodd y llall.

Yna, â rhyw haelioni sydyn yn gafael ynddo, taflodd y wisg i fyny tros liniau'r canwriad.

'Fflaminius yn sbort, Syr,' meddai'n floesg. 'Fflaminius yn rêl sbort.'

Nid oedd ar Longinus eisiau'r wisg, ond teimlai fel y cyffyrddai â hi yr hoffai i rywun gwell na'r milwr hwn ei chael. Gwyddai y cymerai'r hen Farcus ofal ohoni.

'Yr ydych chwi'n garedig iawn, Fflaminius. Yn rêl sbort! Gweld Marcus 'ma'n edrych yn siomedig yr oeddwn i, a meddwl petawn i'n ennill . . .'

'Ie, Marcus ei chael hi, Syr!'

Tynnodd y wisg i lawr a'i rhoi'n ffwdanus ar fraich ei gyd-filwr. Yna saliwtiodd yn ddigrif o simsan cyn troi'n ôl at y milwyr eraill. Eisteddent hwy gerllaw ar ddarn o graig, yn prysur wagio'r ddwy gostrel enfawr a ddygasent gyda hwy.

Yr oedd golwg ddwys ar yr hen Farcus.

'Diolch, Syr,' meddai. 'Gofalaf am y wisg hon fel petai hi'n un ar ôl fy nhad neu fy mrawd. Y gŵr yna, Syr, yw'r dewraf a welais i erioed. Y dewraf un—a gwelais ddynion dewr mewn llawer gwlad.' Troes i edrych yn freuddwyd-iol tua'r groes ganol cyn dweud eilwaith, 'Y dewraf un, Syr.'

'Fe ddioddefodd yn dawel, Marcus?'

'Do, yn hynod dawel, Syr. Ond fe wnaeth fwy na hynny. Fe wrthododd yfed y gwin meddwol cyn inni ei roi ar y groes, ac wedyn, pan oeddem ni'n gyrru'r hoelion i'w ddwylo, Syr . . . ' Yr oedd dagrau yn llygaid yr hen filwr.

'Ie, Marcus?'

'Fe weddïodd ar ei Dduw drwy'r boen i gyd. Trosom ni, Syr.'

'Beth oedd ei eiriau, Marcus?'

' "O Dad," meddai, "maddau iddynt, canys ni wyddant pa beth y maent yn ei wneuthur." Yr oedd hyd yn oed Fflaminius yn syllu'n syn arno. Ni fûm i erioed yn gwneud gwaith mor atgas, Syr. Naddo, erioed, er imi helpu i groeshoelio ugeiniau—cannoedd, am wn i—o dro i dro. Pymtheg yr un bore unwaith yng Ngâl, Syr. Ond y mae hwn yn wahanol.' Gwlychodd ei fin ac edrychodd yn erfyniol ar y canwriad.

'Sut, Marcus?'

''Wn i ddim yn iawn, Syr. Fel petaech chwi'n meddwl bod hon'na'—a nodiodd tua'r groes—'bod hon'na'n rhan o'i fywyd. Bod yr hyn a bregethai—beth bynnag oedd—yn rhywbeth yr oedd yn rhaid iddo farw trosto.'

'Yn werth marw trosto?'

'Ie, Syr, yn werth marw trosto, ond . . . ond yn fwy na hynny. Yn rhywbeth y mae'n *rhaid* marw trosto. Rhywbeth—sut y gallaf fi egluro, Syr?—rhywbeth mor fawr, mor dda nes . . . nes . . .' Chwiliai'r hen filwr yn galed ond yn ofer am eiriau. Bodlonodd ar deimlo gwead y wisg yn ei ddwylo gan syllu'n ffwndrus ar yr ystaen waedlyd o dan ei fysedd.

'Pan weddïodd trosom, Syr,' chwanegodd, gan ddal i edrych ar y wisg, 'fe aeth y nerth allan o'm braich i. Mi rois i'r morthwyl i Leo. Efallai fy mod i'n meddalu wrth fynd yn hŷn'—a chwarddodd yn nerfus i geisio cuddio'i deimladau—'ond 'fedrwn i ddim curo'r hoelion i ddwylo'r carcharor yna, Syr.' Taflodd ei ben, gan wenu, ond â'i wefusau'n unig y gwenai, fel petai'n methu ymlid y dwyster o'i lygaid. Yna crafodd ei foch, a sylwodd Longinus fod ei law yn crynu.

Rhyfeddodd y canwriad wrth wrando ac edrych arno. Prydain, Gâl, Ysbaen, Gogledd Affrig, yr Aifft, Palestina —caledwyd hwn gan frwydro ac ysbeilio a lladd ar hyd a lled yr Ymerodraeth: is cleddyf gorchfygol Rhufain, chwarddodd a rhegodd ei ffordd drwy ing llawer gwlad, a gallai, yn sicr, adrodd storïau a fferrai waed rhywun. Ond dyma ef yn awr, wrth groeshoelio'r Iddew dinod hwn, a'i law yn crynu a rhyw ddryswch mawr yn llond ei lygaid.

Troes ymaith i ymuno â'r lleill, gan gerdded yn araf a breuddwydiol. Dilynodd Longinus ef.

Chwarae disiau yr oedd y rheini, gan aros yn aml i yfed iechyd ei gilydd. Yr uchaf ei gloch oedd Fflaminius, a gwelai'r canwriad ef yn stryffaglio codi oddi ar y graig â chostrel yn ei law.

'Fechgyn!' gwaeddodd. 'Iechyd da i'r Brenin! Iechyd da i Frenin yr Iddewon!'

'Iechyd da i Frenin yr Iddewon!' Llefodd ei gyd-filwr Leo, gan chwifio'r morthwyl yn un llaw a chwpan yn y llall.

'Hwde, Marcus,' meddai Fflaminius. 'Ti yfed iechyd da Brenin yr Iddewon.'

Ond ysgwyd ei ben a wnaeth yr hen filwr a gwthio'r gostrel ymaith yn ddiamynedd.

'Hei, was!' Yr oedd Fflaminius yn gas. 'Pwy ti'n feddwl wyt ti? Y?' Gwyrodd ymlaen i rythu yn wyneb y llall. 'Y?' gwaeddodd eilwaith.

Troes Marcus ymaith i daflu'r disiau a ysgydwai yn ei ddwylo. Cydiodd Fflaminius yn ddig yn ei ysgwydd.

'Fi'n siarad â thi, was! Fi'n gofyn cwestiwn i ti, was! A'r cwestiwn oedd . . . Y cwestiwn oedd . . .' Ond aethai'r cwestiwn ar goll yn niwl ei feddwl.

Yr oedd Marcus ar ei draed yn awr a'i waywffon yn ei law, ac anadlai'n drwm. Sobrodd y llall wrth ei weld.

'Fi a Marcus, yr hen Farcus, yn ffrindiau calon,' meddai'n ffôl, 'yn rêl sborts. He, he, he! Marcus ddim am yfed iechyd da i'r Brenin. O'r gorau, Fflam yn yfed yn lle Marcus!'

Cymerodd y cwpan oddi ar Leo a llwyddodd i dywallt gwin iddo. Dechreuodd yfed, ond arhosodd ei law yn yr awyr fel y deuai syniad newydd i'w feddwl. Troes ei ben tua'r groes ganol.

'He, he, he, Fflam yn yfed yn lle Marcus!'

Ymlwybrodd yn feddw tua'r groes, gan honcian a baglu tros y tir anwastad, creigiog. Wrth ei throed ymsythodd ac edrychodd i fyny ar y Nasaread.

'Os tydi yw Brenin yr Iddewon,' gwaeddodd mewn Groeg, 'gwared dy hun!'

Yfodd yn swnllyd ac yna cymerodd arno gynnig y

cwpan i'r croeshoeliedig. Chwarddodd y carcharor Gestas yn ffyrnig o ganol ei boenau.

'Ie,' rhuodd, 'os tydi yw Crist, gwared dy hun a ninnau.'

Tawodd griddfan y trydydd carcharor, Dysmas. Er bod y symudiad lleiaf yn wayw annioddefol iddo, gŵyrodd ymlaen i edrych heibio i'r Nasaread.

'Onid wyt ti yn ofni Duw, gan dy fod dan yr un ddedfryd?' meddai wrth Gestas. Griddfannodd fel y tynnai pwysau'i gorff yn erbyn yr hoelion yn ei ddwylo, yna caeodd ei ddannedd yn dynn ennyd cyn chwanegu, 'A nyni yn wir yn gyfiawn, yn derbyn ein haeddiant: eithr hwn ni wnaeth ddim allan o'i le.'

Ag ymdrech fawr y daethai'r geiriau o'i enau; anadlai'n drwm rhwng pob gair a gwlychai'i wefusau'n aml. Yr oedd yn dda ganddo gael ymlacio'n llipa yn erbyn pren y groes unwaith eto a'i ben ar ei fynwes a'i dafod yn hongian allan fel un ci mewn gwres. Ond cododd ei ben eto ymhen ennyd a throi at y Nasaread.

'Arglwydd,' meddai, 'cofia fi pan ddelych i'th deyrnas.'

Chwarddodd Fflaminius ac yna cododd y cwpan i yfed. Ond nid yfodd. Daeth llais y Nasaread yn dawel o'r groes uwchben:

'Yn wir meddaf i ti, heddiw y byddi gyda mi ym mharadwys.'

Er gwaethaf pob artaith, yr oedd y llais yn gryf a chadarn, yn llawn sicrwydd. Gostyngodd Fflaminius ei law yn ffwndrus a syllodd yn hir ar y carcharor cyn troi i ymlwybro'n ôl at ei gyd-filwyr. Eisteddodd ar y graig wrth ochr Marcus, ond heb ddywedyd gair. Ymddangosai fel dyn mewn breuddwyd.

'Beth sy, Fflam?' gwaeddodd Leo. 'Wedi gweld ysbryd, was?'

Nid atebodd Fflaminius, dim ond syllu'n syn ar y groes o'i flaen. Ond troes ei ben yn ffyrnig fel y deuai gweiddi eto o blith yr edrychwyr gerllaw, a hylldremiodd tuag at y llefwyr.

'Eraill a waredodd efe; gwareded ef ei hun!'

'Ie, os hwn yw Crist, etholedig Duw!'

'Gwared dy hun a disgyn oddi ar y groes!'

Nid crochlefain oedd hwn: yr oedd ôl 'diwylliant' ar y lleisiau a'r ynganiad. Rhai o wŷr y Deml, efallai, meddai Longinus wrtho'i hun, rhai o gynllwynwyr y breuddwyd a gawsai Othniel. Llwyddodd Fflaminius i godi ar ei draed, a chymerodd gam bygythiol i gyfeiriad y gweiddi.

'Mi liciwn i groeshoelio'r cnafon yna,' meddai rhwng ei ddannedd, gan gydio'n ffyrnig yn ei waywffon.

Gafaelodd Marcus yn ei siaced a'i dynnu'n ôl i'w le ar y graig.

'Dy dro di, Fflam,' meddai, gan estyn y disiau iddo.

'Dim, diolch.' A gwthiodd law'r hen filwr ymaith.

'Hwde, Fflam!' gwaeddodd Leo. 'Gorffen hwn inni,' gan ddal y gostrel tuag ato.

'Dim, diolch, Leo.'

'Dyma ti, Fflam,' meddai'r pedwerydd milwr, Lucius, gan dynnu cylffau o fara a physgod wedi'u halltu o'i ysgrepan.

'Dim, diolch, Lucius.'

Pwysodd Fflaminius ymlaen i syllu'n freuddwydiol ar y ganol o'r tair croes. Edrychodd y tri arall ar ei gilydd heb ddywedyd gair a sylwai Longinus fod rhyw bryder syn yn eu llygaid, ac yn arbennig yng ngwedd yr hen Farcus. Gerllaw, ar ddarn arall o graig, eisteddai milwyr y Canwriad Sextus yn bwyta ac yfed a chlebran a chwerthin. Rhythodd Fflaminius yn ddig arnynt, fel petai'r sŵn a wnaent yn beth aflednais yn y lle hwn; yna gŵyrodd ymlaen drachefn i wylio'r groes yn fud a ffwndrus.

Uwchben, hongiai cymylau trymion yn y nef a llithiwyd ymaith bob llewych oddi ar dyrau a chromennau hardd Jerwsalem. Aethai'r ddinas o eira'n llwm a llwyd a gŵyrai caddug anferthol trosti. Codai'r milwyr a'r bobl olygon brawychus i fyny, fel petaent yn ofni gweld y düwch yn ymagor ac yn tywallt gwae ar y ddaear. Taflai march Longinus ei ben yn wyllt, gan weryru mewn dychryn, ac wrth droed craig gerllaw yr oedd ceffyl Sextus, a barnu oddi wrth regfeydd ei feistr, yn fwy aflonydd fyth. Troesai'r dydd, er nad oedd hi ond tua'r chweched awr, yn nos. Nos drom, ormesol, a'i thywyllwch yn rhywbeth y teimlai Longinus y gallai ei dorri â'i chwip. Tawsai pob aderyn.

'Syr?'

Yr hen Farcus a ddaethai ato.

'Ie, Marcus?'

''Ydych chwi . . . 'ydych chwi'n meddwl fod rhyw gysylltiad rhwng hyn'—a nodiodd tua chroes y Nasaread—'a'r . . . a'r tywyllwch yma?'

Chwarddodd Longinus i'w gysuro. 'Y mae hyn yn digwydd yn y wlad hon weithiau yn y gwanwyn,' meddai. 'Ni welais i mohono o'r blaen, ond mi glywais amdano.'

'Do, Syr?'

Yr oedd rhyddhad yn ei lais fel y troai'n ôl i ymuno â'r lleill, ond daliai i edrych yn ofnus tua'r nef.

*　　　　*　　　　*

Aethai rhyw deirawr o dywyllwch heibio: yr oedd hi tua'r nawfed awr. Troesai rhuadau Gestas yn riddfan isel, dwfn, a pharablai bymtheg y dwsin hefyd ar adegau, fel petai'r loes yn gwanhau ei feddwl. Hongiai Dysmas yn anymwybodol ar y groes, ond hyd yn oed o dir angof, daliai i lefain weithiau am ei fam. Dioddefai'r Nasaread yn dawel a dewr.

'Y gŵr dewraf a welais i erioed.' Eisteddai'r canwriad ar ei farch a geiriau syn yr hen Farcus yn troi a throi yn ei feddwl. Oedd, yr oedd hwn yn ddewr. Nid yfasai ef o'r *vinum languidum*, 'gwin trymder', cyn ei groeshoelio; yr oedd fel petasai'n mynnu cadw'i feddwl a'i synhwyrau'n glir hyd y diwedd. Rhaid bod y boen yn enbyd iddo ef, ac eto ni fygythiai fel Gestas ac nid wylai fel Dysmas. Yr oedd urddas rhyfeddol yn ei dawelwch ef.

Beth oedd ei feddyliau, tybed? gofynnodd Longinus i'r tywyllwch. Ychydig a ddywedasai—y weddi ar ei Dad am iddo faddau i'r rhai a'i croeshoeliai; gair wrth y gwragedd a'r gŵr ifanc pan aethant ato; y frawddeg am Baradwys wrth Dysmas; cri yn Aramaeg, ei iaith ei hun, gan godi'i lygaid i'r nef fel petai'n erfyn, o ganol ei unigrwydd, am arwydd oddi wrth ei Dduw; ac 'Y mae arnaf syched', pan frysiodd Marcus i ddal, ar flaen corsen, ysbwng yn llawn o'r *posca* wrth ei enau. Ond yr oedd ei fudandod yn huotlach na geiriau. Ymddangosai fel un a ddewisai farw, yn eofn a dwys a thawel. Yr oedd hwn, yn wir, *yn* Frenin.

Duai'r tywyllwch yn fwy fyth ac yn y dwyrain, draw uwch bryniau Moab, ac yna'n nes, nes o hyd, crwydrai taranau hirion drwy'r nef. Ni welai Longinus mo'r bobl a safai wrth y marc yn y pridd, ac aneglur iawn oedd wynebau'r milwyr iddo. Pwysai'r caddug i lawr fel rhyw drymder anferth ar fin ymollwng ar y ddaear a gwasgu pawb a phopeth yn ddiddim. Aeth y canwriad ychydig yn nes at y croesau, a gwelai nad oedd diwedd y Nasaread ymhell. Gŵyrai'i ben ar ei fynwes ac yr oedd ei lygaid ynghau. Safai Marcus gerllaw iddo â'r gorsen a'r ysbwng o hyd yn un llaw a'i waywffon yn y llall, fel delw o filwr yn y gwyll. Daeth at ei ganwriad.

'Ein dyletswydd a wnaethom ni, onid e, Syr?'

'Wrth gwrs, Marcus.'

'Ie, Syr, a rhaid i filwr ufuddhau, onid rhaid?'

'Rhaid, Marcus.'

'Rhaid, Syr.' A nodiodd yn araf a dwys wrth droi'n ôl at y groes.

Cododd y carcharor ei ben yn awr, gan edrych i fyny i dywyllwch y nef. Yr oedd rhyw oleuni yn ei wedd, fel un a wyddai iddo ennill brwydr fawr. Dywedodd rywbeth, eto yn ei iaith ei hun, ac yna gŵyrodd ei ben gan lefaru un gair yn dawel, fel anadliad o ryddhad.

Safai Marcus yn berffaith lonydd, fel petai wedi'i wreiddio yn y graig oddi tano.

'Marcus?'

Troes yr hen filwr yn freuddwydiol a cherddodd yn araf at y canwriad. Safodd, ond anghofiodd saliwtio.

'Syr, yr oedd hwn . . .' Ond ni allai ddweud ychwaneg.

'Oedd,' meddai Longinus yn ddwys, 'yn wir yr oedd hwn yn ŵr cyfiawn.'

Prin yr oedd y geiriau o'i enau pan ysgydwodd daeargryn y ddaear ac y cododd ei farch ar ei bedrain mewn dychryn. Gerllaw, rhusiodd ceffyl y Canwriad Sextus, gan daflu'i feistr meddw yn swp i'r llawr. Gwaeddodd amryw o'r milwyr mewn braw, a chlywid twrf ofnus llu o bobl o gyfeiriad y ffordd a Phorth Effraim. Wedi i'w farch lonyddu, edrychodd Longinus yn bryderus tua'r ddinas, gan ofni gweld drwy'r gwyll fod cromen y Deml a thyrau Antonia hefyd yn sarn. Ond safent yn awr yn eu holl wychder, heb dywyllwch trostynt mwyach. Ciliai'r caddug mor gyflym ag y daethai, a gwelai'r canwriad yr wynebau llwyd a syn o'i gwmpas.

Syrthiasai tawelwch hyd yn oed dros filwyr swnllyd y Canwriad Sextus. Gwenai rhai ohonynt wrth wylio ymdrechion eu meistr i godi ar ei draed, ond edrychai'r lleill ar ei gilydd yn syn, a braw diddeall yn eu hwynebau. Gwelai Longinus fod ei dri milwr ef yn sefyll ar eu darn o graig ac yn syllu tua'r groes ganol. Camodd Fflaminius ymlaen tuag ato, ac yna arhosodd i daro blaen ei waywffon wrth ei dalcen mewn saliwt. Gwnaeth yr hen Farcus hefyd yr un peth.

'Y dewraf a welais i erioed, Syr,' meddai wrth Longinus, fel petai'n ymddiheuro am ei weithred. 'Y dewraf un.'

'Yr oedd rhywbeth mwy na dewrder yma, Marcus,' sylwodd y canwriad yn dawel.

'Oedd, Syr, rhywbeth . . . rhywbeth mwy na dewrder.'

Nesâi tramp pedwar o filwyr.

'Rhai o garsiwn y Rhaglaw, Syr,' meddai Marcus, gan eu gwylio'n gadael Porth Effram ac yn anelu'n syth atynt hwy. 'Hy, pwy mae'r rhai yna'n feddwl ydynt hwy?'

Saliwtiodd y pedwar o flaen Longinus pan ddaethant ato.

'Gorchymyn oddi wrth y Rhaglaw, Syr,' meddai'u harweinydd.

'Wel?'

'Gorchymyn i ladd y tri charcharor a thaflu'u cyrff i'r domen yng Nghwm Gehenna.'

Nodiodd y canwriad, yn bur anfodlon ei wedd.

'Ond pam?' gofynnodd.

'Bu rhai o'r offeiriad at y Rhaglaw, Syr,' eglurodd y milwr.

'Offeiriaid? Nid â'r cais hwn?'

'Ie, Syr. Y mae Sabath yr Iddewon yn dechrau gyda'r hwyr heno. A'u Pasg. Bydd y rhai hyn'—a nodiodd tua'r croesau—'yn halogi'r Ŵyl.'

Credai Longinus y clywai watwareg yn ei dôn, yn arbennig ar y gair 'halogi'. Ond nid oedd cysgod gwên ar ei wyneb: milwr dan orchymyn ydoedd.

'Gellwch dynnu'r groes ganol i lawr pan fynnoch.'

Edrychodd y milwr yn syn arno.

'Nid ydyw wedi marw eisoes, Syr?'

'Ydyw.'

Rhoes y dyn orchymyn i'w gyd-filwyr a throesant ymaith at eu gorchwyl. Gwelai Longinus fod y tair o wragedd a'r dyn ifanc yn penlinio wrth droed y groes ganol. Yr oedd y llances yn beichio wylo a'i holl gorff yn cael ei ysgwyd gan ei galar.

Symudodd ychydig i ffwrdd rhag bod yn dyst o boenau'r ddau garcharor arall. Yr oedd llid yn ei galon wrth iddo feddwl am 'sancteiddrwydd' y Deml fawr a'i hoffeiriaid duwiol. 'Halogi!' meddai rhwng ei ddannedd. Yna fe'i hatgofiodd ei hun mai milwr, a milwr Rhufeinig, oedd ef ac nad oedd a wnelai â'r bobl hyn a'u crefydd—a'u rhagrith. Ond y bore hwnnw, yn Antonia, onid edmygai ef eu ffydd mewn un Duw yn hytrach nag mewn llu aneirif o dduwiau? Gwnâi, ond yr oedd ffieidd-dod yn ei galon yn awr. Pob parch iddynt hwy a'u Teml orwych a'i byddin o offeiriaid, pob parch i'w defosiynau a'u gwyliau crefyddol ac i'w synagogau ym mhob tref a phentref drwy'r wlad; ond ar y groes gerllaw yr oedd breuddwyd-iwr a phroffwyd ifanc a'i obeithion wedi'u diffodd ganddynt. Hwy, nid Rhufain, a'i gyrrodd ef i'r groes.

Mingamodd Longinus wrth syllu ar wychder y ddinas

o'i flaen. Tywynnai'r haul arni yn awr, gan daro'n ddisglair ar ei muriau a'i thyrau ac yn arbennig ar do euraid y Deml fawr. Dinas o eira a'i tho o aur! Beth a ddywedodd rhywun oedd ystyr 'Jerwsalem', hefyd? O, ie, 'Trigfan Heddwch'. Edrychodd yn hir ar lonyddwch gwyn y ddinas, gan edmygu, er gwaethaf ei chwerwder, ei harddwch a'i llonyddwch hi. Pa un a oedd wynnaf, ai ei meini hi ai'r cymylau gwynion acw yn yr awyr las uwch ei phen? Fflachiai ambell helm a tharian ar Dŵr Antonia uwchlaw'r Deml, fel pe i atgoffa'r ddinas sanctaidd fod cleddyf a gwaywffon yr Ymerawdwr yn gwylio'i bywyd hi.

Fel y llithrai'r geiriau 'y ddinas sanctaidd' i'w feddwl, troes edmygedd Longinus yn atgasedd eilwaith. Yr ennyd hwnnw, o ffair ei Theml enfawr, deuai criau gyrwyr a gwerthwyr anifeiliaid a lleisiau cyfnewidwyr arian. Gwelai'r canwriad eto Gyntedd y Cenhedloedd a'r Nasaread ifanc yn gyrru'r 'lladron' ymaith mewn braw. Ond yn awr tawelwyd ei lais ef ac âi'r elwa ymlaen yn wylltach nag erioed. A thu fewn i'r Deml yr oedd yr offeiriaid wrthi'n aberthu ŵyn ar eu hallor sanctaidd, a'r bobl a grochlefai ar y ffordd tua Golgotha erbyn hyn yn eu tai yn paratoi ar gyfer 'bwyta'r Pasg' a chanu mawl i'w Duw. Yr oedd yma, meddai'r canwriad wrtho'i hun yn chwerw, destun newydd i awen Othniel. Oen y Pasg ar allor y groes! Na, ceisiai guddio pob cysgod o chwerwder fel hyn rhag ei gyfaill claf: byddai'r newydd am farw'r Proffwyd o Nasareth yn siom ofnadwy iddo, heb ei liwio â gwawdiaeth felly. A thyfai yn awr, yn fwy na thebyg, elyniaeth chwyrn rhwng Othniel a'i dad, y Cynghorwr a oedd yn un o'r rhai a gondemniodd y Nasaread i'r groes.

Gwelai ryw ddyn yn brysio tuag ato. Oni bai am ei wisg dlodaidd, yr oedd yr un ffunud â thad Othniel a Rwth. Yr un cerddediad, a'r ysgwydd dde'n ymddangos ychydig yn uwch na'r llall. Sylwasai o'r blaen mor debyg oedd yr Iddewon 'ma i'w gilydd, ond yn wir, yr oedd y tebygrwydd y tro hwn yn rhyfeddol.

'Longinus?'

'Syr! Nid oeddwn i'n eich adnabod chwi—yn y lle yma, ac yn y wisg yna.'

'Longinus?' Yr oedd taerineb yn y llais.

'Ie, Syr?'

'A ydyw'r Nasaread wedi marw?'

'Ydyw, Syr.'

'A'i gorff ef?'

'Ei gorff, Syr?'

'Ie. Beth yw neges y milwyr 'na?'

'Tynnu'r tair croes i lawr rhag iddynt halogi'r Ŵyl a'r Sabath.'

Er ei waethaf llithrodd y watwareg a glywsai yn llais y milwr i lais Longinus hefyd.

'Ac yna?'

'Ânt â'r cyrff i'r tanau sy'n llosgi ysbwriel y ddinas.'

'Yr wyf yn mynd yn syth at y Rhaglaw, Longinus. Y mae gennych awdurdod tros y milwyr hyn?'

'Oes, wrth gwrs.'

'Cedwch hwy yma nes imi ddychwelyd, 'wnewch chwi? Ni fyddaf yn hir. Y mae gennyf fedd yn un o'r gerddi 'na wrth droed Bryn Gareb, ac os caf ganiatâd y Rhaglaw, cymeraf gorff y Nasaread a'i roddi ynddo. Cedwch y milwyr yma, erfyniaf arnoch.'

'O'r . . . o'r gorau, Syr.'

Gwyliodd Longinus ef yn brysio ymaith ac yn ymuno â

rhyw ddyn a arhosai amdano. Yna i ffwrdd â'r ddau tua'r ddinas. Syllodd y canwriad mewn dryswch ar eu holau. Ni ddeallai'r peth o gwbl: onid oedd tad Othniel yn un o'r Cyngor Iddewig a gawsai'r carcharor yn euog ac yn haeddu marwolaeth? Ai'n edifar yr oedd? Neu efallai na chydsyniodd ef â'r ddedfryd ac yr heriai yn awr holl awdurdod yr Archoffeiriad a'r Cynghorwyr drwy fynnu claddu'r Proffwyd yn ei fedd ei hun? Os oedd hynny'n wir, byddai Othniel a'i dad yn gyfeillion mawr yn hytrach nag yn elynion.

'Longinush? Longinush?'

Y Canwriad Sextus a ymlwybrai'n feddw tuag ato.

'Y milwyr 'na—pwy a'u gyrrodd hwy yma?'

'Y Rhaglaw ei hun.'

'O.' Sobrodd hynny ychydig arno. 'I beth?'

'I dorri'u croesau a dwyn eu cyrff ymaith. Y mae gan yr Iddewon ofn iddynt halogi'r Ŵyl.'

'He, he, he, pobl grefyddol, Longinush, pobl dduwiol drosh ben, onid e? Y cnafon yna a oedd yn shgrechian bob cam o'r ffordd i lawr yma! Y taclau! Y diawliaid! Y . . .' Ond nid oedd geirfa Sextus yn un gyfoethog iawn, a bodlonodd ar boeri'n huawdl ar y llawr a rhythu'n ddiclon tua'r ddinas.

'Ond cewch chwi a'ch milwyr fynd yn ôl i'r gwersyll yn awr, Sextus.'

'Cawn, Cawn, wrth gwrsh. Yn ôl i Antonia am lymaid. Shychedig, shychedig ofnadwy. Hei!' gwaeddodd ar y milwyr, a oedd yn ffraeo am rywbeth, 'Heddiw, nid yfory!'

Ond gwelai Longinus mai ymhlith ei filwyr ef yr oedd y cynnwrf a brysiodd tuag atynt. Â'i bicell yn fygythiol yn ei law, ceisiai Fflaminius fynd heibio i'r hen Farcus i ymladd ag un o filwyr y Rhaglaw. Gyrrodd y canwriad ei geffyl rhwng ei ddau filwr a'r lleill.

'Fflaminius!'

Rhoes Fflaminius y gorau i'r ymrafael a chododd ei bicell i'w dalcen mewn saliwt. Ond yn beiriannol y gwnâi hynny, gan ddal i hylldremio i gyfeiriad y llall, er bod y march rhyngddo a'r dyn yn awr.

'Beth sy'n bod, Marcus?'

'Fe yrrodd y milwr 'ma ei bicell i fynwes y carcharor, Syr. Rhag ofn bod bywyd ynddo. A phan welodd Fflaminius hynny . . .'

'Mi fedrwn i wneud yr un peth iddo yntau, Syr,' meddai Fflaminius rhwng ei ddannedd.

Cymerodd Longinus arno edrych yn geryddgar arno, ond mewn gwirionedd, edmygai'r dicter a fflachiai yn llygaid ei filwr hanner-meddw.

'Y mae'r dyn yn gwneud ei ddyletswydd, Fflaminius,' meddai. 'Cawsant orchymyn i dynnu'r cyrff i lawr a'u dwyn ymaith.'

'Do, Syr, ond yr oeddwn i wedi dweud wrthynt fod ein carcharor ni . . .'

Daeth y Canwriad Sextus ymlaen atynt.

'Gadewch y bushnesh i'r rhain, Longinush,' meddai, gan nodio tua milwyr y Rhaglaw. 'Shychedig, shychedig ofnadwy.'

'O'r gorau, Sextus. Ewch chwi'n ôl i Antonia. Dilynwn ninnau ymhen ennyd.'

Aeth Sextus a'i filwyr ymaith. Yr oedd Longinus yn falch o'u gweld yn mynd, rhag ofn i'r canwriad meddw gael i'w ben y dylid llosgi corff y Nasaread hefyd.

'Syr?'

Un o filwyr y Rhaglaw a saliwtiai o'i flaen.

'Ie?'

'Y mae'r tri'n farw, Syr. Awn â hwy i Gehenna.'

'Ewch â Dysmas a Gestas. Ond gadewch gorff Brenin yr Iddewon yma yn fy ngofal i.'

'Syr?' Ni ddeallai'r milwr.

'Gadewch groes Iesu o Nasareth yma. Gofalaf fi a'm milwyr amdani.'

'Ond, Syr, cawsom orchymyn . . .'

'Do, mi wn, ond yr wyf yn rhoi gorchymyn arall i chwi yn awr. Arnaf fi y bydd y cyfrifoldeb.'

Yr oedd gwedd a chamau'r milwr yn bur ansicr fel y troai ymaith at y lleill. Dywedodd rywbeth yn dawel wrthynt ac edrychent oll ar ei gilydd yn anfoddog. Yna aethant â'r ddau gorff arall ymaith.

Gwelai Longinus negesydd yn rhedeg tuag ato o gyfeiriad Porth Effraim. Adnabu ef fel un o negeswyr y Rhaglaw.

'Ganwriad?'

'Ie?'

'Y mae'r Rhaglaw am eich gweld.'

'O'r gorau. Dof ar unwaith . . . Marcus! Fflaminius! Leo! Lucius!'

Daeth y pedwar ato.

'Ie, Syr?'

'Cefais fy ngalw at y Rhaglaw. Rhywbeth ynglŷn â'r carcharor, y mae'n debyg. Gadawaf ei gorff yn eich gofal chwi, nes imi ddychwelyd. Nid oes neb i'w symud oddi yma. Neb. A ydyw hynny'n glir?'

'Neb, Syr.'

Dywedai wynebau'r pedwar y byddai angen byddin i gymryd y corff oddi arnynt.

XII

Wedi i Bilat fynd i mewn i'r Praetoriwm ac i'r Arch-offeiriad droi ymaith tua'r Deml, ymwthiodd Joseff a Nicodemus drwy dyrfa swnllyd y Palmant at y porth a'r grisiau a oedd yn arwain i'r ffordd. Nid oedd hynny'n anodd, gan i ugeiniau o'r bobl ruthro allan ar unwaith i gael golwg ar y carcharorion yn cychwyn i lawr i Galfaria. Chwiliai llygaid Joseff am Heman a'r lleill, eithr ni welai mohonynt yn unman. Ond yr oedd Ioan Marc yn aros wrth y porth.

'Aeth fy nhad a'r lleill adref, Syr,' meddai.

Llifai'r dagrau i lawr ei ruddiau, a phrin y gallai ynganu'r geiriau. Rhoes Joseff ei fraich am ei ysgwydd ac aethant i lawr y grisiau gyda'i gilydd.

'Yr oedd rhai o'r bobl yn edrych arnom, Syr. Ac yn sibrwd yn filain wrth ei gilydd.'

'Fe wnaeth dy dad yn ddoeth, 'machgen i. Gwell i tithau fynd adref. Hwde, cymer yr arian hyn.'

Tynnodd Joseff bwrs o'i wregys, gan feddwl rhoi hynny a oedd ynddo i'r bachgen, ond ysgydwodd Ioan Marc ei ben. Beth oedd arian iddo ef, a'r Meistr wedi'i gondemnio? Diolchodd ei lygaid i'r Cynghorwr caredig, ac yna rhedodd ymaith i'r dde, i rywle lle câi feichio wylo.

Rhoes twr o bobl fanllef i Joseff pan gyrhaeddodd y ffordd. Credent wrth weld ei urddwisg mai un o gyfeill-ion yr Archoffeiriad ydoedd a'i fod yn haeddu clod am ennill buddugoliaeth tros y Rhaglaw Rhufeinig. Ni ddeallant pam yr edrychai mor hyll arnynt.

'Dewch, Nicodemus, yr wyf am newid y wisg hon heb oedi.'

Brysiodd y ddau i lawr i Heol y Pobydd. Safai Abinoam wrth ddrws y gwesty.

'O, dyma chwi, Syr! Eich gwraig yn methu â gwybod beth a ddigwyddodd i chwi. Ofni i ryw ladron gael gafael ynoch yn y nos. Ond yr oeddwn i'n dweud wrthi . . .'

'Abinoam?'

'Ie, Syr?'

'A ellwch chwi gael benthyg gwisg imi? Gwna rhywbeth y tro.'

Crafodd y gwestywr ei bedair gên.

'Wel, Syr, nid oes neb crand iawn yn aros yma—ar wahân i chwi a'r Cynghorwr Patrobus, Syr. Y mae ef newydd fynd allan, ond efallai y gallaf gael benthyg gwisg gan y masnachwr Merab . . .'

'Gwisg un o'ch caethion a fyddai orau gennyf. A gorau po dlotaf y bo hi.'

Ni wyddai Joseff yn iawn pam y dywedai hyn, ond daethai'r geiriau'n fyrbwyll o'i enau ac edrychodd yn ffiaidd ar ei urddwisg gain. Sylwodd Abinoam fod llygaid y dyn yn wyllt.

'Rhywbeth . . . rhywbeth o'i le, Syr?'

'Na, dim, Abinoam, dim yn y byd. Dim ond bod y Meseia ar ei ffordd i'r groes. Yr Archoffeiriad yn aberthu Oen y Pasg. A'i aberthu ar y groes. Dim ond hynny, Abinoam.'

'Y Meseia, Syr?' Syllodd y gwestywr yn ddryslyd arno.

'Y Brenin y buoch yn sôn amdano y noson o'r blaen wrthyf,' atebodd Joseff yn dawel. 'Ond y wisg, Abinoam, y wisg.'

'Wel, Syr, nid wyf yn hoffi rhoi gwisg un o'r gweision i chwi. Efallai y gall gwas y Cynghorwr Patrobus ddod o hyd i . . .'

Âi'r hen Elihu a'r Roeges fach Alys heibio iddynt, ar eu ffordd i mewn i'r tŷ. Cuddiai'r gaethferch ei hwyneb rhagddynt, ond dywedai'i hysgwyddau anesmwyth ei bod yn galaru am rywbeth.

'Beth sydd, Alys?' gofynnodd Joseff.

Safodd y ferch, ond ni allai yngan gair. Prysurodd Elihu i ateb drosti.

'Newydd weld rhyw ddyn yr un ffunud â'i thad y mae hi, Syr, a gafaelodd pwl ofnadwy o hiraeth ynddi.'

'O, y mae'n ddrwg gennyf, Alys. Ewch i mewn i'r tŷ i eistedd am dipyn a chymerwch gwpanaid o win.'

'Diolch yn fawr, Syr.'

Cychwynnodd yr hen Elihu i mewn gyda hi, ond galwodd Joseff ef yn ei ôl.

'Elihu?'

'Ie, Syr?'

'A ddoist ti â gwisg arall gyda thi?'

'Gwisg, Syr?' Edrychodd y caethwas yn bryderus ar ei ddillad, gan dybio mai cael ei geryddu am fod yn aflêr yr oedd. 'Dim ond un arall, Syr, ac mae honno'n salach na hon, y mae arnaf ofn. Yn honno y byddaf yn mynd i'r ystablau i roi bwyd i'r anifeiliaid.'

'Fe wna honno'r tro. Carwn gael ei benthyg.'

'Af i'w nôl hi ar unwaith. I bwy y rhof hi, Syr?'

'Dwg hi i mi. A hoffwn dy gymorth i'w gwisgo . . . Ni fyddaf yn hir, Nicodemus.'

'O'r gorau, Joseff.'

Wedi i Joseff frysio i mewn i'r gwesty, rhythodd yr hen Elihu'n geg-agored ar Nicodemus. Ei arglwydd, y gŵr cyfoethocaf yng Ngogledd Jwdea, am wisgo dillad hen gaethwas! A ddaethai rhyw wendid tros ei feddwl?

'Gwell iti fynd ar ôl dy feistr, Elihu,' meddai Abinoam.

'Ydyw . . . ydyw, Syr.'

Dug y caethwas yr hen wisg i fyny i'r ystafell-wely yn bur anfoddog a'i hestyn i Joseff.

'Os ydych chwi am wisgo'n dlawd i ryw bwrpas, Syr, gedwch imi chwilio am ddillad eraill i chwi. Rhai glân a chyfan. Mae twll ar ysgwydd y wisg hon.'

'Na, fe wna hon yn iawn . . . Elihu?'

'Ie, Syr?'

'Pam yr oedd Alys mewn dagrau? Nid oeddwn i'n credu dy stori am y dyn yr un ffunud â'i thad. Y gwir y tro hwn, Elihu.'

'Wel, Syr . . .'

Arhosodd yr hen gaethwas, heb wybod pa gelwydd arall i'w lunio: ni feiddiai sôn am y Nasaread wrth ei feistr.

'O b'le y daethoch chwi gynnau, Elihu?'

'O . . . o Balmant y Praetoriwm, Syr. Yr oedd . . . yr oedd praw yn mynd ymlaen yno, a . . . a thybiwn yr hoffai Alys gael ei weld. Ond yr oedd . . . yr oedd sŵn y fflangellu a'r olwg ar y carcharor wedyn yn ormod iddi . . .'

Gwyddai Joseff ei fod yn nes at y gwir yn awr: gwyddai hefyd fod yr hen gaethwas yn dal i guddio rhywbeth rhagddo.

'Y Proffwyd o Nasareth oedd y carcharor, onid e, Elihu?'

'Ie, Syr. Ac fe'i condemniwyd. Y mae ar ei ffordd i'r . . . i'r groes yn awr, Syr.'

'Gwn hynny, Elihu. Yr oeddwn innau ar y Palmant.'

''Oeddech chwi, Syr? Gwelais yr Archoffeiriad ac amryw o Gynghorwyr gydag ef, ond ni sylwais arnoch chwi, Syr. O, Syr, maddeuwch i hen gaethwas am fod yn hy ar ei arglwydd, ond y mae'r hyn a wnaeth gwŷr y Sanhedrin y bore 'ma yn . . . yn . . .'

'Yn drosedd yn erbyn Duw ei hun, Elihu. Yr anfadwaith mwyaf a fu erioed.'

Credai Elihu am ennyd mai gwatwareg oedd y geiriau, ond yr oedd un olwg ar wyneb ei feistr yn ddigon i'w ddarbwyllo.

'Yr oeddech chwi yno i . . . i geisio'i achub, Syr?'

'Oeddwn, pe dôi cyfle. Ond yr oedd Caiaffas a'i gynffonwyr fel bleiddiaid rheibus.'

Erbyn hyn gwisgai Joseff yr hen wisg, ac edrychodd arno'i hun yn y drych mawr o bres gloyw.

'Dyna well, Elihu. Pan adewais i'r Palmant a chyrraedd y ffordd, rhoes twr o'r bobl fanllef imi, gan feddwl fy mod i'n un o elynion y Proffwyd. Ffieiddiwn y wisg a oedd amdanaf.'

'Ond nid oes raid i chwi wisgo un mor dlawd â hon, Syr.'

'Oes, a gorau po dlotaf y bo hi. Efallai y gwna hyn imi deimlo'n fwy gwylaidd. Yr oeddwn fel bedd wedi'i wynnu, Elihu.'

'Syr?' Ni ddeallai'r hen gaethwas.

'Yn deg oddi allan ond oddi mewn yn llawn o esgyrn y meirw a phob aflendid. Geiriau'r Proffwyd, Elihu. Geiriau'r Meseia.'

'Ie, Syr, geiriau'r Meseia,' meddai Elihu'n dawel. 'Ond nid ydynt yn wir am fy meistr caredig, Syr.'

'Ydynt, ac am bob un ohonom ni, wŷr y Deml. Ond Elihu, ni chefais wybod gennyt pam yr oedd Alys yn wylo.'

'Naddo, Syr. Nid iddi gael gweld Jerwsalem y dymunai'ch mab iddi ddod yma yn lle Elisabeth.'

'O?'

'Nage. I weld y Proffwyd, Syr. Ac i erfyn arno ddod i Arimathea.'

'I'w iacháu?'

'Ie, Syr, ac i sôn am y Deyrnas wrtho. Teyrnas y Meseia, Syr. Ond nid ydych chwi—a begio'ch pardwn, Syr—yn credu yn y Deyrnas, yr un fath â'r Phariseaid. Na finnau, o ran hynny, Syr, byth er pan glywais i syniadau'r Proffwyd o Nasareth amdani.'

'Beth a glywaist ti, Elihu?'

'Clywais hanes rai o'r Phariseaid yn mynd ato un diwrnod i ofyn iddo pa bryd y deuai Teyrnas Dduw. Ac meddai yntau, "Teyrnas Dduw, o'ch mewn chwi y mae."' Dywedai'r hen gaethwas y geiriau'n araf, fel petai'n gadael i ystyr pob un suddo i ddyfnder ei feddwl. 'Ac ond i rywun ddechrau meddwl am y peth, Syr, i mewn ynom ni, yn ein calonnau ni, nid yn Jerwsalem a'i Theml—a begio'ch pardwn am fod mor eofn, Syr—i mewn ynom ni, yn ein calonnau ni . . .'

'Ie, Elihu, oddi mewn ac nid oddi allan.' Cydiodd Joseff yn ei urddwisg ysblennydd a'i thaflu o'r neilltu.

'Ond yn awr rhaid i Alys fynd yn ôl â'r hanes am y praw a'r . . . a'r groes,' meddai Elihu'n drist.

'Yr ogof.'

'Begio'ch pardwn, Syr?'

'Dim byd, Elihu. Rhywbeth a ddigwyddodd ddod i'm meddwl i, dyna i gyd. Ond dywed, pam y gofynnodd fy mab Othniel i Alys fynd i weld y Proffwyd? Pam na yrrai . . .?' Tawodd Joseff heb allu gorffen y frawddeg.

'Pwy, Syr?'

'Ie, pwy, onid e? Ni adwn i iddo ef na thithau na neb arall grybwyll ei enw. A phe gofynasai i'w fam neu i Rwth, ni wnaent ond chwerthin am ei ben. Ie, Alys, Alys a ddewiswn innau.'

'A pheth arall, Syr . . .' Petrusodd y caethwas.

'Ie?'

'Y mae'r Roeges fach yn hoff iawn o'ch mab, Syr. Fe . . . fe wnâi hi rywbeth trosto.'

Nodiodd Joseff yn araf, ac yna troes tua'r drws. 'Y mae'r Cynghorwr Nicodemus yn aros,' meddai.

'A gaf fi ddod i mewn?' Llais Esther.

Agorodd Elihu y drws iddi.

'Joseff!'

'Bore da, Esther.'

'A ydych chwi'n drysu, Joseff?'

'Gelli fynd yn awr, Elihu,' meddai Joseff wrth yr hen was.

'A hoffech chwi imi ddod gyda chwi, Syr?'

'Na, dim diolch. Dywed wrth y Cynghorwr Nicodemus yr ymunaf ag ef mewn ennyd.'

'O'r gorau, Syr.'

Wedi i Elihu fynd ymaith, camodd Esther yn fygythiol i mewn i'r ystafell, fel mam ar fin ceryddu rhyw blentyn drwg.

'Unwaith eto, a ydych chwi'n drysu, Joseff?'

Nid atebodd ef, ond yr oedd ei lygaid tawel, di-syfl, yn ei dychrynu.

'Joseff!'

'Ie, Esther?'

'Beth yw ystyr peth fel hyn? Pam y gwisgwch fel . . . fel cardotyn?'

'Cardotyn? Cardotyn ydwyf, Esther. Ond ni wyddwn i mo hynny nes iddi fynd yn rhy hwyr. Pe sylweddolaswn i hynny ymhell cyn hyn, gallaswn fod wedi mynd at y gŵr cyfoethocaf yn y byd i grefu am dosturi. Ond y mae'n rhy hwyr, rhy hwyr.'

'A phwy, tybed, yw'r gŵr cyfoethocaf yn y byd?'

'Y mae ar ei ffordd i'r groes, Esther . . . Clywch!'

Deuai o bellter grochlefain tyrfa wyllt.

'Y Meistr,' meddai Joseff yn floesg.

'Ai am y Nasaread hwnnw y soniwch?' gofynnodd ei wraig yn llym. 'Clywais ei fod ef yn cael ei haeddiant o'r diwedd.'

'Ni wyddoch beth a ddywedwch, Esther. Nid ydych yn deall. Y maent, y maent yn croeshoelio'r Meseia . . . Mab y Dyn . . . y . . . y Meistr.'

'Clywais droeon fod y dyn yn swynwr. Y mae'n amlwg ei fod wedi bwrw rhyw hud trosoch chwi. Ewch i orwedd am dipyn, wir, Joseff. Heb gysgu yr ydych: dyna pam y mae'ch meddwl mor ddryslyd.'

'Ni bu fy meddwl yn gliriach erioed, Esther . . . Bore da, Rwth.'

'Tada!'

Safai Rwth yn y drws, wedi'i gwisgo'n ffasiynol dros ben, ar gychwyn allan i gyfarfod ei chariad newydd, ŵyr yr hen Falachi. Dychrynodd wrth weld ei thad yn ei wisg dlodaidd.

'Beth . . . beth sy, Mam?'

'Y swynwr 'na o Nasareth wedi drysu meddwl dy dad, 'merch i. Efallai y gelli di roi rhyw synnwyr yn ei ben.'

Ond ni chafodd Rwth gyfle i wneud hynny. Cymerodd Joseff ei urddwisg oddi ar y fainc lle y taflasai hi ac estynnodd hi i'w ferch.

'Cymer hon a gwna wisg i ti dy hun o'r deunydd. Gofynnaist amdani droeon. Dyma hi iti, Rwth.'

'Dim ond eich profocio yr oeddwn i, wrth ofyn, 'Nhad.'

'Ni fydd arnaf ei hangen hi eto, Rwth.' Ac aeth ei thad heibio iddi a thrwy'r drws.

Gwrandawodd y fam a'r ferch ar sŵn ei sandalau ar y grisiau ac yna ar y ffordd islaw.

'Y mae rhywbeth ofnadwy wedi digwydd iddo, Rwth,' meddai Esther wedi i'r sŵn fynd o'i chlyw. 'Elihu! Elihu!'

Brysiodd yr hen gaethwas i fyny'r grisiau ac i ddrws yr ystafell.

'Ie, Meistres?'

'Gwell iti fynd ar ôl dy feistr. Ac yn ddi-oed.'

'Af ar unwaith, Meistres.'

Cerddodd Joseff a Nicodemus yn araf a thawedog i lawr drwy'r ddinas tua Golgotha. Yn araf, gan wybod na fyddent well o frysio. Tawelodd sŵn y dyrfa erbyn hyn, a gwyddent i'r carcharorion a'r milwyr gyrraedd pen eu taith. Oedasant ar y ffordd, rhag bod yn dystion o'r arteithiau cyntaf.

Aeth y ddau i mewn i'r maes sialcog tu allan i fur y ddinas a gwelent fod y croesau, tair ohonynt, wedi'u codi ar y tipyn craig yn ei ganol. Yr oedd y rhan fwyaf o'r dyrfa wedi gwasgaru erbyn hyn, ond safai tyrrau bychain ar y maes a llu o bobl ar y briffordd gerllaw ac ar furiau'r ddinas. Fel y cerddent ymlaen, sylwodd Joseff ar ganwr-iad Rhufeinig ar ei farch yn siarad â gŵr ifanc a thair o wragedd. Y Canwriad Longinus, cyfaill Othniel! A'r gŵr ifanc—Ioan! Hyderai na throesai Ioan, fel Pedr, yn fyrbwyll a herfeiddiol a bod Longinus yn gorfod ei rybuddio. Na, aeth Ioan a'r gwragedd tros y marc yn y pridd a cherdded, tua'r groes, a dychwelodd Longinus at ei filwyr. Deuai dau o'r milwyr hynny tuag ato a'r hynaf ohonynt â gwisg ar ei fraich. Gwisg y Nasaread? Gwelodd

Joseff hwy'n chwarae disiau amdani a chlywodd un ohonynt, a swniai'n bur feddw, yn rhoi bloedd o fuddug-oliaeth. Rhyfedd fod y canwriad ifanc, a ymddangosai'n ddyn dwys a meddylgar, yn cael mwynhad mewn gamblo am wisg truan ar groes. Ond efallai mai ceisio'i chadw o ddwylo'r meddwyn yr oedd. Efallai, yn wir, meddai Joseff wrtho'i hun pan ganfu'r canwriad yn ysgwyd ei ben ac yna'r milwr meddw yn rhoi'r wisg i'r llall.

Ni allai Joseff na Nicodemus glywed pob gair a leferid oddi ar y croesau, ond gwylient bob symudaid a wnâi'r milwyr a'r carcharorion, eithr gan geisio peidio â dychmygu ing y croeshoeliedig yng ngwres didostur yr haul a'r gwynt. Gwelsant y milwr meddw'n ymlwybro at y groes ganol â'r cwpan yn ei law a chlywsant Gestas yn rhuo, 'Ie, os tydi yw'r Crist, gwared dy hun a ninnau.' Collasant yr hyn a ddywedodd Dysmas ac ateb y Nasaread, ond pan droes y milwr meddw'n ei ôl at y lleill, gwyddent fod pob gwawd a gwatwar wedi troi'n llwch ar ei dafod.

'Edrychwch, Joseff,' meddai Nicodemus ymhen ennyd. 'Yr hen Falachi a'r lleill.'

Safodd y bagad o Gynghorwyr ar y dde iddynt, a chlywsant lais main, atgas, yr hen Falachi:

'Ti, a ddinistri'r Deml, ac a'i hadeiledi mewn tridiau, gwared dy hun!'

Yna llais Esras:

'Os ti yw Mab Duw, disgyn oddi ar y groes!'

A thaflodd y Cynghorwyr a oedd gyda hwy eu hysgorn tua'r groes:

'Eraill a waredodd efe: gwareded ef ei hun!'

'Ie, os hwn yw Crist, etholedig Duw!'

'Gwared dy hun a disgyn oddi ar y groes!'

Berwai gwaed Joseff ynddo a chaeodd ei ddyrnau. Nid oedd ef yn ŵr byrbwyll ac ni fuasai erioed yn ymladdwr, ond teimlai y gallai roi tro yng nghorn gwddf yr hen Falachi, a hynny'n llawen. Rhoes Nicodemus law ataliol ar ei fraich.

'Ni ddaw dim da o gweryla â hwy, Joseff,' meddai. 'A gwyddoch mor ddialgar yw'r hen Falachi.'

Aeth y Cynghorwyr ymaith a Malachi'n eu harwain, yn bur fodlon ar eu gwrhydri. Clywai Joseff y Pharisead Isaac yn gwneud sŵn boddhaus yn ei wddf.

Llusgodd amser heibio. Cyn hir syllai pawb yn bryderus i'r nef, gan ryfeddu bod canol dydd yn troi'n nos drom, ddi-sêr, ddi-leuad. Y tair croes, Ioan a'r gwragedd, y ddau ganwriad ar eu meirch, y milwyr ar y creigiau—ymddangosai'r olygfa o'i flaen yn ansylweddol i Joseff. Fel rhyw freuddwyd y deffroai ohono ymhen ennyd. Tawodd pob sŵn—clebran y milwyr, cân yr adar o'r gerddi gerllaw, lleisiau gyrwyr a phererinion ar y briffordd, criau pedleriaid y ddinas—a dim ond gweryru'r ddau farch ac ochain Gestas a chwynfan Dysmas a dorrai ar ddistawrwydd y gwyll. Pan dawodd y meirch a phan ddaeth saib yn oernadu'r ddau garcharor, clywai pob un sŵn ei galon ei hun.

Ond daeth i glustiau Joseff sŵn arall, a throes ei ben i wrando. Yn ei ymyl parablai rhywun hanner-gwallgof ag ef ei hun, gan aros weithiau i riddfan mewn ing. Swniai'r llais yn blentynnaidd, fel un Dysmas yn ei wae, a deuai pob ochenaid o geudod rhyw dristwch mawr. Un o frodyr Dysmas, efallai: clywsai fod ganddo rai. Pwy bynnag ydoedd, gwanhawyd ei feddwl gan ei loes. Symudodd Joseff yn nes ato nes medru deall y geiriau.

'Ond 'wyddwn i ddim, na wyddwn? Fy rhybuddio

droeon? Do, mi wn, ond nid oedd un ohonom yn credu bod y Meistr o ddifrif wrth sôn am y groes. O, na fuasem ni wedi gwrando'n fwy astud arno! O, O, O!'

Yr oedd torcalon ym mhob ochenaid hir. Yna sibryd-odd y dyn eiriau diystyr wrtho'i hun fel un a gâi ryddhad mewn dweud rhywbeth, rhywbeth yn hytrach na sefyll yn fud. Aeth Joseff yn ddigon agos ato i weld y poer yn diferu o'i wefusau aflonydd. Syllodd yn dosturiol arno. Ie, y gŵr ifanc hirwallt a boerodd tuag ato ef a'r hen Falachi yng Nghyntedd y Deml, a welodd wedyn yn sleifio'n ôl i dŷ Heman y Saer, ac aeth o flaen y pwyllgor o bedwar.

'Jwdas o Gerioth?'

Rhythodd y dyn arno, heb ei adnabod. Yr oedd gwallgof-rwydd yn ei lygaid ac anadlai'n gyflym.

'Ie, dyna f'enw i. Ie, Jwdas o Gerioth? Y?'

Siaradai'n herfeiddiol, gan wthio'i wyneb ymlaen nes ei fod bron â chyffwrdd un Joseff. 'Wel?' gofynnodd drachefn.

'Y mae'n ddrwg gennyf drosoch, fy nghyfaill,' meddai Joseff yn garedig.

'Drwg? Drwg am beth? Y?'

'Am i chwi wneud y fath gamgymeriad, 'machgen i.'

Cydiodd Jwdas yng ngwregys Joseff a'i dynnu'n ffyrnig tuag ato.

'Pa gamgymeriad? Y?'

'Am i chwi werthu'ch Meistr, fy ffrind. Ydyw, y mae'n ddrwg o galon gennyf, Jwdas. Ond 'wyddech chwi ddim beth a wnaech, 'wyddech chwi? Mwy na finnau.'

Llonyddodd dwylo Jwdas ar y gwregys, ond daliai i afael ynddo, yn ddiymadferth a llipa. Yr oedd ei geg yn agored a'i wyneb yn crychu fel pe mewn poen.

'Pwy ydych chwi?' gofynnodd yn dawel ac ofnus.

Cymerodd Joseff ei law a'i dal hi rhwng ei dwylo'i hun.

'Un a bechodd fel chwithau, Jwdas. A fu'n ddall.'

Ni theimlasai Joseff mor dosturiol erioed. Yr oedd gwyn llygaid Jwdas yn waedlyd, ac oddi tanynt gwelai olion duon pryder ac anhunedd. Cerfiasai gofid, fel pe â chŷn, rigolau dwfn yn ei wyneb tenau. Aethai'r dyn ifanc hwn yn hen mewn deuddydd.

Tynnodd Jwdas ei law ymaith yn sydyn, a dangosodd ei ddannedd fel ci ar fin brathu.

'Felly! Felly! Yr wyf yn eich adnabod yn awr!'

Chwythai'r geiriau allan rhwng ei ddannedd cloëdig, ac yna camodd yn ôl a'i ddwylo aflonydd yn hanner cau i lindagu'r Cynghorwr. Daeth gwên fileinig i'w wyneb.

'Ni fyddwch well o ddial arnaf fi, 'machgen i. Ni fyddai hynny'n lliniaru dim ar ing y Meistr.'

'Y . . . y Meistr?'

Syrthiodd ei ddwylo'n llipa i'w ochrau a daeth eto'r olwg blentynnaidd, golledig, i'w wyneb.

'Pam y daethoch chwi atom i'r Deml, 'machgen i?' Nid er mwyn yr arian, mi wn i hynny.'

'Arian! Petai Caiaffas wedi cynnig holl Drysorfa'r Deml imi, a fuaswn i wedi bradychu'r Meistr iddo? Yr oeddwn i am roi'r rheini i'r tlodion. Arian! Bûm yn y Deml gynnau a'u taflu hwy ar y llawr i ganol yr offeiriaid. Arian! A fuaswn i'n gwerthu'r Meistr am bris niweidio caethwas?'

Siaradai'n gyflym, rhwng ei ddannedd o hyd, gan rythu'n wallgof eto i wyneb Joseff.

'Na, fuasech, Jwdas. Credu yr oeddech yr amlygai'r Meistr ei nerth, y dinistriai'i elynion oll.'

'Byddai'n *rhaid* iddo wneud hynny, yn *rhaid* iddo. Âi'r milwyr ag ef i'r gell, ond yn y bore fe gerddai oddi yno ac ni allai neb godi bys i'w erbyn. Ymgrymai hyd yn oed plismyn y Deml a'r holl offeiriaid a gweision Caiaffas ac Annas o'i flaen ef. Pawb ond Caiaffas ac Annas a rhai o'r Ysgrifenyddion a'r Phariseaid a'r Sadwceaid.'

Dug yr enwau hyn holl lid ei natur i'r wyneb. Ffieiddio'i hun yr oedd, ond rhoddai casáu eraill ryddhad i'w deimladau ffyrnig. Nid oedd modd i dafod roi mwy o atgasedd mewn geiriau.

'Annas a Chaiaffas! . . . Annas a Chaiaffas a'u criw! . . . Fe ddangosai'r Meistr ei allu, ac fe'u crogai'r rheini eu hunain. Sleifiai pob un o'r rhagrithwyr hynny i Ddyffryn Cidron neu i lethrau Olewydd a chlymu'u gwregysau am eu gyddfau cyn dringo'r coed. I fyny i goeden . . . clymu pen arall y gwregys am gangen gref . . . oedi am ennyd rhag ofn bod rhywun yn gwylio ac yn debyg o ymyrryd . . . un anadliad arall o'r awyr iach, gan ei yfed fel gwin . . . un olwg arall ar y dydd a'r dail a'r blodau . . . yna naid sydyn . . . He, he, he! . . . He, he, he!'

Troes a diflannu yn y gwyll. Cymerodd Joseff gam cyflym ar ei ôl, ond cafodd gip arno'n rhedeg ymaith a gwyddai na ddaliai ef mohono. Ofnai fel y dychwelai'n araf at Nicodemus fod rhyw gynllun gorffwyll ym meddwl Jwdas o Gerioth. 'Bydd dyner wrtho, O Dduw,' meddai'n floesg wrth y tywyllwch.

Safodd eto wrth ochr Nicodemus, gan geisio peidio â meddwl am ddim, dim yn y byd. Ond haws oedd ceisio na llwyddo i wneud hynny. Othniel, Esther, Heman y Saer, Caiaffas, Simon Pedr, y Rhaglaw Pilat, yr hen Falachi, y caethwas Elihu—ymrithient o'i flaen yn y caddug annaearol hwn. A sibrydai lleisiau, fel siffrwd dail yn y gwyll:

'Ogof dywyll, afiach . . . Eich wyneb chwi, 'Nhad . . .'

'Hwn yw'ch cyfle, Joseff . . . Ysgydwch eich dyrnau, ymwylltiwch . . .'

'Nid tipyn o saer yw Iesu o Nasareth, Syr . . .'

'Yr oedd yn rhaid imi wadu, Syr, yr oedd yn rhaid imi wadu . . .'

'A groeshoeliaf fi eich Brenin chwi? . . .'

'Ti, a ddinistri'r Deml, ac a'i hadeiledi mewn tridiau, gwared dy hun? . . .'

'Ond i rywun ddechrau meddwl am y peth, Syr, i mewn ynom ni, yn ein calonnau ni . . .'

'Un olwg arall ar y dydd a'r dail a'r blodau . . .'

Beth a ddigwyddai tu draw i len y düwch o'u blaenau tybed? Rhythai Joseff a Nicodemus yn fud, gan feddwl weithiau eu bod yn canfod yr wynebau ar y croesau annelwig, ond dychmygu yr oeddynt. Tawelwch tywyll oedd eu byd, heb ddim ond ambell riddfan o enau Gestas neu Dysmas yn torri arno. Siaradai a chwarddai un milwr yn o uchel weithiau, ond ag ymdrech y gwnâi hynny, fel petai'n ceisio ysgwyd y lleill o'u mudandod syn.

A barhâi'r nos ddilewyrch hon am byth? A ddeuai eto heulwen a chân adar yn ôl i'r byd? Crwydrodd meddwl Joseff i hedd y bryniau a gwelai'r ffordd wen yn dringo heibio i'w winllannoedd tua'r berllan â'r ffrwd yn fiwsig ynddi, a thua'r tŷ lle'r eisteddai breuddwydiwr wrth ei ffenestr. A wyrai'r caddug hwn tros Arimathea hefyd, tybed? Dychmygai Joseff ei fab yn rhoi'r rhôl a ddarllenai o'r neilltu ac yn syllu'n syn i'r tywyllwch. Ond efallai y gwyddai, efallai fod ei feddwl, drwy ryw gyfrin ffordd, yma wrth droed y groes gydag Ioan a'r gwragedd yn eu noswyl hir.

Awr, dwyawr, teirawr—canasai utgyrn y Deml ac utgyrn pres Tŵr Antonia deirgwaith. Yna, yn uchel o gyfeiriad y groes:

'Eli, Eli, lama sabachthani?'

Caeodd y distawrwydd drachefn fel y cae tywyllwch pan ddiffydd golau. Ond cyn hir rhwygwyd ef gan daranau pell, yn nesau'n araf fel sang rhyw dynged ddiwrthdro. Yna, a phob golwg tua'r nef, crynodd y ddaear a dihangodd cri o ofn o enau'r bobl oll. Ymwylltiodd meirch y canwriaid, gan weryru yn eu braw, a thorrodd parablu cyffrous ymhlith y milwyr. Ond, fel petai nef a daear yn anadlu eilwaith, yn rhydd o afael rhyw bryder enfawr, ciliodd y tywyllwch fel trai, chwaraeai awel yn y llwyni gerllaw, a chanai'r adar yng ngerddi Gareb, yn betrus i ddechrau ac yna â nwyf.

Ar y groes, syrthiasai pen y Nasaread ar ei fynwes, ac wrth ei throed gwelai Joseff filwr ac yna un arall yn taro'u picellau wrth eu talcennau mewn gwrogaeth i'r carcharor.

'Y mae popeth drosodd, Joseff.'

'Ydyw, Nicodemus, ydyw.'

Teimlai Joseff yn flinedig iawn, fel un a fuasai'n gwylio wrth wely cystudd ac a gadwyd yn effro ac eiddgar gan bob symudiad o eiddo'r claf, heb amser i feddwl am ei flinder ei hun. Yn awr, a'r noswyl ar ben, hoffai fynd ymaith i rywle tawel, tawel, heb ynddo sŵn ond murmur ffrwd a siffrwd dail.

'Pwy yw'r rhain, Joseff?'

'Rhai o filwyr y Rhaglaw. A chredaf y gwn beth yw eu neges.'

'Tynnu'r cyrff i lawr rhag iddynt halogi'r Ŵyl?'

'Ie. Arhoswch yma, Nicodemus. Yr wyf yn adnabod y canwriad acw a chredaf y bydd yn barod i'n cynorthwyo.

Os ceidw ef a'i filwyr y corff yma, fe frysiwn ninnau at y Rhaglaw. Efallai y rhydd inni'r hawl i gladdu'r corff.'

Goleuodd llygaid Nicodemus gan eiddgarwch, ond daeth cysgod iddynt drachefn.

'Ond . . . ond ym mh'le y cawn ni fedd, Joseff?'

'Prynais un dro yn ôl. Dacw'r ardd, tu draw i'r olewydden acw. Dychwelaf atoch mewn ennyd.'

Syllodd Longinus yn syn ar y Cynghorwr o Arimathea pan welodd ef yn dod tuag ato yn ei wisg dlawd.

'Longinus?'

'Syr! Nid oeddwn i'n eich adnabod chwi—yn y lle yma, ac yn y wisg yna.'

'Longinus?' Yr oedd taerineb yn y llais.

'Ie, Syr?'

'A ydyw'r Nasaread wedi marw?'

'Ydyw, Syr.'

'A'i gorff ef?'

'Ei gorff, Syr?'

'Ie. Beth yw neges y milwyr 'na?'

'Tynnu'r tair croes i lawr rhag iddynt halogi'r Ŵyl a'r Sabath.'

'Ac yna?'

'Ânt â'r cyrff i'r tanau sy'n llosgi ysbwriel y ddinas.'

'Yr wyf yn mynd yn syth at y Rhaglaw, Longinus. Y mae gennych awdurdod tros y milwyr hyn?'

'Oes, wrth gwrs.'

'Cedwch hwy yma nes imi ddychwelyd, 'wnewch chwi? Ni fyddaf yn hir. Y mae gennyf fedd yn un o'r gerddi 'na wrth droed Bryn Gareb, ac os caf ganiatâd y Rhaglaw, cymeraf gorff y Nasaread a'i roddi ynddo. Cedwch y milwyr yma, erfyniaf arnoch.'

'O'r . . . o'r gorau, Syr.'

Brysiodd y Cynghorwr yn ôl at Nicodemus a throes y ddau tua'r ddinas. Sylwodd Joseff fod ei hen gaethwas Elihu yn sefyll gerllaw.

'Elihu! Beth wyt ti'n wneud yma?'

'Bûm yma drwy'r amser, Syr. Rhag ofn y byddai angen rhywbeth arnoch.'

'Aros yma. Dychwelaf yn fuan a byddwn eisiau dy gymorth. Dewch, Nicodemus, brysiwn.'

Dringodd y ddau'n gyflym tua Gwesty Abinoam, gan guro'u bronnau yn eu galar. Yr oedd yr heolydd yn wacach o lawer erbyn hyn, gan i'r rhan fwyaf o'r bobl gilio i'w tai i baratoi swper y Pasg: cyn gynted ag y deuai tair seren i'r nef, byddent yn eistedd i fwyta'r oen di-fefl wedi'i fendithio gan offeiriaid y Deml, a'r ffrwythau cymysg a'r llysiau chwerwon a'r bara croyw.

'Rhaid imi newid y wisg hon,' meddai Joseff. 'Ni wrendy'r Rhaglaw Pilat ar un sy'n edrych fel cardotyn. Rhof fy urddwisg amdanaf.'

'Af finnau i brynu peraroglau. Myrr ac aloe.'

'Ie. Cymerwch yr arian hyn, Nicodemus, a phrynwch beraroglau trosof finnau hefyd.'

'Na, Joseff, y mae gennyf . . .'

'Cymerwch hwy, a pheidiwch ag ofni'u gwario . . . A, dyma ni!'

Brysiodd Joseff yn dawel i fyny'r grisiau i'w ystafell a chafodd fod ei urddwisg yno wedi'i phlygu'n ofalus a'i tharo ar y fainc esmwyth wrth y mur. Gwisgodd yn gyflym, ac wedi llenwi'i bwrs ag arian, aeth ymaith ar flaenau'i draed: nid oedd arno eisiau gwastraffu amser i egluro pethau i Esther nac i Abinoam na neb arall.

Pan gyrhaeddodd ef a Nicodemus y ffordd a ddringai

tua'r Praetoriwm, trefnasant i gyfarfod eto wrth Fasâr y
Peraroglau yn Heol y Farchnad.

'Bydd y peraroglau'n barod gennyf,' meddai Nicodemus
wrth droi ymaith.

A wrandawai Pilat arno? gofynnodd Joseff iddo'i hun ar
y ffordd. Rhoesai ddigon o arian yn ei bwrs a byddai'r
ddadl honno, yn ôl pob hanes yn sicr o ennill clust a
chalon y Rhaglaw. Ond efallai yr ofnai Pilat elyniaeth y
Deml—a cholli'r cyfoeth a roddai'r hen Annas yn gyson
iddo.

Cyrhaeddodd y Praetoriwm, ac wedi iddo fynegi'i
neges, arweiniodd un o'r gwylwyr ef ar draws y Palmant
gwag ac i fyny'r grisiau i'r oriel. Cyn hir daeth clerc y
Rhaglaw ato, ac eglurodd Joseff ei fwriad iddo yntau.
Ymddangosai'r dyn byr a thew yn nerfus ac ysgydwodd ei
ben yn ofnus.

'Y mae'r Rhaglaw mewn hwyl ddrwg heddiw, meddai,
'ac nid oes arno eisiau clywed gair eto am y Galilead 'na.
Pan ddechreuais i sôn am y praw wrtho gynnau, dywedodd
y torrai fy nhafod i ffwrdd os crybwyllwn i'r peth eto. Na,
y mae'n ddrwg gennyf, Syr, ond . . .' Gwelodd ddwylo
Joseff yn tynnu'i bwrs allan o'i wregys a daeth golwg farus
i'w lygaid. 'Hynny ydyw, byddaf yn fy rhoi fy hun mewn
perygl, mi wn, ond . . . wel . . . efallai y gallaf . . .'

'Hoffwn i chwi dderbyn y rhain,' meddai Joseff, gan
estyn arian iddo. 'A bydd ychwaneg i chwi wedi imi weld
y Rhaglaw.'

'Wel . . . y . . . yr wyf yn mentro fy mywyd, Syr, ond . . .'

Aeth y dyn ymaith ar hyd yr oriel, gan geisio cerdded yn
urddasol ac ymddangos yn brysur wrth fynd heibio i
forwyn a âi i mewn i un o'r ystafelloedd gerllaw.
Dychwelodd cyn hir ac amneidio ar Joseff i'w ddilyn.

'Llwyddais, Syr,' sibrydodd, gan daflu golwg tua phwrs Joseff. Goleuodd ei lygaid pan gafodd ei wobr.

Curodd ar ddrws ym mhen draw'r oriel, a phan ddaeth ateb agorodd ef a chyhoeddi'n wasaidd, 'Y Cynghorwr o Iddew, f'Arglwydd', cyn mynd ymaith.

Yr oedd gwên ar wyneb y Rhaglaw.

'Yr ydych yn golledig am byth, Gynghorwr!' meddai. 'Bydd eich enaid yn Hanes neu lle bynnag yr ydych chwi'r Iddewon yn gyrru eneidiau wedi'u damnio.'

'Nid wyf yn deall, f'Arglwydd.'

'Yna rhaid imi ofyn i'ch Archoffeiriad egluro i chwi! Y mae'r plas hwn, meddir i mi, yn dir halog, a'ch dyletswydd oedd fy ngalw i allan atoch, Gynghorwr, nid mentro i mewn i le aflan fel hwn! Ni bydd gennych hawl i fwyta'ch Pasg yn awr. Yn Hades y byddwch, yn siŵr i chwi!'

'Gwn fy mod yn torri un o reolau cysegredig fy nghenedl, f'Arglwydd. Ond torrwn ugain ohonynt i roi fy nghais o'ch blaen.'

'Deallaf y dymunwch gael corff y Galilead a groeshoeliwyd.'

'I'w gladdu, f'Arglwydd. Y mae gennyf fedd yn un o'r gerddi tu allan i fur y ddinas.'

'Rhoddais orchymyn i'w ladd ef a'r ddau garcharor arall. Gyrrais filwyr i lawr yno. Rhaid inni beidio â gadael i'r cyrff halogi'r Sabath ar un cyfrif!' Yr oedd y gwawd yn amlwg yn ei dôn.

'Yr oedd Iesu o Nasareth wedi marw cyn iddynt gyrraedd, f'Arglwydd,' meddai Joseff yn dawel.

Daeth golwg wyliadwrus i lygaid Pilat. O'i flaen yr oedd aelod o'r Sanhedrin, y Cyngor a gondemniodd y carcharor, ond yn lle erfyn arno ddifa'i gorff fel y gwnaethai'r lleill, gofynnai amdano i'w gladdu. I'w gladdu? Efallai fod

309

rhyw rwyg yn y Sanhedrin a bod gan hwn ac eraill gynllun i geisio'i achub a'i adfywio a'i gyhoeddi'n Frenin yr Iddewon.

'Wedi marw? . . . Eisoes?'

'Ydyw, f'Arglwydd. Er tua'r nawfed awr.'

Tynnodd y Rhaglaw wrth raff sidan a hongiai yng nghongl yr ystafell. Canodd cloch yn rhywle a chyn hir agorodd ei glerc y drws.

'Clywaf fod y Galilead wedi marw. Carwn wybod hyd sicrwydd.'

'Anfonaf am y canwriad ar unwaith, f'Arglwydd.'

Eisteddodd Pilat ar fainc esmwyth ac amneidiodd tuag un arall. Eisteddodd Joseff yntau. Bu orig o ddistawrwydd ac yna gŵyrodd y Rhaglaw ymlaen.

'Pam y gwnewch y cais hwn?'

Cwestiwn sydyn, syml, uniongyrchol—fel Pilat ei hun. Atebodd Joseff ar unwaith.

'Cynllwynais yn erbyn y carcharor, f'Arglwydd. Myfi a'r Archoffeiriaid ac eraill. Yr oeddwn yn ddall. Agorwyd fy llygaid erbyn hyn. Gwn yn awr imi gynllwyn yn erbyn y Meseia.'

'Y Meseia? Rhyw fath o frenin, onid e?'

Gwenodd y Rhaglaw: rhyw bobl ryfedd oedd yr Iddewon hyn. Ond ciliodd y wên fel y cofiai am urddas y carcharor hyd yn oed wedi'r fflangellu creulon. Urddas brenhinol.

'Gofynnais iddo ai ef oedd Brenin yr Iddewon,' meddai. 'Dywedai'r warant ei fod yn hawlio hynny. Pwy a'i lluniodd hi?'

'Y warant, f'Arglwydd? Yr Archoffeiriad ac eraill.'

'Ie, y cadno Caiaffas. Hoffai imi gredu bod y Galilead am gychwyn gwrthryfel yn erbyn Rhufain. "Ai ti yw

Brenin yr Iddewon?" gofynnais iddo. "Fy mrenhiniaeth i nid yw o'r byd hwn," oedd ei ateb.'

Cododd y Rhaglaw oddi ar y fainc i gerdded yn anesmwyth o amgylch yr ystafell. Safodd ymhen ennyd wrth rwyllwaith y ffenestr, gan syllu i lawr ar y ddinas islaw, ac yna troes yn sydyn.

'Beth a feddyliai, Gynghorwr?'

Ond ni fu raid i Joseff ateb: daeth curo ar y drws.

'I mewn!'

Y clerc a oedd yno, a safai Longinus tu ôl iddo.

'Y canwriad, f'Arglwydd.'

Daeth Longinus i mewn i'r ystafell a saliwtio.

'Y Galilead,' meddai Pilat. 'A ydyw wedi marw?'

'Ydyw, f'Arglwydd. Bu farw tua'r nawfed awr.'

'Yr wyt ti'n berffaith sicr?'

'Ydwyf, f'Arglwydd. A gyrrodd un o'ch milwyr chwi ei bicell i'w fron ar ôl hynny.'

'Hm. A aethant hwy â'i gorff ymaith?'

'Naddo, f'Arglwydd. Gofala fy ngwŷr i amdano.'

Troes y Rhaglaw at Joseff.

'Ewch gydag ef, Gynghorwr. A chymerwch y corff i'w gladdu.'

'Yr wyf yn dra diolchgar i chwi, f'Arglwydd Raglaw, ac efallai y caniatewch imi . . .' Aeth llaw Joseff tua'i bwrs.

Ysgydwodd Pilat ei ben. 'Yr wyf finnau'n ddiolchgar i chwithau, Gynghorwr,' meddai.

Wedi iddynt fynd allan i'r heol, gyrrodd Joseff y canwriad o'i flaen i Golgotha a brysiodd yntau tua Heol y Farchnad. Cofiai wrth nesu at y stryd honno fod ynddi siop gwehydd. Âi yno yn gyntaf i brynu amdo o liain gwyn.

Pan aeth i mewn i'r siop, gwelai'r gwehydd yn eistedd yn segur wrth ei wŷdd, gan syllu'n freuddwydiol ar y patrwm o'i flaen. Gerllaw iddo pwysai hen hen ŵr yn ôl ac ymlaen wrth beiriant i gribo gwlân. Nid oedd neb arall yno.

'Y mae arnaf eisiau amdo o liain gwyn. Y gorau sy gennych. A napcyn am y pen.'

Nodiodd y gwehydd yn ddwys, ond heb ddywedyd gair, a chododd a cherddodd ymaith i mewn i'r tŷ.

'Y tywyllwch 'na, Syr,' meddai'r hen ŵr. Nid wyf fi'n cofio dim byd tebyg iddo. A'r ddaeargryn 'na. Yr oeddwn i'n ofni y syrthiai'r siop 'ma am ein pennau ni. Oeddwn, wir.'

Dychwelodd y gwehydd.

'Dyma hwy, Syr. Ni chewch eu gwell yn yr holl ddinas. Nac mewn un ddinas arall, am a wn i.'

'Diolch yn fawr i chwi.'

Tynnodd Joseff ei bwrs allan, ond ysgydwodd y gwehydd ei ben.

'Yr wyf yn rhoi'r rhain, Syr.'

Edrychodd Joseff yn syn arno. Petai wedi'i wisgo yn y dillad carpiog a roesai Elihu iddo gallai ddeall yr haelioni hwn, ond yr oedd ei urddwisg ysblennydd amdano a'r pwrs yn ei law yn drwm gan arian.

'Eu . . . eu rhoi? Ni wyddwn fod golwg dlawd arnaf.'

'Yr oeddwn i yno, Syr. A gwelais chwi'n mynd i siarad â'r canwriad ac yna'n brysio ymaith tua'r ddinas. Cymerwch hwy, Syr. Dan y Gwehydd sy'n eu rhoi.'

Siaradai'r dyn yn araf a thawel, a gwyddai Joseff mai ofer fyddai iddo ddadlau ag ef. Rhoes ei bwrs yn ôl yn ei wregys a chymerodd y llieiniau.

'Bendith arnoch chwi, Syr.'

'Ac arnoch chwithau, Dan y Gwehydd.'

Cerddodd y gwehydd gydag ef i'r drws.

'Un peth arall, Syr. Ac yr wyf yn sicr y maddeuwch imi am sôn amdano . . . Eich mab Beniwda.'

'Beniwda?'

'Nid oes raid i chwi bryderu yn ei gylch, Syr. Yr wyf newydd gael ymgom hir ag ef. Ac â'm mab fy hun, Ben-Ami. Dau fachgen cywir a hoffus, Syr, ond eu bod hwy braidd yn wyllt. Yn enwedig Ben-Ami. Mae cynlluniau byrbwyll yn dân ym meddwl yr ifanc.'

'Ydynt. Bûm yn ceisio rhybuddio Beniwda wythnos yn ôl.'

'Yr oedd y ddau gyda mi yng Ngolgotha—i fod yn agos i'r ddau garcharor arall, Dysmas a Gestas.'

'O? Ni welais Beniwda yno.'

'Naddo, Syr. Nid oedd am i chwi ei weld, ac fe guddiai tu ôl i dwr ohonom. Cerddais oddi yno gydag ef a Ben-Ami. Ni ddywedodd yr un ohonynt air. Hyd nes inni ddyfod i mewn i'r siop 'ma. Yna fe eisteddodd Ben-Ami wrth y droell. Ond ni allai nyddu, dim ond syllu'n freuddwydiol o'i flaen. "'Nhad?" meddai'n sydyn. "Pam yr oedd y Nasaread 'na'n dioddef mor dawel a dewr? Mor wahanol i Dysmas a Gestas?" "Am fod ganddo ryw weledigaeth fawr, Ben-Ami," sylwais wrtho. "Rhywbeth uwchlaw pob ing." Cododd oddi wrth y droell a daeth ataf. "'Nhad," meddai, "mi hoffwn fynd i Galilea. I Nasareth. I Gapernaum. I'r holl drefi a phentrefi lle bu'r Proffwyd hwn." "Mi hoffwn innau iti fynd," atebais. "Yr wyf finnau hefyd yn dyheu am wybod ei holl hanes."'

'A Beniwda?'

' "Dof gyda thi, Ben-Ami," meddai ar unwaith . . . Na,

nid oes raid i chwi bryderu am Beniwda. Unwaith eto, bendith arnoch chwi, Syr.'

'Ac arnoch chwithau, Dan y Gwehydd. Dof i'ch gweld yfory ac i gyfarfod eich mab.'

'Byddaf yn edrych ymlaen at hynny, Syr.'

Brysiodd Joseff i lawr y stryd a gwelai Nicodemus yn aros wrtho ger Basâr y Peraroglau.

'Prynais ganpwys, Joseff,' meddai. 'Myrr ac aloe. Bu bron i'r gwerthwr â llewygu! Aeth dau o'i weision â hwy at y bedd, a byddant yn ein disgwyl yno.'

Ioan a'r gwragedd, yr hen Elihu, Longinus, y pedwar milwr—yr oedd digon o ddwylo parod a thyner i dynnu'r corff i lawr a'i roi yn y lliain gwyn pan ddychwelodd y ddau Gynghorwr i Golgotha. Yna mynnodd y ddau filwr Marcus a Fflaminius gael yr anrhydedd o'i gludo i'r ardd gerllaw. Cerddai'r cwmni bychan o wŷr yn araf a dwys, a dilynai'r gwragedd gydag Ioan, gan wylo'n chwerw. Yr oedd y bedd fel ogof helaeth wedi'i naddu yn y graig, a safai wrth ei ddrws gylch mawr o faen y gellid ei dreiglo ymaith ar hyd rhigolau. Symudwyd y cynion o garreg a ddaliai'r maen yn ei le, a gwthiodd Marcus ef o'r neilltu. Tu fewn i'r bedd yr oedd cyntedd eang, ac yno yr eneiniwyd y corff â'r peraroglau a brynasai Nicodemus. Yna rhoesant ef i orwedd ar gilfach wedi'i thorri yn y graig, a chamodd pawb allan yn dawel a dwys. Gwthiodd Marcus a Fflaminius y cylch o faen yn ôl i'w le, gan afael ynddo fel petaent yn ofni i'w sŵn darfu ar gwsg y marw. Gŵyrodd pob un ei ben wrth wrando ar rygniad olaf y maen. Yr oedd rhywbeth ofnadwy o derfynol yn y sŵn.

Aeth y mwyafrif ohonynt ymaith tua'r ddinas, ond troes y milwyr yn ôl i Golgotha i ddwyn y groes i

314

Praetoriwm ac i arwain march Longinus i Wersyll Antonia. Sylwodd Joseff mor dawel oeddynt oll. Ni lefarwyd gair tu fewn i'r bedd, ac yn awr yr oedd pob un fel pe'n ofni torri ar y mudandod dwys. Yn dawel a phrudd hefyd y troes pob un i'w ffordd wedi cyrraedd heolydd unig y ddinas. Ond cerddodd Longinus gyda Joseff at Westy Abinoam.

'Pa bryd y dewch i Arimathea i'n gweld, Longinus?' gofynnodd Joseff cyn troi i mewn i'r gwesty. 'Yn fuan, cofiwch. Ar eich dyddiau rhydd cyntaf.'

Gwenodd y Canwriad wrth ateb yn dawel, 'Bydd hynny ymhen ychydig ddyddiau, yr wyf yn gobeithio, Syr. Ar fy ffordd yn ôl i Rufain.'

'O? Yr ydych yn cael mynd adref am dipyn?'

'Am yrhawg. Bwriadaf adael y Fyddin. Af i weld y Llywydd Proclus heno. A'r Rhaglaw ei hun os bydd angen.'

'Nid ydych yn hapus yn y Fyddin?'

'Euthum yn filwr i geisio anghofio rhywbeth a ddigwyddodd yn Rhufain. Bu farw fy nghyfaill gorau. Yn dawel a dewr. Ar groes. A heddiw bu farw un dewrach a mwy nag ef. Ar groes. Af i Rufain i ymladd yn erbyn y penyd melltigedig hwn. Ac efallai . . .'

'Efallai?'

'Y mentra rhai o ddilynwyr eich Proffwyd cyn belled â Rhufain. Os gwnânt, gallaf fod yn gynhorthwy iddynt. Bydd hynny'n anrhydedd, Syr.'

Troes y canwriad ymaith yn ddisyfyd, heb ddweud gair arall. Gwyliodd Joseff ef yn mynd, gan gerdded yn araf a breuddwydiol, a'i ben i lawr yn fyfyrgar a'i ysgwyddau'n crymu tipyn. Ie, meddyliwr dwys, nid milwr, oedd y gŵr ifanc hwn, meddyliodd y Cynghorwr wrth droi i mewn i'r gwesty.

Aeth yn syth i'w ystafell, ac wedi ymolchi a newid ei wisg, gyrrodd yr hen Elihu ymaith ac eisteddodd yn hir ar fainc wrth y mur. Yr oedd y dydd ar ben, a chyn hir deuai sêr i'r nef a chyhoeddai utgyrn arian y Deml ddyfod o'r Sabath a Gŵyl y Pasg. Unwaith eto daeth lludded mawr trosto a dyheai eilwaith am gael dianc i rywle tawel, tawel, gwyrdd, heb ynddo sŵn ond murmur ffrwd a siffrwd dail. Syllodd i wyll yr ystafell ac yna caeodd ei lygaid, gan fwynhau balm y tywyllwch rhwng ei amrannau blin. Canodd utgyrn y Deml deirgwaith, ond ni symudodd ac nid agorodd ei lygaid. Hon oedd Gŵyl fawr Israel, sacrament y genedl oll: deuai pob Iddew a allai i Jerwsalem i aberthu yn y Deml ac i fwyta'r Pasg yn y Ddinas Sanctaidd: crwydrent o bellteroedd byd i'r Ŵyl ryfeddol hon.

Darluniai'r oen waredigaeth y genedl pan ddygai'r angel farwolaeth drwy'r Aifft, y llysiau chwerwon ing y dyddiau hynny, y bara croyw frys y dianc. Er pan oedd yn fachgen pedair ar ddeg, eisteddasai Joseff bob blwyddyn wrth fwrdd y Pasg i fwyta'r bwyd ac i yfed y gwin ac i ganu'r Halel, y salmau cysegredig, ac wedi iddo dyfu'n ddyn gofalai fynd â'i deulu i Jerwsalem at yr Ŵyl. Yr oedd yn ddigon hen i gofio, pan oedd yn blentyn, ei dad yn bwyta'r Pasg ar frys a'i lwynau wedi'u gwregysu a'i bastwn yn ei law a'i sandalau am ei draed i arwyddo brys yr ymadawiad o'r Aifft, ond erbyn hyn hanner-gorweddai pawb ar fatresi neu garpedi wrth y bwrdd isel, yn arwydd o ryddid.

Oen yr aberth, ymwared o gaethiwed, rhyddid. Troai Joseff y geiriau hyn yn ei feddwl fel yr eisteddai ar y fainc yng ngwyll ei ystafell. Aberth, ymwared, rhyddid. Ymwared o gaethiwed rhagrith a ffuantwch a malais. Yr ennyd honno yr oedd cannoedd o hyd yn y Deml yn cludo'i hŵyn at yr offeiriaid i'w harchwilio ac yna i un o'r Cynteddau i'w lladd, a safai rhesi hir o offeiriaid â chawgiau aur neu arian yn eu dwylo i drosglwyddo'r gwaed o un i'r llall nes cyrraedd yr olaf, a'i tywalltai ar yr Allor. Yno, meddyliodd Joseff, y dylai yntau fod: yr oedd hi'n Ŵyl y Pasg. Ond fel y dychmygai'r prysurdeb yn y Deml, gwelai wrth yr Allor wynebau dwys yr Archoffeir-iaid Caiaffas ac Annas. A thybiai y clywai eto lais yr hen Elihu yn dweud, 'Ond i chwi ddechrau meddwl am y peth, Syr, i mewn ynom ni, yn ein calonnau ni . . .'

Daeth curo ar ddrws ei ystafell, a chlywai Joseff anadlu trwm Abinoam.

'Ie?'

'Fi sydd yma, Syr.'

'Dewch i mewn, Abinoam.'

'Yn y tywyllwch yr ydych, Syr?' meddai'r gwestywr yn syn wedi iddo gludo'i bwysau enfawr i mewn. 'Petaech chwi ddim ond wedi canu'r gloch, Syr, fe fuasai un o'r gweision . . .'

'Na, yr oeddwn i'n mwynhau'r gwyll, Abinoam.'

'Y mae popeth bron yn barod gennym, Syr. Byddwn yn gwmni o ddeunaw i gyd rhwng y gweision. Ac yr oeddwn i'n meddwl, Syr, y carech chwi fod yn Ben y Cwmni wrth y bwrdd.'

'Na'n wir, chwi biau'r anrhydedd hwnnw, Abinoam. A chofiaf i chwi wneud y gwaith yn hynod o dda y llynedd pan gefais i'r fraint o eistedd wrth eich bwrdd.'

'Wel, Syr, gan eich bod chwi mor garedig â dweud hynny, mi wnaf fy ngorau y tro hwn eto. Mi fûm drwy'r tŷ

317

i gyd neithiwr ac wedyn y bore 'ma i ofalu nad oes y mymryn lleiaf o lefain yn yr un ystafell. A chredaf imi ddod o hyd i bob briwsionyn i'w losgi. A golwchwyd pob dysgl yn lân. Ydyw, y mae popeth bron yn barod gennym, Syr. Dewch i lawr ymhen rhyw chwarter awr.'

'Dof i lawr atoch, Abinoam, i fod gyda chwi. Ond ni allaf fwyta'r Pasg.'

'Syr?' Syllodd y gwestywr ar Joseff heb ddeall.

'Dof i lawr atoch. Ond ni allaf fwyta'r Pasg gyda chwi.'

'Pam . . . pam hynny, Syr?'

'Yr wyf newydd ddod o dŷ halog, Abinoam. Bûm yn y Praetoriwm yn gweld y Rhaglaw Pilat.'

'O. Y mae'n . . . y mae'n ddrwg gennyf, Syr. A oedd yn rhaid i chwi fynd yno?'

'Oedd.'

Ffrydiai'r lloergan i'r ystafell yn awr, gan oleuo wyneb blinedig y Cynghorwr ar y fainc. Aeth Abinoam yn nes ato.

'Rhywbeth o'i le, Syr?'

'Credaf i chwi ofyn y cwestiwn yna imi unwaith o'r blaen heddiw. A'r un yw'r ateb, Abinoam, yr un yw'r ateb. Fe groeshoeliwyd y Meseia.'

Edrychodd Abinoam yn hir ar Joseff, heb wybod beth i'w ddweud, ac yna troes ymaith yn araf gan ysgwyd ei ben. Daethai rhyw wendid rhyfedd tros feddwl y Cynghorwr, meddai wrtho'i hun. Wedi iddo fynd drwy'r drws daeth Esther i mewn.

'A, dyma chwi o'r diwedd, Joseff! Bu Rwth a minnau yn nhai amryw o'ch cyfeillion yn chwilio amdanoch. Ac yn y Deml, wedi inni wybod eich bod yn gwisgo'ch urddwisg. Y *mae'n* dda gennyf, Joseff.'

'Yn dda? Am beth, Esther?'

'Am fod yr hud a roes y swynwr 'na o Galilea arnoch wedi cilio. Pan ddeallais i eich bod chwi wedi gwisgo'ch urddwisg, O, dyna ryddhad a gefais i, Joseff! Yr oeddwn i'n ofni bod y dyn wedi gwanhau'ch meddwl chwi, oeddwn, wir. Ond y mae popeth yn iawn yn awr ac yr wyf yn siŵr y bydd yr Archoffeiriad Caiaffas yn deall ac yn maddau i chwi am ymddwyn mor rhyfedd. Ac y mae gennyf newydd i chwi, Joseff. Nid oes raid i chwi boeni rhagor am Rwth a'r canwriad Rhufeinig, Longinus. Y mae Gibeon eisiau priodi'ch merch.'

'Gibeon?'

'Mab Arah sy'n gyfnewidiwr arian yn y Deml. Ŵyr i'r hen Falachi, un o ddynion cyfoethocaf Jerwsalem, Joseff. Ac y mae Gibeon hefyd yn llwyddiannus iawn fel cyfnewidiwr arian. 'Wyddoch chwi faint o arian a wnaeth ef yr wythnos hon yn unig? Bwriwch amcan, Joseff.'

'Esther?'

Ond parablodd Esther ymlaen, heb sylwi ar ddwyster y llais.

'Yr wythnos hon yn unig, cofiwch! Mi rof i dri chynnig i chwi, Joseff. Ac mi fentraf y byddwch chwi'n gwrthod credu. Y mae'n anhygoel, Joseff, yn anhygoel! A dim ond newydd gael ei fwrdd ei hun yn y Cyntedd y mae Gibeon! Prentis gyda'i dad Arah oedd ef tan yr wythnos hon, ond yn awr . . .'

' "Tŷ gweddi y gelwir fy nhŷ i, eithr chwi a'i gwnaethoch yn ogof lladron." '

'Beth?'

'Geiriau'r Porffwydi, Esther, ond fe'u llefarwyd hwy gan rywun mwy y dydd o'r blaen.'

'Rhywun mwy na'r Proffwydi?'

Sylweddolodd Esther fod rhyw ddieithrwch mawr yn llais ei gŵr, a gwelai wrth graffu ar ei wyneb yng ngolau'r lloer fod golwg syn a churiedig arno.

'Rhywun mwy na'r Proffwydi?' gofynnodd eilwaith, gan wneud ymdrech i gadw'r wên anghrediniol yn ei llais.

'Ie. Saer di-nod o Nasareth.'

Penderfynodd Esther droi'n gas, gan obeithio y dygai hynny ei gŵr ato'i hun.

'Joseff! Y mae'n hen bryd i chwi ymysgwyd. Yr ydych yn ymddwyn fel plentyn. Rhoes y dyn ryw swyn arnoch, mi wn, ond y mae'n rhaid i chwi ei daflu ymaith, brwydro ag ef, yn lle gadael i ryw ddewin fel yna eich trechu'n lân. Dewch, deffrowch, wir!'

Cododd Joseff yn araf ac aeth at y ffenestr. Wynebai hi tua'r dwyrain, a gwelai'r ffordd yn dringo o Ddyffryn Cidron. Dychmygai ganfod lanternau a ffaglau arni a chlywed tramp bagad o filwyr yn dringo tua phlas yr Archoffeiriad. Cofiodd mor llawen oedd ef wrth wisgo'n frysiog y noson honno ac mor falch y teimlai o gael llaw yng nghynllwynion Caiaffas. Ac fel y llithrai'r cwbl yn ôl i'w feddwl, daeth hefyd ddicter tuag at Esther, a'i cyffroes yn erbyn y Meistr. Yr oedd ar fin troi o'r ffenestr a hyrddio geiriau dig tuag ati pan gofiodd am y llygaid treiddgar a thosturiol a'u hymchwil ddiarbed hwy. Na, nid edliwiai wrthi. Yn araf y deuai hi i ddeall. Pan ddychwelai Beniwda, cannwyll ei llygad, o'r Gogledd, efallai.

Ond yr oedd yn rhaid iddo achub Rwth. Bachgen Arah fab Malachi oedd yr olaf un y rhoddai ef ei ferch yn wraig iddo. Nid adwaenai mohono, ond dywedasai Esther ddigon iddo wybod bod y llanc yn ŵyr da i'r hen Falachi, a'i draed yn eiddgar ar lwybrau hoced. Daeth geiriau Dan y Gwehydd i'w feddwl . . . 'Dau fachgen cywir a hoffus, Syr, ond eu bod hwy braidd yn wyllt.' Rhoddai hanner ei gyfoeth am weld Rwth mewn cariad â rhywun fel mab Dan y Gwehydd. Nid adwaenai mohono yntau chwaith, ond os oedd ef rywbeth yn debyg i'w dad . . .

Troes Joseff oddi wrth y ffenestr.

'Esther?' Yr oedd ei lais yn dawel a charedig.

'Ie, Joseff?'

'Ymh'le y mae Beniwda?'

'I lawr gyda'r cwmni. Ac y mae'n bryd i chwithau fynd, Joseff. Y mae'n siŵr eu bod yn aros amdanoch cyn dechrau bwyta . . . O'r annwyl, ni welais i'r fath ddiwrnod â hwn! Yr oedd Beniwda hefyd fel un mewn breuddwyd, ac ni chawn i ddweud gair yn erbyn y Nasaread 'na wrtho. A dywedodd wrthyf ei fod ef a rhyw ffrind sy ganddo yn Jerwsalem am fynd i Galilea am ysbaid. A glywsoch chwi'r fath lol yn eich bywyd erioed? I wybod mwy am hanes y dyn, os gwelwch chwi'n dda! Beniwda! Beniwda o bawb!'

'I Galilea?' meddai Joseff yn syn, gan gymryd arno fod hyn yn newydd iddo. 'Yr wyf fi'n falch iawn, Esther.'

'Ydych, y mae'n debyg,' meddai hithau'n ysgornllyd. 'I chwithau gael gwybod mwy am y dyn.'

'Nid am hynny'n unig, Esther. Y mae Beniwda mewn perygl bywyd.'

Ciliodd y dicter o'i hwyneb a daeth ofn yn ei le.

'Beth . . . beth sydd wedi digwydd, Joseff?'

'Dim—eto. Ond gwyddoch i ddau arall gael eu croeshoelio heddiw. Gestas a Dysmas.'

'Dau leidr.'

'Dau o gyfeillion Beniwda. "Lleidr" yw'r enw a rydd y Rhufeinwyr ar aelod o'r Blaid. A phan ddelir hwy, fe groeshoelir llawer mwy ohonynt.'

Aeth yr ofn yn ddychryn yn llygaid ei wraig.

'O, ond ni ddigwydd hynny i Feniwda, Joseff. O, dim i Feniwda.'

'Y mae'n debyg i famau Gestas a Dysmas feddwl a dweud yr un peth, Esther.'

'O! O, beth a wnawn ni, Joseff?'

'Gadael iddo fynd i Galilea am ysbaid. Ef a'i ffrind— aelod arall o Blaid Rhyddid, y mae'n debyg.'

'Neu i Roeg. Neu Rufain. Neu Alecsandria. Ie, i Alecsandria, Joseff. Gallai'ch ffrind Hiram gadw'i lygaid arno yno.'

'Na. Gan mai i Galilea yr hoffai ef a'i gyfaill fynd . . . A charwn i Rwth fynd gyda hwy.'

'Rwth?'

'Ni fu hi erioed yng Ngalilea.'

'Ond . . .'

'Ac ofnaf ei bod hi'n ferch siomedig iawn y dyddiau hyn.'

'Ynglŷn â'r canwriad Longinus? Ydyw, y mae hi, er ei bod hi'n ceisio cuddio hynny. Ydyw, y mae arnaf ofn.'

'Efallai mai dyna pam y mae ŵyr yr hen Falachi yn ennill ei serch. A ydyw hi'n hoff ohono, Esther?'

'Wel . . .'

'A ydyw hi?'

'Wel, y mae'n gyfoethog, Joseff, ac wedi cael ei fwrdd ei hun yn y Cyntedd ac yn . . .'

'A ydyw hi?'

Nid atebodd Esther, ond ymhen ennyd dywedodd,

'O'r gorau, Joseff, caiff Rwth fynd gyda hwy i Galilea

am ysbaid . . . O'r gorau . . . Ac yn awr y mae'n bryd i chwi ymuno â'r cwmni. Y maent yn aros amdanoch, yr wyf yn siŵr.'

'Ydyw, y mae'n well imi fynd, er na fyddaf yn bwyta'r Pasg.'

'Ddim yn bwyta'r Pasg? Ddim yn . . . beth ddywetsoch chwi, Joseff?'

'Yr oeddech yn falch o glywed imi wisgo f'urddwisg gynnau, onid oeddech, Esther? Ond ni chlywsoch eto pam y gwisgais hi. Euthum ynddi i'r Praetoriwm i weld y Rhaglaw Pilat.'

'I dŷ halog! Joseff!'

'A chefais yr hawl ganddo i gymryd corff y Nasaread a'i roi yn y bedd.'

'Bedd? Pa fedd?'

'Fy medd fy hun wrth droed Gareb . . . Esther?'

'Ie, Joseff?' Dychwelodd y pryder a'r ofn i'w llais.

'Pery'r Ŵyl am saith niwrnod. Ond yr wyf fi'n halogedig eleni, heb allu cymryd rhan ynddi. Af i lawr at Abinoam a'r cwmni yn awr i fod yn awyrgylch gysegredig y wledd. Yfory, af i synagog y Deml i bob gwasanaeth, ac yna, bore drennydd, dychwelaf fi ac Elihu ac Alys i Arimathea. Cewch chwi a Rwth a Beniwda aros yma yn Jerwsalem hyd ddiwedd yr Ŵyl os mynnwch, a threfnaf i rai o weision Abinoam weini arnoch a'ch danfon adref.'

'Ond, Joseff . . .'

'Aeth Jerwsalem yn atgas gennyf, Esther. Hoffwn gael ysbaid yn rhywle tawel, tawel. A hiraethaf am weld Othniel. Othniel druan! Bydd y newydd yn loes iddo. Ond efallai y gŵyr, efallai y gŵyr.'

'Y gŵyr beth, Joseff?'

Ond nid atebodd. Cododd oddi ar y fainc a chymryd ei braich a'i harwain tua'r drws.

'Dewch, Esther, gellwch chwithau wylio'r cwmni wrth y bwrdd fel minnau. Y mae'n debyg y bydd gwraig Abinoam hefyd yn eistedd yn yr ystafell. Dewch, Esther, dewch.'

Yr oedd amryw o lampau wedi'u goleuo yn yr ystafell fwyta a chwmni mawr, wedi'u gwisgo'n hardd ar gyfer y wledd, yn hanner-gorwedd ar fatresi a chlustogau o amgylch y bwrdd isel, pob un yn gorffwys ar ei fraich chwith a'r ddeau'n rhydd ganddo i ymestyn am y bwyd ac i dderbyn y cwpan gwin. Eisteddai gwraig y gwestywr, clamp o ddynes writgoch, a'i dau blentyn, geneth tua naw a bachgen gua phump oed, ar fainc yng nghongl yr ystafell, ac ymunodd Joseff ac Esther â hwy.

Dechreuodd swper y Pasg. Cymerodd Abinoam, fel Pen y Cwmni, y cwpan gwin, a chyn yfed diolchodd â'r weddi draddodiadol:

'Bendigedig wyt ti, O Arglwydd ein Duw, a greodd ffrwyth y winwydden. Bendigedig wyt ti, O Arglwydd ein Duw, Brenin y cread, a'n dewisodd ni o blith yr holl bobloedd ac a'n dyrchafodd ni o blith yr holl ieithoedd a'n sancteiddio ni â'th orchmynion. A rhoddaist inni, O Arglwydd, yn Dy gariad, ddyddiau i lawenydd, a threfnaist dymhorau i orfoledd, a hwn, dydd gwledd y bara croyw, tymor ein rhyddid, a bennaist yn gydgyfarfod sanctaidd i goffáu ein hymadawiad o'r Aifft.'

Wedi'r weddi hon o ddiolch, yfodd Abinoam ac yna cyflwynodd y cwpan i'r gŵr ar ei chwith, y Cynghorwr Patrobus, a phasiwyd y gwin wedyn o un i un o amgylch y bwrdd. Wedi i forynion ddwyn dysglau o ddŵr i mewn, golchodd pob un o'r cwmni ei ddwylo ac yna dygwyd y dysglau i'r bwrdd—yr oen, y llysiau chwerw, y cymysgedd o ffrwythau wedi'u sychu, a'r bara croyw. Cymerodd Abinoam rai o'r llysiau chwerw a'u gwlychu mewn finegr cyn bwyta un a chyflwyno'r lleill i'r cwmni. Yna torrodd un o'r cacenni crynion o fara croyw rhwng ei fysedd a dal y ddysgl i fyny gan lefaru'r geiriau:

'Hwn yw bara'r ing, a fwytaodd ein tadau yng ngwlad yr Aifft. Pawb sydd yn newynog, deuwch, a bwytewch: pob un anghenus, deuwch, cedwch y Pasg.'

Llanwyd yr ail gwpan yn awr, ond tra llefarai Abinoam eiriau'r fendith, crwydrodd meddwl Joseff i'r noson gynt o dan yr olewydd yn Nyffryn Cidron. Tywynnai'r lloer eto ar wyneb onest, gofidus, Simon Pedr. Ac nid llais Abinoam a glywai ond geiriau tawel y pysgodwr:

'A neithiwr, pan fwytaem, "Hwn yw fy nghorff," meddai'r Meistr, wrth dorri'r bara, a "Hwn yw fy ngwaed," wrth roddi'r cwpan inni. Na, Syr, nid difa'i elynion a wna'r Meistr yfory ond . . . ond . . .'

Edrychodd Esther yn bryderus ar ei gŵr. Yr oedd ei wyneb yn llwyd a churiedig ac anadlai'n anesmwyth.

'Dewch, Joseff,' sibrydodd. 'Y mae'n well i chwi fynd i orffwys. Dewch yr ydych wedi blino.'

Nodiodd yntau'n ffwndrus a'i feddwl yn dryblith ac ing yn dywyllwch yn ei lygaid. Cododd a chymerodd Esther ei fraich i'w arwain o'r ystafell. Dringodd y ddau y grisiau'n araf.

'Y mae arnaf ofn bod y Nasaread wedi cael rhyw ddylanwad rhyfedd arnoch chwi, Joseff' meddai hi. 'Ond byddwch yn iawn wedi cael noson dda o gwsg. Yn y bore fe welwch bopeth yn wahanol. Gorffwys, gorffwys sydd arnoch chwi ei eisiau, Joseff bach.'

Ceisiai Esther swnio'n ddibryder ond yr oedd ofn fel iâ yn ei chalon. Bodlon a phwysig, digyffro a diofid, lond ei groen ond hawdd ei drin a'i arwain bob amser—dyna a fuasai'r gŵr iddi hi drwy'r blynyddoedd. Ond yr oedd hwn yn rhywun dieithr. Yn bell ac ansicr a dychrynedig, fel plentyn ar goll. Ni wyddai'n iawn beth i'w wneud, ai tosturio wrtho ai ceisio'i ysgwyd allan o'i fyfyr syn.

'Yn y bore fe welwch bethau'n wahanol,' meddai eilwaith. 'Wedi'r cwbl, yr oedd yn rhaid rhoi diwedd arno ef a'r terfysg a achosai.'

Safodd Joseff ac edrychodd yn hir ar ei wraig, a'r tywyllwch yn ei lygaid yn dyfnhau. Yr oedd y gair 'diwedd' fel rhyw ddedfryd ddi-syfl, fel rhygniad olaf y maen ar ddrws y bedd. Hoffai fedru cydio yn y gair a'i hyrddio yn erbyn y mur nes ei falu'n deilchion, ac yna neidiai'n orfoleddus ar y darnau i'w sathru'n llwch . . .

' . . . Ychydig ennyd, ac ni'm gwelwch: a thrachefn ychydig ennyd, a chwi a'm gwelwch: am fy mod yn myned at y Tad . . . ' O b'le y daethai'r geiriau hyn i'w feddwl? Ie, Simon Pedr, a'i ddagrau'n berlau byw dan lewych y lloer, ef a'u llefarodd hwy yn Nyffryn Cidron pan soniai am fwyta'r Pasg yn nhŷ Heman . . . 'Geiriau'r Meistr, Syr, geiriau'r Meistr . . . '

Ffrydiai golau'r lloer drwy ffenestr ar ben y grisiau, a nofiai drwyddi hefyd o dŷ gerllaw ran o'r Halel, salmau'r Pasg. Cododd Joseff ei ben i wrando, a thywynnai'r lloergan ar ei wyneb.

'Y maen a wrthododd yr adeiladwyr a aeth yn ben i'r gongl . . . Dyma'r dydd a wnaeth yr Arglwydd; gorfoleddwn a llawenychwn ynddo . . . Bendigedig yw a ddêl yn enw'r Arglwydd . . . Clodforwch yr Arglwydd, canys da yw; oherwydd yn dragywydd y pery ei drugaredd ef.'

Syllodd Esther yn syn ar ei gŵr. Gwelai'r ing yn cilio o'i lygaid a llawenydd a hyder mawr yn loywder ynddynt. Yr oedd golau fel pe o fyd arall yn ei wedd.

.